デンデケ・アンコール

ロックを再び見出し、ロックに再び見出された者たちの物語

芦原すなお
Ashihara Sunao

作品社

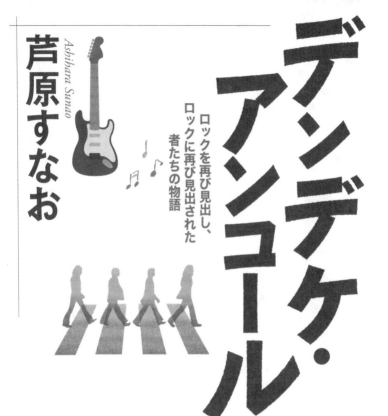

デンデケ・アンコール　目次

デンデケ・アンコール

~ロックを再び見出し、ロックに再び見出された者たちの物語~

1. ちっくん、いろんなバンドを見学する

30年ほど前に世に出た『青春デンデケデケデケ』の最後の場面で、ちっくんこと藤原竹良《ふじわらたけよし》、つまりぼくは、こんな祈りを捧げている。

「これから先の人生で、どんなことがあるのか知らないけれど、いとしい歌の数々よ、どうぞぼくを守りたまえ！」

1968年の3月のことだ。大学進学のために上京しようとしている当時18歳のちっくんのこの祈りは、たしかに聞き届けられたとぼくは思う。彼の愛する歌の数々は以後半世紀に及ぶ彼の人生において、常に彼のそばにあって彼を支え、守ってきたのである。半世紀。50年！ 歌とはまさに魔法であり、幸せの奇跡であると、振り返ってぼくはしみじみ思う。そしてその半世紀について、これから語りたいと思う。

1968年4月。運よく大学に入学できて、大学生活にも慣れて、それまで封印していた音楽への情熱が再び高まってきた。

ぼくはビートルズのようになりたいと思っていた。有名になり、大金を稼ぎ、至る所でちやほやされ、不特定多数の女の子に切ない気持ちで求められるようになることを、半分本気で期待していたのである。半分、と断ったのは、そうなるための具体的計画も見通しも何もなしに、つまりまったく根拠なしにそうなれるんじゃないかと思っていたからで、要するにあまり認めたくないけど、あまり賢くなかったわけだ。

ぼくが入ったのは「都の西北、早稲田の森」にあると自ら歌うマンモス私大だった(ぼくが入学したときには森なんてなかったけど)。学部は文学部。だが専攻はまだ決まっていない。この私大の当時のシステムでは、入学時に第2外国語の選択によってクラス分けがされ、3年生になるときに、各人が専攻を決めるということになっていたのだ。ぼくは第2外国語としてドイツ語を選択したから、選びうる専攻は、独文科、英文科、国文科、演劇科、文芸科のいずれか、ということになる。まあ、独文科にしようとは、思っていたけど。

いろんな級友がいた。双子の美人姉妹の1人がいた。もう1人の方、姉か妹かは隣のクラスにいた。一度間違えて隣のクラスの子の方に気安く話しかけて恥をかいたことがある。またあるときは、ぼくのクラスの子に電話番号を訊いてやんわりながらきっちり断られた。失敬な姉妹である。いや、失敬なのはぼくの方だった。今では2人ともきれいなおばさん――いや、きれいなおばあさんになっているだろうか。

また、ユニークというか、変わってるというか、郷里の香川県の町ではついぞお目にかからないような人物がけっこういた。さすが花の都の大学である。

たとえばやたらまじめな、なんだか牛乳配達しながら苦学しているお兄さん、みたいな男子もいた。すごくまじめで、誠実な人のようだったけど、授業はよく欠席した。クラス討論なんかでは自分の考えを真剣に主張するのだけど、ピントが絶望的にズレているから、そのうち、意見を求められることも、反論されることもなくなっていったようだった。あんなにまじめだったのに授業をよく欠席していたというのが、不思議である。牛乳配達が忙しかったのだろうか。

まじめなのはほかにもいて、入学のときからずっと学生服だ。民族主義的サークルに入っているからではなくて、単に経済のためだろう。3年次からは別のコースに進んだから以後のことは知らないが、あの雰囲気だと卒業まで同じ学生服だったのではないかと思う。あるいは、就職して結婚してもそうだったかもしれない。それくらい為人《ひととなり》と服装が調和していた。当時のぼくは学生服なんか一刻も早く脱ぎたかったから、彼の気が知れなかった。

気が知れないと言えば、彼の学問に対する情熱の激しさも、ぼくの理解を超えるものだった。最初のクラス会の自己紹介で、「ぼくは国文学科に進んで、『伊勢物語』を研究します。あの作品に実存を感じるのです」と言ったから、ぼくはびっくりした。すごいな、と思った。『伊勢物語』は、ほんの1部を高校の古典の教科書で読んだことがあったけど、別に興味は湧かなかった。ああいうものの中に「実存」――当時、よく流行っていた言葉だけど、田舎から出てきたばかりのぼくにはその意味がわかっていなかった（実は今もあんまりわかってないかも）――を感じるんだから、すごいと感じたのだった。白田君といったっけ。今は学者になって、古代文学の実存を講義しているかもしれない（学生服を着て）。

一度、彼のことをほんとに偉いな、と感心したこともある。あのころは、70年の安保闘争やら、学費値上げ反対闘争やら、成田やらベトナムやらの問題のために、学生運動がものすごく盛んだった。

学問をやるより面白い、と思った学生がいっぱいいたわけだ。あるセクトの学生たちのゴリ押しで授業がクラス討論に変えられたりしたこともけっこうあった。また、ぼくの在学中は幾度もストがあった。だからぼくらのころの学生は、授業を受けた絶対時間が不足しているはずである。試験も、実施困難につき、レポートで代用するということもけっこうあったから、気楽なものだ。「ゆとり教育」のはしりである。

それはともかく、そういうクラス討論のおりに、発言を求められた白田君は、はっきりこう言ったのだ。

「クラス討論は迷惑です。ぼくは学問をしたい。学問をするために大学に入ったのですから、即刻こういう討論をやめることを要求します」

この発言を、セクトに属するぼくのクラスの女学生は――彼女が仕切って討論を進めるのだ――無視して、聞き流した。

もちろん、白田君の言うのが正論である。当たり前のことである。だが、あのころは、そういう当たり前のことを言うのがはばかられるような、不快な、不穏な、脅迫的空気が充満していたから、白田君があはっきり言ったのは、かなり勇気のいることだった。

ぼくはというと、学生運動も学問も、実はどうでもよかった。先にも述べたように、ぼくはロックのスーパースターになりたいと思っていた。そしてふだんの服装も、それらしくしようと思っていた。あるときは、ミック・ジャガーを意識して、白のジャケットに白のスラックス、ゴールドのサテン風生地のシャツを着た。

また、あるときは、緑色の襟なしシャツに、黄色のキャンディ・ストライプのキャスケットを被り、靴はハイヒールの黒いジップアップ・ブーツだったりした。これはなかなかの見物《みもの》だったに違いない。

キャスケットはカスケットとも言って、ハンチングに似た、前方にひさしのある帽子だ。ハンチングは前方のふくらみを押しつぶすようにひさしに固定して、全体を平たく保つが、キャスケットは固定しないでふっくら被る。もともとは男性の狩猟用の帽子だったらしいが、今は女の子が好んで被る。なぜ、ぼくがこのキャスケットを被っていたか。

ビートルズの真似である。映画、『ア・ハード・デイズ・ナイト』を見ればわかるが、これはジョン・レノンやリンゴ・スターが愛用していた帽子だ。彼らはリヴァプールっ子だから、あるいは英国ではあれは船乗りが被る帽子だったのかもしれない。とにかく、ぼくはあの帽子がものすごく気に入った。だから、それを見つけたとき、すぐ買ったわけだ。

ところで、ビートルズのキャスケットは真っ黒だった(映画や白黒写真ではそう見えた)。だから、ぼくも真っ黒のキャスケットが欲しかったのだが、あいにく黒はなかった。焦げ茶も、グレイも、ベージュもなかった。つまり、男が人前で被る際に良識を疑われることのない色はなかった。白地に黄色の筋、あるいは相対論的には黄色地に白の筋とも呼びうるが、その柄しかなかった。キャンディ・ストライプとは、ファッション辞典によれば、「スティック・キャンディ(あめ棒)にみられるような、細い棒縞」である。「甘く明るい色づかいが特徴」ともある。実に素敵なストライプであるが、成人男子が帽子の生地に用いていいような柄では断じてない。ぼくだって、そういう柄と色はいやだった。だけど、それしかなかったんだから、しかたないじゃないか。しかも、その生地が、フェルトでも、ツイードでも、デニムでも、ギャバジンでも、コール天でも、キャンバスでもなく、ペラペラの化繊だった。悲しくなる。悲しいけど、それしかないんだから、しかたないじゃないか。

しかたなく買いはしたが、あらためて見れば見るほど被りたくなくなる。そんなことではいけない、とぼくは自分を叱った。お前は、ロックのスーパースターを目指しているのだろう。だったら、そんなことで恥ずかしがってどうする？

そのように自分を叱咤し、ぼくは悲壮な思いでそういう衣装を着けて大学に行った。目を丸くするやつも、たしかにいた。

また、あるときは、ジーンズの上下に、ダンガリーシャツ、テンガロンハットに、ごていねいにネッカチーフまで巻いて大学に行った。ネッカチーフじゃなくバンダナを巻くべきだったのだろうが、当時バンダナは東京では売られてなかった。少なくとも決して一般的ではなかったのだ。

特にこのカウボーイ・スタイルは恥ずかしかった。ものすごく恥ずかしかった。だが。スーパースターになろうという者が、それくらいで恥ずかしがっててどうする、と、また自分を叱咤して、通学していた。いやでいやで、もうほとんど登校拒否になりそうなくらいだった。まあ、4年間毎日そうしたナリで通学したわけではないけれど、だいたいにおいて服装には気合を入れようと思っていたのだった。はたから見たら、どこの馬鹿ぞ、と思うに違いない。あるカナダ人の客員教授は、こみあげてきた笑いを無理に押し殺して授業を続けたものだ。とにかく、今にして思えば、ぼく自身も周りから変人と見られていたのかもしれない。とにかく、（ぼくも含めて）へんなやつだらけのクラスだった。今ではそれが懐かしい。

とにかく、そんなクラスにあって、ぼくはぼくのやり方でロックの修行をしようとした。ぼくのやり方、と断ったのは、大学の軽音楽部とか、サークルとかには結局入らなかったからである。

だが、ある音楽サークルに（音楽関係では一番大きなサークルらしかった）、クラスの女の子の紹介で出かけて行って、練習を見学して回ったことがあった。彼女は3回目の1年生をやっているそうで、このサークル全体のマネージャー、あるいは「主《ぬし》」みたいな立場らしかった。そしてぼくがロックをやりたがっているときいて、一肌脱いでくれたというわけだ。名前は堂祖妙子《どうそたえこ》と言った。ちょっと変わった名前だが、人柄はもっと変わっていた。「ねえ」と、授業中に話かけられて、それで親しくなったのだけど、最初は驚いた。

「ねえ」

「うん？」

「あなた、なんていうの？」

「藤原。藤原竹良」なんとなくジェイムズ・ボンドの自己紹介みたいだと思う。

「藤原君さあ」

「なあに？」

「まだ童貞でしょう？」

これには答えられなかった。答えるとすれば、「うん、そうだよ」ということになるんだろうけど、そんなことを闊達に答えられるわけがない。ぼくは１８歳の山出しのおぼこ息子なのだ。

「させてあげてもいいよ」

堂祖さんはそう言ってくれたけど、ぼくは、お願いしますとも、けっこうですとも言えなかった。ただ、顔を赤くして、座っていたのだった。

とにかく、その会話がきっかけでわりと親しくなって、ぼくがロックをやりたがってるのを知り、音楽サークルの案内係を買って出てくれたというわけである。

「まあ、サークルの中にはいろんなバンドがあるから、ひと通り見てから決めれば」というのが堂祖さんの考え方だった。

まず最初に見学したブルーグラスのバンドは、バンジョーとギターとウッド・ベース〈コントラ・バス〉の３人組で、講堂の裏の空き地が練習場所だった。親切な人たちで、ぼくの前で〈フォギー・

マウンテン・ブレーク・ダウン Foggy Mountain Breakdown〉、〈ケンタッキーの青い月 Blue Moon Of Kentucky〉などの、ブルーグラスの定番を演奏してくれた。予想よりもずっとうまかったので、ぼくは拍手した。

「君も入れば」

と、バンジョーが言った。リーダーのようだ。

「ぼくはギターだし、ギターは2人もいらないんじゃないですか」できるだけ角が立たないように断ろうとした。

「フラット・マンドリンを弾くのがいない。君がやってくれると助かる」

「え、マンドリンですか?」

「御茶ノ水の中古屋にいいのが出てる」

「はあ……。マンドリンというと、古賀政男の明大マンドリン・クラブって、聞いたことありますけど」

「そのマンドリンと違うんだ、あっちは、こう後頭部がうんと出てるやつだろ。ブルーグラスで使うマンドリンは、ギターを小《ち》っさくしたみたいに平らなんだ。その中古はギブソンで、程度がよくて、8万だと言うんだから、絶対買いだよ」

ぼくはほうほうのていで礼と断りの文句をもごもごつぶやきながら逃げ出した。8万? 冗談じゃない。それに、ちょっと聞くぶんには楽しいけれど、ブルーグラスのバンドに入ろうとは思わない。また、ブルーグラスの歌の歌い方は、おじさんが甲高い声を張り上げて一本調子で歌う、というもので、ロック以上に親不孝である。

次に見たのは、ジャズのバンドだった。これは学生会館の近くの校舎の、地下の、使ってないボイラー室が練習場だった。

ギター、ウッド・ベース、トロンボーン、ドラム、という、カルテットだった。と言っても、4人が揃ったのは、ぼくがやってきてから2時間近くもたってからで、それまでギターとドラムの2人が、各自でかってな練習をしているのだった。彼女はぼくを2人に紹介してくれた。音楽をやりたがっている新入生なのよ、と。2人は軽くうなずいただけで、そのあとは完璧にぼくを無視した。

ギターは、大型のアコースティックのエレキギターで、ギブソンのコピー・モデルなんだろうと思う。

ときどきギターとドラムが互いに何かを言う。言われると相手は答える。ジャズ用語らしく、アクセントも奇妙なもので、ぼくには何のことだかさっぱりわからない。

やがてベースと、トロンボーンがやってきた。

そして各自が演奏、あるいは練習の準備にかかった。ドラムは、「ドコッ、ドコッ、チ・チン……ガシャ、テケテン、ツクトン……ジャワ〜〜〜ン、シャーチャッカ、シャーチャッカ……」みたいな音を出す。

ギターは、「ズブン、ピロピロックテテ、ジャッ、ジャッ。ジュワーザッ」、みたいな感じ。

トロンボーンは、「ブオ、ブオ、ビューーーヒョロロ、ババッ」。

ベースは、「ツーーン、ブブ、バシャバシャ（弦を平手で叩いている）、ドブドブ、ドブブブ、ツーーン」。

こんな音ばかし聞いてると、なんだか胸が悪くなってくる。

ぼくはこのサークルのバンド案内をしてくれてる堂祖さんに聞いた。ぼくらは並んでコンクリートの床に腰を下ろしている。

「いつ始まるんだろう？」

「なにが？」

「演奏」

「もう始まってるじゃない」

「これは演奏前のウォーミング・アップだろ？」

「ううん」彼女は首を振った。「これが曲よ。フリー、だからね」

「フリー？」

「フリー・ジャズ」

ぼくは腰を上げて出ていこうとした。ギターが手を止めて、ジロリとにらんだ。

「入会しにきたんだろ」汚れた髪を三つ編みにしたギターは言った。ほかのメンバーは手を止めることなく、演奏――と呼べるとして――を続けていた。

「ほかのバンドも見させてもらってから、決めたいと思います」

「ぼくらの音楽はもうわかったと言うのか？」

「いいえ、全然わかりません」

「正直だな」ギターは嬉しそうに言った。「そう簡単にわかるわけはないからね。でも、まじめにやれば、1年もすればわかってくるよ」

ぼくには一生わからないだろうと思ったが、そうは言わなかった。「ぐるっと回ってみます」

「回るって？」

「このサークルのほかのバンドも見せてもらって、決めようと思うんです」

ギターはうなずいて、またコードを弾き出した。変拍子というか、ヘンな拍子で、コードの構成音もぼくのコード概念を超えていた。変則チューニングか、それとも超絶チューニングか、非チューニングか。

「じゃあ、次、いってみっかい」と堂祖さんは言った。「それとも、音楽なんかやめて、芝居にする？　わたしが指導してあげるよ。無料筆おろし付き、で」彼女は音楽サークルのマネージャー兼主《ぬし》であるばかりでなく、演劇サークルにも属していた。

「いや、せっかくだけど、やっぱり、音楽でいきたいから」

今ではそれくらいの断り方はできるようになったのだ。

それからも数日かけて堂祖さんといろんなバンドを見た。

ジャズのビッグバンドも見た。こういうバンドだと、ギターは完全に脇役だと思った。

一番期待していたロックバンドも、2つ見た。1つはブリティッシュ・スタイルのバンドで、キンクスや、トロッグズや、スペンサー・デイヴィス・グループのコピーをやっていた。ヘタクソだけど、志は高い。リードギターは、ヤマハのセミアコを弾いていたが、このギターが（弾いてる人じゃなくて）すごくかっこよかった。あんなのが、欲しいなと思ったが、結局このバンドに入れてもらいたいとは思わなかった。

もう1つのバンドは、レパートリーがGS――すなわち、グループ・サウンズの曲だった。このGSバンドのほうはけっこううまくて、タイガースとブルー・コメッツのコピーが主なレパートリーのようだった。あのころ、この2つのバンドは、すごい人気で、東西の横綱みたいな感じだった。ぼくも嫌いというのではないし、ただ聴いてるぶんには十分に楽しかったけど、自分でコピーしたり、カバーしたりしたいとは思わなかった。当時はそういう曲を歌ったり演奏したりするのが正直少し恥ずかしかったし、自分の入るべきバンドはもっとほかにあるんじゃないか、という気がしたから、

「一緒にやってみないかい」という親切な誘いをぼくは断った。ぼくは練習を見せてもらったことに対して丁寧に礼をいい、深々とお辞儀して、学生会館をあとにしたのだった。

　堂祖さんとぼくは高田馬場駅近くのニュー浅草という店に入った。とにかく、安い。ビールの大瓶が１６０円で、つまみはほぼすべて１００円である。

「まったく、好みがむずかしいね、君はさ」堂祖さんはグラスのビールを一息にあおって言った。

「どうも童貞は気難しくてあつかいが面倒だい」

「どれも、ぴんとこないんだ。なんか違うんだよなあ」

と、ぼくは言った。なんか違う、の「なんか」、とは、なんなのだろうと、しきりに考えながら。

「要するに」堂祖ねえさんは言う。「書生は書生、ってことかしらなあ」

「どういうこと？」

「覚悟の問題だろ」

　堂祖さんはモツ煮込みを一口、口に放り込む。

「覚悟？」

「つまりさ、どのバンドも、所詮書生のお遊びなんだいね」

「うん？」

「どうしたって、これをやる、これでなきゃ、生きてけねえ、という気持ちっつうかね、要するに、これと心中してもいいぞ、って気持ちが、君、覚悟さ」

「なるほど」

「おれたち、書生だろ、ちっとくれえ、ヘタでもナンでも、書生なんだから、いいんじゃないか、ちゅう根性だろ、結局のところ」

「それはあるのかもしれないなあ」

「だから覚悟さ。それがあるのとないのとじゃまるっきり違うんだよ」

「堂祖さんの言うこともわかる気がするけど、堂祖さんは、演劇のサークルに入ってるんだよね？」

「一応」

「それも、『書生』のやる演劇だろ。それで満足してるわけ？」

「全然」

「やっぱり」

「でも、いいんだ、わたしは。そのうち、あるプロの劇団に入るかもしれない。誘われてんだ。こう見えて、引く手あまたなのだよ」

「すごいね」

「信じてないな」

「とんでもない。信じてる」

堂祖さんは、絶世の美人というのではないけど、とても雰囲気のある人だった。女優だと言えば、なるほどね、とみんなが言いそうな人だ。

「劇団ミゾン、て、聞いたことある？」

「ないなあ」

「わたしもこないだ知ったんだけどね。代々木公園歩いてたら、その劇団が芝居してたの。でもって見てたら、いつのまにか芝居の中に引き込まれてさ」

「どういうこと？　すごく面白い芝居だったたってこと？」

「文字どおり、腕摑まれて引き込まれたのよ。そんでもって、いつの間にか自分も登場人物になって演技してるの」

「へえ！　アドリブで？」

「そういうことになるんだろうけど、普通のアドリブでもないね。突然知らない人に道を聞かれて、説明してるうちに、じれったくなって、こっちですって、案内してる、だけど、どこを歩いているか、自分でもわからなくなって、さまよい始める、みたいなことになるのよねえ」

「へえ」

「舞台と客席の区別もなくてね。代々木公園の中を、あちこち歩くの」

「前衛劇？」

「まあ、そうなんだろうな。でも、アングラ、って言うほうがあたってるかな。ミゾンて、漢字じゃ、『未存』と書くらしい。リーダーで主演の男がそう言ってた」

「哲学的なんだ？」

「どうだろ。今は、なんだか思わせぶりなアングラ芝居がいっぱいあって、ほんとに哲学的なのもあるんだろうけど、ただ思わせぶりなだけの、アホ芝居もいっぱいあると思うよ」

「その劇団は？」

「その中間かな」

「でも、入るかもしれない？」

「入って、中から叩き直してもいいかな、って。脚本も自分で書いてさ」

「面白そう」

「でも、高校の演劇部だったときは、お前だけは絶対に台本書くなって、顧問に言われた」

「どうして？」

「進みすぎてたんだろ」

「どんな芝居だったの？」

「同性愛の女子高生がね、むりやり異性愛になろうとして、いろんな男と関係するうちにだんだん自分というものを喪失して、ついには両親を殺すんだけど、そのことによって自分を取り戻すけど、永遠の奈落におちる、って話」

「高校演劇向きじゃないかもね」

「アングラなら、それくらいのことは書けるでしょ。だから、入ってもいいかな、と」

「なるほど」

「でも、アングラって、基本的に嫌いなんだよね、わたし」

「そうなんだ」

わかんなくなってきた。

「要するに、やっぱり若いもんのひとりよがりなんだよね。自己満足。せんずり」

「うわ」

「だから、ちゃんとしたまともな商業劇団の、研究生の試験を受けようかとも思ってる。最初は女優の付け人になったりして。そんでもってその女優に妬まれて、いじめられたりして。でも、後輩の童貞の団員に思いを寄せられて、むすばれちゃったりして」

「はいはい」

「むすばれる、って言葉、いいよね。なんか、偽善的で。ヤルことの中身と言葉の響きが合ってない」

堂祖さんはだいぶ酔ってきたようだった。

「とにかく、大学の演劇サークルじゃあ、つまんないってわけだ」

話をもとにもどす。

「そう。君もね、本気で打ち込もうと思うのなら、学生の遊びに付き合ってたんじゃ、だめだよ」

「でも、堂祖さんは、あの音楽サークルの、マネージャーというか、案内係みたいなことをやってるよね」

「あまりうちに帰りたくなくて、大学の中をうろうろしてるうちに、サークルの連中と親しくなって、そういうことになった。サークルに向いてる子もいるし、そうでない子もいる。わたしは、人のことなんか、どうでもいいのよ。向いてりゃ、そこで楽しくやればいいし。だけど、どうやら、君は向いてない。もっと、真剣勝負がしたいのね？」

ぼくはうなずいた。

「今まで自分のことをそんなふうに考えたことなかったけど、そうなのかもしれない」

ぼくは独り言のように言った。

2. ちっくん、盛んに映画館やディスコに通う

結局、サークルにも軽音楽部にも（この大学にそういうのがあるのかないのか知らないけど）、入らないことにした。

4年間楽しく学生らしい音楽活動をして、ああ、楽しかった、いい思い出ができた、などと言って卒業して行くのは、どうも違うような気がしたのだ。それは音楽を、ロックを、結局趣味とすることである。だがぼくは趣味という言葉が嫌いだった。道楽の方がまだましだと思っていた。少なくともロックはぼくにとって、趣味以上のものであると思っていた。あるいは思おうとしていたのかもしれない。

ぼくは若かった。そして若さゆえの判断を下して、根拠のない自信と、現実性のない未来へのヴィジョンに支えられて、ロックへの道を歩み出したと、思い込んでいたのだった。でも、それが若さというものなら、しかたないことだし、しかたないもなにも、すでに過ぎてしまったことなのだから、今さらどう言ったところでやっぱりしかたのないことなのだった。

とにかく、ちっくんは1人でロック・ミュージシャンの道を歩み始めたのだった。そのちっくん流の修行にはいろんな形があって、それをこれから述べるのだが、まず、映画鑑賞について述べておきたい。これは今にして思えばちっくんにとって大いなる楽しみであるのみならず、極めて重要な修行の1つだったのである。

ベンチャーズの「デンデケデケデケ」でロックに目覚めたぼくだけど、高校を出て大学生になったころだと、仰ぎ見る目標はビートルズやローリング・ストーンズなどの歌ものロックだった。だから当然『レット・イット・ビー』や、『ギミー・シェルター』などの映画は、劇場に何度も足を運んで見た(この2本はあまりにも有名なので、説明は不要だろう)。

ビートルズやストーンズだけじゃない。当時は新しいロックの担い手たちの映画が次々に公開された。そういう映画を、なんとか金を工面してできるかぎり見に行ったのである。

特に印象が強かったものの中に、『ウィズ・ジョー・コッカー』という映画があった。

タイトルどおり、ジョー・コッカーというイギリスの歌手の演奏活動を追ったドキュメンタリータッチの映画だった。

ジョー・コッカーという人はテニスのラケットでギターの練習をしたそうだ。そして歌うときは何も持たずに、あるいは、見えないギターをかき鳴らしながら(昨今のエアギターの元祖だな)、もとの歌の節を原型を留めないくらい崩しまくって、喉の奥から声を絞り出して歌う。こう書くとぼくがコッカーを嫌っているのかと思うかもしれないけど、そうじゃない。なかなかに味わい深い歌手なのだ。あのダミ声も、慣れてくると、いいな、と思ってくるから不思議だ。とにかくそんなふうにして、コッカーはビートルズの〈ウィズ・ア・リトル・ヘルプ・フロム・マイ・フレンズ With A Little Help From My Friends〉を歌い、ボックス・トップスのヒット曲、〈あの娘のレター The Letter〉(あのむすめ、じゃなくて、あのこ、と読むんだろうと思う）をカバーする。

だが、この映画でぼくを魅了したのは、実はジョー・コッカーではない。彼のバックバンド、マッド・ドッグズ・アンド・イングリッシュメンを率いていたレオン・ラッセルなのである。

レオン・ラッセルの名前は、すでに耳にしていた。スタジオ・ミュージシャン上がりのアーティストで、ピアノ、ギターを弾き、作詞作曲もし、自らも歌う。当時、アメリカ南部風ロックを目指す若者たちの教祖的存在だった。

この人の印象は強烈だった。こんなかっこいいミュージシャンは初めてだと思った。プラチナ・ブロンドの超ロングヘアに口ひげ、顎ひげ、アラビアのサルタンを連想させる大きな輝く瞳。身にまとうは、汚いランニングやTシャツに、尻のあたりが花柄のベルボトム・パンツ。それに山高帽《トップハット》を被って、軽く踊るようにしながら、黒いレスポールを弾いて、ストーンズの〈ホンキー・トンク・ウィメン Honky Tonk Women〉の伴奏をしたが、（あくまでもぼくにとって）これはこの映画のハイライトで、その存在感はジョー・コッカーのそれを凌駕した。

のちに彼は自分のバンドを率いて来日し、武道館でコンサートを開き（もちろん、ぼくは行った）、冒頭でギターを弾き、あとはピアノを弾きながら歌った。カントリーの大御所、ウィリー・ネルソンの声を汚くしたみたいな声だけど（後に2人は共演する）、ぼくは大好きになった。また、来日中のレオン・ラッセルは、てんぷらそばを食べて、汁を最後まで飲んだ、というのを『ミュージック・ライフ』で読んで、ますます好きになった。

この初来日のころが彼の人気絶頂の時代か。すばらしいアルバムも次々に出した。《レオン・ラッセルとシェルター・ピープル Leon Russell And The Shelter People》は大傑作。中では特に〈アルカトラス Alcatraz〉が好きだな、ぼか。そして、そのあと出た《カーニー Carney》は、信じられないくらい美しいアルバムで、〈タイトロープ Tight Rope〉、〈マンハッタン・アイランド・セレナーデ Manhattan Island Serenade〉、〈マスカレード This Masquerade〉(カーペンターズやジョージ・ベンソンもカバーしている)、〈マジック・ミラー Magic Mirror〉などの名曲が惜しげもなく詰め込んである。あのころ出たアルバムで競い合えるのは、唯一、キャロル・キングの《つづれおり Tapestry》くらいだろう。ともに、洋楽史上の、屈指の宝物である。

ラッセルは、カーペンターズの〈スーパースター Superstar〉や、ヘレン・レディの〈ブルーバード Bluebird〉の作者としても、有名だ。

そしてこの映画のレオン・ラッセルを見て、音楽は、偉大なアーティストたちにとっては、まさに生きることそのものなのであり、学生たちの趣味としての取り組み方とは本質的に違っているのだな、と感じたりした。趣味の場合は、あくまでも音楽は自分の外側にあるのだが、レオン・ラッセルみたいなミュージシャンにとっては、音楽は自分の内側にある、あるいは、自分が音楽の内側にあるのだ、と。

また、同じように、いや、もっともっと強い感銘を受けたのが、『フィルモア最後の日』である。このフィルモア、正確にはフィルモア・ウエストは、サンフランシスコにあったライブハウスである(フィルモア・イーストというのもあって、それはニューヨークのマンハッタンにあった)。経営していたのは、ビリー・グラハムというおじさん。同じ名前の筋肉系のプロレスラーがいたが、もちろん、別人。

この人は若い世代の新しいロックのパトロンみたいな人だった。このフィルモア・ウェストが閉鎖されることになった。おそらく経営が悪化したためなのだろうが、そこらあたりの事情はよく知らない。とにかく、閉鎖することになった、と。で、フェアウェル・パーティの心で、最後の大々的ライブをやる、と。ついては、フィルモアに世話になった、というか、出してもらって、それをきっかけに世に出たり、のし上がったりしたミュージシャンを集めようとした。その際すったもんだはあったが、結局はフィルモアで育ったウェスト・コーストのそうそうたるメンバーが集まることになった。名前だけ聞いてて、見たこともないアーティストが見られるのだから、ぼくは興奮した。当時は『ベストヒット・ＵＳＡ』みたいな番組も、ＭＴＶもなかったのだ。

出演アーティストは、コールド・ブラッド（ものすごくかっこいい女性ボーカル）。

ホット・ツナ（ジェファーソン・エアープレインの、ヨーマ・コーコネン、ジャック・キャサディと、エレキ・バイオリンのパパ・ジョン・クリーチのコラボ。パパがいい味を出してた）。

クイック・シルヴァー・メッセンジャー・サーヴィス（バンド名に感銘を受けた）。

エルヴィン・ビショップ・グループ（ビショップ君は、〈ウォーキング・ブルース Walking Blues〉のヒットを飛ばしたポール・バターフィールド・ブルース・バンドに在籍していたギターマンで、この人の、弦とフィンガーボードの間にピックを差しこんでグイグイと上下するビブラート奏法を見て感激した。もちろん、うちに帰ってすぐ真似したとも）。

ボズ・スキャッグス・アンド・フレンズ（スキャッグス君は、もとスティーヴ・ミラーのバンドにいたが、独立して自分のバンドを持った。もっともっとのちに、《シルク・ディグリーズ Silk Degrees》などのアルバムを出して、ＡＯＲ、すなわちAdult Oriented Rock《大人向けのロック》の旗手となった。だけど、このころは皮脂まみれの汚いロン毛に、くすんだ色のくたびれたＴシャツ、ジーンズという出で立ちで、ウェストコースト風のいかにもアメリカらしいロックを演奏していた。ギブソンの３３５を弾いてたっけなあ）。

そして、サンタナが大トリを務めて、ライブハウスの雄、フィルモア・ウェストは幕を閉じたのだけど、つくづくすごいライブハウスだ。あんなに次から次へと、すごいバンドが出るんだものなあ、とぼくは感心したり呆れたり、うらやましがったりしながらため息をついたものである。

これまで述べたもの以外でも、すごい映画はあった。いや、影響力という点では、あの『ウッド・ストック』は、すさまじいものがあった。あんまり有名な映画だから、これもここでは云々しない。

そして、『バングラデシュ・コンサート』の映画もあった。

これはビートルズ解散後、順調にソロ活動を開始したジョージ・ハリソンが組織したチャリティ・コンサートだ。あのころのジョージのロック界における存在感はすごかった。彼の呼びかけに応じて、友人のミュージシャンたちが駆けつけた。ボブ・ディラン、エリック・クラプトン、そして、あのレオン・ラッセルも！

第1部は彼のシタールの師、ラビ・シャンカールの演奏で、第2部がジョージたちロック屋さんたちのライブだ。白いスーツを着たジョージは白のストラトキャスターを抱えて登場した。オープニングは〈ワー・ワー Wah-Wah〉という、ぼくが初めて聞く曲だったが、これがかっこよかった。一番よかったのは、やっぱりクラプトンのリードギターで歌う〈ホワイル・マイ・ギター・ジェントリー・ウィープス While My Guitar Gently Weeps〉だったかな。

この映画をぼくはたまたま訪れていた京都で、高校時代の友人と一緒に見た。泣けそうになるくらい感激したものであった。

と、音楽映画について縷々述べたのだが、ほんとにすごい作品が多かった。そしてぼくの心に、一生消えない感銘を残していった。とにかく、当時のぼくは、こういった映画を見るたびにロックの新しい展開にワクワクし、高揚し、その素晴らしい世界に自らも乗り出すのだと、まこと意気軒昂なのであった。

そして、一番の問題。

映画を見て様々なインスピレーションを得たり、素晴らしい演奏に感激するのはいいが、自分がプロのミュージシャンになるにはどうするのがいいか。

ぼくなりの仕方で熟慮した（傍から見れば白昼夢に耽ってるだけみたいだったろうけど）。そして熟慮の末に、あれこれ考える前に飛び込んでいけばいいではないか、と思いついた。思いつきはしたが、すでにあれこれ考えた末だったから、あれこれ考える前に、というわけにいかなかったのが残念だが、これから考えないようにする、ということで自分と折り合いをつけ、飛び込みの現場に足しげく通った。ディスコである。

ディスコ、と聞いてほとんどの人の思い浮かべる種類の遊戯場が大流行したのは、８０年代だったろうか。赤坂の「ムゲン」（どんな表記だったか忘れた。これでいいんだっけ?）とか、六本木の「ネペンタ」だとか、「ザナドゥ」とかいうのもあったっけ。そのちょっとのちには、「ジュリアナ東京」とかいうのができて、お立ち台で扇子を持って踊るおネエさんたちで有名になった。ここに挙げた有名な店では、ムゲン以外には行ったことがないから、どんなふうだったか、週刊誌のレポート以上のことは知らない。

知らなくていい。ぼくが語ろうとしているのは、そういうディスコとは違う、その１０年くらい前にはやった、第1次ブームのディスコで、そっちのほうに未来のスーパースターのちっくんが通った、と言っているのである。ムゲンやなんかは、第2次ブームなのだ。

第1次と第2次で、どう違うか。

第2次のほうは、わりと高めの木戸銭を払って入場し、ＤＪのかけるレコードに合わせて踊る。ムゲンなんかでは、黒人のR&Bのバンドが入っていたな。ウィスキーなどのアルコールを含めて飲み物は飲み放題、食べ物も食べ放題のバイキングスタイル、なんて店もあった。そこでかかる音楽は、ディスコ・ミュージックというやつだ。

最初のころは、R&Bなんかが中心だったが、やがて、そういう踊り場専用のディスコ・ミュージックなんてのも出てきた。〈ジンギスカン Dschinghis Khan（すごい綴り！ 演奏しているマルコ・ポーロは、西ドイツのバンドだそうだから、ドイツ語の綴りなんだろうか？ ぼくのドイツ語の辞書には載ってないけど）〉とか。

覚えやすいマイナーのメロディで、ごく単純なリズムの音楽に合わせて、みんなが踊る。各店に、常連たちが揃って踏む独自のステップやフリがあった。知らない一見《いちげん》さんは、はしっこで小さくなって踊らなければならない。常連たちは、ときにはフロアの真ん中に大きな輪を作って、同じ身振りで踊る。ときにはレコードに合わせてリフレインの部分を一緒に歌う。「ジン、ジン、ジンギスカーン♪」

連想したのは、夏の一夜、無心に汗をふり飛ばしながら踊る納涼盆踊り大会だった。いくらディスコだ何だと言っても、日本人はどこまでいっても日本人なのだなあと、妙に得心した覚えがある。

ぼくはそれほど積極的に踊ることはなく、焼きそばを食べたり、（たぶん）偽のサントリー・オールドを飲みながら、他人のダンスを見たり、音楽を聴いたりしていた。

それで結構楽しかった。照明も派手だし、きれいな子もいたし、音楽だって、ぼくの好みのジャンルではないことが多かったけど、再生装置がすごいから、どんな曲もよく聞こえるのだ。そして、中には名曲もあった。当時よくディスコでかかった曲の中に、グロリア・ゲイナーという、アメリカの女性歌手の歌う、〈恋のサバイバル I Will Survive〉というのがあった。これは大好きだったし、いまだに好きである。普通の短いバージョンもあるが、ディスコ用の延長《エクステ》バージョンもあった。

エミリー・スター・エクスプロージョンの、〈サンチャゴ・ラバー Santiago Lover〉というのも、他愛ない曲だけど、すごく楽しかった。〈ソウル・ドラキュラ Soul Dracula〉なんて馬鹿馬鹿しい曲もあったなあ。

これが、40年ほど前の、第2次のディスコだ。第1次ディスコ、つまり、スーパースターを志したちっくんが気合を入れて通ったのは、そういうのとはかなり異なっていた。

木戸銭は安かった。たしか、どの店も500円くらいだったと思う。

そして、ドリンクが一杯、つく。ドリンクったって、粉末ジュースの素を水に溶いたものだ。これだって、ドリンクには違いないけど。

そして、アルコールも、食べ物もなし。あったのかもしれないが、ぼくの記憶にはない。

だが、音楽は、レコードでもテープでもなく、必ず生バンドの演奏なのである。これが素晴らしかった。その生バンドの演奏に合わせて、若人は踊る、ひたすら踊る。ストイックな感じさえしたものだ。ぼくの思いはときにあらぬ方向に漂いだすことがあるのだが、踊る若人たちを見て、まるで暗闇の牛小屋で犇《ひしめ》き合ってる牛みたいだなとか、ああ、もったいない、この労力を麦踏みとか、足力発電に活用できないものかと思ったりしたこともあった。ついあらぬことを考えるのは父の遺伝かもしれん。

ぼくは踊らなかった。そもそもぼくは他の若者たちと違って、踊るためにここにきたのではないのだ。ぼくは演奏しているバンドの斜め前に立って見た。腕組みしたり、手をポケットに入れたりして、じっと見た。凝視していたのだ。こういうフロアのステージは、ほんの2、30センチくらい高くなっているだけだから、よく見える。ぼくみたいなのに凝視されるのだからバンドの方はやりにくかったかもしれない。

バンドは、だいたい３０分くらい演奏して、２０分くらい休憩する。その間はレコードがかかる。それに合わせても踊るが、生バンドのときみたいなノリ方ではない。時間をつぶすために体をゆすっている、みたいな感じで、生演奏が始まると、また力を入れて踊り出す。休憩のとき、ぼくは壁にもたれて眺めるともなくフロアを眺めていた。

ぼくはそんな風な客だった。まず生バンドの演奏に触れることが一番の目的だった。生演奏のテクニックやコツを、しっかり盗もうと思っていた。また、そういった生バンドの周りをうろうろしていれば、あるいはプロの世界に入る糸口でもみつかるかもしれないと、そんな淡い期待もあった。

何度か、あの堂祖さんもいっしょにディスコにきたことがあった。彼女は踊りもうまくて、顔もナリも派手だから、休憩のときなんかは何人かの男に声をかけられるのだが、軽くいなす。男は狐につままれたような、あるいは、アホ面の笑いを貼り付けたまま、素直に引き下がるから、ぼくの連れにちょっかいは出さないでくれ、と割って入る必要に迫られたことはなかった。

ディスコを出て飲み屋さんに一緒に入ったとき、彼女に聞いてみた。

「なんと言って断ってるの？」

「わたしは有名な大女優になる身だから、キミをかまってやる余裕はないよって」

「それで向こうは諦めるんだ？」

「わたしが単なる言い訳や冗談を言ってるのでないことは、ああいう馬鹿でもわかるだろう」

「なるほど」

「それより、ちっくんはどうして女の子に声をかけないの？　そんなじゃ、いつまでも童貞が治んないよ」

「病気みたいだ。でもなあ」

「好みがいない？　好みなんて、大した問題じゃないよ」

「そうかな」

「そうだよ。戦時中は食べるものがなくなって、芋の葉っぱだって食べてたんだから」

「あの女の子たちは、芋の葉かね」

「モノのたとえだよ。とにかく、好き嫌い言わずに、さっさとできるときにしとかないと、相手がいなくなるよ」

「相手の気持ちもあるしね」

「こういうところに来てる子は、10人のうち9人まで、声をかけられるのを待ってんだよ」

「まさか。男連れで来てる子もけっこういるみたいだし」

「男連れだかどうかなんて関係ないよ」

「それはまた極端な」

「大女優になろうとする女が極端でなくてどうする。あのマリア・カラス（有名なソプラノのオペラ歌手）は、幕間でローストチキンをまるまる1羽、食べたってよ」

「どうも、たとえの意味がわからない」

「キミはね」と、堂祖さんは真剣な顔で言った。

「なあに？」

「やさし過ぎなんだよ」

「そうかな」

「ヤワすぎと言ったほうがいいかな。自分の欲望のために人を傷つけたり、踏みつけたりして平気にならなきゃ」

「すごいこと、言うね」

「どうせ若いうちは、しょっちゅうくっついたり、離れたりするだろ？」

「かもしれない」

「どうせほとんどの場合、別れるんでしょ。そうなったとき、やさしくて、うじうじしてて、つまんないことばかりくよくよ考える男と別れるのは、ろくでもない身勝手な男と別れるより応えるんだよ」

「そうだろうか？」

「そうだよ。なんか、自分がすごい不幸な目にあってるような気がするんだよ」

「だって、ひどい目と言えば、ひどい目なんだし」

「そんな風に考えるのが、いかんとわたしは言うとるのよ。いい？　セックスなんて、大したことじゃないんだよ。男も女も、やりたくなるでしょ。だから、やればいいのよ。相身互いよ」

「それはちょっと表現が――」

「いちいちこまかいことをあれこれぐちゃぐちゃとうるさいね、キミは。仲良くなるときは、すぱーんと仲良くなって、別れるときは、じゃあな、みたいな感じですぱーんと別れるのがいいんだよ。悲しいなんて思うことはない。じくじくと、忸怩たる思いを抱えることはないんだ。それもまた、楽しみの1つかもしれないけど、すぱーん、がいいよ。あっさりと、明朗にね。そうすれば、お互い、あ、けっこう気持ちよかったよなあ、という、プラスの思い出だけが残るわけでしょ」

「そういう考え方もあるか。でも、堂祖さんの考え方って、ある意味で、ニヒルだよね」

「ニヒル？」

「一見陽気なように見えるけど、その実、ニヒル。陽性のニヒルと言うか」

「なんとでも言え」

「すごいなと思うけど」

「キミもスーパースターを目指してるんだろ。だったら、そうならないとダメなんじゃないの」

「うーん。そうなのかな」

「そもそも、女の子に興味がない？」

「いやいや、そんな」

「じゃあ、ミック・ジャガーを少しは見習うといい。キミのおっしょさんの、ジョン・レノンにしたってさ」

「うん。そう言えば、そうかも。でもねえ」

「愛とか、なんとかにこだわってる？」

「まあ、そうかな」

「どんなでたらめやってても、ほんものの愛と出会うときは出会う。出会わないときは出会わない」

「うん」

「ものほしげに、真実だの、愛だの、言ってるのは、けち臭いんだよ。自分の正しさを保険にしてるみたいなもんだ。それは偽善だよ。かえってそういうやつのほうが、愛と出会いにくいものなんだ」

「そうだろうか」そういう考え方もあるんだ、とちょっと感心した。

「そこいくと、アメリカはさばけてるよ。なんでもかでも、ラブ・アンド・ピースだ。まるで洗剤メーカーだ」

「プロクター・アンド・ギャンブルのこと言ってる？」

「愛とは洗濯洗剤である、か。警句みたい。あの人たちは、お題目を唱えてるうちに、信じていると信じ込むおばさんに似ている」

「ははは」

「頭で考える愛なんて、自己欺瞞であるか、迷妄であるか、他者を責める口実なんだよ、きっと」

「うーん」

「男といっぱい寝た女は、心から人を愛する権利がないとでも言うのか。イエスは、売笑婦の涙を嘉《よみ》したもうたのだ」

「そう言えば、そんな話が聖書にあるね」

「他者のあやまちを赦しなさい。汝自身のあやまちが赦されるためである」

堂祖さんは相当酔っ払っているようだった。

「よし、今夜は、おねえさんが、キミを浄めてあげる」

「なんのこと？」

「童貞を奪うことにより汝を浄めてつかわす」


ぼくは勘定を払い、堂祖さんをタクシーで送って行った。彼女の実家は世田谷にあって、でっかいうちだそうだけど、彼女は高円寺に１人でアパートを借りて住んでいる。

アパートの外階段を、彼女に肩を貸して、にぎやかな音を立てて上がった。階段の床がスティール製だから、こんな音になる。

彼女の部屋に行くと、明かりがついていた。

「おーい、開けろ」と、眠ったままの堂祖さんが怒鳴ると、内側からドアが開いた。髪の長いやせた男だった。「ああ」と、その男はぼくに言った。こんばんは、のつもりなんだろうと思った。「こんばんは」とぼくは返した。

堂祖さんを奥の四畳半のベッドに寝かせたあと、ぼくはその男とダイニングのキッチンで話をした。彼が堂祖さんの何なのか、ぼくは別に気にならなかったし、彼もそのようだった。ぼくと同じで、彼も堂祖さんにとって何者でもなかったのだろう。

堂祖さんにとって何者でもなくとも、世間的にはかろうじて何者かではあったろう。

何者かはどうやら料理をしていた。料理と言っても、即席のたぬきそばだ。

ぼくはさっさと帰ればよかったのだが、なんとなく興味をひかれてダイニングセットの椅子に腰を下ろしていた。

「冷蔵庫に缶ビールが入ってるみたいだよ」

何者かが麺をゆでながら言った。

「ありがとう」

ぼくは礼を言った。

「ぼくのじゃないから、ぼくに礼を言わなくてもいいよ」

どうやら堂祖さんのものらしい。

「もらってもいいのかな」

「いいんじゃやない。連れて帰ってきたんだから。そのお駄賃ということで」

何者かはドンブリに茹で上がった麺と汁を入れ、付属の天かすをぱらぱらと振りかけ、テーブルに運んできた。そして、上着の胸のポケットから塗り箸を、ズボンのポケットから味付けノリの小袋を1つ取り出した。それから、袋の封を切り、1枚ずつ麺に載せ、それで麺を巻き取るようにして食べる。あまり見たことのないそばの食べ方である。彼は結局天かすそばを2杯ぼくの目の前で食べた。

1杯食べ終えると同じ手順でお代わりを作って、やっぱりノリの小袋をポケットから取り出して、それで麺を巻いて食べたのである。

別に欲しかったわけじゃないけど、彼は一度も「キミも食べる?」ときいてはくれなかった。目の前で何も食べずに見ている人間がいるのに、彼はまったく気兼ねなしに、悪くない行儀でゆうゆうと食べ終えたのだった。

彼が食べ終えたとき、ぼくは言った。

「ビール、飲む?」

「いや」彼は小さなげっぷとともに言った。「いらない」

「飲まないんだ?」ぼくは2缶目を開けながら言った。今夜はいくらでも飲めそうな気がした。飲んでも酔わないし、何かしなければいけないのに、それが何かわからない、そんな気がしていたからなのだろうか。明日の目覚めがひどいものになることはわかっているのに。

「酒は」何者かは答えた。質問をしたぼくのほうが忘れたころだ。「飲むのをやめた」

「前は飲んでいたんだ?」

「前は飲んでいたのですよ」今度はすぐ答えが返ってきた。

「どうしてやめたの?」

「酒ばかり飲んでいたから」

これはどういう意味だろうと、考える。以前はアル中になるくらい飲んでいたから、体に悪いと思ってやめたということかしらん。

「飲んでは吐いてばかりいた」

やっぱり。「そうなんだ」ぼくは手の缶を見る。

「それで気づいた」

「何に？」

「吐いてるのが、飲んだ酒だけじゃないような気がするようになったのです」

「そりゃ、食べたものだって、いっしょに吐くだろう」

「飲むときは食べないんですね、うちの家系は」

「ああ、そうなの」

「キミは関西なのですか？」

　いきなりあさっての方から質問がきた。

「いや、四国。香川県だよ」

　この質問は、東京に出てきてから今日にいたるまで、初対面の人に、数え切れないくらいされた質問だ。そうかい、そんなにぼくの南部なまり《サザン・アクセント》は強いかい。がっかりも、腹が立ったりもしないけど。

　質問者の方は、ぼくの答えに興味はなかったみたいで、また自分の話に戻った。

「食べないのに吐くんだから、もともと自分の体内にあったものを吐いているわけです」

「と言うと、血かな？」

「血も吐いたけど、なかなかそれだけではなかった」

「ほう」

「ぼくの体内には精神も魂も宿っているわけです」

「うん」どうなっていくんだ、この話は。

「であるから、ぼくは酒と胃液と血といっしょに、魂を少しずつ吐いていたと」

「魂をかい？」

「精神は吐かないけど、魂は吐くのです」

「ふーん」

「このままだと、来年になるころには、魂はなくなってしまっているなと思った」

何者かは、よどみなく未来完了時制で言った。

「なるほど」あまり取り合わない方がいい相手かもしれないと思えてきた。

「すでにもうかなりの分量の魂が吐出《としゅつ》されているわけです」

「そうなんだ？」

「このまま放置するわけにはいきませんから、ぼくは酒を飲まなくなった上にインドへ行こうとするわけです。遅すぎる前に」

インド。あのころ、漠然とインドに憧れる若者は多かった。

「いいなあ」

「いきますか、キミも」

「いや、ぼくにはほかにやることがあるから」

「それはとてもけっこう」

「ずっと堂祖さんといっしょに暮らしてきたのかな？」

少し立ち入ったこともきいてみた。

「いや、今日は――すでに昨日ですか――さようならを告げるためにここにきたのでした。彼女は寝てしまったので、そうすることがぼくはできないが、そうするまでもない、彼女はぼくの意向を推測するでしょう」

「明日――もう、今日か――彼女が目を覚ましてから言えばいい」ぼくは言った。

「彼女が目を覚ますころには、ぼくは名古屋を過ぎているだろう」

ぼくはふとグレン・キャンベルの〈恋はフェニックス By The Time I Get To Phoenix〉を思い出した。

ぼくがフェニックスに着くころには、彼女は起きるだろう。


「名古屋？　インドに行くのに？」

「まずヒッチハイクするわけです。東名方面で」

「それから？」

「大阪の埠頭か、あるいは、下関の港から船に乗ろうと思っています」

「そんなことでインドにいけるもんかしら？」

「世界の海はインドに続いている、という趣旨の諺があります」

「ほんと？」

「ごきげんよう。キミがキミのやることをやりとげるように」

最後にぼくのために祈るような文句をつぶやいて、この男は部屋を出て行った。背中に頭陀袋のようなバッグをかついで。素足にサンダルで。

ぼくは戸口で見送ったあと、急に眠気に襲われて、ダイニングテーブルに突っ伏して眠り込んでしまった。始発で自分のアパートに帰ろうと思っていたのだが。

そして、朝、というよりほとんどお昼、目を覚ましたときは、堂祖さんはもういなくて、ぼくはひどい二日酔いだった。どうやら童貞を奪われそこなったのだ。ふとビートルズの〈ノーウェジアン・ウッド Norwegian Wood〉みたいなシチュエーションだと思った。

そしてぼくが目を覚ましたとき、ぼくは1人だった。小鳥は飛び去ったのだ。

カーテンの隙間から斜めに差し込んでくる光の中で、ぼくのタバコの煙が海底のコンブみたいに揺れていた。

時間は無限にあるようにも、尻に火がついて追っかけられているようにも感じた。

ぼくの才能はものすごく素晴らしいものにも思え、そこらに転がっている犬の糞のようにも思えた。

二日酔いの頭の中の海の底で、ぼくの魂もコンブのように揺れていた。

3. ちっくん、歌を書く

電気ギターは観音寺（香川）の生家に置いたままだった。バンドで演奏するのでないならエレキはいらない。当時は音楽スタジオなんて全然一般的でなかったから、大学の軽音楽部とかサークルに入るのじゃないなら、自分のアパートの部屋で弾くしかない。なら、エレキは無理だ。アンプを使う場合はボリュームをうんとしぼらなければならないだろうし、アンプなしでもカリカリンと小さな音は出るが、あれはつまらないものである。今は脳内シミュレーション能力が発達したからそういう弾き方でも楽しめるが、あのころは弾いているうちに欲求不満が募っていやになった。だから正式にバンドを作るか、すでにあるバンドに入るまでは、エレキを郷里から持ってくることもないと、思っていたのだった。

というわけで、ぼくは兄から受け継いだ武蔵境のアパートの部屋で、やっぱり兄から受け継いだオンボロ・アコースティックギターを、まるで憑かれたみたいに弾いたのである。兄とは3歳上の、藤原杉基《すぎもと》というやや変わった名前の男で、前作でも登場する。ぼくが1年生のころは兄とこのアパートで同居したが、兄は卒業するとアメリカに留学して（ぼくから見るとずいぶんと呑気な男だが、数学と英語はよくできたようだ)、ぼくは1人暮らしになった。
(ところで、オンボロ・アパートなんて言うと、大家が怒るかもしれない。大家は、武蔵境北口で靴屋さんをしていた戸部さんという人で、指揮者のヘルベルト・フォン・カラヤンに似ていたから、兄は、シューマッハー・フォン・トベヤンと呼んでいた。シューマッハーとはドイツ語で靴屋さんのことだ。そのアパートは実は特にオンボロというわけではなかったが、まあ、言葉のアヤで、オンボロと言ったわけ。)

一方、ギターのほうは、アヤじゃなくて立派にオンボロと言っていいものだった。ロクに弾けない兄が、どこかの誰かからマージャンでとり上げたものだ。兄としては、現金のほうがよかったが、相手が頼むからこの現物支払いを認めてやったのだそうだ。ところで、兄みたいなものとマージャンをしてはいけない。特にうまくもないのに、まず負けない。めずらしくスッテンテンになりそうなときは、オーラスでダブル役満をツモったりするやつだ。

さて、もう長いこと布によっても紙によっても拭かれたことのないギターで、様々なアブラ(油も脂も)で表面がコーティングされていて、ネックはネバネバした。フレットと指盤のつくる角っこには、吹き寄せられた雪のように垢がたまっていた。ぼくは楽器屋で垢落とし用のオイルを買ってきて、脱脂綿と綿棒と楊枝で、まずギターのすべての部分を掃除することから始めねばならなかった。

丹念に拭き清めてみれば、わりと明るい色のギターだった。そして、わりと変わった形状のギターだった。

アコースティック・ギターは大別して、2つある。クラシック・ギター(ガット・ギターとか、ナイロン・ストリング・ギターとか言うこともある)と、フォーク・ギター(カントリー・ギターと呼ばれるのもあるが、本質は同じ)だ。こちらには、スティール(鉄)弦を張る。

これら2つは、胴の形も、糸巻きの仕組みも違う。さて、兄から譲り受けたギターは、いずれであったかというと、これがいずれでもなかった。ナイロン弦が張ってあったが、糸巻きの形状からすると、スティール弦を張ることを想定しているように思える。テイルピースという、後ろで弦をとめる部分は、金属製の、バイオリンのテールピースみたいな形のものだ。はて、これはなんじゃいと思いながら見ているうちに、昔の映画に出てくるようなギターだな、と思い至った。つまり、渡り鳥や、マドロスさんが背中にしょってさすらうとピッタリだろうなあ、というギターで、演奏すると一番合いそうなのが、歌謡曲だ。ということで、それを「歌謡ギター」と呼ぶことにした。そして、これはクラシックでもフォークでもない、第3のカテゴリーに属するギターだと思った。そう思うと、なんだかおかしくて、愛着が湧いてきたから妙なものである。

さて、その歌謡ギターにぼくは新しいスティール弦を張った。ほんの少しネックが反ったが、弾くのにさほどの支障はない。それでビートルズやベンチャーズの曲を弾いたりした。大した音量でもないが、夜弾くと階下のOLが、天井を箒の柄でトントンとつつくから、夜は弦にゴムを巻きつけて消音する方法を編み出した。ものすごくつまらない音になるが、しかたない。

昼間はこのアパートには誰もいなくなるので、思い切り弾けた。

だが、そういうギターで、1人でビートルズやベンチャーズを弾いていても、つまらない。そんなことばかりやってもスーパースターの道は開けないだろう。そんなことはよくわかっている。だから、ぼくは別のことをやった。ソング・ライティング（作曲）である。

作曲は、高校時代、ロッキング・ホースメンのメンバーだったころに、ちょっとやったことがある。まだまだだけど、面白いものがある、と、ベースマンの合田富士男《ごうだふじお》が言ってくれた。この際、それを素直に信じようとぼくは思った。そういう楽観的な姿勢も、若さの特権だろう。その特権は愚かさとも結びつきやすいけど、そういう愚かさはむしろ貴重なものだと、今のぼくは思う。いや、輝かしい若さのしるしとさえ思う。そういう愚かさがなかったら、おそらく芸術もすたれ、恋愛もなくなり、結婚さえも激減するかもしれない。

とにかく、ぼくは自分の才能を、意味のあるものを生み出すことができるかもしれない才能を信じて、歌を書き始めた。うまくいったのか？

うまくいった――と自分では思った。

ぼくは世界のロック・アーティストを目指していたから、英語で歌を書こうと思った。こういうことも、若い愚かさがなかったら、できない。やろうとしないだろう。

英語は得意な科目だったということがある。だけど、高校で得意だった程度で英語のいい歌詞が書けるとは限らない。いや、まあ、無理である。だけど、いいじゃないか、とぼくは不安を打ち消すために自分に言ったものである。やったモン勝ちだ、と。

勝ったかどうかは別にして、とにかくぼくは英語で書いた。ぼくが初めて書いた歌は〈When I Say I Love You　君を愛してるとぼくが言うとき〉というタイトルだった。

Why must I cry, deserving such an awful sorrow
Listen to my sigh, and I'm longing for tomorrow

(Ref.) And when I say, love you, I say, need you, I say, want your love
I say, love you, I say, need you, I say, want your love

I believe your heart, you doubt my true heart

Falling tears are large, to leave you back alone is hard

(Ref.)

You don't hear my words, thinking I am telling lies
When my words are heard, you'll laugh at me in your eyes

(Ref.)

ひどい歌詞だ。黄褐色に変色した当時の手書きの楽譜を見ながら、自分でもそう思う。文法的にまずいかなと思われるところもあり、何を言いたいのか他人にはわからない部分もあるだろうから、訳を以下記す。記念すべき第1作だものね。

どうしてぼくは泣かなければいけないんだ、この悲しみは当然の報いなのか。
ぼくのため息を聞いてくれ。早く明日が来ることを切望している

(くり返し)そしてぼくが、君を愛している、君が必要だ、君の愛がほしい、と言うとき
　　　そしてぼくが、君を愛している、君が必要だ、君の愛がほしい、と言うとき

ぼくは君の心を信じるが、君はぼくの真実の心を疑う

こぼれる涙は大きく、君を1人残して去るのはつらい

（くり返し）

君は、ぼくが嘘を言っていると思って、ぼくの言葉を聞こうとしない
ぼくの言葉を聞くとき、君はきっと目の中でぼくのことを笑うだろう

（くり返し）

一番問題なのは、くり返しの文句、タイトルにもなっている「When I Say I Love You」だ。文法的には、これは「when」という接続詞に導かれた従属節だが、主節がどこにも見当たらないのである。つまり、「〜するとき」と言ったきりで、「〜するとき」に、何がどうなるのか、まるで言及されてない。この文脈なら、たとえば「ぼくが君を愛していると言うとき、どうかその言葉を信じておくれ」みたいに帰結するのがまあ、自然というものだろう。

なぜ主節がないのか？

当時の自分を想像するに、きっと忘れたんだと思う。

そんなあほな、と思われるかもしれないが、忘れたんじゃなければ、思いつかなかった。あるいは、そこまで考えが及ばなかったと言うのがいいか。

まったく、なんじゃこりゃ、みたいな歌詞だけど、見るべきものがまるでないわけではないとぼくは思う。こういうことだ。

つまり、ちっくんの壮大な野望の反映がここに見てとれるのだ。

ちっくんはビートルズやローリング・ストーンズのようなロックのスーパースターになることを夢見ていた。そうなるためには、世界的ヒットを飛ばさねばならないだろう。世界的ヒットを飛ばすには、世界共通語みたいな地位を獲得した（今はそのことが大いに不満だけど）英語で歌を書くのが一番だろう、と、ちっくんは思った。それにロックの曲に一番よく乗るのは英語の歌詞だろう。なら、そうすればいい。なにしろ、中学から高校、大学と、ずっと英語を学んできたのだ。できないわけがない。

そこで雄々しく書いたというわけだ。そして、注目していただきたいのは、「脚韻（rhyme）」を踏んでいることだ（不完全な韻もあるけど）。第1連（stanza）は、cry と sigh 、そして、sorrow と tomorrow の2組、第2連は、heart と large、そして heart と hard のやはり、2組、そして、第3連は、words と heard 、そして、lies と eyes の2組が、それぞれ韻を踏んでいるつまり、6ヶ所で韻を踏んでるわけ。

英語の歌の場合、歌詞はすべて韻を踏まねばならない、ということは、実は最初に兄の杉基から指摘されたことだった。ぼくが書いた「When I Say I Love You」の、試作品を読んだとき、兄は言ったのだった。

「韻を踏んどらんなあ」

「なんじゃ、それは」ぼくはイチャモンをつけられたと思って、ややむっとして尋ねた。

「歌の文句ちゅうのはなあ、語呂ちゅうか、響きをよくするために、行末の音を揃えるんじゃ。たとえば、そうじゃなあ、なんでもええんじゃけど、ビートルズの〈ドライヴ・マイ・カー Drive My Car〉で言うと、1行目の最後は be で、2行目は see が来とる。子音は別の音で、母音だけが「イー」という音で共通しとる。これが韻じゃがい」

「偶然そうなったんと違うん?」
「偶然ではない。どの歌でもええから、調べてみてみ。全部そうなっとら。ビートルズの歌で韻を踏んでないんは、そうじゃなあ、〈トゥモロウ・ネヴァー・ノウズ Tomorrow Never Knows〉とか、〈アイ・アム・ザ・ウォルラス I Am The Walrus〉とかじゃやな。とにかく、4人の中で一番前衛的だったジョンの歌の、前衛的作品のいくつかが無韻で、圧倒的に少数派じゃわ。とにかく、ビートルズに限らず、外国の歌は、まず全部踏んどらい。隣り合《お》うた行で踏むときもあるし、1行飛ばしで踏んだり、2行飛ばしで踏んだり、段落の終わり同士で踏んだりすることもある。大変そうに見えるが、なに、慣れたら麦踏みより楽じゃわいの」

ほんとだろうか? ぼくは半信半疑で、持っている楽譜を開いて調べてみた。驚いた。ほんとだった! ビートルズのどの歌も、ストーンズのどの曲も、そしてあらゆるポップソングが、すべて見事に韻を踏んでいるのだ!

たとえばローリング・ストーンズの〈レディ・ジェイン Lady Jane〉の1行目の最後の語は「Jane」で、2行目の最後は「again」だ。

デイヴ・クラーク・ファイヴの〈ビコーズ Because〉の1行目は「you」で終わり、2行目は「blue」で終わる!

エルヴィスの〈ハートブレイク・ホテル Heartbreak Hotel〉の2行目は、「dwell」、4行目は「hotel」で終わっている!

ジョニー・ソマーズの〈内気なジョニー Johnny Get Angry〉の1行目末は「through」、2行目末は「do」で、どれも、子音は異なり、母音が共通という語の組み合わせばかりである。

驚いた。みんな、恋に身を焦がしたり、しきりに女の子に言い寄ったり、失恋して引きこもりのための宿を探したり、気の弱いボーイフレンドを歯がゆがったしながらも、ただ言いたいことを言いっぱなしで言うのでなしに、ちゃんと韻を考えながら発言しているわけだ。みんな、すごい、とぼくは感心してしまった。そこまでやらなければ、英語の歌とは言えない。そうぼくは思った。そこで奮発して最初に書いた歌詞を大幅に書き直し、ぼくなりに韻を踏んでできあがったのが、上記の歌詞、というわけである。

以後、脚韻を構成する単語の組み合わせをいろいろ考えたものである。これは無数にある。〔you/to /do〕〔try/cry/fly〕〔make/take/break〕〔proud/cloud/crowd〕とかね。そして、歌詞を書くときに、まず韻をどんな音でどんな風に踏むかを決めてから、文句を考えるということも思いついた。このことを、ある授業の折に、ある高名な英文学者で同時に作家でもある英文科の先生に言ったところ、「それは邪道だろう」と、おっしゃった。尊敬する先生のお言葉ではあるが、ぼくは邪道とは思わない。まず、「韻」ありき、の歌詞もあっていいのではないかと思う。そのことは、『マザー・グース』を考えてみると、よくわかる。

ある有名な歌に、こんなのがある。

Hey, diddle, diddle,
The cat and the fiddle,
The cow jumped over the moon;
The little dog laughed
To see such sport,
And the dish ran away with the spoon.

ヘイ、ディドゥル、ディドゥル（かけ声だよ）
猫とバイオリン
牝牛が月の上をジャンプした
小さな犬は笑った
そのとんでもない情景を見て
そして皿は匙と逃げて行った

要するに、ノンセンス（無意味）で、あれこれ論じても始まらないのだが、ただそのとっぴな情景を想像すると、まことにファンタスティックな情景が浮かんで楽しい。だが、このとっぴなノンセンスも、無からデタラメに生じたのではない。これは韻のために作られた歌なのだとぼくは思う。つまり、牝牛が「月」の上をジャンプして、皿が「匙」と逃げて行ったのは、月（moon）と匙（spoon）が韻を踏むからなので、その韻のために、それ以外の語が適当に集められて並べられたと考えていいと思う。『マザー・グース』の歌のほとんどは、そういうしかたで出来上がっているのではないかとぼくは考えている。いろんな歴史的な事柄も取り込まれているようだが、言葉の連なり方は、なによりも「韻 rhyme」というものが方向性を与えている。なにしろ、『Mother Goose Nursery Rhymes』というぐらいだもの。

そう言えば、ビートルズ（ポール）の歌に、spoonを使った面白い脚韻の例を思い出した。〈シー・ケイム・イン・スルー・ザ・バスルーム・ウィンドウ She Came In Through The Bathroom Window〉という歌で、アルバム《アビー・ロード Abbey Road》のB面のメドレーの中にある名曲だ。こんな歌詞だと、原文を引用したいが、ビートルズは権利関係がうるさいらしいので拙訳を記す。

彼女は風呂場の窓から忍び込んできた
銀の匙に守られて
だけど親指を吸いながら思案する
彼女自身の潟の土堤のかたわらで

なんじゃ、こりゃ、である。ポールの家にかってに入り込んできたグルーピーのことを歌った、というのを聞いたことがある。しかし、歌詞の内容は、ノンセンスだかなんだか、よくわからない。とくに最後の行が不可解だ。なんで、「潟」なんて言葉が出てくるのか？

意味からまじめに考えても、答えは出ないだろう。思うに、これはひとえに、「匙 spoon」と「潟 lagoon」が韻を踏むからこういう文句になったのに違いない。あるいは、まず、銀の匙（silver spoon）という言葉が気に入って、それと韻を踏む語をあれこれ考えて、他にもいっぱいあるだろうに、わざわざ lagoon なんて語を思いついて、面白がって書いたのに違いない。ポールはイギリス人で、なら、よい子のころから『マザー・グース』を聞いて育ったわけである。とにかく、この歌詞などは、意味よりも、素敵なメロディーに乗って転がり出す言葉の響きの楽しさを味わえばいいのだと思う。

さて、ところでこれは馬鹿馬鹿しいことだろうか？　つまり、韻がまずあって、その韻のためにほかの言葉が動員されて詩（あるいは詞）が書かれるということは、邪道で、つまらないことなのだろうか？そうではない。人間の想像力というのは面白いもので、「枠」とか「制限」があると、かえって豊かに羽ばたくというか、そのためによりいっそう生き生きと活動する、ということがある。面白い韻がヒントになって、ファンタスティックな面白い状況が頭に浮かぶ、ということが、この世にはあるのではないかと思う（上記のポールの歌もその一例）。

たとえば、〔gout（痛風）/trout（鱒）〕という組み合わせの韻を思いついたとする。これをまとまりのある歌詞に仕立て上げるにはどういう語を動員すればいいかと考えるわけだ。ぼくが今考えたのは、こうだ。

Mr. James was suffering badly from gout
The doctor told him not to eat any more trout
（ジェイムズさんは痛風でえらく難儀していた
医者は、もう鱒を食べてはいけませんと言った）

これはつまらない文句だけど、たとえば、こんなふうに、痛風のために好物の鱒を食べることを禁じられた男の姿が描かれたわけだ。

それてしまったけど、韻のことを知ったぼくは、以後、苦労すると言うよりは、むしろ楽しく韻を踏みまくったのだった。

しかし、杉基というのはわが兄ながら不思議な男で、ビートルズやストーンズの歌が好きなのは知っていたが、韻のことまで考えて聞いていたとは知らなんだ。あまりこういう男はいないだろう。

とにかく韻に目覚めたぼくは、外国人教師の担当する英詩を読む授業で「feminine rhyme（女性韻）」というのを聞いて、それ、すごくいいなあ、などと思ったりしたから、ぼくも変わっているのかもしれない。feminine rhyme というのは、〔ruler（支配者）/cooler（冷却器）〕とか、〔fortunate（幸運な）/ importunate（差し迫った）〕（これは研究社・大英和辞典に載ってた例）みたいに、「強・弱」

の2音節、あるいは「強・弱・弱」の3音節で踏む韻を指す。ただし、この女性韻を多用すると、ざれ歌とか、わらべ歌みたいになるらしい。そうだろう。深刻なことを言っているときに念入りに3音節で韻を踏んだら、真剣みを疑われるというものだ。

だが、ぼくはとても興味深く思ったので、それを工夫して、〈Rosie ロージー〉という歌を書いた。

Rosie, my love, angel of the street
You're floating in the summer breeze
Rosie, white dove, angel of the street
You wake me up with your tease

(Ref.) They say that something wrong happened to me
I know how sweet it is in love to be!

Rosie, my love,
You are the only girl I care!

Rosie, sweetheart, my flirting chick
Sometimes I feel that you're not mine
Rosie, it's what, my flirting chick
It's what is always on my mind

(Ref.)

Rosie, sweetheart,
You are the only girl I care!

Rosie, honey, oh, devil child
The sweetest thing is your lips
Rosie, funny, oh, devil child,
You got me burning to my finger tips

(Ref.)

Rosie, honey, oh, devil child
You are the only girl I care

ロージー、ぼくの愛する人、巷の天使よ
夏のそよ風に漂う君
ロージー、白い鳩、巷の天使よ
ぼくを焦らして目覚めさせる

（くり返し）みんな僕にとんでもないことが起きたと言うけれど
　　　　恋することがどんなに素敵なことか、今こそぼくはわかった！

ロージー、ぼくの愛する人、
ぼくの思うただ１人の人

ロージー、ぼくの恋人、浮気なヒヨコさん
ときどき君がぼくのものじゃないような気がする
ロージー、そのことが、浮気なヒヨコさん
そのことがいつも気になってるんだよ

（くり返し）

ロージー、ぼくの恋人、
ぼくの思うただ１人の人

ロージー、ぼくのいとしい人、　おお、悪魔の子どもよ
この世で一番甘いのは君の唇
ロージー、とてもおかしい、おお、悪魔の子どもよ
君のために指先まで燃え上がりそうだ

（くり返し）
ロージー、ぼくのいとしい人
ぼくの思うただ1人の人

作詞能力がだいぶ進歩したと、われながら思う。でも、実はこれはソング・ライティングを始めてから3年くらい経ってからの作品で、まあ、進歩してても不思議はない。

内容は、小悪魔的というか、コケットリーに溢れた女に夢中になった堅気の男の歌だけど、作者が密かに自慢に思っているのは、その響きである。歌っていても、自分の喉や口が心地よい、なんて言うと自慢が過ぎるか。とにかくその響きのよさを作り出している重要な要件が、韻だ。脚韻は、2行目と4行目で踏んでいる。さらに、呼びかけの言葉で、韻を踏んでいるが、これがfeminine rhymeなのだ（傍線の部分）。とくに2節目の、〔sweetheart /it's what〕の強引な女性韻が、自分では気に入っている。一見、不完全な韻にも見えるが、歌うと、ちゃんと韻として機能している。色っぽいジャズ風のコード（和音）を用いた、しゃれたワルツのメロディで、それをお聞かせできないのが、残念である。とにかく、今まで作ったなかでも、特に気に入った歌の1つだ。

ところで、〈Rosie〉は女性の名前をタイトルにした歌だが、ほかにもそういう歌は幾つか書いた。feminine rhymeの例のために順番を無視してここで〈Rosie〉を紹介したのだが、女性名ソング第1号は実は〈Eva エヴァ〉という歌で、これは〈Rosie〉の2年ほど前に書いた。そして、この〈Eva〉について語ろうとすると、そのインスピレーションのもとになった経験をいやおうなく思い出すのだ。

あれは大学の受験で東京に出てきたときのことだった。私大2つと国立大を1つの受験を終えて、あとは発表待ち、という時期だった。ちょうど2日おきに冬と春が交代してやってきていたが、あの日はいい塩梅に春にあたっていた。

ぼくは兄の武蔵境のアパートでゆっくり朝寝して、昼前に起きると、新宿に向かった。新宿は東京に出てきて一番気に入った町だった。渋谷は今みたいな活気はなくて、なんだか地味な町、という印象だった。池袋は、どうでもよかった。ぼくみたいに南からきた人間は、東京の北よりも南のほうが安心するのだ。東西で言えば、圧倒的に西の方を好む傾向がある。北国から来た人は、東側、浅草や上野に親しみを感じるようである。そして原宿は渋谷と同じで、今みたいににぎわってなかった。六本木には行ったこともなかったから、どんなだか知らなかった。そして銀座は全然居心地がよくなかった。違うな、という感じ。ということで、新宿をぼくの町と決めたわけ。

新宿駅でいつものように立ち食いそばを食べて昼食とし、そのあとは新宿の街の見回りをする。すっかり自分の領分《シマ》になったと勝手に思い込んでいる。紀伊國屋で本の背表紙を見て、雑誌の立ち読みをし、そのビルの2階にあった「帝都無線（すごい名前だ、創業は明治かな）」でレコードを眺め、ガラスのショウケースの中のアメリカ製のギター、フェンダー・ジャズマスターに、ギブソン・ES335の神々しい姿に向かって、胸のうちで手を合わせておがむ。それから歌舞伎町のコマ劇場前の広場に行く。ぐるっとビルに取り巻かれた四角い広場で、なんということはないが、ぼくはその場所が好きだった。映画館が幾つもそれらのビルに入っていて、その看板を見るのも楽しい。

そしてまた歩き出して、ガードをくぐり、西口から南口へ出る。そして東口のほうに歩いて行くのだが、途中でピンク映画の専門館があって、この看板がまたしみじみと趣深いのである。そして伊勢丹の洋服売り場を視察し、値札を見ては顔をしかめ、ジャケットをちょこっと着てみたりする。店員に話しかけられるのはわずらわしいから、頃合を見て逃げ出す。そして3丁目の交差点を斜めに渡るのは、やはりそのあたりに大きな楽器屋があるからだ。受験で出てきて以来、これまで何度もそうしてきたように、その日もその楽器屋を覗くつもりだったのだが、そうはしなかった。途中でぼくの注意を強烈に惹きつけたものがあったのだ。

それは楽器屋手前にあった映画館の映画のポスターだった。ぼくの眼の中に横からすっと入り込んで足をとめさせたのが、その映画のタイトルだったか、それとも俳優の顔写真だったか、よくわからないが、ぼくは立ち止まり、首を90度右に曲げてそのポスターをまじまじと眺めた。

『プレイガール白書　甘い戯れ』というのがタイトルだ。これはものすごく心にしみるタイトルだと思った。昨今は原題をそのままカタカナ表記して（あるいは不正確に表記して）邦題でございとやるのが多いが、ちゃんと知恵をしぼって邦題を考えてほしいものだ。で、このタイトルが、強烈にアッピールしたと。これはもうただ事ではない。18歳のぼくの胸は土用波のようにうねるのだった。

次に主演の女優の顔をしげしげと眺める。つくづく美しい顔である。細面で、そぎ落としたような頬の線がものすごく魅惑的だ。ふと手を伸ばして触れたくなる。そして、やや垂れ気味の大きな目。この眼に涙が浮かんだら、ぼくは卒倒するかもしれない。そして、ほんのかすかにカールして顔を取り巻くセミロングのブロンドヘア。思わず「アジャパー」と、古い流行語をぼくは口にするのだった。今の若いひとなら、「やっべー」と言うところだろう。

そのポスターがガラス張りのショウケースの中に貼ってあるのでなかったら、はがしてもって帰るところである。そういうタイトルの映画のポスターを盗んだために捕まった、なんてことになったらすごく恥ずかしいかもしれないが、その危険を冒す価値は十二分にあるなどと思ったりした（結局は盗まなかったけど）。

ポスターの隣には、15センチ×20センチくらいのスチール写真がいっぱい貼ってある。この写真が、まあ、実に雄弁なのだ。

上半身裸の男が、おそらくその男のワイシャツを着て下半身は何もつけてない(ように見える)女の両手首を持っているのがある。いきり立つ女をなだめているように見える。この女は、先ほど述べた女とは別人で、黒髪みたいだ。器量は落ちるが、その出で立ちは大変に説得力がある。何を説得するのだ。

ほかの写真は、みなブロンドのあの美人が映っている。ヘアバンドをしているもの、アップの横顔の、髪をうしろにかき寄せて露出させた耳に、大きな耳輪。白いサブリナパンツみたいなのを穿き、白いノースリーブのブラウス(なんだろうか)を着て、両手を耳のところまで掲げているのは、ダンスしているのに違いない。その他、さまざまなポーズで映っている。……そうか、とぼくは胸のうちで呟いた。この人が「プレイガール」で、この人の「甘い戯れ」を記録した映画なのだな、どうやら、これは、と、心が上ずってややおかしい語順で考えた。とすれば、見ないわけにはいかないだろう、ぼくは、何をおいても。

ぼくは時間表も見ないで木戸銭をはらって中に入った。もろにB級映画なのだろうが、一応封切りロードショウ公開だから高い。高いが、そんなこと言ってられない。この世には金で量れない価値というのがあるのだ。

映画はもう始まっていた。やや意外なことにモノクロである。そう言えば、スティール写真がみなモノクロだったな、と今ごろ気づく。

映画によっては、モノクロだと損をしたような気のすることがあるが、あえてカラーじゃなくモノクロで撮って成功している、という映画もある。黒沢作品のいくつかはそう言っていいものだと思う。

そして、この映画は、モノクロで成功していると、ぼくは思ったのだった。あるいは、制作費の都合でカラーじゃなくなっただけなのかもしれないが、とにかくモノクロなのがいいと、ぼくは思ったのである。あるいは、それは恋したためかもしれない。そう、ぼくはタイトルを読み、写真を見た瞬間に、どうやら恋してしまったのだった。

ぼくは一心によくわからない画面を見続けていた。昔、ぼくの郷里では、映画を「見たところから見たところまで見る」という見方がごく普通だったが、それをやったわけだ。もちろん、映画の見方としては、まったく駄目な見方である。

だが、とにかく見たところから見たところまで見た、と。そしてぼくは席を立たなかった。そこから再び結末まで見た。だから映画館を出たころは、もうすでにとっぷりと日が暮れていた。これが田舎だったら、遠くのお寺の鐘がゴーンと鳴るところだが、ここは新宿3丁目だからそうはならない。

ぼくは今まで見続けてきた映画のいろんな場面を頭の中のスクリーンに再生しながら、電車に乗って武蔵境のアパートに帰った、どんなふうにして帰ったか、記憶にない。

さて、『プレイガール白書　甘い戯れ』は、どんな映画だったか。

実を言うと、一回半見たにもかかわらず、ぼくにはそのストーリーがよくわかっていないのに気づいた。もともとあらすじを追うのが不得手なほうかもしれない。本を読んでも、映画を見ても、いつしか心が漂い出して白昼夢にふけっている、みたいな傾向が幼いころからあった。どうも、生まれつき、ムーディなのである。そして、この映画では、どうやらぼくは主演女優ばかり見つめていたようなのだ。その顔を、姿を。

相当に背が高いようだった。180センチ近くありそうに見えた。細かった。手も、脚も、指も細かった。眼は大きくて、少し垂れ気味に見えるとは先に書いた。口は小さくなくて、ほんの少し受け口気味で、半開きの状態でいることが多かったが、ちっともおつむテンテンには見えない。うんと賢そうに見えるわけではないけれど、とにかく魔法のような呪縛力がある女だった。エヴァ・レンツィ、というのが、その女優の名前である。

ストーリーがよくわからなかった、と言ったが、実のところわからなくても別にかまわないような映画だった。翌日もぼくは見に行ったのだが、ストーリーはどうでもよかった。エヴァ・レンツィを見ているだけでよかった。映画の見方としては最低のレベルかもしれない。

ストーリーはよくわからないと書いたが、だいたいどんな話だったか、くらいはわかっていて、まあ、タイトルどおりと言えば言えないこともない。つまり、若く奔放な美しい娘に、いい歳した男2人がすっかり虜《とりこ》になってきりきり舞させられる、というお話で、そういう話なら、やっぱりストーリーなんてどうでもいいわけだ。

そんな映画なのに、ちっとも退屈しなかったのは、ぼくが恋していたからだろうと思う。そしてタイトルどおりとは言ったけど、そのタイトルが暗示するような、ポルノ的な要素はほとんどない。これは一種の詐欺ではないかと思った。同時に、それでよかったのだとも思った。つまり、「プレイガール」のふしだらの記録をつぶさに観察できると思ってわくわくして入ってみたら、なんぞはからん、ある意味で文芸的とさえ言えるような、ちっとも下品じゃない官能的な青春の記録をうっとりと見ることになったわけだ。つまり、エロで釣ろうとの、映画配給会社の姑息なたくらみに引っかかったけれど、彼らの思惑とは違った貴重なものを得たのだった。

そして、これが西ドイツの映画で、台詞がドイツ語なのも、ぼくに深い感銘を与えてくれた。ぼくはたまたまそのちょっと前に例の「都の西北大」の文学部を受験し、もし合格したなら第2外国語としてドイツ語を選択することになっている。その選択が、きわめて適切であったと、この映画は保証してくれたのだ。

ドイツ語は、一般に、ゴツゴツして耳障りだという思い込みが一般にあるようだけど、それはまるっきりの誤解であって、実はとてもとても美しく耳に心地よい言語だと、ぼくはこの映画を見て確信した。特に、主人公を演じたエヴァ・レンツィの台詞が、とろけそうなくらい心地よかった。彼女の演じたヒロインの名は、アレクサンドラ・ボロゾフスキーというすごいもので、たぶんスラブ系という設定なのだろうがしゃべるのはドイツ語オンリーだ。子音と母音のバランスが一番いいのは英語かと思っていたが、いやいや、一概にそうも言えないとわかった。ドイツ語は英語よりも子音が強いが、その硬質の響きも、けっして英語に劣るものではない。ドイツ語は女がしゃべるのがよく、フランス語は男がよい、と誰かが書いたのを読んだことがあるが、それは正しい。

それからも、ぼくはもう1回、その映画館に行って「甘い戯れ」を2回通り見た。2番館に下りてきたらまたいこうと思っていたが、それきり公開されることはなかったと思う。どうも2番館以下の映画館の小屋主たちは、作品を選ぶ鑑識眼が鈍いようである。

さて、エヴァ・レンツィという人の存在は、ぼくにとって大変大きかった。実に、ぼくにとって妄想の世界における理想の恋人、あるいは、恋人の理想像となったのだ。つまりエヴァ・レンツィという女優と、彼女の演じたアレクサンドラというキャラクターが、ぼくの頭の中で完全にごちゃごちゃになっているのだが、とにかくそういう女を愛したら、絶対に幸せにならない。引っ掻き回され、連れ回され、小突き回され、すり回されることになるに決まっている。つまり付き合ったら間違いなくエラい目にあう恋人だ。ならば避けるのが賢明だけど、恋は損得抜きで、分別も役には立たないのである。

だが、この1968年の3月に始まった恋は、なにしろ妄想の世界のことだから、さいわいぼくに現実的な打撃を与えるわけではなく、むしろ創作への意欲を高めたのだった。そして、彼女から得たインスピレーションを、ぼくは1つの歌に結晶させた。あの映画を見てから半年後のことである。

タイトルはズバリ、〈Eva〉。キーは、Em である。

She softly kissed, she's my love, oh, my Eva
Can't see what she's thinking of, oh, my Eva
When I try to hold, she never lets me do
When I'm far away, she misses me, it's true
Does she love me so?
Oh, please let me know
I'm a bird in a cage
Does she need only plays?

(Ref.) Eva, be a good girl and love me more and more
Eva, I give you myself because I love you so

I tried to blame her, but I saw her tears
I could say no more, she's the boss, it's too clear
With her right hand, she does to me wrong
With her left hand makes me feel the love is strong

She's a bad girl, I know
But she's a sad girl, I know
Lord I'm also sad
I'm broken to be mad

(Ref.)

She seems to know everything I want
But she never does anything I want
When I talk to her, she never hears my words
Smiles and kisses my cheeks and leaves me disturbed
I've given up my job
I can never stop
Nothing would I care
I'm ready to go anywhere

(Ref.)

（日本語訳）
彼女は優しくぼくにキスした。彼女はぼくの恋人、おー、ぼくのエヴァ

彼女が何を考えているのかわからない。おー、ぼくのエヴァ
ぼくが抱こうとすると、そうさせてくれない
ぼくが遠くにいると、彼女は淋しがる。それは本当
彼女はぼくを愛してくれてるのだろうか？
どうか教えてほしい
まるでぼくは籠に入った鳥
彼女はただ遊びだけを望んでいるのか？

（くり返し）エヴァ、どうかよい子になって、ぼくをもっともっと愛しておくれ
　　　　　　エヴァ、ぼくは自分のすべてを君に捧げる。それは心から君を愛しているからだよ

ぼくは彼女を責めようとした。だが、彼女の涙を見た
すると何も言えなくなった。彼女の方がボスだということは、解りきったことだ
彼女は右の手でぼくを苦しめ、左の手で愛は強いものだとぼくに感じさせる
彼女は悪い子だ、それはわかっている
でも、彼女は悲しい子なんだ、それもわかっている
神よ、ぼくも悲しいです
自分が壊れて気が狂いそうだ

（くり返し）

ぼくの欲するものすべてを、彼女は知っているように思える
だが、ぼくの欲することを、彼女はなに1つしてくれない
彼女に話そうとしても、聞こうとしない
笑ってぼくのほほにキスして、ぼくを困惑させる
ぼくはもう仕事も辞めた
もう止まることはできない
気にするものは何もない
もうどこにだって行ける

（くり返し）

もちろん、拙い英語である。文法的にマズいところも、不適切な語法もそりゃあるだろう。だが、ぼくは満足だった。初めて傑作を書いたと思った。そして、今この曲を頭の中でプレーバックしても、そう思う。拙い英語でも、言わんとすることはわかるし、描き出されたエヴァの姿も、鮮やかに浮かぶ。これをテープに録ったのを聞いたあるクラスメートの女学生は、「なんだかマカロニ・ウエスタンみたい」と言ったが、おそらくEmからGに、そしてAm・Emと移るコード進行がそういうムードをかもし出しているのだろう。この曲でぼくは初めてAm6のコードを使って、その効果に1人うっとりした。エヴァ・レンツィは、ぼくのミューズとなったわけだ。

先に紹介した〈ロージー〉も、自由な天使のようなファム・ファタール（運命の女）で、Evaの娘である（まことに、Evaは、女の母なのだ！）。

そう言えば、ゲーテの『ファウスト第2部』の最後に、「すべて女性なるもの、われらを高みに導いていく」とかいう文句があるが、なるほどなあ。女性なるもの、たしかに創作へのインスピレーションを与えてくれるのである。

とにかく、ぼくはさまざまなインスピレーションを得て歌を書いた。前記のもの以外にもいっぱい書いた。そのうちの幾つかの楽譜が残っている。取るに足りないものや、未完成のものもあるが、あのころ苦労して（そして苦労しながら楽しんで）書いた曲で、1つ1つがロックの学究たるちっくんの記念碑なので、簡単に紹介しておこう。

〈I Make Her Cry, I Don't Know Why あの子を泣かせてしまう、なぜなんだろう?〉

タイトルからしてがんばって韻を踏んでいる。そしてくり返し出てくる歌詞でもある。リズムは、8分の12拍子で、スロウなロッカ・バラードだけど、速いワルツと考えてもいい。ビートルズの、〈こいつ This Boy〉、〈イエス・イット・イズ Yes It Is〉、〈ベイビーズ・イン・ブラック Baby's In Black〉などの、12ビートのレノン・ソングに触発されたもの。やはり、レノン的な、天邪鬼な自分のことをいぶかしがり、悲しんでいる歌だ。ほんとは優しくしたいのに、いじめちゃうんだ。どうしてなんだろう……?

〈Tripetta トリペッタ〉

大好きだった（今でも好きだけど）エドガー・アラン・ポウのゴシック風味の短編、「Hop Frog」に登場する女の子の名前。語源的に見れば、「3つの足」という意味になる。この奇怪な名前の響きが気に入って歌にした。内容は物語を踏まえたもので、主人公で、宮廷道化師のHop Frog（ホップ・フロッグ）が、同僚の少女に寄せる愛を語る、というラブ・ソングだ。コード譜は残っているが、メロディ譜と歌詞はなくしてしまった。「Tripetta, I love you, Tripetta, I miss you. Tell me for whom you're dancing on？（トリペッタ、愛している、お前がいなくて淋しい。お前は誰のために踊り続けているのだろう?·）」という、歌いだしの部分のメロディと歌詞しか記憶にない。いい曲だったんだけど、惜しいことをした。

〈You Are Going〉訳しようがない。邦題をつけるなら、〈ユー・アー・ゴーイング、だろうか〉

これは、曲作りを始めてまもなく作った曲。稚拙ではあるが、
You are going to break my heart（お前はぼくの心を壊そうとしている）
You are going to tear me apart（お前はぼくをバラバラに引き裂こうとしている）
というくり返しの部分は、なかなか力強いぞ。もちろん韻踏んでますね。

〈(Keep On) Trying To Catch The Dream 夢を追い続けて〉

たまに（　　）つきのタイトルの歌がある。たとえば、ローリング・ストーンズの、〈(I Can't Get No) Satisfaction サティスファクション〉とか、カーペンターズの、〈(They Long To Be) Close To

You 遥かなる影〉とか。どうしてそんなことをするのか知らないけど、ちょっとカッコいいのでマネしてみたのだ。

これは、コード使いが、なかなかハイカラで、意欲的な作品だと、自分では思っていた。Gの曲で、Gから、F・C・D7 と変化するのは、まあ、ありがちだが、展開部で、A・E・C・D7 と進み、サビは、Am・G・C・G・Em・Bm・Em・Em と進行する。ありえない進行ではないが、まとめるのが大変だということは、曲を作ったことのある人ならわかるだろう。ここでも、ビートルズの蒔いた種が芽を出している。

〈Just A Girl For Me バッチリぼくの彼女〉

E♭で書いた。たしか、当時ヒットしていたヤング・ラスカルズの歌（タイトルも、メロディも忘れたが）に刺激されて、ややリズム・アンド・ブルースっぽい歌にしようとした。譜面を見ると、E♭・E♭7・A♭・B♭7 しか使ってない。ところどころマイナーのコードを使うほうが、それらしくなるのだが、そういうことを考えなくて、メジャーの曲なら極力メジャーのコード中心でいくのがいいんだ、と思っていたのかなあ。でも、今譜面を見直しても、悪くない。楽しい曲だから、ジャクソン5なんかに歌ってもらうといいんじゃないかと。もう、そんなグループ、ないか。

〈Time Goes Round My Brain 時がぼくの頭を巡る〉

作者自身、とても気に入っている曲だ。タイトルにもなったこのくり返しの文句「Time goes

round my brain」は、スタンダードの〈アズ・タイム・ゴーズ・バイ As Time Goes By〉やローリング・ストーンズの、〈アズ・ティアズ・ゴー・バイ As Tears Go By〉がヒントになった。ストーンズも、スタンダードの名曲のタイトルを意識してたかもしれない。最初、「Time Goes By My Brain」としていたが、「過ぎ去る」という意味の「go by」は自動詞的で、目的語を取らない。このbyは、副詞だろう。go by the window（窓のそばを通る）という表現もあるけど、その意味だとすると、「Time goes by my brain」は、なんだかわからない文句になってしまう。ということで、「時がぼくの頭を巡るTime goes round my brain」とした。時間がフラッシュバックのように、あるいは、当時流行った言葉を使うなら「走馬灯のように」ぐるぐる回る、というイメージだ。

　こんな歌詞である。

No one dares to hold my hands and make me feel so right
I'm afraid of everything that comes into my eyes
Time goes round my brain, memories here to stay

Want to run away out of this dark and nasty room
I'm alone now, she is gone now, nothing I can do
Time goes round my brain, memories here to stay

誰もぼくの手を握って安心させてくれない
目に入るすべてのものがぼくは怖い

時がぼくの頭を巡る、記憶はすべてそのままに
この暗くて嫌な部屋から逃げ出したい
ぼくは独りぼっち、彼女は行ってしまった。ぼくにできることは何もない
時がぼくの頭を巡る。記憶はすべてそのままに

サビは、

Same as before, oh, same as before
I was a boy who'd never eaten much
Same as before, same as before
No one loves me, no one holds me,
I can't feel enough !

前とおんなじ。いつだってそうなんだ
ぼくはおなかいっぱい食べたことのない子供のよう
前とおんなじ、いつもそうなんだ
誰もぼくを愛さないし、抱きしめてもくれない
こんなんじゃ、満足なんてできるものか！

「much」「enough」は、やや苦しいけど、韻を踏んでいるつもりである。

そして、3番の歌詞は、

I feel so low, want tomorrow, tell me what I should be
Yesterday was bad, today is worse apparently
Time goes round my brain, memories here to stay

気分が沈む、明日がくればいい、いったいぼくはどうなればいいんだ
昨日はひどい日だったけど、今日は明らかにさらに悪くなっている
時がぼくの頭を巡る。記憶はすべてそのままに

ぼく自身の思いとしては、コード進行が楽しい。最初Emから出発したメロディがAmに移るのはごくありふれた進行だが、それがDmへと変化するのは、あまり例がないと思う。要するに、早くも3小節目で4度上に転調している、と考えてもいい。そういう幾何学的なコード進行の実験をぼくは確かに意識的にやっていたのだ。もちろん、不完全な習作ではあるけれど、ぼくには愛着のある曲だ。当時のぼくの、つまり19歳の青年の不安と不満を、うまく捉えていると思う。ポール・マッカートニーみたいな、ぼくちゃん声で歌うのがいいだろう。

〈Turquoise ターコイズ〉

オリエンタル・フレーヴァーいっぱいのストーリー性のある歌で、かつては大きな国の王子だった

男が、年老いて、零落して、唯一手元に残ったトルコ玉(石)を眺めながら、夢の恋人への想いを語る。その男にとって、その宝石は恋人の化身なのだ。トルコ玉よ、どうかわたしをお前の家に連れて行っておくれ……。

さすがに筆者もくたびれてきたので、詳しく説明はしないが、これは我ながら気にいっていて、多少手直しすればいい歌になると思う。キーはEmで、サビの部分で、Eに転調する。イントロというか、リフは、ギターの1、2弦を使ったアルペジオで、簡単に弾けるのにとても印象的である。

〈It's Time To Go 悲しい別れ〉

カントリー・フォーク調のラブ・ソング。シングル・レコードを出すとしたら、すんなりB面になることが決まるような曲。悪くはないんだけど、地味かも。

〈Lovely Mary 可愛いメアリー〉

これまた、カントリー調。

Let me see your eyes shine, just like morning dews (まるで朝露のように輝くお前の目を見せとくれ)

Please don't make me feel like a fool (自分のことを馬鹿みたいだ、なんて思わせないでおくれ)

というサビの部分が、うまく書けたという記憶がある。〈ヘルプ! Help!〉のころのレノンとマッカートニー風のハモリでやると、とてもいいだろうと思う。

〈All The Seasons すべての季節に〉

これは、あのころ好きだったタートルズの、〈エレノア Elenor〉や〈ハッピー・トゥゲザー Happy Together〉ふうのラブ・ソングを狙って作った。つまり、Amで出て、サビでAに変わって、楽しくコーラスするという構造だ。内容も、タートルズと同じように、無思想能天気の他愛ないラブ・ソング。ぼくはそういう種類のラブ・ソングが、当時も今も好きなのである。オールディーズのアンソロジー・アルバムに入れると、ぴったりなんだがなあ。

あと、

〈Girl,Girl〉そのまま訳すとばかみたいなので、〈ガール、ガール〉としておこう。

〈Only One Thing たった1つのこと〉

〈Miss Kate ミス・ケイト〉

などの歌を作った。

これらはいずれも未完で、作者も途中で見切りをつけたものだから、当然プアーな作品である。だけど、いずれの中にも、ふむ、そうか、と、なにかしら納得できるようなアイデアがあって、そのアイデアを膨らまそうと、20のころのぼくが頭を絞った記憶が蘇る。そういうアイデアを四六時中探し求めていたのだった。

そして、たまたま摑んだアイデアをもとにして、毎日ギターを弾いては、歌を書いていた。大学で授業を受けてるときはもちろん、道を歩いているときも、作曲のことばかり考えていたように思う。ぼくは妄想と音楽の中に生きていたのだ。夢の中に生きていたといってもいいようなことだった。エリナ・リグビーみたいに。

そして、ある程度曲がたまってきたころ、つまり、大学の2年生になったころ、ぼくは積極的に（ぼくとしては、ということだが）動き出そうとした。つまり、プロのミュージシャンへの入り口を、具体的に、探し始めたのだった。潮もかなひぬ今は漕《こ》ぎ出《い》でな、というわけである。

その顛末は、次章にて。

4．ちっくん、挫折する

前にも書いたが、思えば金もないのにディスコにはよく行った。生の音が聞きたいということとは別に、音楽業界に対して何のツテももたないぼくにとって、駆け出しバンドがいっぱい出演するディスコはプロの世界への手がかりのように漠然と感じていたのかもしれない。こういうところでうろうろしていたら、なにかチャンスに巡り合うかもしれない、と。

渋谷のVANはもっともよく通ったディスコだ。当時渋谷の近くの青山には超有名な男性服飾メーカーのヴァンヂャケットの本社があったから、ディスコがちゃっかりその名前をいただいたのかなとも思うが、正確なところは知らない。

そのディスコ、VANは雑居ビルの五階にあったが、その階のエレベーターのドアの右脇の壁が掲示板みたいになっていて、そこにいろんなポスターやビラが貼ってあった。

ポスターは、けっこう有名なミュージシャンのライブの広告とか、新しいLPレコードの紹介とかが主だが、そのライブの会場が、VANとはまったく関係ないホールだったりするから、なんだか不思議だったけど、この業界はそういうふうに持ちつ持たれつなんだなと気づいた。そのうち、ぼくのバンド（まだ影も形もないけど）のポスターがここに貼り出されるんだなと、またまた妄想にふけったりした。そのときの写真は、リッケンバッカーのギターを抱えることにしよう。普通にストラップで吊るすだけじゃなく、こう、女の子をハグするみたいに抱えるのがいいかもしれん。うん、それがいい……。

また、もちろん、このVANに出演するバンドのスケジュール表もあった。タイガースとか、テンプターズとか、ブルー・コメッツ、スパイダースみたいな人気バンドは出ない。これから売り出そうという若いバンドばかりである。そりゃ、そうだろう。木戸銭は500円で、粉末ジュースの素を水道水に溶かしたドリンクがつく。有名バンドを呼んでたら大赤字だ。

だけど、ぼくが初めて見たころは無名でも、やがてテレビに出たり、レコードを出したりするグループもいた。たとえばハーフ・ブリードというグループはレコードも出した（そのレコードを買っておけばよかったと、今後悔している）。

このグループとは、ちょっとだけ親しくなって、演奏前後の時間にステージのところに行って話をしたりした。リーダーは、誠実そうなドラマーで、彼だけがちょっと年上みたいだった。気さくなのはリズムギターの、少年みたいな顔の男で、気持ちよく話をしてくれた。

「ストーンズの、〈ザ・ラスト・タイム The Last Time〉はやらないの」と、ぼくは聞いたことがあった。「これかい？」そう言って、彼は印象的なリフ（くり返し演奏される伴奏のフレーズ）を弾いた。簡単だけど、とてもセンスのいいリフなのだが、言われてさっと弾けるんだから、さすがにプロは大したもんだと、ぼくは感心した。「でも、レパートリーに入ってない。今度仕込んどくよ」

また別の日。たしかあれは成人式の日で、ぼくは渋谷で映画を見たあと、VANにきていたのだが、このときの出演バンドが、またハーフ・ブリードだった。

2曲目が終わったあと、いつものようにステージの近くにいたぼくは、リズムギターに近づいてこう言った。

「ストーンズの、〈サティスファクション〉は、やるんだろ?」

「やれるけど、みんな歌いたがらない」リズムギターは言った。

「じゃあ、ぼくが歌ってもいいけど」ぼくは厚かましいことを言った。

リズムギターは、ぼくの顔を正面から見てちょっと考え、ドラムのところに行ってぼくの申し出をとりついだ。ドラムは、ちょっと明治の文士みたいな顔で眉をしかめて考えたのち、ぼくの方を向いて言った。

「キーは、オリジナルでいいの?」

この曲のオリジナル・キーは、Eである。ぼくはうなずいた。

すると、いきなり、あの60年代ロックの中で、一番有名なイントロが流れ出した。ちゃんとファズ・ボックスを使った音だ。

ぼくは一瞬目を閉じたあと歌いだした。武蔵境のアパートで、オンボロ生ギターをひきながら、観客もサイドメンもなしの、ホンモノのワンマンショウで、幾度となく歌った歌だ。思えばこっけいでもあり、なんだかかわいそうなような眺めでもある。

だが、このいきなりの東京初ステージは、完璧とは言いがたいものだった。突然歌う機会が訪れて(自分から言い出したことだけど、まさか受けてくれるとは思わなかったのだ!)、やたら力が入っていたのかもしれない。歌い出しの「I can't get no〜」は、リフレイン(くり返し歌われる部分)でもあるが、この最初の音はG♯なのに、イントロのギターの音に引っ張られてBの音で歌いだしたのだ。リードギターがびっくりしたような顔をしてぼくを見た。自分でもミスったと思ったけど、何をどうミスったのかはわかってない。そこを、びっくりしたような目で見られると、ますます泡を食う。ぼくはとっさに、「Oh, yeah, Ha !」などと、R&Bの歌手みたいにかけ声をかけて勝手にブレークし、この部分はミック・ジャガー風のステージ・アクションでやり過ごし、そのあいだに音をちゃんと確かめて、主メロを歌い出した。「When I'm driving in my car 車を走らせてると」というところだ。

これはうまくいって、リズムにも乗れて、1番を歌い終えて、先程しくじったリフレインをちゃんと歌い、2番に突入したが、あれま、今度は歌詞を3番と間違えた。それでもめげずに3番は2番の歌詞で最後まで歌った。なに、歌い出しのところがやや違っていて、歌詞の2番と3番が入れ替わっただけじゃないか。

実際完璧ではないにしても、結果としてまあそれほど悪くないパフォーマンスだったと思う。フロアの若い客たちは、ぼくが間違えたことなどまるで気にしないで、一心に踊っていたのだし。実際、このころのディスコの客は、信じられないくらい純だった。ただ大好きな洋楽が聞けて、それに合わせて踊ることができればそれで満足だった。ナンパだ、スケコマシ、だ、ハッパだ、スピードだと、嘆かわしいザマになるのは、ずっと後のことである。

リズムギターの少年みたいな男は、「おつかれさん」と、歌い終えたぼくをねぎらってくれた。「最高、最高！」

褒めすぎだろうと思ったけど、悪い気はしなかった。「ありがとう！」ぼくは心から礼を言った。そして、拍手を浴びてステージから降りて、袖に立ってハーフ・ブリードの出番が終わるのを待った。

出番を終えてステージから降りてきたドラムのリーダーに、ぼくは話しかけた。

「ありがとうございました。とても楽しかったです」

「うん」リーダーはそう言ってうなずいて、楽屋のほうに行こうとした。

「こんなことを言うのもなんですけど」ぼくは引きとめようとした。

「うん？」

「もし、歌手が必要なら、加入してもいいかなと思って」

自分でも驚いた。そんなことをそのときまでまるで考えてなかったのだから。

リーダーは目を見開いた。

「いや、今、足りてるから」

ダメモトだから、ひどくがっかりはしなかったけど、えらくあっさり拒否されたものだと思った。まあ、あのミスがあったからしかたないか、と諦めた。そして今度チャンスがきたときは、しっかり実力を発揮しようと、心に誓った。

そんなことがあった後もＶＡＮにはよく行った。そして、ある日、掲示板で、バンドのメンバーを募集するビラを見たのである。そのビラには、こうあった。

バンドメンバー募集（若干名）

このＶＡＮをはじめとして、都内のディスコで演奏するバンドです。

将来、レコーディングの計画あり。

１８歳以上（２５歳くらいまで）。

履歴書に、得意のパートも書いて（ギター、ベース、電気オルガン、ドラム、ヴォーカル等々）、写真をつけて、事務所に提出のこと。

まるでぼくのために貼り出されたような気がした。そこで文房具屋で履歴書用紙を買い、スピード写真を何枚も撮って、一番写りのいい（と自分で思った）のを貼り付けて、事務所に持って行った。事務所はディスコの1階上にあった。店の営業は6時からで、ぼくはその前に持って行ったのである。

事務室をノックすると、「はい」と、世にも覇気のない声が応じた。薄暗い（蛍光灯が古いのだ）6畳くらいの部屋の真ん中にデスクが2つ置いてあって、その1つで、事務員がパンを食べていた。

「ビラを見て、履歴書を出しにきたんですけど」ぼくは言った。

事務員は髪の長い若い男で、席を立つと近づいてきて、何も言わずに受け取った。よく見ると、ディスコのほうでジュースも作るし、フロアをモップで拭いたりもする男だ、と気づいた。

「いつごろわかるかな？」ぼくは尋ねた。

「ああ？」と、事務員は答えた。いろんな仕事はするが言葉を出し惜しみするタイプのようだ。

「選考の結果です」

「選考？」

「それ」ぼくは彼が手に持った履歴書を指さした。

「さあ、おれ、社長じゃないから」

この男は何をしたくて、将来どんなものになりたくてここで働いているんだろうと、ふと思う。髪が長いし、彼自身ミュージシャン志望なんだろうか。あるいは、これまでつらいことをいっぱい経験したのかもしれない。

「じゃあ、まちがいなく社長に渡してください」

ぼくはそう言って事務室を出た。男は返事なしでドアを閉めた。

一週間待ったけど、採用の通知は届かなかった。さらに一週間待ったが、やっぱり届かなかった。

「得意パート」として、ギター、ベース、ヴォーカルと書き、さらには、作詞作曲もやれると謳い、一番可愛く写った写真を貼り付けたのだが、社長に強いインパクトを与えることができなかったようである。

ひょっとして、社長はロクすっぽ、見てないんじゃないか？　あるいは、そもそも社長のもとに履歴書が届いてないんじゃないか？

いろんな疑いが頭に浮かんだが、とにかく、ディスコのVANは、いい加減で、そういういい加減なところには、就職してやるまいと思った。VANは、こうして未来のスーパースターをみすみす逃すわけだが、それは「いい加減さ」のバチが当たったのだ、いい気味だ――と、自分を納得させて、また別の可能性をさぐろうと、ぼくは思った。可能性なんて、束ねた紐をひっぱって、それにくっついている景品を手繰り寄せるクジみたいなもので、この世にはいっぱいゾロゾロあるんだろうと、あのころは思っていたのである。

VAN以外にも、いろんなディスコに行った。新宿や吉祥寺が多かった。赤坂や六本木にももちろんディスコはあったが、そっち方面はほとんど行ったことがない。どういうわけか、港区は居心地が悪かった。田舎者だと自覚していたからだろうか。卑屈な自覚でなく、むしろ挑戦的な自覚だった。そうだ、ぼくは田舎者だ。そしてそのことを誇りにしている、といった気分だったが、幾分無理もあって、ときに港区に尻込みしたりする。数年後には別にこだわりなく行くようにもなったが、この歳になっても、やっぱりどこか違うなあ、という気分は抜けない。

新宿と吉祥寺では、吉祥寺の方がより気楽な感じだった。

吉祥寺は、今でこそ1日の電車乗降客数が立川に抜かれたみたいだけど、当時は新宿以西で一番大きな町だった。駅ビルがあり、大きな商店街があり、デパートがあり、ショッピング・ビルがあり、焼け跡マーケットの面影を残す路地もあって、人がいっぱいいた。あのころのぼくは人がいっぱいいるところが大好きだった。

吉祥寺には、本屋も、レコード屋も、ロック喫茶もたくさんあった。「ビーバップ」という店の名前は、その前身がジャズ喫茶だったことを示しているのだろう。「赤毛とソバカス」なんて、洒落た名前の店もあった。ぼくは出入りしなかったけど、フォーク専門の店もあった。

また、「ベルファン」というライヴ・パブもあり、もちろんディスコも幾つかあった。そのうちの1つ、「CAVE」というのが、ぼくのお気に入りだった。cave は洞穴の意味だが、ビルの地下にあったから、ピッタリの名前だ。あるいは、命名者が、リヴァプール時代のビートルズがよく出演した「キャヴァーン・クラブ Cavern Club」のことを知っていて、それをヒントにしたのかもしれない(cavern とは cave より大きな洞窟)。

そこに出演するのは、VANに出るバンドより格下、と言って悪ければ、もっとショボいバンドだった。さらにキツいか。でも、そのぶん親しみやすかった。まるで同級生たちがやってるのを見物するような気分だった。

そのうち、「ザ・コルツ」というバンドの、ベースの男としゃべるようになった。歳は21歳だったから男と呼んだのだけど、外見はまるっきり少年だった。

おかっぱのヘアスタイルが、下膨れの顔と妙に調和して、器量はよくないが愛嬌のある女の子みたいで、可愛かった。よく花柄のぴったりしたシャツを着て、赤、白、紺のストライプの、ベルボトムのズボンをはいていた。流行の先端を行っていたのだ。似合ってないところが、逆にまた可愛かった。

「毎晩、こんふうにバンドの仕事をしてるの？」と、ぼくは尋ねてみた。うらやましかったのだ。

「そんなわけないじゃん」と、少年ベースマンは言った。「週に2回バンドがやれたらいいくらい」

「バンドじゃない日は何をしてるの？」

「ボーヤ、やってる」

「ボーヤ？」

「バンドボーイだよ。楽器運んだり、雑用したり」

「そうなんだ」

「おれがついてるバンドってさ、今度レコード出すんだよ」

少年は得意そうに言って、そのバンドの名前をあげた。聞いたことのない名前で、それ以後も聞いたことがない。ほんとにレコードは出たんだろうか？

「そのバンドの仕事がない日に、こうして自分のバンドをやるわけだ？」

「そうじゃないよ」少年は少しむっとして言った。「榊《さかき》さんのバンドは、毎晩仕事があるさ」

榊さんとは、そのバンドのリードギターの人の名前だそうだ。

「ボーヤはおれら以外にも、いっぱいいる。うちの事務所はノッてるからね。ボーヤも交代でやるわけさ。それで、非番のときに、こうしてバンドやるんだよ」

「そのうち、君たちも、ボーヤがついて、レコードを出すようになるんだ？」

お世辞を交えて聞いてみた。

「どうかな」少年はもったいぶって言った。「今のこのバンドでレコード出すかどうかは、社長の気分しだいだな。おれ、ひょっとしたら、榊さんのバンドに入るかもしれないし」

「ベースを交代するわけ？」

「おれとしては、そんなことしたくないんだけど、社長がそうしようと思うんなら、しかたないじゃないか」

　そういうことにはならないんじゃないかとぼくは思った。この少年は人柄はいいけど、ベースの腕前はそんなに大したものとは全然思えなかった。たいていの曲で、コードの根音《ルート》を、「ドン、ド、ドン」と弾いてるだけみたいなプレーで、あれならぼくでもすぐできそうだなと思ったものである。だけど、彼のことが気に入っていたから、ぼくはこう言った。

「でも、音楽の世界は実力だから、そうなるのもしかたないね」

「そうじゃないんだなァ」とベースマンは言った。「実力なら、内田さんのほうが上だからね」

　内田さんとは、現在榊さんのバンドでベースを弾いている人らしい。

「よくわからないなあ」

「うまいへたでメンバーが決まるわけじゃないんだよ、この世界はね」

「ふーん」

「まず社長が気に入ってるかどうか、なんだ。それと、ルックスね」

　彼は愛嬌のある顔ではあるんだけど、彼よりルックスで落ちるという内田某はどんな顔をしているのだろう。

「それに、内田さんは、わりと逆らうからね。こんな曲はいやだとかさ」

「そうなんだ」

「言われたとおりしてればいいのにさ。どうせ、バンドの命なんて、長いもんじゃないし、そもそもバンドブームだって、いつまで続くかわかったもんじゃないんだしさ」

　この言葉にぼくは驚いた。

「でも……そうなったら、困るよね。ベースマンとしては？」

「今楽しくやってれば、別に将来なんてどうでもいいじゃん。困ったら、鉄工所継ぐかなあ。おれの実家、鉄工所なんだ。綾瀬の。いつまでも馬鹿やってらんないしさ」

童顔のベースマンはシニカルだった。いや、シニカルというより、現実的だったのか。あるいは、大人だったと言うべきなんだろうか。

こういう考え方が、あのころは確かにあったのだ。ロックは若い人たちのためだけの音楽で、今は流行っているけど、そのうち廃《すた》れるだろうとか、ロックを演奏したり聞いたりするのもいいけれど、それは若いうちのことで、大人になってまでやるもんじゃない、「いつまでも馬鹿やってらんない」だろう、という考え方で、なんと、ロックをやってる童顔ベースマンがそれを言ったわけである。

ぼくは大いに反撥し、呆れ、悲しくなった。もし、そう考えるのが大人になるということなら、大人になるなんてまったくつまらないことだ。ぼくはそう思った。そしてそういう「大人」の考え方と自分は闘っていくのだと、こっけいな意気込みをひそかに胸の内に抱いたのである。

とにかく、ぼくは生まれかけた友情が途中で死んだことを知った。以後、その店に行ったことはない。そのベースマンを憎んだわけじゃない。行くところは別にいっぱいある。少なくとも、そう思いたかった。


結局、プロのシンガー・ソング・ライターになるのは（ちなみにこの言葉が広まるのは、エルトン・ジョンが登場し、キャロル・キングが《タペストリー Tapestry》という大傑作アルバムを出し、ジェイムズ・テイラーや、ジョニ・ミッチェルなんかが話題になるようになってからのことである）、なかなか大変そうだった。才能さえあれば、すぐレコード会社と契約できるんじゃないかと思い込んでいたが、どうもそうではないとわかってきた。

なら、どうすればいいのかと、考えた。そして、レコード会社と契約するのなら、レコード会社とコンタクトをとればいいのだと、思いついた。だが、どうやってコンタクトすればいいのか、それがわからなかった。手持ちのレコード、たとえば、東芝レコードに電話するか？　いや、たとえそうしても、うまく担当の人につないでもらえるような気がしなかった。そもそもレコード会社の人は、スター以外の人間に対してはなんだか威張ってて、横柄でとっつきにくいんじゃないか——その世界にもぐりこみたいと思いながらも、ぼくはどうもレコード会社の人を、どういうわけか、あまり頼りにできないと感じていたのである。なにしろ特別な世界なのだ。

そんなある日、ロック中心の音楽雑誌を本屋で立ち読みしていたとき、ふとこの雑誌の編集長に電話してみたらどうだろうと、思いついた。１９６９年5月半ばのころ。

それは、『ローリング・タイム』という名前の月刊誌で、編集長は女性だった。小柄で、陽気で、おかっぱで、怖いもの知らずの行動派——そんなイメージがあった。そして、訳詞家として、洋楽ポップスの日本語歌詞も書いている。この人なら、うまくレコード会社とコネをつけてくれるかもしれない、そう思ったのだ。そこで雑誌の裏表紙にあった編集部に電話をかけた。

呼び出し音が4回鳴って、女の人が出た。

「はい。ローリング・タイム編集部でございます」

心臓が破裂しそうだった。

「あの、編集長の月見《つくみ》クミコさんはいらっしゃいますか？・」ぼくは早口で言った。電話の相手は編集長じゃなくて部下なんだと、ぼくは思ったのだ。そういう声だもの。

「どちら様でいらっしゃいますか？」

「ああ、えーと、藤原竹良と言います」

「どういうご用件でしょうか？」

どういう用件、ったって、どう言えばいいんだろう。一瞬考えて、むしろデカめの態度でいくことにした。どうもこういう業界は紳士的だとなめられると、それまでの乏しい経験から思うようになっていたからかもしれない。

「ぼくはギタリスト兼歌手で、新進の作詞作曲家でもある者ですが、ぼくの作品をレコード化するにあたって、まず月見さんにお声をかけて、と思いまして」

別に嘘を言ったわけではない。

「わかりました」

と、編集者と思《おぼ》しき女性は言った。あれでよくわかったものだと、ぼくのほうが少し驚く。よほど察しのいい人なのか、それともぼくみたいな電話をかけてくる人間がけっこういるんだろうか？

「ちょっとお待ちください」

女性編集者は言った。なんだかとても感じのいい声だと思った。

「クミちゃーん」

その感じのいい声が呼んだ。送話口を塞いでないのだ。開放的な人柄じゃのう、と思う。

「クミちゃーん、電話よう」

民主的な会社のようだ。

「はーい」

遠くで返事の声がした。その声がクミコさんその人に違いない。

「だーれ？」クミコさんは電話に出る前に聞く。

「レコード関係の人」

簡明な答えと思うが、この女性はどれだけぼくの話を理解したのだろうかとふと思う。

「もしもし。月見です」と、辣腕編集長が言った。

「もしもし。突然お電話して失礼しました」ぼくはしつけの行き届いたいいとこの子のように言った。

「相談に乗っていただきたいことがありまして、お電話しました」

「レコード会社の人？　何レコード？　キング？」

編集長はわりとせっかちな人のようである。

「いいえ。レコードにしたい曲を書き溜めていて、それで、どうすればレコードにできるのか、教えてもらえれば、と思って」

ぼくはざっくばらんに言った。

「ふーん」

「すみません。お忙しかったですね」

「話してごらん」

ぼくは、自分の身分――つまり、ソング・ライター兼シンガーを目指す大学生であることや、これまでの音楽経験――つまり、高校時代、あの栄光に包まれた「ザ・ロッキング・ホースメン」のメンバーとして活躍したこと、それから、東京に出てきてからは、もっぱらソロ活動（アパートで1人でギター弾いて歌っているだけだけど）をしながら歌を作っていることなどを、早口でしゃべった。

「わかった」

編集長はきっぱり言った。この会社の人はとてもきっぱりして理解力があるのだなと、ぼくは感心した。

「とにかくその歌を聞いてみなきゃ。テープにとって送ってくれる？」

「テープくらいは買えると思いますが、今のところレコーダーがありません」

当時は、従来のオープン・リール式のレコーダーと新しいカセット式レコーダーが共存している時代だったが、ぼくはどちらも持っていなかった。有為のミュージシャンも、そのビギニングにおいてしばしば貧しいのである。

「じゃあ、会社にきて。レコーダーがあるから」

「わかりました！」

ぼくは興奮して叫んだ。うわあ、いきなりレコーディングだ、と思っちゃったのだった。それですぐレコードになるわけじゃないのに、録音すると聞いてすっかり舞い上がったわけである。

「いついきましょうか。明日でもぼくは空いてますけど」

「明日は、わたしが1日中出てるから。あさっては、君、空いてる？」

「空いてないなら、空けますとも」

大学がなんだ。授業がなんだ。

「じゃあ、そうねえ、2時に会社にきて。場所、わかる？」

ぼくは巻末にある会社の住所を見た。この会社は正式には「賑風楽譜出版社」という。

「住所はわかります」ぼくは言った。「西神田ですね」

「地下鉄丸ノ内線の淡路町で降りるのが一番便利。じゃあ、あさって」

ガチャリと電話が切れた。余計なことをひとつも言わない人だと思った。なるほど、辣腕編集長だ。

その日は1日中足もとがふわふわしているようだった。

翌々日、ぼくは一番カッコいいと思う服を着た。今で言う勝負服だ。

先にも書いたが服装と言えば、ぼくはけっこうこだわっていた、と言うか、ずいぶんとがんばっていたのだった。で、ローリング・タイムの編集部には、何を着て乗り込んで行くか、ぼくは思案した。気合を入れすぎて、向こうがびっくりしてもなんだから、まあ、そこそこさりげなくかっこいいのでいこう、とぼくは思った。

できることならビートルズ風の、細身のダークスーツに、黒のブーツできめたいところだけど、スーツは持ってないし、持ってるブーツは、高いヒールが履きにくいと、普通の革靴のヒールに付け替えて、結果ゴム長みたいなさえない「長ブーツ」になってしまったんだった。ということで、ブルー・ジーンズにそれより濃い目のダンガリーシャツ、そして白のバスケット・シューズという組み合わせにした。つまり、カリフォルニア大学バークレー校の学生というか、小奇麗になる前のボズ・スキャッグスみたいなかっこうなわけだ。そのころ気に入っていたナリである。

ぼくは愛用のオンボロ・ギターを赤と黒のチェック柄のギターケースに入れた。店で一番安かったペラペラのビニールのケースだ。そしてショルダーバッグから教科書を放り出して手書きの楽譜を入れた。将来首尾よくスーパースターになった暁には、オークションで2万ドルもの値段がつく貴重な楽譜である。

国電(とそのころは言ったものだ)地下鉄を乗り継いで淡路町着。賑風楽譜出版社の入っているビルはすぐ見つかった。2、3、4階が賑風のオフィスらしい。ローリング・タイムの編集部は、4階にあった。

エレベーターに乗って4階に行き、三遊亭円生の口真似をして、「エー、ごめんくださいあし」と声をかけた。なぜとっさにそんな真似をしたのか、自分でもわからない。ひどく緊張してることに気づいて、あえて余裕を持とうとしたのだろうか。

返事がないので、上半分のガラスの部分に「ローリング・タイム」と書いたドアを開けながら、「エー、ごめんくださいあし」とまたやった。

ようやくロッカーを回り込むようにして女性が応対に出てきた。商売のわりに地味なナリと控えめな顔で、村役場の職員という印象である。「はい？」

何者か、とも、何用かとも問わずに、「はい？」だ。わりと言葉を惜しむ会社かもしれない。

「こんにちは」今度は普通にいった。「月見編集長と面接の約束がありまして」

すると、村役場は振り返り、「クミちゃーん、お客さーん。若い男の人」と叫んだ。このとき、ああ、この人は一昨日最初に電話に出た人だと気づく。

すると奥から「応接室にきてもらってーっ」と叫び声の返事。気さくな会社のようで、しだいに緊張がほぐれる。

ぼくは女性の後をついて、デスクのあいだを縫うように歩いて、奥の応接室に向かった。両側に並んだデスクで仕事をしている編集者たちに、軽く礼をしながら歩くが、見事に無視された。合った目をついと逸らす男までいた。将来半世紀を振り返って自伝を書くとき、きっちり書かせてもらうからね〈未来のスーパースター、マスコミに無視されるの巻〉。

応接室は六畳くらいの広さで、応接セットがあり、壁際に折りたたみの机があり、その上に大きなオープン・リールのテープ・レコーダーと、マイク・スタンドが2本置いてあった。リールを垂直にセットする式の本格的な（ぼくにはそう見えた）テープ・レコーダーだ。

じきに月見さんがやってきた。すぐ後から20代後半くらいの男も入ってきた。

「初めまして。藤原です」ぼくはきちんと礼をして言った。「いきなりの電話だったのに、時間をさいてくださって感謝しています」挨拶はもっといろいろ考えていたのだが、面と向かうと半分も言えなかった。

「こんにちは。月見です」

編集長はそう言って名詞をくれた。「ローリング・タイム編集長」という肩書きがちゃんと印刷されている。当たり前だけど、感激した。

「ぼくは名詞を切らせてまして」ドラマで聞いた台詞がひとりでに口から出る。

「わかってるわよ。学生でしょ。こちらはフクヘンのイモトくん」

フクヘンなる人物が名詞をくれた。それで、フクヘンとは副編集長であること、イモトは猪元と書くのだということがわかった。

「まず、録音しちゃおうか」月見編集長が言うと、副編の猪元がLPレコードくらいあるテープのリールをセットし、2本のマイクのうち、1本は立ったぼくの口の高さに、もう1本は胃袋の高さにセットした。こちらはギター用だろう。ぼくは慌ててギターを取り出すと、音叉を使ってチューニングを確認しようとするが、どうもうまく合わない。

「いいわ、やって」

辣腕編集長は、応接セットのソファに腰を下ろすと、足を組み、タバコを吸い出した。愛嬌のある可愛い人だと思っていたが、意外と蓮っ葉な感じもあるのだなと、ふと感心する。多面的編集長。また服装も、想像してたのよりずっと派手だった。明るいスモモ色のタイトなブラウスに、黄色と黒のチェックのミニスカートに、編み上げ式の黒のロング・ブーツだ。写真で見たとおりのショート・カット・ヘア。その顔を近くで見ると、あれま、ずいぶんとメークが濃い。とくにアイ・メークがすごくて、つけマツゲにアイ・ライナー、そして銀色のアイ・シャドウ。目の大きさは2倍くらいになっているのではあるまいか。要するに、典型的な60年代後半のスインギング・ガールで、マリー・クワント風なのであった。ぼくは多大の感銘を受けた。彼女1人が歩けば、御茶ノ水はロンドンのカーナビー・ストリートになるのだ。そうとわかっていたら、ぼくの出で立ちもアメリカ西海岸風じゃなくて、ピート・タウンゼント風のモッズ・ファッションで決めてくるのだったと、ちょっと後悔した。

ぼくはマイクに向かってギターを弾きながら歌った。最初ちょっと声が出にくかったが、すぐ調子が上がってうまく歌えた。最初の曲〈ウェン・アイ・セイ・アイ・ラヴ・ユー〉を歌い終えると、編集長はコメントは述べず、「つぎ」と言った。

ぼくは〈エヴァ〉を歌った。

「つぎ」

ぼくは〈タイム・ゴーズ・ラウンド・マイ・ブレイン〉、〈ターコイズ〉を歌った。そんな風にして、結局八曲、録音した。一発録《ど》りもいいところの慌《あわただ》しさだったが、歌もギターも、我ながらうまくやれたと思った。緊張がいい方に働いたのだと思う。ヘッドフォンをつけた副編の猪元がテープを巻き戻し、ちょっと聞き直してちゃんと録音されているのを確認すると、テープを箱に戻した。

歌い終えてソファーに座ったぼくに、月見編集長は言った。

「そうね」

「はあ」

「率直に言うわよ」

「はい」

「なかなか面白いものがあると思う」

「ありがとうございます」

「全部の曲じゃないけど、いいのもあった」

天まで舞い上がりそうだ。

「でもね」

「はあ」

「今のままじゃあ、商品にはならないわね」

そりゃ、ベースもドラムもないもの、当たり前だ、と言い返したかったが、立場が弱いから黙って聞いている。

「専門家に頼んでいろいろいじってもらうと、まあ、なんとかなるかもしれないけどね」

そんなことは、いやじゃや、と言いたかったが、やはり黙っている。

「でも、この曲をすぐ商品にするというんじゃなくてさあ」

「はあ」

「まず、キミはどうしたいの？」

「どう、とおっしゃいますと？」

「自分で演奏する側に回るのか、それとも、ソングライターとしてやっていくのか」

「両方やりたいんですけど」

「あのね、それは考え物よ」

「どうしてでしょう」

「実際に歌手になるのは、よっぽどの天才か馬鹿に任したほうがいいわよ」

「そうですかねえ」

なんだよ、それは、と思う。

「ほんとの天才なら長続きするだろうけど、あとはちょっと売れたって、すぐ消えるのよ。代わりはいっぱいいるからね。ファンなんて、すぐ飽きるんだから。そんなのに左右されるのって、馬鹿馬鹿しくない？」

「そう言われればそうかもしれないけど」

「ソングライターなら、次々に出てくる歌手に歌を書いていけばいい。ちゃんと才能があるなら、それでやっていけるわよ」

「うーん」

「今日録《と》ったのは、また聞かせてもらうけど、やっぱりまだまだ未完成だと思うよ。だから、またどんどん書いておいでよ。それで、いいものができたら、これはいけそうだってのができてきたら、紹介してあげることはできる。だけどね──」

ここで月見さんはちょっと声のキーを少し下げて言った。重みをつけるためだろう。

「だけどね、歌は英語で書いちゃだめよ」

「そうですか？」

「どうして英語で書きたいの？」

「まず、音の響きですね。ロックだと、日本語よりも英語のほうが絶対カッコよく響くと思うんですよ」

「あのね、去年出たレコードで言うとね、タイガーズの〈銀河のロマンス〉とビートルズの〈ヘイ・ジュード Hey Jude〉だと、どっちが売れたと思う？」

「〈銀河のロマンス〉ですか？」

そういう質問のしかたなら、答えはそっちだろうと思って答えたのだった。

「そう。あのビートルズにしてそうなんだからね。かつて英語で書かれた和製ポップスもあるけどね、実はそんなに売れてないのよ。例外もあるけどね」

その例外とは、エミー・ジャクソンの〈涙の太陽 Crying In A Storm〉かな、とふと思ったりする。しかし、タイガースにビートルズが負けた、と聞いて、ただシングル盤1枚だけの比較だとしても、ちょっとショックを受けた。〈ヘイ・ジュード〉は、彼らのシングルでは一番売れたくらいだろう。それがGSに負けるかね。どっちの曲がいいかは、また別の問題として。

「そんなもんだからね。英語で書くことに意味なんてないのよ。ましてやキミは日本人なんだし」

日本人であることを、ロックスターとして超越したいのだと言いたかったが、ぼくは何も言い返せなかった。なにしろ、まだ19の大学生だったし。

「悪いことは言わないから、そうしなさい。また歌ができたら、持っておいで。それから、こちらから連絡ができるように、副編に電話番号と住所教えて帰って。じゃあね」

月見編集長はそう言って応接室を出て行った。ぼくは無口な副編に、大家のトベさんの電話番号と、アパートの住所を告げた。手帳に書き終えると、猪元さんはにっこり笑って、「お疲れさん」と言った。少しだけ、救われたような気がした。落ち込んでいたのだった。なんだかがっかりした。何がどうと言えないけれど、そのときはふとこの世界がなんだかすっかりつまんないものに思えたのだ。

月見さんの言ったことが間違っていると言うのではない。彼女は親切だった。どこの馬の骨ともわからないぼくからの電話に出て、会う約束もしてくれ、実際に会って歌も聞いてくれた。そして、まったく損得抜きでぼくにアドバイスをしてくれたのだ。彼女はこの世界のプロフェッショナルで、そのアドバイスはプロフェッショナル・アドバイスなのだ。感謝した。だけど、ぼくはそのアドバイスを聞いて、なんだかとてもわびしい気持ちになった。

ぼくの作った歌は、面白いところもあるが、まだまだ商品になるレベルまでいってないこと。それに、英語で歌を書くのは愚かしいということ。現に最新のシングルではビートルズよりもタイガーズのほうが売れたということ。また自分で演奏者として出ようとするのは、天才か馬鹿に任したほうがいいということ。ほとんどの人間は、天才じゃないから、裏に回ってソング・ライターとしてやるほうが賢いこと。

それはその通りかもしれない。だけど、ぼくはなんだかげっそりした。なぜか？

自分の作品がまだまだだと言われたことではない。ぼくがこの世で一番好きな音楽も、所詮は商売のネタに過ぎないと、プロの業界人が指摘したのだ。つまり、ぼくの中で、絶対的な存在になっていたものが相対化されたということだ。魔法とか神秘とかいうボキャブラリーは無用だと、月見さんは教えてくれたのである。ショウ・ビジネスとは商ビジネスだったのである。月見さんは、大人であり、プロの編集者だ。魔法だ、神秘だと騒いでいるのは、ガキだよと、教えてくれたのである。

月見さんの言っていることが絶対の真実だとは思わなかったけれど（今でもそうだけど）、彼女のように考える人がむしろ多数派なのだろうと、ぼくは感じたのだ。いや、圧倒的多数なのだと、あのときは思った。少なくとも、大人の世界では。

そんなことは、実際よく考えたことがなかった。考えてみれば当たり前のようにも思うけれど、実感として感じたり考えたりしたことがなかったのだ。だが、そのことがぼくを驚かせた。さらに、心の奥、心の深い部分にきつい打撃を与えた。ビートルズの音楽も、そしてベンチャーズの音楽も、要するに、商ビジネスのネタなんだと。

ネタで何が悪いのか。商売そのものが、悪だとでも言うのか？　そうじゃない。そうは言わない。

ぼくの愛するものを、しごく当たり前に、冷静に、相対化されたということが、心を深いところで傷つけたのだった。

そういう考え方もあるのか。大人はそう考えるのだな。でもぼくはぼくだ、と考えればよかったのかもしれない。そういう大人の世界、それがプロフェッショナルな世界なら、そのスタンスを自らも取りながらも、自分の真実を密かに守りつつ自分の目指すものに向かえばよかったのだ。

いつだって世の中はそんなものだ。クラシック音楽だって、実は同じである。モーツァルトは魔法を使った。神秘としか言えないような作品を書いた。だが、彼は同時に商売人でもあり、自分の魔法を商品として売ったのである。彼にとってそこに矛盾はなかった、とぼくは想像する。ロックの世界でも、そのようにふるまえばいいじゃないか。思えば、ビートルズだってストーンズだって、そういうスタンスだったはずなのだ。

がっかりすることなんか何もないのだと、あのときは考えることができなかった。それで、心の奥で深く傷ついたというわけである。

この心の傷は深かったけれど、ロック自体が嫌いになったわけではなかった。ロックを提供する日本のこの業界に(まだそこに入ってないどころか、その入り口の手前にきただけなのに)、嫌気がさしてきたのだ。そういうのが日本の業界なら、がんばってもぐり込むこともない。そんなふうに感じたのだった。そして一度そう感じると、是が非でも入り込みたいと思っていた気持ちが、嘘のように引いて行った。

だが、それはあくまでも日本の音楽業界に対する気持ちで、ロックに対しては今までと変わらぬ愛を胸に抱いていた——と、ぼくは当初思っていたのだが、驚いたことに、あるいは悲しいことに、時とともにそれがそうでもなくなってきたのだった。ロックが嫌いになったということではない。そうではないが、ロックとぼくの心の間にも、いつのまにか、今まではなかった薄い膜のようなものができたように、ときどき感じるようになったということだ。すると、歌うことにも、ギターを弾くことにも、これまでのように熱心でなくなる。どうしてこんなふうになったのか、自分でも不思議だった。

そうなっても、いろんなレコードを聞き、様々な外国のアーティストたちのコンサートにも行った。レッド・ツェッペリンやクリーデンス・クリアウォーター・リバイバル（通称CCR）、テン・イヤーズ・アフターにポール・サイモン。R&Bのジェイムズ・ブラウンやカントリーのバック・オウエンズとバッカルーズも見たっけな。聞いているときには、前と同じように感動する。すごいと思う。嬉しくなる。だが、レコードを聞き終えると、あるいはコンサート会場を後にするとき、なんとも言えない無力感、それは淋しさの一種かと思うが、そういう気持ちが胸の中に静かに広がってくるのだった。

自分でも不思議だった。「魔が差した」という言葉は適切ではないが、どういうわけか、幾度となくこの言葉が浮かんだりした。

典型的な泡沫バンド、ザ・ナック（〈マイ・シャローナ My Sharona〉のナックとは別のバンド）の、おそらく日本だけでのささやかなヒット曲に〈ソフトリー・ソフトリー Softly Softly〉というのがあって、その中に、「Seems that she has fallen out of love」という歌詞があった。「恋に落ちる」は、「fall in love」だから、「fall out of love」はその反対で、今まで恋してた状態から、そうじゃない状態になっちゃったということなんだろう。上記の文句は、「どうやら彼女はもうぼくに恋してないらしい」という意味だろう。その文句をもじったフレーズが、ときどきぼくの頭に浮かぶのだった。

「Seems that I have fallen out of Rock」——つまり、もうぼくはロックの外に出ちゃったのかもしれない、と。ちなみに、月見編集長からの連絡は一度もこなかった。

それでも、もう一度だけ、商売としてのこの世界に入ろうとしたことがあった。かなり有名なソング・コンテストに応募したのだった。でも、何がなんでも、という気持ちはなかった。腕試しというか、さあ、どんな評価が下されるのだろうかと、わりと冷めた気持ちで臨んだのである。

それは、ある楽器メーカーが主催しているコンテストで、広くアマチュアの自作の歌を募集し、審査するというものだ。やってみてやろうじゃないか、と、ぼくは思った。最後に一度だけ、チャンスをやろうと思ったのだ。ぼくに、じゃない。日本の音楽業界に、ぼくという才能を獲得するチャンスを一度だけ、やろうと思ったということである。いや、ほんとに半分本気でそう思っていたのだから、自信過剰というのを超えて立派な誇大妄想《メガロマニア》狂だけど、あのころの根拠のない自信というか、盛んな意気が、今は懐かしい。

とにかく、応募することに決めた、と。

これまで書き溜めた曲の中から2曲選んだ。〈タイム・ゴーズ・ラウンド・マイ・ブレイン〉と、〈エヴァ〉だ。そして、主催者の注文に従って、これまでの音楽キャリアを中心に履歴書《パーソナル・ヒストリー》を書き、スピード写真を撮った。あのころは白黒写真しかなくて、どんなふうにして撮っても人相が悪い。それはしかたないけれど、ふとクリント・イーストウッドを思い出して、真似してオールバック風にかき上げた髪がさっぱり似合ってないというより、自分で気持ち悪かった。童顔のヤクザというか、田舎の中学校の番長補佐みたいだ。これはあんまりだと思い、前髪を下ろして撮り直した。これだってロクな写りじゃないが、こんなもんで我慢するしかないだろうと諦めた。

それから、録音。主催者は応募曲をテープに吹き込んで送れと言う。送ってやろうじゃないか。

ところでクラスの友人に中松シゲオ君という人がいた。今もいるのだと思うけど、つい音信不通になってもう40年も会ってないので確かなところはわからない。中松君は、ぼくみたいに地方出身者じゃなくて、東京は荻窪の人だ。これがいい人で、控えめで、はにかみ屋で、真面目で、優しくて、背が高くて、坊ちゃん刈りだった。性格はぼくなんかには信じられないくらいよくて、生まれてからずっと人の悪口を言ったことは一度もないのではないかと思う。服装もいたって地味だった。そういうことに金を使うという発想がないのだろう。着るものはすべて母親が買って与える。それを文句一つ言わずに着る。そういうタイプ。当時、東京の男の子は、だいだいそんなだった。気合を入れてお洒落したがるのは全部地方出身者。中には気合が空回りして、素っ頓狂な格好になる。たとえばぼくみたいに。

それはともかく、この中松君には本当に世話になった。ときどき泊めてもらったり、ご飯を食べさせてもらったりしたものだ。その中松君が、テープ・レコーダーを持っているので、ぼくは貸してくれと言った。

「いいよ」と、中松君は言った。そして、親切にも、それを持って武蔵境のぼくのアパートまで運んでくれた。ぼくが買い物の荷物を持っているのを見て、そう申し出てくれたのだ。その荷物とは、中松君の家に行く途中の、家具のディスカウント・ショップで買った組み立て式の食器戸棚だ。ふと目に留まって、これがあると便利だろうなと思って買った。これからテープ・レコーダーを借りて帰る、ということをまるで考えなかったのだ。大して大きくはないが、その上にテープ・レコーダーを持つとなると、まあ、大変ではある。とにかく、中松君の親切に素直に甘えることにした。

アパートで、応募する曲を中心に、何曲か歌って中松君に聞かせた。感想を聞くと、「とてもいいよ。こんなのが作れるなんて、すごいね」と、上品な口調で本気で褒めてくれた。

「コンテストでグランプリがとれると思う?」

「うん。とれると思うよ」

育ちのいい幼稚園児みたいな素直な返事だ。ぼくはすっかり嬉しくなって、武蔵境駅前の民謡酒場で中松君に御馳走した。酒1合も、牛丼も、おでんも70円の店だ。中松君はすぐ赤くなって、にこにこ笑いながらぼくの壮大な夢を聞いてくれた。

翌日、ぼくは決めてあった2曲を録音した。〈タイム・ゴーズ・ラウンド・マイ・ブレイン〉は、1回でOK、〈エヴァ〉は、テイク3を採用した。と言っても、1回目を消して、2回目、それを消して3回目の録音、というやりかたなんだけど。編集などという技は使わない。あるいは使えない。厚化粧なしの、すがすがしい「素」録音である。

それを送って結果を待つに、通知が届くはずなのに1ヶ月、いや40日が過ぎても音沙汰がない。これはどうしたことかといぶかって応募要項を見直せば、アリさんみたいな小さい字で、「予選通過者のみにその旨通知する、預かったテープと書類は返却しない」とある。こんな記述があるとは気づかなんだ。しかし、まあ、なんと傲慢で横着であることか。頭にきた。頭にきたが、どうにもならない。しかし、こういうのはよくないぞ、と、ぼくは思った。テープ返却が手間で、費用がかかると言いたいのだろうけど、せめて「残念ながら貴殿の作品は落選でした」との通知くらいするがいい。切手1枚のことだろう。明日の活躍を夢見るアマチュアの公募に関しては、大体において主催者の態度がデカい。権力を笠に着てのそういう振る舞いは恥ずかしいものだと知るがいい。と言っても、声はどこにも届かない。

予選通過作品は、全国8ヶ所で行われた準決勝大会で、実際に演奏され、審査された（そうだ。うそかほんとか知らんけど）。その結果残った16曲が日本青年館ホールで催される決勝大会に進む。そして公開のコンサート形式で審査されるのだ。

ぼくの作品を蹴落としたのは、いったいどんな作品だったのか、ぼくは興味を覚えて、その決勝大会に足を運んだ。あの中松君もいっしょである。

「いったいどんな作品が残ったか、見ておこうと思うんだが」と、ぼくは言った。

「うん」と、中松君。

「君もいっしょにいかないかい？　帰りにいっぱいおごるけど」

「いいよ。でもワリカンにしようよ」

そこで、ぼくらは出かけて行って、前から5列目のいい席で、じっくりと鑑賞させてもらった。

どうせ素人が主体のコンテストだから予期してはいたが、やっぱりガツンとくるものはなかった。ヤマもカワもなく、１０回聞いても覚えられないような、キャッチーなところのまるでない歌や、小節数がおかしいんじゃないかというようなのもあった。ポップソングの小節数は大体4の倍数だ。主メロ（メインの歌の部分をぼくはそう呼んでいる）が１６小節、サビが8小節という具合に。ビートルズなんかの外国のアーティストも、サビのことを「middle 8（真ん中の8小節）」と呼んでいたようだ。ところが、このコンテストの応募曲の中には、主メロの納まり方がヘンで、サビはもっとヘンで、みたいなのがあった。ひょっとしたら、主メロ、１９小節、サビ7小節だったかもしれない。聞いていてなんだか不安になるというか、胸騒ぎがするというか。

また、中学生の女の子がこっそりノートの片隅に書き付けたようなラブ・ソングもあった。中学生の女の子が歌えば、まあ、かわいらしいかもしれないけど、１８０センチはありそうな２０代半ばの坊主刈りの男が歌うから、この男の親御さんが気の毒だなあと思ったりした。

また、なんでそんなことを歌にするんだ、と思うような歌もあった。若いあんちゃん1人のギターの弾き語りだった。歌の内容はほとんど覚えてない。今しきりに頭をひねるが思い出せない。つまらない洒落の小噺に、「隣の空き地に囲いができたってね」「へえ」というのがあるが、どうも、そんなことを歌った歌だったような気がする。〈ぼくの空き地〉だか、なんだか、そんなタイトル。とにかく、ユニークと言えば言えるが、そんなつまんないこと、歌にしてもやっぱりつまんないだろ、と言ってやりたい歌だった。この馬鹿馬鹿しさは、前作でも紹介した〈かんぴょう〉の歌に迫りそうだ。そして、歌い方も、発声も、ギターの弾き方もコードも、どれも、たしかにユニークだった。ユニークならいいっちゅうもんでないと思うけど、そのユニークさが評価されたのかもしれない。一度聞けばもうたくさんという歌だったけど、本人には何か意味があったのかもしれない。

でも、そういうのはまだいいのである。いくら覚えにくくっても、不安を覚えさせようと、あるいは親御さんが気の毒になろうと、なんでこんなことを歌にするんだと思うようなものでも、まだましである。ぼくがうんざりしたのは、真面目腐った、得意げな、やたら元気で、前向きで、すごく健康的な歌だ。そして、どうしたわけか、こういうタイプの歌がこのコンテストでは主流派だったのだ。素人がいい歌を書こうとすると、糞真面目になって、やたら前向きになるのだろうか。

「希望」「未来」「明日」「光」「輝き」「宇宙」「大空」「青空」「太陽」「大地」「夜明け」「進む」「伝える」「手のひら」「手をとって」「ぬくもり」「歩む」「駆ける」「思いやり」「飛ぶ（翔ぶ、と表記したいのかもしれない）」など、「前向きソング用語リスト」に載っているような言葉をしこたま耳に注ぎこまれた。

そしてグランプリをとった歌はそういったタイプの歌の代表選手みたいだった。「ほら、悲しみを振り捨て、許し合い、手を取り合い、互いを抱きしめて、さあ、未来に向かってこの大空を翔んでいこう」みたいな文句を、7、8人の男女混合の大所帯のバンドが、みんな自分の顔に収容しかねるほどの笑顔を浮かべて、くり返し、くり返し、客席に向かって歌うのだ。聞いてるぼくは、ここにきたぼくが悪かったです、もう堪忍してください、という気持ちだったが、周りの若い観客たちはいっしょに未来に向かってこの大空を翔んで行く気になったみたいで、ステージの歌手といっしょに楽しそうに歌っているのだ。かなりの数の仲間がいたのだと思う。

とにかく、最終選考に残った半分近くの歌がえらく前向きで、建設的で、健康的な歌で、とくにグランプリ曲はすごかったということだ。こういうのが好きな人もいるだろう。あるいは、そういう人が多数派なのかもしれない。だけど、この種の前向き健康ソングが、ぼくは昔から苦手なのである。これは、新しい日本オリジナルのポップソングを作り出そうとする意図によるコンテストで、そのこと自体は意義があるだろう。だが、残念至極なことに、その方向性はぼくのそれとはまったく異なるものなのだと、ぼくは思い知った。たとえば、ロックの命である「粋」「色気」「スリル」といった要素は、彼らにとってはどうやら必須の要素ではないのだ。ロックをよりカッコよくする「ユーモア」も「ウィット」もない。ここにはぼくの入り込む余地はまるでない、はなからぼくの出る幕はなかったのである。

これを機に、ぼくはこの業界にもぐり込もうとすることを、きっぱり諦めた。まあ、そのころには、もぐり込めることをそれほど期待していたわけではないけれど。

もちろん、この「健康的で前向きな」方向性しかないわけではない。「日本オリジナルの新しいポップソング」は後に「ニュー・ミュージック」と呼ばれるようになるが、そのジャンルに入れられる歌がすべてこのコンテストのグランプリみたいな前向き健康ソングだというわけではない。だから、気を取り直して別の方向に顔を向けてもよかったのかもしれないけれど、実のところ、ぼくはもう相当うんざりしていたのだった。そういうタイミングだったのだ。そういうネガティブな気持ちを、コンテスト落選が後押しした。期待はしてないと自分では思いながら、無意識のうちに期待していて、思いがけないくらい落胆しちゃった、と、そういうことだったのかもしれない。

まるっきり馬鹿みたいだけど、とにかく、何かふっきれたような気がした。その日は、新宿で中松君としこたま飲んで、「もう、おれ、やめたよ」なんて言ったりしたのだが、事実ぼくはそれからしばらくの間、全然音楽を聞かなかった。そのとき、ぼくは別れ道の前にたたずんでいたのだった。

それからまた音楽を聞くようにはなったけど、以前と比べればその時間がぐっと少なくなった。ほんとに「ロックの外に出てしまった」ようだった。で、音楽を聞かないで何をしていたかと言うと、アパートの万年床に寝っころがって本ばかり読んでいたのだった。

読む本はいっぱいあった。アパートには兄の杉基の本があったし、中松君がいっぱい貸してくれた。彼は入学当初から専門課程はドイツ文学科に進もうと決めていたから、ドイツ文学関係の本をいっぱい持っており、それを彼のうちに遊びに行くたびに借りるのである。

「ねえ、これ借りていいかい？」

「うん、いいよ」

というのが、その折の会話で、それ以外のことはあまり言ったことがない。どんなに彼が大事にしている本でも、彼は決していやと言わなかった。貸してもぼくが必ず返すだろうと信じていたから……ではない。返そうが返すまいが、彼がぼくのことを友だちだと思っていたからで、命をよこせ、という以外なら、友だちの頼みはなんでも聞く。そんな人だった。いや、もしちゃんとわけがあるなら（どんなわけかは知らないけど）命さえよこしかねない。

専門課程と言えば、ぼくや中松君の通った都の西北大学はちょっと変わったシステムで、Ⅰ類とⅡ類に分かれている。前者が歴史や心理学等を学ぶコースで、後者がいわゆる文学コースだ。1、2年までは教養課程で、3年から専門課程に進むのだけど、入学のときに登録した第2外国語によって（第1外国語は全員英語）、いくつかの選択肢がある。ぼくや中松君はⅡ類で、ドイツ語を選んだのだったが、それだと、1．独文、2．英文、3．国文、4．演劇、5．文芸、と、5つの選択肢があった。2年の末に希望を出して、志望者が定員以内なら、無条件で希望の学科に進級できる。定員以上の希望者があれば、成績順にとっていく。外れたら、第2希望の学科に進む。第2希望は優先的に入れるから、まあ、我慢できると。

そして、ぼくと中松君が希望していた独文は、さほど人気がなかったと見えて、すんなり希望がかなえられた。

そしてロックスターになるという野望がなくなってしまったのと平行して、ぼくはドイツ文学の世界にどんどん引き込まれて行ったのだった。そして中松君からその関係の本をどんどん借りて読みふけった。まず、好きになったのは、ケラー、シュティフター、シュトルムなど、19世紀後半に活躍した作家たちの短編小説だった。鬼が出るわけでも、蛇が出るわけでもなく、ただ静かな生活を描いているのだけど、その中にときにとても甘美な感情や、痛烈な胸の痛みや、美しい魂の姿や、永遠の憧憬といったことが描かれているのだ。これまでもっぱら外国の推理小説を読んできたぼくには、それがとても新鮮で、そういうものに感動する自分が不思議だった。なにしろ、ロック少年から、ロック青年へと移行してきたこのぼくが、こんな静かな、しみじみした小説に魅惑されるなんて！

そして次に出会ったのが、トーマス・マンだった。ぼくには沢山の師がいるけれど、ベンチャーズ、ビートルズ、ボブ・ディランと並んで、もっとも多くのことを教えてくれたのが、このトーマス・マンである。

そして一番深い感銘を受けたのが、マンの長編、『魔の山』だった。これは中松君から借りたのではなく、新宿の紀伊國屋で買った。文庫ではなく、箱入りのハードカバーである。筑摩世界文學大系第54巻だ。全547ページ、3段組である。値段は920円也。1970年ごろの920円だから、学生にとっては安くはない。（学食の一番高いランチが、１２０円だった）。だが、その内容たるや、モトをとった、どころではなかった。その値段の何倍ものものを、いや、到底金銭では量れないほどのものを、ぼくはこの本から得たのである。

　幼いころから本が好きで、読書は身についた習慣と言っていいものになっていたけれど、それは今までの読書体験とはたしかに違うものだった。これまでにも感動した本はいくらもある。だが、この『魔の山』は、ただ感動したというのではない。

　以前から、文学は一種の魔法だと思ってきたけれど、この本くらいそのたとえがふさわしいものもない。別に悪霊や無敵の騎士や王子様やお姫様、あるいは火を噴く怪獣なんぞが出てくるわけじゃない。だが、１人の老練な魔法使いの案内で、ぼくはたっぷりと「魔の山」を経巡《へめぐ》ったのだ。その魔法使いとは、言うまでもなく、作者のトーマス・マンだ。

　主人公はハンス・カストルプという、「単純な青年（佐藤晃一氏の訳語。以下の引用語も同様）」が、スイス・アルプスのダヴォスという村に出かけて行く。標高１５６０メートルほどで、空気がとてもきれいなので、結核療養のための高級なサナトリウムが建てられている。そのサナトリウムに、ハンスのいとこのヨアヒム・チームセンという青年が入院しているので、その見舞いのために、ハンスが故郷のハンブルクからはるばるこのダヴォスにやってきたのだった。

　最初は3週間の滞在の予定だったが、なんのなんの、ハンスは7年間、このスイス・アルプスで暮らすことになる。見舞いのつもりだったのが、肺にやはり結核のしるしを発見され、患者として滞在することになったのだ。

　サナトリウムというと、療養病院というイメージだが、このダヴォスのサナトリウムはまるっきりヨーロッパの高級ホテルみたいで、ハンスはしごく快適に過ごすのである。

そして、実にさまざまな個性的な人物たちが登場して、ハンスを相手に話をする。そのありさまを、まあ、実に丹念に細かく詳しく描いたのが、この本である。

善玉も悪玉もない。殺人事件も大冒険もない。スイスの山の上の贅沢な療養生活と、いつ果てるともしれない会話があるだけだ。そんなもの、どこが面白いんだと思う人もいるだろう。ところが、ぼくは読み始めるやすぐ引き込まれて、いつしか時間を忘れて読みふけっていたのだった。まさに「魔法」ではないか。

これは言葉の真の意味で、思想小説である。主人公が「単純な青年」として設定されているのが味噌で、これは言葉のアヤでも謙遜でもレトリックでもなく、ほんとにハンスは「単純な青年」なのだ。その単純な青年の単純な精神が、様々な精神と出会うことによって、次第に豊かになってくる。そう、様々な登場人物は、ヨーロッパの様々な思想や精神の姿勢を擬人化したものと考えてもいいだろう。

とは言え、それぞれの登場人物は、記号化された薄っぺらな存在では断じてない。1人1人が、ある思想なり精神的傾向なりを背負っているとしても、あくまでも生き生きとした、実に個性的で魅力的な登場人物なのだ。ドイツ的な純粋の愛国の魂を抱いたヨアヒム・チームセン、貧しいながら威厳を失うことのない啓蒙主義の理想を体現するゼテムブリーニ、東方的な、野放図な生の魅惑を全身から発散するショーシャ夫人……。そういった魅力的な人物たち（あるいは思想たち）が、「単純な」ドイツ青年の白紙の精神を奪い合うのだ。

ハンスはすっかりこの山の上のサナトリウムの暮らし、それは精神の遍歴であるのだが、それが気に入って、山を下りようとはしない。結局ハンス・カストルプが再び下界に下りて、時代から課せられた自らの役割を果たそうとするのは、なんと、初めてやってきてから7年後のことだった！

読者はハンス・カストルプとともに、いろんなヨーロッパの思想や精神の世界を遍歴する。ぼくにとって、その遍歴は、実にわくわくする体験だったのである。こんなテーマをこんな風に書けるのはトーマス・マンだけだろう。どうしたって難しい、七面倒臭い議論の連鎖になるほかないだろうと思われるテーマが、スリリングで、優雅で、ときに不気味で、はたまた、愉快な物語となっている。小説にはこんなことがやれるんだと、ぼくは初めて知った。そして、しみじみ感激したのである。

とにかくぼくは文学の師に出会ったのだ。この語り口、ときに辛らつこの上ないユーモア（トーマス・マン自身は、それをイロニー、つまり英語のアイロニー、すなわち、皮肉と呼んでいるが）、客観的な視点、人間や自然の神秘に対する愛情と敬意。これこそ、ぼくの求めていたものだと、ぼくは気づいたのだった。かりに、それはぼくの勘違いだったとしても、これこそ、ぼくの追究する道ではないかと、『魔の山』を読み終えて、興奮と感動でぼーっとした頭で考えたのだった。

ベンチャーズの〈パイプライン Pipeline〉の「デンデケデケデケ〜！」は、まさに電気的啓示だと、前作で述べた。その啓示を受けてぼくの人生は、受けなかった場合の人生とは、大きく異なったものとなった（当たり前のことかもしれないけど）。そして、ここでぼくは再び、啓示を受けた。その声は魔法の山のてっぺんからぼくに語りかけてきた。

「どうだ、お前も文学の楽しさをもっと深く味わってみないか？」と。

どうしてぼくに断れよう？

巡り会わせと、というか、タイミングというか、はたまた大げさに運命と言おうか、ちょうどぼくがそのロックと疎遠になりかけた、いや、それまでのようにロックの内側にいるのではなく、ロックの外に出てしまったような時期に、トーマス・マンと出会ったのだった。なんだか、それまでの恋人と、ふとズレを感じるようになったときに、昔大好きだった人と再会して、ああ、この人だったんだ！　よし、気づかなかったこっちの恋に賭けるぞ、というような塩梅だったと、まあ、こういうことである。

そこで、ぼくは独文を選び、卒論は『魔の山』について書くことになった。あんな大作、大変だね、と言った友人がいたが、ぼくがちっとも大変と思わなかったのは、先に述べたことでわかっていただけるだろう。たしかに、ものすごい分量で（それまで読んだ本の中で一番長かった）、その全体を高々原稿用紙200枚の卒論で論じるのは無理で、テーマを重要登場人物の1人にしぼり、『ショーシャ夫人とマンの生命観について』とした。

このしぼり方は結果としてぼくにとっては成功だったようで、締め切りのひと月以上も前に、すいすい200枚書いて完成した。その出来については、ぼく自身には客観的に判断しようがないけど、手ごたえはあった。実際、審査にあたった指導教授も、「モノを書くのに向いてるかもしれないな」と言ってくれたし、「A」の評価もくれたから、悪くはなかったのだろう。

そのことが、トーマス・マンとそして『魔の山』という作品との出会いが、ぼくの人生においてとても大きな意味を持ったのは間違いなかった。そもそも文学部を選んだときに、この世の栄耀栄華の夢はきっぱり捨てたと思っていたけど、その傾向はますます強まった。栄耀栄華どころか、社会の中に出て行く気さえ、きれいになくなった。

大学の就職活動は3年の終わりから始まるが、ぼくはまるで興味がなかった。だからそれ関係のオリエンテーションにも出なかったし、それ関係の掲示にも注意を払わなかったし、その他いっさい、そういう方面のことに目も耳も臍も向けなかった。ぼくはそういうことをやるために生まれてきたのではないと思っていた。ぼくは、違うんだと。偉い、偉くない、じゃない。そういうタイプの人生、平凡で、健康的で、まっとうな人生を歩むようには生まれついてないのだと。

どうもすっかりトニオ・クレーガー（マンの中編の主人公）気取りだったようである。そしてぼくの選んだ道は、大学院に進むことだった。

試験はうまく通り、文学研究科前期課程――当時こう呼び名が変わったが、もとの修士課程である。そして修士の学位をとったあと、また試験を受けて後期課程――つまり、博士課程に進んだ。

ただ、ここがいかにもぼくだなあと思うのだが、学部は独文科を出たけど、大学院は英文科に進んだのだった。理由？　ある程度読めるようになってはいたけど、ドイツ語をマスターする自信がなかったので、得意だった英語を生かす英文科に進んだのだ。ほんとに、ただそれだけの理由である。じゃあ、トーマス・マンはどうなんだ、と言われれば、これまでどおり、日本の優れた翻訳を大いに活用させてもらうだけのことだ、と答えただろう。なに、卒論を書くにあたっても、ドイツ語も原文にはほとんど触れていない。いい加減なやつだとお思いの向きもあろうが、日常会話ならいざ知らず、多層的な文学言語としてのドイツ語を、3年や4年でものにできるわけはないので、ほとんど翻訳のお世話になったのは、ぼくだけじゃない、どころか、ほとんどの独文の学生がそうだったろう。それは無理ないことだし、責められることとは思わない。原文で研究したければ、大学院に行くがいい。そこで、ぼくは独文科の学生だったけど、やっぱり英語のほうが性に合うと思ったので、英文科にしたまでだ。そうなっても、マンの作品と縁が切れるわけではないのである。当たり前だ。英文関係の本しか読まない英文学徒も、独文関係のものしか読まない独文学徒も、ダメだろう。

そして、英文にスイッチして主に研究（こそばゆい言葉だけど）したのは、D・H・ロレンスだったが、それについては述べるまい。S・T・コールリッジの作品に、『文学的自叙伝《ビオグラフィア・リテラリア》』というのがあるが、ぼくの書いているのはそれをもじるなら、『音楽的自叙伝《ビオグラフィア・ムジカリア》』のようなものであるから。

それより、今振り返ってあきれるのは、大学院に席を置いていた時間の長さである。学部は4年で出たが、大学院は、なんと7年もいた！　就職は体に悪いからとか、ふざけた冗談で自分の怠惰を正当化しようとしてはいたが、ほんとにひどいものだ。自分でも、当時の自分の横着な腑抜けぶりに愛想が尽きそうになるが、過ぎ去ったことは取り返しがつかない。ほんとに、もっとまともな時間の使いかたはなかったものかと、深く後悔する。この後悔は死ぬまでなくなるまい。

それはともかく、ある意味で、とてもよくできているなと思わんでもない。その7年という数字だ。7年といえば、『魔の山』のハンス・カストルプが、スイス・アルプスのサナトリウムで、（社会的にはまったく無為に）過ごした年月と同じである。そう、ぼくもまた7年間、魔の山で過ごしたのだった。そして、怠惰であったけど、ハンスと同じように、さまざまな思想や哲学に出会いながら、生の意味を探究していたのには違いない。なら、忸怩《じくじ》たる思いは、胸に秘めて、それでよかったのだと、言っておくことにしよう。

ともあれ、ぼくは魔の山に登ったことにより、音楽とは、もっと限定してロック・ミュージックとは、ある意味で、別れたのだった。もちろん、ぱたっと音楽を聞かなくなったというわけではない。費やす時間はかなり少なくなったろうが、相変わらず聞いていた。前に述べたように、金もないのに、なんとか工面してコンサートにも出かけて行った。あのレッド・ツェッペリンも、CCRのコンサートも、ともに大学4年のころである。素晴らしいミュージシャンがわざわざ東京にやってきてコンサートを開いてくれるというのだ。行かないでいられようか。そして、当然のことながら、感動した。それも、心から感動した。だが、そういう素晴らしいコンサートを見て感動しても、ぼくは以前のぼくではなかった。どう言えばいいだろう。音楽とぼくの心のあいだに、薄い膜ができたようだとでも言おうか。それはほとんどないに等しいくらい薄くて、透明であったが、それでもぼくと音楽をたしかに隔てていたのである。あるいは、前にも言ったように、ぼくは音楽の外に出たのだった。

ふと、高校時代の音楽の先生だった、佐藤先生のことを思い出した。彼も同じように音楽の外に出た人だった。それはまるで神の恩寵を失うようなことだと、前作で書いた覚えがある。大げさかもしれないが、そういう感じはある。

だが、これがぼくの人生なんだろうと、思った。悲しいというのでも、寂しいというのでもない。自分の人生が、決して完全なものとはなりえないことを心の底で悟ったことのもたらす、鈍い痛みがあった。ある意味で、ぼくの青春は、そこで終わったのかもしれない。

だが、ぼくには文学があった。音楽とはまた違った楽しみを、文学は与えてくれる、そんな予感があった。音楽の喜びは、感覚的で肉体的であったが、文学の喜びは、ずっと知的で、苦い認識を得ることによる喜びなのだった。苦い認識がもたらす喜びなら、その喜びもまた、苦いものであらざるを得ない。ときに苦しみと区別のつきにくい喜びである。だが、それでも、やはり厳然として、喜びには違いない。文学の喜びとは、ぼくにとってそういうものだった。その喜びのために、7年間、魔の山で過ごしたというわけだ。


またまた先走りすぎたようだ。とにかく、音楽よりも文学のほうに意識を向けるようになった、と。そうなってみると、音楽に時間を費やすのがしだいに無駄に思えてきた。以前から、ふと気がつくとギターを抱えて、半ば無意識のうちにいろんなフレーズや、コードを弾くという癖があったが、その癖がまったく無意味な、いや、有害でさえある悪癖のような気がしてきたのだ。プロのミュージシャンなら、そういう癖もいいだろうが、ぼくは文学の道を歩もうと決めた男だ。なら、そんなふうに無意味な時間を過ごすべきではない。そう思ったぼくは、踏ん切りをつけるために、あえてギターを処分することにした。

前にも言ったように、ぼくの手元にあるのは、オンボロの「歌謡ギター」で、こんなもの売れるわけがない。だからと言って、ゴミに出すことはできない。一度そうしようとしたけど、思いとどまった。一時期とは言え、ぼくを支えてくれたギターなのだ。だから友人の中松君にプレゼントすることにした。

「え、いいの?」と、中松君は言った。「大事なギターじゃないの?」

「大事だった、ギターだけどね。もういらないんだ。むしろ邪魔になると言ってもいいくらい。君に差し上げるから、末永く可愛がってくれたまえ」

「でも、ぼくはギターが弾けないけど」

「ギターを弾けなくても、所有する権利は何人《なんぴと》にもある」

「わかった」中松君はちょっと悲しそうな顔で言った。「大事にする」

だけど、何がわかったのだろう? 中松君はとても察しのいい人だから、ぼく自身がわかってないことがわかったのかもしれない。

そんなふうに、音楽は、とくにロックは、ぼくの生活の中心であることをやめたのだが、それで今まで音楽に費やしていた時間を文学研究にそっくり回したかというと、そんなことやれるわけがない。これまで音楽に費やした時間の何割かが、ぼんやり物思いに耽る時間と、町をあてもなくさまよう時間になっただけのことである。ときに、狂おしいほどに音楽を欲する瞬間が訪れることがあった。まるで、別れた妻のことが、真夜中に目覚めて恋しくてたまらなくなるように。

だから、町の徘徊(思えば、このころからぼくの徘徊癖が始まったのだ)の折には、吸い寄せられるようにレコード屋や、楽器屋に入って行く。

だが、レコードを買うわけではない。シングル盤やLPのジャケットを、ただ次々に凝視しているのである。そういうのを見ているど、ロックが、すごいスピードで変化しているのが、文字通り、手に取るようにわかるのだ。だからといって、ぼくがその対処法を思案せねばならないわけではない。もうぼくは外にいるのだから。

楽器屋では、よくギターを手にとって、軽く弾いたりした。エレキはアンプにつながなければならないから、フォーク・ギターだ。マーチンやギルドなどの高級器はガラスケースの中だから、さわれない。外に立てておいてある安い国産のギターをいじるのだ。

弦はまず緩めてあるから、ペグ（糸巻き）を回して適当な高さに上げて、軽く爪弾いてみる。ふと、ぞくぞくするような感覚の蘇ることがある。まるで手のひらがネックに吸いついて離れなくなったような錯覚を覚えることもある。もう音楽の外にあると思い込んで、いや、思い込もうとしていても、体の方が、とくに手のひらや指が、ギターを無心に恋しがっていたんだろうと思う。要するに、ぼくは無理をしていたのだ。そして、店員が近づいてくると、何か言われる前にギターを元の位置に戻して、外に出て行く。

中松君からもらった白黒のテレビでは、音楽番組をいっぱい見た。うちにはカラーテレビがあるのでこれはもういらないから、と言って気前よくくれたのだ。

大きいわりに画面の小さなそのテレビを、ぼくと中松君は電車を使ってぼくのアパートまで運んだ。アンテナは、近所の質屋で室内アンテナを買って取りつけた。もちろん屋根の上式には及ばないけど、けっこうよく映った。チャンネルによって場所や角度を変える必要があるが、まあ、そんなのは。

必ず見たのは、外国の（たいていアメリカの）ミュージシャンの出る番組だ。向こうの番組を日本の放送局が買ってきて、それをそのまま放映する。これは楽しかった。自分が「外側」にいることをふと忘れるくらい楽しかった。一番強烈な印象があったのが、ジョニー・ウィンターだ。

ほかにも、いろんなアーティストを見た。ジョー・サウスなんて、カントリー風のシンガー・ソングライターや、リン・アンダーソンなんて、カントリー歌手もいた。トニー・ジョー・ホワイトは、カントリー・ブルース系のシンガー・ソングライターで、エルヴィスが取り上げた〈ポーク・サラダ・アニー Polk Salad Annie〉や、〈レイニー・ナイト・イン・ジョージア Rainy Night In Georgia〉が有名だが、ぼくの知らない歌を、1人で、エレキとハーモニカと、踏み箱（ブーツで踏むとドラムの変わりになる）を使って演奏して、えらくカッコよかった。こんな風に1人で幾つもの楽器を同時に演奏する第一人者は、あの偉大なお笑いバンド、横山ホット・ブラザースの「おっちゃん」だけど、トニー・ジョーもそれに迫るくらいよかった。

そういう素晴らしいミュージシャンを見ながら、ぼくは心から感動した。そして同時に、胸の奥にたしかに鈍い痛みも感じたのだった。もうぼくはこういう人たちと、仲間になることはないんだなあ、と。

日本の番組も、いっぱいみた。ＧＳはそろそろ下り坂にさしかかっていたが、いろんなバンドが次々に出てきた。内田裕也のフラワー・トラヴェリング・バンドとか、角田ヒロのスペース・バンドとか。

そういうバンドの演奏を見ながら、もう外側にいるはずのぼくは、ぼくだったら、こうするのにな、とか、このバンドに合う曲なら書けそうな気がするな、とか、夢遊病者のように考えていたのだが、そんなころ、すごいバンドが登場してきた。その現場をぼくは目撃したのだった。テレビでだけど。

そのときの細かなことをぼくは覚えていなかったが、調べてみると、１９７2年１０月8日、フジテレビのリブ・ヤングという番組だ。今まで聞いたこともない若いバンドが、いきなり出てきて演奏を始めた。ぼくはきっと目をむいて画面を凝視したと思う。

4人組のバンドだったが、彼らのやろうとしていることは、その身なりをひと目見ればわかるだろう。とことんガラの悪そうなあんちゃんたちが、タイトなジーンズをはいて、リーゼントでキメている。彼らのお手本がハンブルク時代のビートルズなのは疑いようがない。

当然予想されるように、彼らは古いロックンロールを演奏した。デイブ・クラーク・ファイヴの、ロックンロールのメドレー、〈グッド・オールド・ロックンロール Good Old Rock'n'Roll〉だ（短縮したヴァージョンだと思うけど）。荒っぽい演奏だが、それが曲とよく合っていた。そして、古いロックンロールは、永遠に古くないのだという逆説を彼らは証明したのだ。

当時はロックがどんどん変化していった時代で、アート・ロックだの、ニュー・ロックだのという言葉が次々に作られた。曲は複雑になり、長くなり、ギターの音はエフェクターによってどんどん非現実的なほどにゆがんでいった。その変化は、当時は素直に「進化」と捉えられていたように思うが、確かに進化と呼んでいい要素はあったとしても、同時に失ったものもあったと、現在のぼくは思う。その最たるものは、誕生したころのロックが持っていたストレートな呪縛力である。オールド・ロックンロールは、それがシンプルなエイト・ビートであれ、シャッフル（俗に、ハネる、という）のエイト・ビートであれ、直接的に体のリズム中枢に訴えるパワーがあった。どの曲もたいてい素朴なパターンのリズムで出来ているが、それは実はもういじりようのない洗練の果てにあるものである。つまり、オールド・ロックは、素朴と荒っぽさを身にまとって生まれてきたが、すでに完成されたリズムを持っていたのだ。たとえば、チャック・ベリーの〈ジョニー・B・グッド Johnny B. Goode〉のギターのイントロを聞けばわかるだろう。あれはもういじりようがないし、あれをどう変えても、オリジナルにはかなわない（ジョニー・ウィンターだってかなわない）。オールド・ロックンロールが永遠に古くならないのはそのためである。そのオールド・ロックのパワーを、このキャロルというあんちゃんバンドが、あらためてぼくに見せつけたのだ。

ぼくはオールド・ロックンロールに対する敬意を、ティーンエイジャーのころから失ったことはないが、1972年の時点で、それをモロに出してくるアーティストになろうとは思ったことがなかった。なんというやつらだろうと、ぼくは思った。これは時代錯誤《アナクロ》のキワモノ・バンドなのか？ぼくは自問した。そしてすぐ自分で否定した。そうじゃない。キャロルは、自分たちの愛する音楽が最高だという信念を持って、この番組に出たのだ。流行も、趨勢も、傾向も、彼らにとってはどうでもいいことなのだ。「Why not？」《わるいかよ》 それが彼らの姿勢である。そして、それはオールド・ロックンロールが誕生のときから持っているスピリットなのだ。

おれたちのロックはどうせ学校じゃ教えないヤクザな音楽だよ。クラシックやジャズみたいな偉い音楽じゃない。だけど、おれたちはロックがいいんだ。というのが、本来のオールド・ロックンロール・ファンのスタンスである。それを、はっきりと言ってのけたのが、チャック・ベリーだ。ロック共和国の国歌《ナショナル・アンセム》、〈ロック・アンド・ロール・ミュージック Rock And Roll Music〉で彼は宣言した。

> 別にモダンジャズに文句つけようとは思わない。あの連中が、やたらに速く演奏して、しまいにはメロディのきれいさも台無しにして、なんだよ、これは交響曲かい、みたいになりさえしなけりゃね。
>
> だから、ぼくはロックンロールをとる。どんな風な曲でもいい。いつだっていい。とにかくぼくと踊りたいなら、ロックンロールじゃないとだめだね。

ローリング・ストーンズも、同様の思いを明らかにしている。〈イッツ・オンリー・ロックンロール It's Only Rock And Roll〉の中でミックはこう歌った。

ただのロックンロールだよ。そんなことはわかっている。だけど、ぼくはロックンロールが好きなんだ。心から。

いわゆる「高尚」を求めない芸術家がいる。誰の目にも明らかな上品な洗練を求めない芸術家がいる。それがロック・ミュージシャンだ。彼らが洗練と無縁だと言うのではない。誰にもそうとわかる上品な洗練とは無縁だと言っているのだ。ロックにはロックの洗練がある。だが、洗練されても、ロックはその素朴な、ストレートな外見を失わないということで、思えばこれの方がより繊細な洗練と言えるかもしれない。

そのテレビ初登場のパフォーマンスによって、キャロルはその音楽においても思想においても、彼らが真正のロック者であることを鮮やかにデモンストレーションした。オールド・ロックンロールの力は、1972年10月の時点で、生まれたときに持っていたパワーを少しも失っていないということを、キャロルは何のけれんもなしに高らかに歌い上げたのだった。

それがぼくを感動させ、揺さぶった。その若者らしい厚かましい勇気に、心の中で素直に拍手を送った。

ジョン・レノンは、人気者になった後のビートルズの演奏よりも、ハンブルク時代のそれの方がはるかによかった、あれこそぼくのやりたい音楽だ、みたいなことをどこかで述べてたっけ。レノン特有のへそ曲がり発言みたいでもあるが、半分は本音だろう。天性のロックンローラーは、自分の得たものと失ったものをちゃんと承知していたのだ。キャロルにも、そのようなメンタリティーがあった。まさに現代の日本に蘇ったハンブルク・ビートルズだったのである。

しかし、いかにすがすがしいまでに勇気があって（しかも、カッコよかった）も、この先このスタイルで売れるとは限らない。そういや、キャロルってえ生きのいい若いバンドがぱっと出てきたが、すぐ消えたねえ、なんてことにならないとも限らない。そうなっても、不思議はないのがこの業界だ。だが、キャロルはしっかりサヴァイヴした。キャロルは、オリジナルの〈ルイジアンナ〉を出し、これが大ヒット。続いて〈ファンキー・モンキー・ベイビー〉をまた大ヒットさせて、日本のポップス界にゆるぎない地位を獲得したのだった。

このころ、ぼくは今も鮮明に覚えている経験をした。

彼らがレコードデビューして間もないころだった。ぼくは渋谷の町を歩いていた。何の用事で歩いていたのかは覚えてないが、とにかく足を互い違いに前に出して歩いていた、と。すると、電信柱に貼ったポスターが目に留まった。何の気なく近づいて見てみる。

それは「第2回（だったと思うんだけど）ロックンロール・カーニヴァル」のポスターだった。ほう、なんて言いながら、読んでみる。出演バンドは、6つ、だったか、7つだったか。当時元気だったロックバンドのそろい踏みだ。角田ヒロとスペース・バンドも出ている。日本ロック界の大御所、内田裕也の名前もある。その中でぼくの目を釘付けにしたのが、キャロルの名前だった。いったいこれはいつ行われるのかと思って日付をみると、あれま、今日ではないか！

これぞ「縁」というものであろう、とぼくは思い、その会場に向かった。会場は歩いてすぐのところにあった。渋谷公会堂である。

すでに開場時間になっており、ぼくは当日券を買うと会場に入って行った。なんだか、胸がどきどきしたのはどうしてだったんだろう？　まるでキャロルのマネージャーになったような、あるいは、キャロルが昔からの知り合いであるかのように感じていたのだろうか？

いかに将来有望だろうと、キャロルは駆け出しバンドだから、トップ・バッターだった（と、いうのがぼくの記憶なんだけど）。いきなりギターが「ツッツー」というフレーズを弾くと、ベースマン、すなわち矢沢永吉が歌いだした。

可愛い、あの娘《こ》は、ルイジアア〜〜ンナ
いちゅでいも、男をダメにしゅる〜
甘い、言葉で酔わせちゃう

観客総立ち！　ぼくはコンサートでは、静かに座って手はお膝で、じっくり演奏者を観察しながら聞く、というのが好きなのだが、みんなが立てば、仕方がない。座っていては見えないから。いつもなら、またかよ、座って見りゃあいいのによ、と思いながら立つのだけど、このときはそんなことを思わなかった。知らないうちにぼくも立ち上がり、舞台の4人の若者たちを凝視しながら、ひたすら全神経を集中させて聞く。そして、今この瞬間に新しいロックのスターが誕生したのを、ぼくは確信したのだった。

数曲の演奏後、当然アンコールの大合唱が起こった。キャロルはまだ駆け出しだから、レパートリーはそれほど多くなかったのかもしれない。それで矢沢は、「じゃあ、もう1回、〈ルイジアンナ〉をやります」と言って、再度演奏した。あるいは、レパートリーがないんじゃなくて、この初のシングルをより強くプッシュしたいという意図があったのかもしれない。

とにかく最初のバンドの演奏によって、会場の雰囲気はいきなり最高潮に達したのだった。あとのバンドは大変だったろう。みんな頑張って立派に演奏して（普段よりもよかったんじゃないか）、観客もそれを大いに楽しんだのだが、それでも、ぼくはこう思った。みんな、完璧にキャロルに食われちゃったな、と。

それまでも、国内、国外を問わずいろんな有名アーティストのコンサートを見てきたけれど、この「カーニヴァル」はぼくにとって特別な意味があった。このコンサートを見ることによって、プロでやっていこうという、まだかすかにくすぶっていたぼくの胸の炎は、静かに消えて行った。ぼくがいなくても大丈夫だ、あとはキャロルにまかせたよ、と、胸の内でつぶやいた。ものすごくへんな、滑稽なことを言っているのは解っている。でも、コンサート会場を出て電車に乗っているあいだも、そんなことを考えていた。

その感情は、一面、敗北感でもあった。ぼくはキャロルに負けたのだ。特に、あの矢沢永吉に。音楽性の面、つまり、演奏のうまい下手とか、作る曲の良し悪しとか、そういうことを言っているのではない。ぼくが負けたと思ったのは、なにより気迫である。キャロルのエネルギーは、矢沢の気迫が作りだしている——ぼくにはそう見えた。そしてその気迫が、今まで日本のいかなるミュージシャンも作り出せなかった音楽を作り出していたのだ。そのことは、観客にも、先輩のミュージシャンにも、はっきりと感じられただろうと思う。

あのころの矢沢永吉は、リーゼントに革ジャンという、典型的な不良ファッションだった。ものすごくガラが悪そうにも見えた。そして、強烈な魅力があった。不良はときに魅力的に見える、ということとは違う。そういう外見とは無関係に、強烈な魅力があったのだ。その大もとが気迫だったわけだが、その気迫を支えているのは、彼の持つ「覚悟」のような心構えと、「捨て身」とも言うべきたたずまいだ。「ほかのことはどうでもいい。ぼくにはぼくのロックンロールしかない。ぼくは全力をあげて歌い、演奏する。それだけだ。ほかにはどこにも行くところなんてないんだよ」。そんなふうに矢沢が言っているような気がした。別に切羽詰った感じはない。矢沢はにこやかで、上機嫌に見えた。おそらく初めてのビッグなステージだったし。

だが、そういう捨て身の覚悟みたいなものは、おそらくキャロルの中で矢沢しか持っていなかった。まあ、そういうのはバンドの中で1人いれば十分なのだろう。とにかく、その捨て身の覚悟の点で、ぼくは負けたと感じたのだ。

以後、キャロルのことを遠くから静かに見守っていた。思ったとおり、スーパー・ロックンロール・バンドに成長した。以後、ロックンロールは流行を超越したジャンルとして日本に定着した感があるが、そのことに関して最大の功績があったのは、間違いなくキャロルである。リーゼント系ロックンロール・バンドで、彼らの影響を受けてないのはないと思う。

だが、キャロルは思いのほか短命だった。レコードデビューが1972年の12月20日で、日比谷野外音楽堂の解散コンサートが75年の4月13日というから、2年と4ヶ月弱である。ビートルズも悲しいほど早く解散したが、キャロルときたら、まあ。

解散の理由はよく知らないけれど（いっぱいあるんだろうけど）、結局、矢沢永吉という強烈な個性を持つミュージシャンにほかのメンバーがついていけなかったということではないかと想像する。あのテンションはたしかに尋常ではない。相棒のジョニー大蔵の甘い声は魅力的だったし、ソング・ライティングの能力も十分にあった。ギターの内海君は、チャック・ベリー風の演奏スタイルが、とてもカッコよかった。だが、矢沢と張り合えるような強烈な精神的エネルギーはなかったのだろう。もしそれがないなら、あのキャロルのようなスタイルのバンドを末永く続けて行くのは困難だろう。

ソロ・アーティストになった矢沢は、最初は苦戦しているように見えたが、見事に勝ち抜いて、スーパースターの地位に上り詰めた。これは決してたやすいことではない。ソロになると、だいたい作品の質が落ちるものである。

矢沢は、キャロル時代の音楽をベースにして、いろんな方向に自分の音楽を発展させて行った。〈サブウェイ特急〉〈黒く塗りつぶせ〉みたいにハードなロックも見事に作り上げたし、〈雨のハイウェイ〉〈時間よ止まれ〉〈ラハイナ〉などのバラードは、とても美しいと思う。そしてどの歌も見事に「永ちゃん節」で、他の人が歌ってさまにならない。だから、人気があるわりにカバーされることがあまりないのではないかと思う。


とにかく、そのように以前とは違った音楽との付き合い方をしながら、ぼくは魔の山に登って、そこで7年の月日を過ごしたのだったが、どういうわけか、大学院に進む前の春休みに歌を1つ作った。これは作ろうとも思わないのに、メロディも、リフも、歌詞の骨組みも、記憶の底から浮かびあがるように出てきた。今にして思えば、ミューズの女神たちがぼくの頭の中に吹き込んでくれたような気がする。

ミューズとはギリシャ神話の、文芸・芸術を司る9人の女神たちだ。古代ギリシャ人の芸術観はしごく健全で、彼らは詩や音楽を作るのはそのミューズの女神たちで、竪琴を抱えた詩人の頭の中にその音楽を「吹き込む《インスパイア》」のだと考えていたそうだ。これは近・現代の芸術観の対極にある。近・現代の芸術観においては、芸術作品とは芸術家の個性の発現であるが、これを推し進めて行き着く先は神経症的自己顕示的作品である。

そもそも「個性」ということにとらわれすぎているのだ。個性とは個人が個人である所以であるが、そんなこと、わざわざ言わなくたっていい。当たり前のことだろう。なら個性をそのままありがたがることはない。人が100人いれば100個の個性がある。個性それ自体をありがたがる意味がない。おそらく「個性的」という言葉を褒め言葉に使ったことから、この個性尊重、個性崇拝の傾向が生まれたのだろう。だが、まともな芸術家は、「個性的」であることを目標とはしないだろう。そんなものはどうでもいいことだと思うだろう。すぐれた作品は、他の凡作とはまるで違って見えたり聞こえたりするだろうが、それはその作品がすぐれているからで、個性的だからではない。

また話がそれそうになったが、古代ギリシャ人にとって芸術とはミューズの神が吹き込んでくれるものであり、詩人や音楽家は、いわば媒介物である。恐山のイタコばあちゃんみたいなものだ。なら、自分の個性とか、自我とか、そんなものは作品にとってまったく無用なもので、彼らは個性主義の泥沼に足をとられる気遣いなどまるでなかった。

ぼくはこのギリシャ式芸術観に大いなる親しみを感じる。作品を生み出すのは、作者の心だが、その心とは、その作者がそれまで生きて出会ったり、触れたりしたものの総体である。つまり、ぼくの心は、父母や兄弟との関わり、友人との交友、読んだ本、見た映画、絵画、聞いた音楽、とにかくすべての体験の記憶の総体であり、作品はその総体のさまざまな要素が、さまざまな形で組み合わさって、それが小説とか、歌とか、絵画の形でこの世に出てきたものである。なら、個性などということは、はなから問題にも何にもなりゃしない。ぼくはミューズの女神たちを信仰する。ぼくにとってのミューズとは、ぼくの心の中にあるぼくの記憶の総体である。

そして、魔の山に登ろうとしているぼくの頭に、気まぐれなミューズが歌を吹き込んだ。その歌は、メロディも、〈Maria マリア〉というタイトルも、ほんとに造作なく、するすると浮かんできたのだった。あのポール・マッカートニーも、同じような経験をしたらしい。なかなか良さそうなメロディが夢の中でできたそうだ。あまりに自然に出てきたから、ポール自身、どこかで聞いた歌なのかと思って、いろんな人にそのメロディを歌って聞かせたけど、誰もそんなのは知らない、というので、それならぼくが作ったんだと、ようやく納得したらしい。そして、〈スクランブルド・エッグ Scrambled Egg〉というのをダミーのタイトルとしてとりあえずつけて、最終的に完成させ、〈いり卵〉は〈イエスタデイ Yesterday〉となったのだそうだが、ポールも、芸術的霊感とはミューズが吹き込んでくれるもの、という考え方に賛成するのではないかと思う。

さて、入山前の最後の作品〈Maria〉。頭の中に歌が流れていたが、それを譜面に書き取るためにはギターが必要だ。だがぼくは持っていた唯一のギターを中松君に進呈したのだった。そこでぼくは中松君を訪ねた。

「すまないが、君のギターを弾かせてほしい」

「いいよ」中松君の答えはいつも同じだ。

「ここで弾かせてもらっていいかい?」

「いいけど、もともと君のギターなんだから、持って帰ってもいいよ。それより、また必要なら、返却したっていいけど」

「いや、ここで弾かせてもらえばいい。必要なのは今日だけだし」

中松君のうちは、どういうわけか居心地がよくてぼくは好きだった。1人暮らしのぼくにとって、厚かましくも東京における「我が家」のような気がしていたのかもしれない。

「わかった」と中松君。

そこでぼくは上がり込み、中松君の部屋でギターを弾いて音を確認しながら、その歌を譜面に起こした。

拍子は、4/4、キーはEmで、主メロとサビを持っている。まあ、ごく普通の構成だが、イントロ（歌のバッキングでもある）のアルペジオに使った音階が、ぼくが「イギリス・フォーク音階」と呼んでいるものだった。つまり、音名で言えば、ラ・シ・ド・レ・ミ・ファ♯・ソ・ラ、というもので、第6音が、シャープしている。この音階を用いた曲で、まず浮かぶのは、〈グリーン・スリーヴズ Green Sleeves〉だろう。この歌は、第6音をシャープさせないで演奏することもあるみたいだけど、させたほうが絶対いい。させると、なんだかエリザベス朝時代の英国の田園風景が目の前に浮かぶのだ。

現代の曲だと、ビートルズの〈エリナ・リグビー Eleanor Rigby〉がこの音階を用いている。また、サイモンとガーファンクルの〈スカボロー・フェア Scarborough Fair〉も、使っている。

ぼくはこれらの曲が大好きだったので、この音階が自然に心の中から流れ出したのだろう。歌詞は、牧歌的に始まるが、なんだか不吉で、幻想的で、シュールな味もある。一種の悪夢を歌にしたみたいな感じもある。そして、性的な陰影もある。なにしろ若い男の頭の中はセックスが充満しているから、自然とそうなるのだろう。このとりとめのない歌詞も、わりと苦労なしに出てきたものである。

〈Maria〉

Maria, she played in the field of the heath
Picking up bells, holding them between her white teeth
So much pain, in the rain,

Maria....

Maria, she walked to the church of the rose
Looked around, and she found the old bloody odes
Such a scene, of my dream,
Maria....

(Refrain) I really saw her once or twice,
　　But so many many times in my dreams of vice
　　I held her hand with all of my might
　　Squeezed her, she died, oh, what an evil sight !

Maria, she smiled in the beams of the sun
She should die, killed by the shot of my gun
So much pain, in the rain,
Maria....

マリアはヒースの野で遊んだ
釣鐘状の花の枝を折り、それを白い歯でくわえた
これほどの痛み、雨の中

マリアよ
マリアはバラの教会に歩いて行った
あたりを見回して（壁に）血なまぐさい詩が書かれているのを見つけた
そのような夢の中の情景が
マリアよ

（くり返し）実際に彼女に会ったのは一度か二度だが
　わたしの罪深い夢の中では何度も
　わたしは力いっぱい彼女の手を握った
　締め付けるように彼女を抱いた、そして、彼女は死んだ
　なんと邪悪な光景か！

マリアは陽の光の中でほほ笑んだ
彼女はわたしに銃で撃たれて死ぬさだめ
これほどの痛み、雨の中
マリアよ

発表しようというあてもなく、バンドを作って演奏しようという気もなく、ただ頭に浮かんだ歌だが、これは自分の書いた歌の中で、ぼく自身がもっとも好きな歌になった。いわば、ぼくの卒業制作

みたいな作品である。

こうしてぼくは心置きなく「魔の山」に登っていき、そこで7年逗留したのだった。

そしていろんな作品を読み、研究論文や、研究書を読んだ。自分でも幾本かの研究論文を書いて紀要に投稿した。そのようにして、気楽な文学研究生活を送った。そのこと自体は、とても幸運だったと思う。だが、大学院の7年目あたりで、ぼくの胸の中に疑問が生じて、それが次第に大きくなっていった。

文学研究は、本当にお前が望んだ営みであるか？　それさえやっていれば、本望なのか？

いや、そうではない、と、ぼくは答えた。ぼくがほんとにやりたいのは、自らが作品を書くことだ、と。

なら、すぐにでも書き始めるがいい。お前は永久に生きるわけじゃないだろう。文学研究は、ほんとにそれがやりたい人に任せておけばいいではないか、と、内なる声がまた言った。

そうすることにする、と、ぼくは答えた。ぼくは幼いころからずっと自分でものを作りたかったのだ、と。

こうしてぼくは魔の山を下りた。つまり、大学院を出た。

そして、誰よりぼく自身のために物語を書き始めたというわけである。家庭教師や大学や短大の講師などをしながら、小説を書き続けた。ぼくなりの努力の結果、なんとか小説家として世に出ることができた。

そして32歳のころに結婚し、2年後に離婚したのだったが、その間の面白くもない陰気な経緯は、本書の趣旨とは違うので詳述の限りでない。

そして、そろそろ40の坂に差し掛かった（うかうか生きていると人はいつの間にか歳をとっている）ある日のことである。

ぼくの住んでいた阿佐ヶ谷の町の、どういうわけか、あまり足を向けたことのない一角の、雑居ビルの1階にある店のショウ・ウィンドウが、右目の端っこにとまった。行き過ぎようとしたぼくはつんのめりそうになって踏みとどまると、体を右方向に90度回転させた。つまり、そのウィンドウと正対したのだ。だが、思い返すに、この一連の動作は、無意識的になされた。

それは質屋というか、もっと正確に言えば、質流れ品を売っている店だった。そのウィンドウの真ん中に、電気ギターが吊るしてあったのだ。それは茶のサンバースト（ぼかし）のレスポールのコピー・モデルだった。58、59年ごろの、レモンイエローのタイプを目指したものではなく、もっと色の濃い、60年代の復刻版を目指したものであるようだった。ヘッドのロゴから、それがGreco《グレコ》のギターだとわかった。そしてつぎにぼくのとった行動は、ぼく自身にも意外なものだった。ぼくはずいずいと中に入っていき、その店の店員だか、あるいは、歳を食っていたからたぶんその店の親父に、無言でウィンドウのギター指さした。なぜか言葉が出ないのである。親父は一瞬きょとんとした。ぼくはもう一度、右の人差し指を、フェンシングの剣のように、ギターに向かって2度、3度と突き出した。親父は、「はいはい」と言ってウィンドウの中からギターを取り出し、ぼくのほうに差し出した。ぼくは武者震いするような手でそのネックを掴んだ。そのとき、ぼくは知った。ここまでの一連の行動は無意識的だと思っていたがそうではなかった。意識はあった。ただその意識は、頭にあったのでなく、ぼくの手にあったのだ。ぼくが深く敬愛している作家、夢野久作の作品に、『ドグラ・マグラ』という、ものすごく有名な作品があるが、久作先生は、人間の細胞の1つ1つに意思があると考えていたようである。面白い考え方だと思いながら読んだが、それが真実だったと、ギターのネックを握ったとき、ぼくは悟った。ぼくの足を止め、店の中へとずいずい歩ませ、親父に向かってじれったそうにギターを指させたのは、ほかならぬぼくの手だったのである。それは身一つで炎熱の砂漠に追放された預言者が覚える乾きにも似た、激しい欲求だった。ぼくの手はギターのネックを握りたくて握りたくて、今にも各指がかってにあちこちネジれて痙攣しそうになっていたのに、ぼくは気づかずに文学の森をさまよっていたのだった（それを後悔しているのではないけれど、別の人生の送り方もあったのかなあと、今もときに思うことがある。別の本にも書いたことだが、人生を生きるとは、幾千の可能性の中からたった1つを選ぶという行為を積み重ねることにほかならない）。

ぼくは親父がこわごわ勧めてくれた椅子に腰を下ろし、しばらくギター全体の感触を確かめたあと、尊崇の念をいだきながら調弦した。ぼくに絶対音感はないけれど、ギターなら大体合わせることができる。

そしてぼくは頭の中を流れるいろんなロックの名曲に合わせて、アンプにつないでないエレキギターを弾きだした。ピックを持ってないから、親指と人差し指と中指を使って、ひどい自己流のスリーフィンガー・ピッキングで、嚙みしめるようにポロンポロンと弾く。ベンチャーズ、ビートルズ、ストーンズ、チャック・ベリー、サンタナ、……。

どれくらい弾いていたかわからない。あるいは1時間もたったかもしれない。ぼくが弾く手をとめて顔をあげると、親父と目が合った。親父はまずおどおどと愛想笑いをして言った。

「いやあ、旦那様、お上手ですなあ」親父はぺこぺこ頭を下げる。なんだか江戸時代の番頭みたいで、ぼくは月代《さかやき》の伸びた着流しの浪人になったような気がした。

「別にうまくはないですよ」ぼくはぼうっとした頭で答えた。

「程度もよろしいですからねえ、旦那様」親父はにたにた笑いを浮かべたまま言った。絵に描いたような、小心翼翼の小商人《こあきんど》みたいなところがむしろ可愛かった。

「程度がいいとは、ぼくのおつむのことを言ってるのかな？」

「いや、このギターがね、入ったばかりなんだけどね、持ち主が大事にしてたから、今でも、あなた、まるで新品同然――」

「それは言いすぎだろう。でも、気に入った。買う」ぼくは全然思ってなかったことを口走った。

「うへえ、ありがとうございます！　それじゃあ、ですね、是非こちらもお買い得ですし」

親父は慌てて文法無視で言った。「こちら」とは、紫檀の小箪笥の横に置いたギターアンプのことだ。

「お買い得と言うなら、５千円くらいかな」

「ご冗談を。なんぼなんでも。でもですね、ギターといっしょに買っていただけるんなら、正札からさらに勉強させていただきます」

「いくつになってもせいぜい勉強するのはいいことだね」ぼくの言葉も少々へんである。

「じゃあ、ですね、えーーと、ギターが9千8百円ですから、２つ合わせて2万円で泣きましょう」

ぼくはびっくりした。ギターの値札も見てなかったのだ。国産のコピー・モデルのギターとは言え、9千8百円はベラボウに安い、と思った。アンプは音が出るのかどうかまだ試してないが、エルク（ELK）社製のもので、直径３０センチほどのコーンを載せた、わりと大きなアンプだ。エルクは、米国のフェンダーを徹底的に研究して優秀なギターやアンプを製造する日本のメーカーだ。このアンプも、ギター・アンプの最高峰の1つ、フェンダー・ツイン・リヴァーヴを目標にしているのがひと目でわかる外見である。なりはふたまわりほど小さいけど。

ぼくは感激して言った。

「あんた1人を泣かせはしない」

「はい？」

「ぼくももらい泣きすることにしよう。2万円はあんまりです。せめて2万2千円払わせてもらうよ」

ぼくらは思わず握手をして、商談が成立した。いや、軽口を叩いていなければ、ぼくはほんとに泣いていたかもしれない。長らく失われていた電気ギターとアンプが、ぼくの手に戻ってきたからだ。いや、そうじゃない。ぼくという人間が、音楽の世界から抜け落ちて、長年の放浪の末、ぼろぼろになって戻ってきたのだ。まるで、聖書の中の「放蕩息子」のように！

ぼくはグレコのレスポールをいれたBurny《バーニー》のロゴ入りハードケース（これがサービスでついていた）と、エルクのアンプを、親父に借りた台車に載せてぼくのアパートまで運んだ。軽トラで運びますよと親父は言ってくれたのだが、ぼくは丁重に断った。

「まことにもってかたじけないが、これはぼくが自分で運ぶべきだと思う」

親父はキツネにつままれたような顔をしていた。しかし、キツネというのはツマム動物なのだろうか？

ぼくは商店街を台車を押して歩いた。そして、ほんとにひとしずく、涙がぼくの手に落ちたのだった。

5. ちっくん、再びエレキを手にする

マンションに戻って早速音を出してみようとして、ようやくコードがないのに気づいた。ギターとアンプをつなぐコードだ。なんということだろう。かつては筋金入りのエレキ少年だったぼくが、コードのないのに今の今まで気づかないとは！

しばし驚き呆れたのち、ぼくは台車を返すついでにコードと新しい弦を買おうと思った。

その親父の店にもコードはあったが、いかにも安物で、たぶん中古で、金属部分にはサビが浮いていた。ギター弦もあったが、これはナイロン弦だった。日焼けしたパッケージに、「Meido in Speinアンダールシア（片仮名で会社名！）」と印刷されていた。英語は感動的なまでのウソ綴りだから記念に買っておこうかとも思ったが、結局はやめにした。

「このあたりに、楽器店はありますかね？」

「ああ、残念ながらこのあたりにはありませんようですなァ」親父はほんとに気の毒そうに言った。

「新宿にいらっしゃればありましょうが」

そりゃあ新宿までいけばあるが、ここ（南阿佐ヶ谷）からだとちょっとおっくうだ。ぼくはまた親父

のすべての親切に対してあらためて礼を言い、この質流れ屋の商売が細々とであろうと末永く立ち行きますようにと心中密かに祈って、店を出た。久しぶりに温かい気持ちになり、自分がいい人になったような錯覚を一瞬覚えたりした。

阿佐ヶ谷の北口にもひょっとしたら楽器店があるのかもしれないが、ぼくは知らないので、吉祥寺まで行って有名なチェーン店でコードと弦を買った。それにしても、楽器店の品揃えはずいぶんと変わっていて、びっくりしてしまった。フェンダー、ギブソン、リッケンバッカー、グレッチ……などの高価な外国製のギターが、国産のギターと特に区別するわけでもなく、幾本も並べられていた。かつてガラス越しにおがんでいた高級ギターたちが手を伸ばせばさわれる位置にある。だがぼくはさわれなかった。頭がくらくらしそうだった。しっかりせんか、と自分を叱った。ぼくにだって、グレコ・レスポールがあるじゃないか……。

ぼくは手ごろな値段の3メートルのコードと、やはり手ごろなアーニー・ボールの弦を買った。以前使ったのと同じ、10―46という番手《ゲージ》である。そして風のように飛んで帰って弦を張替え、アンプの電源を入れ、コードをつないだ。つまみを回す。ヴォリュームは、まずは3くらいでいいだろう。そして音質調整。高域《トレブル》は10、低域《ベース》も10、(中域《ミドル》のツマミはついてない)、残響《リヴァーブ》も10、つまり全部フル。それから一度深呼吸して、弾いた。何を? 決まっている。あの〈パイプライン〉の頭の部分、雷鳴のごときトレモロ・グリッサンドだ。40歳のぼくが、まさに15歳のぼくと同じことをしたのだ。

デンデケデケデケ〜〜!

グレコは鳴り渡った。２５年前と同じように、つむじから爪先に電流が流れた。ぼくは呆然として突っ立っていた。自分の心と体がいかにこの音に渇いていたかを思い知った。どうして今までギターと離れていられたのだろうと、自分で不思議だった。

通電しての試し弾きもしないで買ったギターとアンプは、ちゃんと仕事をした。ギターはまず大丈夫だろうが、アンプの方はどうだかな、と思っていた。仮にオシャカになっていたとしても、タダみたいに安い値段だから、ダメならダメで花瓶台にでも使えばいいやと思っていたのだが、ちゃんと鳴ってくれた。わりと故障しやすいリヴァーヴの回路も、ちゃんと効いたからぼくは感激した。このアンプが目標としているフェンダーのツイン・リヴァーヴみたいに、なにもそこまでというくらい、えげつないまでにリヴァーブが効くわけではないが、十分にその機能を果たしている。ぼくら世代のエレキ弾きにとっては、リヴァーヴはマストのエフェクト（効果音）なのである。

ギターの造りも、弾き込むうちにますます気に入った。日本の楽器メーカーは、とても優秀だと、改めて思った。

そして、その日から、ぼくは日に数時間、ギターを弾くようになった。近所迷惑ということもあるから、弾くのはもちろん昼間だ。ぼくの住んでいたのは、所帯向きの2ＬＤＫのマンションで、これは３２歳で最初の結婚をしたときから住み始めたから、もう１０年近く住んでいることになる。結婚して2年目の夏に離婚して、妻は（あるいは一度妻だった女は）自分の荷物を運び出して出て行った。本人は来ずに、運送屋が助手を連れてきただけだ。その運送屋の親父がぼくのことを、「旦那さん」と呼ぶのがすごくいやで、やめてくれと言ったのだが、すぐそれを忘れて旦那さんと呼び続けた。ぼくは諦めた。

と、書いてしまったので、今まで触れることのなかったぼくの結婚生活について書いておこう。面倒だから書かないで済ませようかと思っていたのだったが、やはり簡単に書いておこうと思う。

妻（だった女）がなぜぼくを捨てて別の男に走ったのか、実のところぼくにはわからなかった。そういうことがわからない男だというのも、理由の1つなのかもしれないと、今は思う。妻にだってわからないかもしれない。そもそも、妻がなぜぼくと一度は夫婦になる気になったのかも、こうなってみると謎のような気がする。

だから、妻がぼくを捨ててほかの男を選んだことを、ぼくは責めようとは思わない。ただ、その順序が気に食わなかった。ぼくと離婚する前に、その男と深い中になった（もし、彼女の行動に、深い、という要素があるとして）。ぼくは混乱した。その女を失う悲しみでもなく、その女に捨てられた悔しさでもなく、その女のとった行動に対して、どう考えるべきかと、しきりに考えていたように思う。「失礼じゃないか」というのが、くり返しぼくの頭をよぎった言葉だった。社会の礼節に関して使われるべきその言葉を、愛情問題に関してしきりに頭の中で転がしていたのは、やはり混乱していたということだろう。「裏切り」という言葉は、不思議と浮かばなかった。裏切りじゃなくて、「失礼」だった。

あるいは、それはぼくの無意識的な自己防御の姿勢だったのかもしれない。事を心の中で、ことさら荒立てないように、「失礼」というレベルで処理しようとしたのかもしれない。そのほうが、傷つくことが少ないからだ。

妻（だった女）は、悪びれたところがなかった。「こうなったのは悪かったわ」とだけ言った。客観的に見れば、ひどい女と言ってよさそうだが、別に開き直ったのでもないその悪びれない態度が、むしろ救いだったかもしれない。泣かれたり、謝ったりされたりしていたらと考えると、今でもぞっとする。あれでよかったのだ。

いや、あるいはぼくは妻だった女に感謝すべきかもしれないと、最近は思うことがある。つまり、あのときのぼくの反応からもうかがわれるように、ぼくは何がなんでもこの女がぼくには必要だ、とはどうやら思ってなかったのである。そして、妻に対してそうなら、それはもう「冷めている」ということになるのではないか。ぼくの愛情は、礼節の問題に分類されるようになっていたのだ。その気持ちは、当然相手にしっかりと伝わるもので、妻はそういうぼくの冷酷さを（それまで自分のことを冷酷と思ったことは特にないけど）見抜いたのかもしれない。彼女のあの裏切りは、ぼくら2人を、無意味無益な桎梏から解放するものだった、と言えなくもない。彼女にその明確な意図はなかったとしても。

形の上での有責配偶者は妻の方で、だからぼくが慰謝料を払うことはなかった。

「わたしは何も要求しないから」と、2週間ぶりに戻ってきた妻はしごく落ち着き払って言ったものだ。

「当然のことながら、ありがたい」と、ぼくはできるだけ穏やかに答えた。

「あなたのそういうところが嫌い」と、元妻は言った。

「そういうところとは、どういうところかな？」聞き咎めたのでなく、ほんとに知りたかったのだ。

「そんなの自分で考えなさいよ。自分のことなんだから」

「それもそうだ」

「じゃあね」と言って妻は手を振って出て行って、翌日に運送屋をよこしたのだった。じゃあね、という言葉が、妙に気に入ったのを覚えている。

ぼくは傷ついたプライドを抱えて、しばらくは活発に動けそうにないから、引き続きそのマンションに住むことにした。

ところが、それから3年後になるが、その女が一度夜中に電話をかけてきたことがあった。

「久しぶりだね」とぼくは言った。突然ではあったけど、こういうことをしかねない女だと知ってもいたから、驚いたわけではない。

「そんなことより」と、元妻は言った。「今度再婚するんだけど、あ、再々婚か」

ぼくから彼女を奪った男も、捨てられていたようだ。

「そりゃ、おめでとう」

「なんなら」と、元妻は言った。「あなた、ヨリを戻してみる気はある？　今ならまだ間に合うけど」

「ないな」とぼくは答えた。「せっかくだけど」

「やっぱりね」

そう言って元妻は電話を切った。ぼくはそれから30分ほど考え込んだ。あれはぼくに対してフェアに振舞おうという意図のもとにかかってきた電話かもしれない。今自分はフリーだから、あなたには私をもう一度選ぶ権利があるわよ、と。彼女の公正《フェアネス》に対する感覚は、なかなか風変わりである。しばらく受話器を見つめていたようだった。ふとマット・モンローの〈さらばベルリンの灯Wednesday's Child〉の歌が、耳の奥に蘇ってきた。


水曜日生まれの子どもは、悲しみの子ども。……ひとりぼっちになるように生まれついている。

この歌詞は例の『マザー・グース』に基づく。哀切なメロディに乗って流れるこの呪いのような文句を、ぼくは口ずさんだ。かすかに心の底が痛んだ。

ぼくはひょっとしたら自分は水曜日生まれではないかと思って調べてみた。違っていた。ぼくの生まれた日、1949年9月13日は火曜日だった。それでも自分は独りぼっちになるように生まれついているのではないかと思った。

あるいは、ぼく自身、女性に対して、心の奥底でしぶとい不信感を持っているのかもしれない。それが、電磁波のように女性に伝わるのかもしれない。しかし、もしそうだとしたら、その不信感というのはいったいどこからやってきてぼくの心に住み着いたのだろうか？　ぼくにはその心当たりがない。あるいは、それは一種の恩寵のように空から降ってきたのか。恩寵のはずないか。じゃあ、呪いのように、地の底から這い上がってぼくの心に入り込んだのか。

あるいは、女性への不信感というべきではなくて、畢竟人の心は、多くの人たちが期待するような形では、他者のそれと結び合わされるものではないという、人間の根源的孤独性への認識であるのか。いずれにせよ、別にいじけているわけではなく、自分がウェンズデイズ・チャイルドのように思えるときが、ときどきあるということ。


そんなぼくに結婚しようと言ったのが、今の妻だ。

この女は前の妻よりもっと変わっている。この女の心の中は夫婦のどちらかが死ぬまで、あるいは両方が死んでもわからないだろうと思う。だが、ぼくはさっき述べたような水曜の子供の考え方なので、それでいいと思うようになった。40歳を超えたおかげもあるだろう。

文化人類学者の、ぼくと同い年の女は、こう言った。卒業20周年の集いが母校の大学の付属の会館で行われたときだ。なんでそんなものにぼくが出席したのか、今思えば不思議である。魔が差した？　とにかくそのお陰で、彼女に出会ったわけだ。幸か不幸か。

「あなたのこと知ってる」と、彼女はウィスキーのオンザロック（水割りじゃなくて！）を飲みながら言った。「スロープを歩いていた。幸せそうな顔して」

「学生時代のことですか？」ぼくはいきなりの言葉に驚いた。

「わたしが1年のときだから、あなたもきっとそうなのよ」

「なるほど」どうやら文学部の門からキャンパスへ通じるスロープのことを言っているらしい。

「ヘンな帽子かぶってた」彼女はちょっと目を細めて、記憶のひき出しの奥から18だか19だかの若者の姿を取り出した。「ヘンな帽子」とは、黄色と白の、キャンディ・ストライプのキャスケットを指しているのかと思う。ロックスターを目指していたころには、恥ずかしいのを我慢してそういうのを被っていたことがあると、前に書いたっけ？　しかし、あの帽子はぼくが恥ずかしがっていた以上に印象的だったようで、ぼくは少しびっくりした。

「でも、今は不幸せそう。なにがあったのか、わたしに話してみて」

ヘンテコな女だと思ったが、ぼくの好きなヘレン・ミレンや、ドミニク・サンダという女優に、どういうわけか雰囲気が似ていたから、ぼくは問われるままに自分のことをしゃべった。ロックスターを、半ば本気で（この半ばということころが、いかにもぼくなのだ）目指していたこと、「一本刀土俵入り」の駒形茂平が「相撲にゃならずヤクザになっ」たように、ロックにゃならず文士になったこと（文士もやくざの一種かも）、32歳で一度結婚したけど、2年足らずで離婚したこと、だけど、2年ほど前に中古のエレキギターを買って、今また夢中になっていることなどを話した。

「そうなんだ、そういうことなんだよ」と、自分のことをべらべらしゃべるぼく自身に驚きながら、ぼくは独り言のように言った。聞き上手という言葉があるが、彼女は話させ上手なんだろう。「とても楽しい。若いころとは違った楽しさなんだ。若いころは、ギターの向こう側にあるロック界のきらびやかな世界が幻のように浮かんでいて、そんなワクワクするような期待感も、またギターを弾く喜びを増していたんだけど、今は純粋にギターを弾くことが楽しいんだ。もちろん、今さらプロになろうとか、そんな気はない。だから、ギターをまたしっかり練習しても、別にどうなるものでもないけれど、だからこそかなあ、だからこそ、純粋に楽しいんだと思う」

「でも、あなたは幸せそうじゃない。あのころほどには。あのころ、わたしはひと目見てあの幸せな少年に恋したんだよ」

「ほんとに？」年甲斐もなく照れてしまった。頬が赤いのがわかる。「そのとき言ってくれればいいのに」

「言えば、きっとわたしに夢中になったでしょう。そうなると、まるで興ざめじゃない？　そういうのはわたしいやだったの。わたしは遠くから恋してるだけでよかった。そんでもって自分のやるべきことをやる。あなたも、わたしに夢中になって、しつこく追っかけ回すよりも、することがほかにあったでしょう。だから幸せそうだったんじゃない？」

「なるほど」一風変わった論法だけど、共感できる要素があった。しかし、へんな女だと、また思う。

「どうして今は幸せそうじゃないんだろう？」

「やるべきことをやっていないからよ。みんな、そうなの」

「やるべきこととはなんだろう？」

「それは人に聞いたってだめ。自分で探しなさい。それが生きるということよ」

そんな話を、ホームカミング・パーティの間中していた。そして、2次会には出ずに、2人で高田馬場のショット・バーで飲んだ。有名なレストランというか、洋食屋がはじめたバーで、うまく古い感じを出していて、居心地がよかった。ぼくはベルギーの濃いビールを飲み、彼女はラフロイグという名のスコッチをストレートでゆっくり飲んだ。一口味見させてもらったが、ものすごいヨード風味だかピート臭で恐縮した（後にぼく自身大ファンになるシングル・モルトだ）。

ぼくらはそれから2度、デートをし（あんな調子で話をするだけだけど）、結婚することになった。「わたしは今まで結婚のことは考えたことがなかった」と、その2度目のデートのとき、彼女はグラスを持った左手の親指の先のササクレを嚙みとりながら言ったものだ。指は太くはないが、男のように節が大きい。しぐさも男みたいだ。

「わたしたちは結婚するのが一番いいと思う」

「そう？」突然のことで驚いたが、それもいいかもしれないと、すぐそう思ったのはなぜなんだろう？

「わたしは研究で世界中を飛び回っているけど、わたしを必要としている男が日本にいる、と思えるのは、とても生産的ではないかと思うの。精神的に、という意味だけど。わかる？」妻は文化人類学者だ。

「なんとなくわかるような気もする」

「それによ、そんな風に思っている女がこの世界にたった1人いる、と、あなたが考えることができるというのは、あなたにとってとてもいいことだと思うの。肉体的にもね」

「そうかな」よくわからない。でも、そんな気もした。

「そうよ。だから結婚しましょう」

ぼくらは翌週の月曜日に届けを出して正式に夫婦となった（ぼくはもう両親を亡くしていたので、こういうことに関してはしごく身軽になっていたのだ。彼女も両親を亡くしていたが、かりにまだ健在だったとしても、まるで気にかけなかったろう）が、その日の夕刻彼女はアフリカに向けて発った。ヘンテコな結婚で、その始まりから今日まで、驚くほど少ない日数しか一緒に生活してないのだが、たしかに夫婦であるという実感はある。それがまた不思議と言えば言える。

結婚して自覚したことなのだが、ぼくはそれまでどうやら袋小路に入り込んでいたのだ。あるいは、人生に踏み迷っていたのだ。そのことを、彼女と結婚してすごくリアルなこととして実感したのだ。そして、自分が本当に孤独だったということを知ったのである。

だが、そういう認識が得られたということが、ぼくを孤独から救いだすことになったわけではない。ほとんど離れ離れで生活しているわけだから、当たり前のことだけど、ぼくが言わんとしているのは、ちょっと別のことだ。つまり、このような環境に身を置いて、ぼくはこの世にある自分という人間が本当に孤独な存在であることを、初めてしみじみ悟ったと言っていいだろう。そして、ぼくだけでなく、すべての人間が、ことによるとそうなのかもしれないと、思ったのだ。そして、ぼくらの結婚は、孤独の解消ではなく、孤独な存在同士の共感なのだ、ということである。ぼくだけじゃない、ここにぼくと同じ孤独の中にある者がいる——そう思えることは、たとえ孤独の解消にはなり得なくても、ある種の慰謝であり、自分がそういう存在であることを、たしかに幾分かは受け入れやすくする。そういう意味で、離れ離れで暮らす夫婦であろうとも、ぼくは幸せな結婚をしたのだと思ったのだった。考える筋道は違っても、妻もぼくと同じような感じ方をしたのかもしれない。

妻がアフリカから戻ってきた。ぼくは阿佐ヶ谷のアパートを引き払って八王子の丘陵地帯にある妻の家に移った。これは独りっ子の妻が両親から相続した家だ。もう10年以上前から、妻はこの家で年取った犬と暮らしていたのである。

妻はある財閥につながる資産家の娘で、その財団に出させた資金で文化人類学の研究所を設立し、そこの教授である。また、いくつかの大学の客員教授も務めているが、かなり自由に自分の時間を作れるみたいで、研究のためにしばしば海外にでかけて行く。長いときは半年くらい帰ってこない。この世界ではかなりのビッグ・ネームのようだが、詳しいことは知らないし、彼女も語らないし、ぼくもとくに知りたいとも思わない。

そういう夫婦なのである。

またまた話がどんどん逸れてしまった。2度目の結婚前に戻す。再び阿佐ヶ谷で暮らすぼくの生活の中にギターが入り込んできた、と。

最初は何も考えずに、これまで弾いたことのある曲を、思い出しながら弾いた。ベンチャーズ、ビートルズ、ローリング・ストーンズ、アニマルズ、チャック・ベリー、CCR……。そういうアーティストの曲を、コードを弾きながら歌ったり、イントロやリフを弾いたり、ソロを弾いたり。ほとんどの曲を覚えているのに、自分でも驚いた。「ぼく」が覚えていると言うより、ぼくの口や指が覚えている、そんな感じだった。ロックはそこまでぼくの体にしみこんでいたということなのだろう。

しばらくのあいだ、仕事の合間にそんな風にしてギターを弾いた。あるいは、ギターを弾く合間に仕事をした。そのうち、それだけでは物足りなくなってきた。そして、楽器屋に、新しい楽譜がいっぱい並んでいたのを思い出した。

ぼくはさっそく新宿の楽器屋に行った。あるわ、あるわ!

前作で詳しく書いたけど、ぼくは高校時代にロッキング・ホースメンというバンドを作り、いろんな曲を演奏した。その際、市販の楽譜を参考にしたのはもちろんだけど、そのころの市販の楽譜はどれも天晴れなくらい不完全だった。たとえばベンチャーズの楽譜集。

リードギター、リズム・ギター、ベース、ドラムと、4つのパートを、それぞれ別のページに印刷して、それらをまとめて綴じていた。メンバーが金を出し合って買って、バラして分ければいいわけだ。ただ、曲のどの部分が楽譜のどの部分かは、注意してないとわからなくなる。Bセクションの何小節目、というふうに数えねばならなくなる。クラシックのパート譜と同じだ。でもそれはいい。便利なところも不便なところもある。それはいい。いけないのは、そのコピーの仕方が、ときどき不正確だったことだ。

たとえば、〈ダイヤモンド・ヘッド Diamond Head〉のサビのある部分のコードを、Ddim・Fdimとしているが、こんな面倒なコードじゃなくて、Dm・Fmでいいのである。

また、〈ドライヴィング・ギター Driving Guitars〉（オリジナル・タイトルは、Driving Guitarsだが、ぼくの持っている楽譜集では英語タイトルが、Driving Guitarと、単数になっている）は、スタジオ・テイク・ヴァージョンでなく、1965年1月の厚生年金会館のライブ・バージョンをコピーしようとしていて、それはまことに志が高いのだけれど、完全にコピーすると素人の手には負えまいと考えたものか、肝心のカッコいいところを相当に簡略化して譜面にしている。これを親切と思うか、余計なことと思うかは、人によるけど、ぼく自身は後者の感じ方だった。それなら、演奏するのがぐっと容易なスタジオ・テーク版の完全コピーを載せてくれればいいのにと思う。それとも、著作権の関係なんてことがあるのか？　あるいは、編曲者（採譜者でもコピー者でもなくそう記されている）の能力の問題なのか？

一番残念に思ったのは、〈くまん蜂の飛行〉だ。これは普通〈バンブル・ビー・ツイスト Bumble Bee Twist〉と呼ばれているが、この楽譜集では原曲（リムスキー・コルサコフ作曲）のタイトルを採用したのだ。それは、まあ、かまいません。ただ、英語タイトルも合わせて記されていて、これがなんと、「Bamble Bee Twist」となっている！　正しいスペルは、「Bumble Bee」だ（Bumble Beeは、ぼくの辞書だと「マルハナバチ」のことだそうだ）。スペル・ミスが悲しい。いや、それを言うなら、この楽譜集のタイトル自体がすごい。『Best Of The Bentures』なのだ、Venturesじゃなくて！　その「バンブル・ビー」の「編曲」だけど、頭からやってくれた。

この曲は、3拍目のウラから入る。8分音符3つ、タタタ、で入るわけ。ロックは大体ウラから入る。それがかっこいいのである。ところが、この楽譜集のアレンジだと、3拍目のオモテから、8分音符4個で入る。タタタタ、という具合。これじゃあ、なんだかマーチというか、学校音楽みたいである。途中で辻褄を合わせて、メインのメロディではレコードと同じ譜割りになっているのが、手品みたい。だけど、なぜこんな風に変える必要があるのか？　エレキを弾き出した日本のよい子たちは、オモテから入る学校音楽に慣れ親しんでいるから、そういう子たちに入りやすいように、という配慮なのか。余計なお世話である。この曲が最初から打ち出しているスリリングなリズムが、あじゃぱあ、である。おかげで、あのころベンチャーズを一生懸命コピーして、以後やめたおじさんたちの中には、いまだにこの譜割で覚えている人がけっこういる。そういう人たちと合わせようとしても、うまく合わない。そりゃ、合わんわなあ。

また、ビートルズの昔の譜面の問題だが、まず納得できないのが、勝手にキーを変えてあることである。今手元の楽譜集を見ると、ほとんどすべてが変更されている。〈抱きしめたい　I Want To Hold Your Hand〉はオリジナルのGのキーから完全4度下のCに下げられている。〈シー・ラヴズ・ユー　She Loves You〉は、GからE♭（長3度下）に、〈デイ・トリッパー　Day Tripper〉は、EからC（長3度下）に、という具合だ。なぜこんな変更が必要なのか。思うに、素人衆はもともと声が低い上に訓練されてないから、ビートルズの歌はたいてい高すぎて歌えないだろう。だから最初から変えといてやるぞ、ありがたく思え、ということか。まるっきり余計なお世話である。高すぎるというなら、各人が移調すればいいだけの話ではないか。確かに〈デイ・トリッパー〉は超人的高音シンガーのポールの歌で、普通の成人男子はいきなり上のAの音から歌いだすのはきついだろう。だけど、この曲は、Eのキーでやらないと、あの素敵なギターのリフが台無しになるのである。

ちょっと前に、ビートルズの赤版、青版のカラオケCDが発売されたが、勇んで買ったぼくは激しく失望した。カラオケはだいたいオリジナルより低く作るみたいだけど、このビートルズのものでも同じだった。

ジャズやポップスの楽譜においては、昔はどうやら外国のピアノ譜付きの譜面を買ってきて（そういうのが向こうは多いようだ）それをそのまま日本製の譜面として出版したのではないかと思う。だから、向こうの勝手なキーの変更も、コードのウソも、そのままになっているわけだ。それで、日本の楽譜出版社は平気だったのである。編集者はどういう気持ちだったのだろう？

ぼくの持っている昔のビートルズの譜面で、一番ひどいのは、〈ドライヴ・マイ・カー〉だろう。これはぼくがものすごく好きな曲で、譜面があるからさっそくそれを練習しようとして、唖然とした。譜面どおりやろうとするとものすごく難しいのである！

ほんとに難しいのなら仕方がないが、これは譜面が特にヘンだったのである。まず、いきなり出てくるコードがすごい。「B♭11」である。そんなコード、当時のぼくは知らなかった。たぶん、作ったポールも知らないんじゃないかと思う。ビートルズ自身のつけるコードは、彼らが譜面代わりにしていたメモを見る限り、たいていごくシンプルなものだ。Aとか、Dとか。まあ、B♭でもいいけど。だが、彼らはとても耳のいい人たちで、そういうコードを使いながら、こんな音を加えたら面白かろう、とか、この音は抜いたほうがいいだろう、とか、現場であれこれやるわけ。その結果、コードはシンプルでもそこで使われる音の構成が複雑になることがある。譜面屋さんは、その複雑になった音の構成をそのまま几帳面にコードネームの表記に反映させようとして、あんなコード表記になったりするのだ。

オリジナルで言えば、〈ドライヴ・マイ・カー〉の歌い出しの最初のコードは、Dである(曲のキーもDだ)。ぼくが持っている譜面はそれをまずB♭に落とした(長3度下)のだが、コード名をただB♭にするわけにはいかない、と考えた。この曲のヴォーカルの音はトリッキーで、デュエットの上のパートはGの音で歌いだす。これはDのキーなら、11番目の音であり、下のパートはCで歌いだす。これは、Dのキーなら、セブンスの音で、ともに、D11というコードの構成音である。だから、几帳面で耳のいい譜面屋さんは、オリジナルのコードはD11と思ったのだ。で、高すぎるというので、それを長3度下げて、B♭11というコード名になった。

だが、これはむしろまずい考え方で、「コードとしてはDなんだが、ヴォーカルの音としてセブンスとイレブンスが使われている」、と考えればよかった。そうすれば、ごくシンプルに把握できる。なにしろ、ビートルズは、演奏するときコードの構成音じゃない音を平気でどしどし使う。その直感はまさに天衣無縫と言うか、天才的と言うか。それを融通の利かない官吏みたいに几帳面に捉えようとすると、かえってやたらに複雑になったり、奇怪なものになったりする。この〈ドライヴ・マイ・カー〉がいい例である。

ところがだ、今は——というのはエレキを再び弾き始めたころ、ということだけど、「完全コピー」を謳った楽譜集が、幾種類も出ているのだ！　これは驚いた。と同時に、なんだか恨めしいような気がした。こういうのがあったなら、若かったぼくらがいたずらに費やした膨大なエネルギーと時間を、大幅に節約できたろうからである。

とは言うものの、むしろそのほうがよかったという面もある。完コピ楽譜はたしかに便利ではあるが、その便利さゆえに楽譜に頼りきりになるということがある。楽譜のない曲は演奏できないということになるし、何よりまずいのは、楽譜ばっかしに頼っていると耳が鍛えられないということだ。そもそも、ぼくの敬愛するアーティストの多くは、楽譜を使わなかったり、あるいは読めなかったりするのだ。たとえばビートルズ。

あの4人全員、おそらく楽譜が読めなかったのではないかと思う。そして、それで一向に困らなかったのだ。彼らは自分の中である程度歌ができてくると、こんな曲だよと、他の仲間に披露する。それ、いいね、と他の仲間が支持すれば、それをレコーディングということになるが、その際、作者は他のメンバーに簡単なコード表というか、コードなどを記したメモを渡すだけだったろう。ちゃんとした譜面を作るもなにも、まだ曲は完成していない。ときには、主メロとか、リフができているだけ、みたいな曲もあったろう。そして、レコーディングをしながら、歌詞、メロディ、コードを練り上げて行く。言ってみれば、作曲とアレンジが同時に行われているわけだ。そんなふうだから、彼らは楽譜を必要としないのである。そして、コードにしても、ギターを弾きながら、このポジションで、この音を加えるとぐっとカッコよくなるぞ、なんて発見をしながら磨き上げて行く。頼りになるのは、各プレーヤーの、センスと知恵とウイットと直感と、そして何より耳である。

そうやって融通無碍《ゆうずうむげ》に作り出された曲を、楽譜出版社は専門の聴き取り屋さんに依頼して譜面に起こすのだが、昔はそれがときにとんでもなく面倒な楽譜になったりすることがあるとは、先に述べた。

そう、何より、耳である。いや、ロックの世界では、楽譜を使わずに耳で勝負する人のほうが圧倒的に多いのではないかとさえ思う。ストーンズだってそうだったとぼくは思うし、あのベンチャーズだって、そうなのに違いない。ロックだけじゃない。ジャズの多くの巨匠たちも、きっとそうだったろう（たとえばジャズ・ギターのレジェンド、ウェス・モンゴメリーは丸っきり譜面が読めなかった、というのを読んだことがある）。なにしろアドリブが命の音楽なら、いちいち楽譜にお伺いを立てていたのでは間に合うまい。楽譜などなくても差し支えない。ないほうがいいことさえある。とまあ、そういうことだ。

とまあ、そういうことだが、完全コピー譜はぼくのように耳がそれほどよくない者、今さら耳がよくなる気遣いもない者が、できるだけ本物に近い形で既成の曲をコピーしようとするときは、まあ、実に便利だということだ。そして、ぼくの耳だと絶対に聞き漏らす音も、拾えることになる。ぼくの耳とセンスでは、未来永劫思いつかないだろう趣向が、譜面を見て初めてわかる、ということがある。いや、そういうことがいっぱいあったから、ぼくは目を見張り、耳を聞き張り、うなりながら譜面の示す音符をギターの上にたどった。それが、楽しくてしかたなかったのである。

かつて高校時代にロッキング・ホースメンで、いろんな曲をコピーした。当時の無茶な楽譜を一応たたき台にして、あとはくり返しレコードを聞いてコピーした。白井清一という音感の優れた相棒と一緒だったから、今思ってもうまくやれたと思うが、それでも、ぼくらの思いつかなかったことが、次々に出てくるのだった。これは実にスリリングである。

（もしぼくらがあのころもっともっと時間をかけて、鬼みたいになって耳コピーを続けていたら、そういう「秘密」も見つけることができたかもしれない。ただ、あのころは、よしこれでＯＫだと、思っていたのである。ロッキング・ホースメンも万能ではない。なにしろ、高校生だもの。だけど、あのころに、ぼくらよりずっと正確に耳コピをしていた、楽譜の読めないお友だちは全国に幾人もいただろう。）

たとえば、ビートルズの〈エイト・デイズ・ア・ウィーク Eight Days A Week〉のイントロ。コードは、Ｄ・Ｅ・Ｇと変化する。それはわかっていた。だからぼくはロー・ポジションで弾き、リードギターの白井は、ハイポジションの、10フレットのDからE・Gと上がって、Dに戻る、という弾き方をした。それで完璧だと思っていた。ところが、楽譜を見て、ビートルズはぼくらと違うことをやっているのを知った。ジョージはハイポジションで弾くが、第1弦を解放弦のまま、鳴らし続けるのだ。コードがDのときも、EのときもGのときも。そうすると、あの世にも心地よい響きとなる。やってみてぼくはその効果の鮮やかさに感動した。

こういうこと、つまり、コードの変化にかかわりなく、あえて同じ解放弦を鳴らし続けることを、ビートルズは（あるいはほかのロック・ギタリストも）よくやる。たとえば、エリック・クラプトンは、〈ワンダフル・トゥナイト Wonderful Tonight〉のイントロのアルペジオで、やはりE弦を鳴らし続けているし、ホリーズも、〈バス・ストップ Bus Stop〉のイントロで、同じ事をやっている。また、ストーンズは、〈黒くぬれ Paint It Black〉のイントロで2フレットにカポタストをつけて、あの印象的なメロディを弾くのだが、その際第4弦の解放弦、この場合はEの音を鳴らし続けているのだ。耳のいい子は知っていたかもしれないが、ぼくはこの「鳴らし続け法」を、完コピ楽譜を見て初めて知った。そして、まるで高校生のように感動したのである。

ほかにも、うはー、そうだったのかーッ！　と感動したものはいっぱいある。

ジョン・レノンという人は面白い人で、彼はリズム・ギター専従みたいな役どころだったが（そりゃたまにはリードも弾いたけど）、そのプレイはいろんな面で傑出したものだった。まず、カッティングだ。

カッティングというのは、一定のリズム・パターンに乗せてストイックにピックを上下するコード・ストロークを指すが、彼が〈オール・マイ・ラヴィング All My Lovig〉でやってのけた「3連の12ビート」は、惚れ惚れするくらい鮮やかなものである。また、〈素敵なダンス I'm Happy Just To

Dance With You〉のコード。ストロークも、実に印象的で、おかげでこの曲は素晴らしい名曲となった。そう、レノンは、ベンチャーズのドン・ウィルソンと並ぶ天才的コード・カッターなのだ。そのことは高校生のころから知っていた。完コピ譜でぼくが初めて知って感心したのは、コードの押さえ方である。

一説では、レノンは母親のジュリアからバンジョーのコードの弾き方を教わったせいで、ギターのコードの押さえ方にその影響が見られたそうだが、いったいどういうことなのか、バンジョーの調弦法も知らないぼくにはわかないけれど、彼はコード・ブックに最初に載せられているような、ごく普通の押さえ方で満足するようなギタリストではなかった(それはぼくだ)。彼の耳はものすごく鋭くて、こういうメロディの流れなら、こう押さえて弾くのがいいと、感覚的に判断するのである。

たとえばGのコードだと、ぼくなら第3フレットで6本の弦を人差し指でベタっと押さえ(セーハ、スペイン語：Ceja)、中指で3弦の4フレット、薬指で5弦の5フレット、小指で4弦の5フレットを押さえる。あるいは、解放弦を使うなら、1弦の3フレットを小指で、5弦の2フレットを中指、6弦の3フレットを人差し指で押さえる。2つともごく普通の、まっとうなフォームである。譜面でGと書いてあるなら、どちらかで押さえればいいのだ。そう思っていた。ところが、レノンは違った。解放弦を使うGコードの場合、彼は小指で1弦の3フレット、薬指で2弦の3フレット、中指で5弦の2フレット、人差し指で6弦の3フレットを押さえる。つまり、ぼくのやる普通のフォームなら、低い方から、G・B・D・G・B・Eとなるが、レノンのやり方なら、G・B・D・G・D・Gとなる。1ヶ所違うだけじゃないか、と思うかもしれないが、遺伝子の1ヶ所が違ったら、全然別のものが生まれるように、この2つのフォームはまったく別の響きを生み出すのである。薬指で押さえたDがミソなのだ。この音はGのコードの根音すなわちGの音から数えて5番目の音である。その第5音と、上のGの音、すなわち第8音の作る、完全4度の和音のハーモニーが浮かび上がる。いかにもからりと明るくて、粋な響きになる。フォークやカントリーなどにぴったりの響きで、このフィンガー・フォームはボブ・ディランも多用している。だから、ぼくはこのGを、レノンのGとか、ディランのGと呼んでいる。

ポール・マッカートニーも好きだったみたいで、あの〈イエスタデイ〉のイントロのギターは、このフォームで弾いている。コードはFだが、1フレットを人差し指でべたっとセーハするフォームとは、まるで別のコードかと思うくらい、違う。ポールは、このGのフォームによる響きをFのキーで出したかったから、ギターの弦を全部1音（長2度）下げて、このGで弾いた。G－1＝Fだから、この響きを持つFのコードができたわけである。このフォームで弾かない限り、あの素敵な響きは得られない。

レノンの面白いのは、このGを使うだけでない。Cのコードにも、このDとGの作り出すカラリとした完全4度の響きを移植したのだ。こういうことである。

〈ア・ハード・デイズ・ナイト A Hard Day's Night〉は、Gsus4の「ガ〜ン」というコード・ストロークで始まる。この素晴らしい効果はよく知られているが、歌い出しのコードの扱いもすごいのだ。「It's been a hard day's night」と歌う部分2小節のコードは、Gが2拍、Cが2拍、Gが4拍だが、Gは先に説明したディランのG、あるいはレノンのGだけど、その次のCのコードの押さえかたがびっくりする。第6弦は解放のEだが完コピ譜によればレノンは弾いてないそうだ。で、5弦から書いて行くと、C・E・G・D・Gという構成音である。普通CのコードにDの音は含まれない。Dを加えたらそのコードネームはCadd9（Cアドナインス）となる。つまり、Cのコードに9番目の音を付け加えたぞ、という意味だ。だが、レノンは、そんなコードネームなんか知ったことじゃなかったろう。なぜこういうふうにしたか。普通のCのコードより響きが面白いからだ。DとGの作る完全4度の響きをそのままCのコードでもキープしたのだ。これは前に述べたように、コードの変化にかかわりなくある音を鳴らし続けるテクニックのバリエーションと考えてもいい。そして、それはレノンのセンスと直感と鋭敏な耳が彼に促した工夫《ディバイス》なのだ。

こういうアイデアは、生半可なコードの知識に縛られた者には浮かばない。凡庸な人間にとっては、ギターコードの押さえ方は固定していて、それをいじろうなどとは、はなから考えない。だが、自分の耳で道を切り開いてきたビートルズみたいなミュージシャンたちは、ほれぼれするくらい闊達《かったつ》で、融通無碍で、曲の流れの中であっと驚くようなことを、軽ーくやってのけるのである。

ギターを膝に置いて、楽譜をじっくり読みながら、示されたとおりにフィンガーボードに指を置く。次々に、そうか、こんなことをやっていたのかーっ！　という発見・驚きの連続で、ぼくは夢中になった。

しかも、ぼくが東京に出てきたころから見かけるようになった「タブ譜」というのが、ギターとベースのパートに対して几帳面に載せられているから、指の置き方がひと目でわかる。ギターはいろんな弦でいろんな音が出せるから、いったいどのポジションで弾いているのかは、5線譜を見ただけではわからないが、タブ譜だとまったく迷うことなくどこで弾くか決まる。タブ譜（正式にはタブラチュアと言うそうだが）があれば、5線譜はまるで読めなくても一向に差し支えないわけである。たしかに、実に便利なものである。

現在の楽譜は、そのように至れり尽くせりで、ギタリストやベースマンは、5線譜が読めなくてもタブ譜を見ながら弾けるわけである。こういうのに頼っていると、耳が鍛えられることが少なくなると先に書いたけど、ぼくのような、これから耳がよくなる気遣いのない者にはまさに重宝なものだ。

それにもう歳も歳だから、耳をじっくり鍛えるより、自分の愛した様々な音楽の、その魅惑の秘密の一端を譜面を頼りに1つ1つ見出して、そのたんびに感激しても、別に文句を言われる筋合いはない。

とにかく完コピ楽譜の威力にすっかり感心したぼくは、次々に買い求めた。ビートルズは、分厚いハードカバーの1巻本で買ったから、ビートルズの曲はすべて間に合うが、彼らのソロの曲は、別に買わねばならない。マッカートニー、レノン、それぞれのソロ曲の譜面を買った。もちろん、ベンチャーズの完コピ譜も、見つけると買ったから、今ではベンチャーズだけで10冊くらいある。その中のあるシリーズは、なんと、カラオケのCDが付いているのだ。昔も、LPレコードの形での「マイナス・ワン」というやつの、CD版だ。リードギターのパートだけ抜いて録音してあって、その抜けたリードを自分で弾くわけだ。レコードだと、回転数の誤差が音程の誤差となって、弾く前に自分のギターをレコードの音程に合わせる必要があるが、CDだとその心配はない。回転速度によって曲の速度は変化するが、音程は変わらないからである。これは、とても楽しい。バンドはいらないなと、思ったりした（そのときはね）。

また、ストーンズのも、アニマルズも、CCRのも買った。さらに、チャック・ベリー、エディ・コクラン、リトル・リチャード、エルヴィス・プレスリーも買った。好きな曲が入っているなら、ためらわずに片っ端から買った。Tレックス、ザ・ナック、ビーチボーイズ、ジョニー・ウィンター、レッド・ツェッペリン、ディープ・パープル、イーグルス、60年代ポップス集、50年代ロックンロール集（これは歌詞にウソが多いけど、楽器のパートはよく頑張って完コピの道を歩んでいる）、R&B名曲集、等々。

その他、ほんとに枚挙にいとまがないが、こんな便利なもの、買わないですませることなんかできっこない、なんて、ふと金のことを考える自分に対して強気の言い訳をしたりしながら、どんどん買っていったのだった。

そして、目あての曲のギターのパートを、ギターを膝に置いて、完コピ譜を見ながら研究した。思っていたより簡単なものもあったし、その逆もあった。どうしても運指が間に合わないものもあり、うまくリズムが取り込めないものもある。でも、ぼくは飽きることなく、1つ1つクリアしていった。ただぼくの性格は、どうも落ち着きがないようで、1つの曲のリードギターを完全に仕上げるまえに、ふと他の曲を弾いてみたくなる。ベンチャーズの〈トゥモローズ・ラヴ Tomorrow's Love〉をやっていたと思ったら、ビートルズの〈ヘイ・ブルドッグ Hey Bulldog〉に移り、かと思ったら、ストーンズの〈ブラウン・シュガー Brown Sugar〉に飛ぶ、といった具合だ。そう言えば、小学校3年だか4年の通信簿の所見欄に、「学習意欲は十分に見られるが、やや落ち着きのないのが、ときどき気になります」と、担任の近藤先生に書かれたっけ。先生、どうやらぼくは昔のままのようです。

まあ、そんなやり方でも、バンドを組んでいるわけではないから、1曲1曲仕上げて行く必要はないわけだ。それで、5割、あるいは8割がた弾けるという曲が、しだいに増えていった。そんな音楽活動が何年も続いたのである。

だが、いつまでもそれでは満足できないものである。自分1人で弾いていればいいやと思っていたけど、いや、やっぱりバンドで音を出したいという気持ちが強くなってきた。それは、ごく簡単に言って、人情というものである。

だんだんそういう気持ちが強まってきたころに、ある出会いがあった。

生きて死ぬまで、人はさまざまな出会いを経験するが、その中に、あとから振り返って「運命的」と呼びたいようなものが、いくつかある。彼との出会いが、そういう出会いの1つだった。前作で書いた白井清一との出会いも、そうだった。と、考えてみると、ぼくにとっての運命的出会いには、幾つかの共通点があることに気づいた。

白井清一は、ギタリストだった。出会ったときは高校1年生だった。だが、その若さにして彼は、ギタリストと呼ぶのが一番ふさわしい人だった。彼の中にギターがあった。そして、エレキ活動を再開しておよそ10年後の50歳にして出会った男も、ギタリストとしか言えない男だった。職業は精密機械製造のエンジニアだが、彼はなによりギタリストなのだった。あるいは、ギターマン、と言った方がいいかもしれない。そう、白井はギタリストで、この男はギターマンだった。どう違うのか？　その言葉の響きが暗示するような違いだ。

そしてこの男との出会いも、ほんとに偶然ではあるのだが、振り返ってみると出会うべくして出会ったというか、ぼくも相手も、2人の人生が1点で交わるように、ジグザグのラインを描きながら次第に接近して、ついに出会う——そんな感じがどうもするのである。あるいは、どうしたって出会うに違いないような2つの魂が、その出会いのために長い旅を続けてついに出会う、あるいは、2つの魂が内なる力に突き動かされてついに出会う、そんな感じがある。それは、ある意味で、物理学的因果律の命じるまま、暗黒の宇宙空間を旅してついに衝突する2つの小惑星のようでもある。それらの軌跡がいかに不規則でデタラメに見えようと、ずっと以前からその衝突は定められていたのだ。ぼくらの出会いは、そういう意味合いで、運命的なのである。

そして、以下のようなふうに、ぼくらは出会ったのであった。それは21世紀の最初の年、2001年1月15日、月曜日のことだった。2001年というのは、この運命の出会いにまさにふさわしい年だった。ぼくにとっての『2001年宇宙の旅 Space Odyssey』の始まりだったのだから。

その日の昼間、ぼくは新しい小説を書き始めた。つまり、今書いているこれである。『デンデケ・アンコール』だ。もう10年以上も前に書いた音楽小説、『青春デンデケデケデケ』の、一応続編である。前の本は、青春時代におけるぼくと音楽との関わりを書いたものだった。音楽への思いは十分に書き込んだ手ごたえがあったから、続編を書くことはありえないと思っていた。だが、その日の午後に、ぼくは続編を書くことを思いついた。前のときと同じように、ぼくの中に息づいて、ぼくの命を燃え上がらせてきた音楽自体の促しによるものとしか思えなかった。以前、誰がこういうものを読むだろうと案じながら書いたが（結果的には思いのほか読者がついたのだけれど）、今回の小説は、もっと誰も読まないだろうと、書く前から思った。それでいいとも思った。いや、それだからこそ、書いてみたいと思った。そういう小説を書こうと思うような人はほかにいないだろう。だったら、ぼくが書かなきゃいかん、と。

とにかく、ぼくはそういう作品を書こうと思ったのだ。若き日の恋で燃え尽きて、もう2度と恋をすることはあるまいと思っていたところ、25年後にその運命の人と再会して、再び身を焦がすような恋に落ちた、みたいなものである。その恋の対象とは、言うまでもなく、前回も、今回も、ロックであり、ポップスである。相手は同じだが、ぼくは同じではない。30余年前の若者ではなく、今や50過ぎの中年である。だから若き日の燃え上がる恋ではない。体の芯には、消えたと思った火が残っていた。この熾火《おきび》がしだいに勢いを増して、ぼくの心臓をとろとろとあぶった。その火力は、ああ、どうしょうに、ゆっくりと強まって行くばかりだ。今は全身の筋肉さえ静かに燃やしている。体表の温度も、確実に2度は上がっただろう。シェイクスピア研究者、ジョン・ドーヴァー・ウィルソンの評論を踏まえてたとえると、前回の恋が『ロミオとジュリエット』なら、今回のそれは『アントニーとクレオパトラ』だ。大人の恋。大人の官能と惑溺。

ロックは若者の音楽で、音楽の方がいずれすたれるか、あるいは若者が大人になればそんな音楽は聞かなくなるだろう、という考え方が、ぼくの若いころにはあった。ぼくはそれに反撥した。そんなばかな話があるものか、ビートルズやベンチャーズは永遠にぼくらのアイドルであり続けるだろうと。もちろんロックやポップスは若者のためにのみあるのではない。そのことはいまだに現役を続けているローリング・ストーンズやベンチャーズが、身を持って証明した。彼らはロックの定年制を排したのである。ただ、ぼくにおけるロックやポップスの永遠性の意味合いは、実のところ、若いころに想像したものとは、微妙に違っていた。実際に歳をとって、それをぼくは身をもって知った。

若いころ、ロックはぼくの神経にガツーンと直接作用して、ぼくを一種のトランス状態に陥れた。だが、現在のぼくはそうはならない。ぼくはあくまでも冷静である。冷静に自分の姿を見ている。自分の心が、自分の官能が、揺さぶられ、もみしだかれながら、大きなうねりの中で、日常を超えた世界へと流されて行く様を、静かに自覚するのである……と、まあ、ロックに対するそんな思いを改めて検証しながら書こうと思ったわけだ。

そしてタイトルを、仮に『デンデケ・アンコール』とし、1行目を書こうとして、まるで言葉が出てこない。2時間もぼんやりパソコンの前に座っていたが、その日は諦めることにした。いや、書こうと思うことを見つけるということ、そして仮とは言え、タイトルが決まるというのは、それだけでなかなかの成果と言っていい、と、そう思うことにしてデスクを離れた。

所帯は持ったが、先にも書いたように普通の所帯でない。文化人類学者の妻はアイスランドに研究旅行中で留守だ（北に行くならそれは冬であるべきだ、というのが彼女の意見だ）。

ぼくは外で食事することにし、丘陵地帯にある自宅を出て、坂を歩いて下りて行った。そして八王子の町に出たが、夜の八王子はリトル新宿みたいで、けっこう騒々しい。どの店にも入る気がしない。

あまり客のいない蕎麦屋にでも入って、卵焼きと焼き鳥か、川エビのから揚げかなんかでビールを1、2本飲んで、仕上げにモリを1枚食べて、それでも飲み足りなかったら、静かなショット・バーで、ラフロイグというシングル・モルトをダブルで2杯、飲もうかと考えながら歩いた。そう言えば、このラフロイグというシングル・モルトは、妻に教わったのだったっけ。

だが、手ごろな蕎麦屋が見当たらない。肉汁うどんを食べさせる店はあった。これは北関東風のうどんだと思われる。讃岐うどんで育ったぼくだけど、この手のうどんも、いいものである。だが、今はそれを食べる気分でない。

さあ、どうするかと、雑居ビルの看板をぼんやり眺めていると、突然「マージー」という電光看板が目に入った。ちょっとびっくり。あの、リバプールの街を流れる「マージー河」のマージーなのか？　それがなんで八王子の街に？　マージーと聞いて思い出すのはジェリーとペースメーカーズのヒット曲、〈マージー河のフェリーボート Ferry Cross The Mersey〉だけど。店名の下に、「ワイン＆ミュージック」とある。スナックなのかパブなのか知らないが、ほかに入ろうかと思うような店もないので、ぼくは入ってみることにした。どういう意味の「マージー」かも、一応確認したいし。しけた店だったとしても、ビールとアタリメくらいはあるだろう。つまらなければ、それだけ飲み食いして出ればいい。つまり、ぼくはその店に入るのに特に大きな期待をしたわけではない。

小さなエレベーター。ボタンを押すとドアが開く。擦り切れた赤い絨毯、落書きだらけの汚い壁。カビとホコリと汗の臭い。口を開けたエレベーターの箱が乗れと言うから、乗る。

右手の壁の上の部分にこのビルに入っている店の名前を記したプレートがあった。マージーは5階にある。6階はパブ・ラウンジで、3・4階はチェーン展開の居酒屋だ。こっちに入るほうが無難だろうとも思ったが、そうはしなかった。普段ならきっとそうしていただろうが、その晩はそうはしなかった。運命の力が働きかけていたものと見える。２階は美容室で、１階はコンビニだ。どこにでもあるような、デタラメな雑居ビル。ぼくはタバコの焦げ跡のある⑤のボタンを押した。ドアが膝の悪い老人の歩行のように、よっこらしょと閉じて、エレベーターが上昇し始めた。キリキリと不吉な音がする。老朽化した吊り下げワイアに力がかかってそんな音がするのだろう。

ドアが開く。反射的に足を踏み出してエレベーターから出た。目の前に「マージー」の入り口があった。安っぽい紫色のアクリルボードのドアだ。地方のぼったくりスナックみたいだ。普段ならひと目見て気が滅入ってくるようなこんなドアに手はかけない。回れ右してまたエレベーターに乗り込んでさっさとこのビルから出て行くだろう。いや、実際閉じたエレベーターのドアを開くべく、▼のしるしのボタンを押したのだが、いったん下りてしまったエレベーターは上がってこようとしなかった。１階の客がドアを開けっ放しにして友人が乗り込むのを待っているのか。それとも、一度作業をすると、次の作業をするまでにしばらく時間が必要なエレベーターなのか。どうもこちららしい。そんな気がした。だからぼくは観念して初志を貫徹することにした。

ドアは見かけよりずっと重かった。あまり客を歓迎する重さではない。左手にカウンターがあり、右手のフロアには、６つのテーブル席があった。

８人が座れるカウンターの席には、アコースティック・ギターをかかえた男が１人いるだけ。その男はぼくをちらりと見ると、正面に向き直り、「お客さんだよ」と言った。すると、この男はマスターではなく客なのだ。

カウンターの中から、別の男が立ち上がって、かすかにぼくに向かってうなずいた。「いらっしゃい」というよりは、「あんたを知覚したよ」といった感じだった。気の弱そうな坊ちゃん顔。歳のわりにうんと若く見えるタイプ。ぼくとそう違わないのではないか。

店の中をひと目見たときの印象は悪くて、すぐ回れ右しそうになったのだけれど、こうなったらしかたがない。覚悟を決めて歩を進め、男から2つ椅子を隔てた、入り口に近い側の椅子に座った。高いバー・スツールだ。

マスターは、悲しげな感情がほんのわずか残っているだけで、それ以外の感情はまるでない顔で、ぼくを見てまた軽くうなずき、目をそらした。その仕草は、どうやら「ご注文は?」という意味だろうとぼくは解釈して、ビールを頼んだ。カウンターには生ビールのサーバーもあったが、ぼくは「瓶ビールを」と、注文した。よく知らない店の生ビールは抵抗があったのである。

マスターは、突っ立ったまま底なし沼に沈み込むようなかっこうで、またすっとカウンターの中に姿を消すと、グラスとビール瓶を持って再び浮上し、ぼくの前に置き、またカウンターの中に沈んだ。栓はすでに開けられている。印象よりもずっと動作が速いのかもしれない。

ぼくはグラスにビールをつぎ、一息に飲み干した。ぼくの好みの温度だったのが気に入った。若いころは冷えてれば冷えてるほどいいと思っていたが、今は違う。季節もあろうが、喉が痛くならない程度に冷えているのがいい。その方が、ビールの喉あたりが丸くなって、香りもいいのだ。そういうぼくの好みの温度だったのだ。ぼくはなんだかこの店が気に入ってきた。ビール1本だけと思っていたが、つまみもとろうと思って木の板に挟まれているメニューを見た。

「この〈ジャパニーズ・ピクルス〉って、どんなもの?」ぼくはカウンターの中のスツールにうずくまるように座ったマスターに尋ねた。マスターは悲しそうな顔でぼくを見上げて、軽くうなずいた。今度ばかりは、その仕草の意味がわからんぞ、と思う。

「やめたほうがいいかも」と、ギターを抱えた先客が言った。この男もぼくと同じくらいの歳ではないかと思う。

「どうして？」ぼくは問い返す。

「要するに、ジャパニーズ・ピクルスってのは、漬物なんだよ。マスター手作りの」

「それはうまそうだ」ぼくはきちんと手間をかけて作った漬物が好きだ。ただ塩で浅漬けにして、そのあとヌカをまぶして「ヌカ漬けでござい」と、陳列ケースに並べてあるような安直な漬物は好きでない。

「ほら、こんな人が作るから、漬物も、こんなふうなんだよ」男はごく普通の顔で説明する。その前には、漬物の鉢がのっかっているではないか。

「こんなふうって？」

「マスターみたいなのよ。味が。漬かりすぎなんだか、漬物菌が普通と違うのか、猛烈にすっぱくて、独特の風味が残る。一見《いちげん》さんにはお勧めできないかも」

黙って聞いていたマスターが、かすかにうなずく。なんだか、ちょっとだけ嬉しそうな顔になった。うまく説明してくれてありがたい、と思ったのか、それとも、ぼくにはわからない筋道で、これを一種の褒め言葉と考えたか。

「じゃあ、あなたはなんで食べてるんだろう」ぼくは笑いながら言った。

男は、「うん」と言って唇を固く結んだ。「理由は2つ。1つはおれがまずいもん食いだってこと、もう1つは、日ごろから自分を罰したい、と思っていること、かな」

奇妙に論理的なしゃべり方をする男だとぼくは思った。かなり酔っているようだ。それで饒舌になっているのかも。

「気に入った。ぼくも自分を罰したくなった。マスター、ジャパニーズ・ピクルスを」ぼくは注文した。「それと、ビールをもう1本」

ジャパニーズ・ピクルスは、鉛色のキュウリ、ほとんど黒のナス、汚れたテントみたいな色のキャベツ、柿の種みたいな色のニンジンからなっていた。しおれてやはり変色したパセリもあったが、これはピクルスではなくて飾りなんだろう。こんなの付けなきゃいいのにと思うと、急におかしさがこみ上げてきた。食べてみると意外にうまい。古漬け好みのぼくにぴったりだ。「うまい」と小声でつぶやくと、マスターがほんの少し顔の下半分をゆがめた。これは微笑みのようだった。いったいこういう店に初めて入るのはちょっと緊張するもので、入ったときに店主と先客にジロリと見られたりすると、すごく居心地が悪くて、入ったことを後悔するものだが、この店は一見愛想はよくないものの、そういう感じの悪さが不思議となかった。いい店かもしれない、とぼくは思った。

さらにビールを立て続けにグラス2杯飲んだあと、ぼくはあらためてゆっくり店内を眺めた。そして内装は最初思ったより古くないことに気づいた。古い印象を受けたのはマスターの人柄のせいかもしれない。そしてその最初思ったより古くない店内に、おやと思うものがあった。カウンターの反対側の右の端っこに、つつましいドラム・セットが置いてあった。あるいは、片づけられないまま放置されていた。スネア、タムが1つ、シンバル、1枚、バス・タムに、ハイハットに、バスドラ。必要最低限のドラム・セットだ。ぼくはこういうセットアップが好きである。

さらに近くの壁際に、ギター・アンプ、コンパクトなPA装置が置いてある。

「あれは?」ぼくは指さした。

「え?」とマスターは聞き返す。

「あのドラム。この店ではライブもやるのかな?」

「え?」とマスターはまた聞き返した。このときはまだ知らなかったけど、これはマスターの癖で、何を聞かれても、まず「え?」と聞き返す。相手の質問が1回で聞き取れないというわけではない。

まず、「え?」でワンクッションおいて、答え方をしきりに考えるようなのだ。適当に答えればいいことでも、答える必要もないような軽い質問にも、人生がかかっているみたいに、真剣に考え込むのだ。いつもそんなだから、相手もいやになって、マスターには出来るだけ質問しないようになる。「今日は週に2日くらい、音を出すんだよ」と、ギターを持った客がマスターの代わりに答えた。「今日はその日じゃないけど」

「それは残念」ぼくは言った。「久しぶりに生の音楽が聞けたら最高だったのに。あなたはそのライブ・バンドのメンバーなの?」

「メンバーって言っていいのかな。俺とマスターの2人で、軽く音出すだけなんだけど。マスターがドラムで」

マスター、恥ずかし嬉しそうにうなずく。

「なるほど」ぼくはビールを飲んだ。「そのアコギで?」

「そんときは、エレキ弾くけど、そうじゃない日はこのアコギで遊んだりする」

「なるほど」妙なしゃべり方をする男だと思ったが、話してて不思議に楽しい。ビールの酔いだかなんだか、どうやら妙に気分が浮き立って、初対面の相手なのにずいぶん気安く話しかけている。普段ぼくはそういうことをしない。人見知りをする、とまでは言わないが、誰とでもすぐ親しくなるようなタイプでは決してないのだ。いや、ビールの酔いではない。その男の持つ何かが、考えるよりも先に言葉をぼくの口から出させたのだ。

「あなたはすごくギターが好きなんだね」ぼくは言った。「ギターの持ち方でわかる」不思議なもので、ギターを弾いたことのない者やへたくそな者は、まさしくそうとわかる持ち方をする。バイオリンの弓の持ち方についても同じことが言えるだろう。

「おれはもともとエレキ弾きでね、こういうアコギはあんまり弾かないんだけどな」

「ということはバンドをやってたんだ、やっぱり。エレキ弾きだと言うなら」

「バンドは高校のときやってただけだね」

「でも、ずっと弾き続けてた？」

「唯一の道楽だから。中断してた時期もあるけど」

「唯一の道楽なら、マスターのドラムと合わさないときは、エレキを1人で弾いてるのかな？」興味がわいてきた。ぼくと同じような人間がいた！

「そうだね」

「ひょっとしたら、マイナス・ワンのCDに合わせて？　リードギターを抜いてるやつ？」

「それもやるけど、そういうカラオケCDは曲が限られるしね。だから、いろんな普通のCDに合わせて弾く。リードと同じことをやったり、そのサポートをしたり」

「ふーん。楽譜を見て？」

「楽譜は読めない」あっさり否定する。そのことをちっとも残念がっていない。なかなか出来そうな男だと、ふと思う。こういうのが凄腕だったりするのだ、映画なんかだと。

「聞きたい。弾いてみてよ。是非」

「どんなのがいい？」男は答えた。ふと、こんな会話を何十年も前にしたような気がした。

「そうだなあ、かっこいいやつ」ぼくはまるで高校1年生に戻ったみたいな気分で言った。「思わず手足が動き出すようなやつ」

「エレキ弾きって、アコギ屋と違って1人で弾くとあまり様にならないんだけどな。そうだ、おれがよく時間つぶすときにやってることをやってみようか」

「それ、どんなの？」

「頭に浮かんだイントロを片っ端から弾いて行くんだ。とぎれなくね。いつまで弾けるか。ときどきそんな遊びをやる」

「いいね。じゃあ、そのイントロの曲のタイトルをぼくが当てる。『ドレミファ・ドン』みたいに」

「よし。やってみよう。最初はやさしいやつから」

男はまず5弦の2フレットの音から引き始めた。なるほど、やさしい。ロック・ファンなら知らない者のない曲だ。

「ダッダー、ダダダァッダ、ダァダァ、ダッダァー」

もとの曲ではファズを思い切りかけたリフだが、その感じをこの男はアコギでとてもうまく再現した。ほんとにファズのかかったギターのような錯覚を起こさせる。巧みな右手のピッキングと左手のビブラートで音を粘く伸ばしているのだ。

「〈サティスファクション〉！」ぼくは小学1年生のように張り切って答えた。

「ピンポーン」男は言った。「じゃあ、これはなんでしょう」

次のイントロは、ハイ・ポジションのCのコードから始まる、実に小気味のいいリフだった。

「(ウン)パッパッ、パパァッパ、パンパン」ロックのイントロの傑作の1つだ。

「〈ブラウン・シュガー〉」ぼくは勢い込んで答えた。

「ピンポーン。まだやさしすぎるね。じゃあ、これは？」

いちいち彼の弾くギターを擬音で書いてるとばかみたいなのでもうやらないが、彼はしばらくストーンズのイントロを新旧とりまぜて弾きまくった。〈ハート・オブ・ストーン Heart Of Stone〉〈ジャンピン・ジャック・フラッシュ Jumpin' Jack Flash〉〈19回目の神経衰弱 19th Nervous Break

Down（簡単なイントロだけど、とてもスリリングである）〉、〈シッティン・オン・ア・フェンス Sittin' On A Fence〉（これはアコギの曲だ）、〈レット・イット・ブリード Let It Bleed〉（コードを弾くだけなのに、どうしてこんなにカッコいいイントロになるんだろう！　あらためてストーンズはイントロ造りの達人だったと思う）。

「ビートルズもやってみて」ぼくは言った。

「あいよ」

〈ラヴ・ミー・ドゥ Love Me Do〉（オクターブ奏法で、うまくハーモニカの感じを出した）、〈アンド・ユア・バード・キャン・シング And Your Bird Can Sing〉、〈ヘイ・ブルドッグ Hey Bulldog〉〈サージェント・ペッパーズ・ロンリー・ハーツ・クラブ・バンド Sgt. Pepper's Lonely Hearts Club Band〉（1本のギターで、2本のギターのパートをうまく弾き分ける！）……等など。〈アイ・フィール・ファイン I Feel Fine〉〈デイ・トリッパー〉などは弾かなかった。あまりにも有名だからか。

そして、ビートルズ、ストーンズという両横綱以外の「一般洋楽」に移った。これは両横綱の場合よりもむしろ楽しかった。意外さ、思いがけなさのためである。そして彼がいきなり弾きだしたイントロをきいたとき、ぼくは思わず歓声をあげそうになった。モンキーズの〈プレザント・バレー・サンデイ Pleasant Valley Sunday〉だ！

モンキーズというのは、アメリカの音楽業界がビートルズのアメリカ版を目指してこしらえあげたグループである。おそらくメンバーはオーディションでピックアップしたか、売り出し前のミュージシャンだかを適当に寄せ集めたもので、ビートルズのように、音楽をやりたくてたまらない若者たちが自分たちで集まってできあがったグループではない。いわば「寄せ集め」であり、業界関係者が銭儲けのために作ったものだと言われてもしかたのないグループだ。今風に言えば女の子ファン目当てのアイドル・グループである。

と、こう書くと、ぼくがモンキーズを評価してなかったように思われるかもしれないが、ところがギッチョンなのであった。ぼくはアイドル・グループのモンキーズも好きだったのである。なぜか？曲がよかったからである。

前にも書いたかもしれないが、彼らに楽曲を提供したのは――あるいは、彼らが歌わせられた歌の作者は、間違いなく一流の、ロックとアメリカン・ポップスの真髄を知りぬいたソングライターたちだった。ボイスとハートというチームが多くの曲を提供したようだが、彼ら以外のライターがすごい。ニール・ダイアモンドとキャロル・キングなのだ。ニール・ダイアモンドの書いた〈アイム・ア・ビリーヴァー I'm A Believer〉は、ポップスの古典と言っていい名曲だ。ダイアモンド自身もレコーディングしているが、少なくとも日本ではモンキーズ版のほうがずっと沢山売れたはずである。そして、キャロル・キング。彼女の作品は若き日のビートルズも好きだった。あの〈チェインズ Chains〉は彼女の作品である。そして、彼女がモンキーズに提供したのが、〈プレザント・バレー・サンデイ〉だったのだ。（ついでながら、キャロル・キングは〈スター・コレクター Star Collector〉という、ちょっとビートルズを思い出させる、かっこいい曲も提供している）。

そしてこの曲〈バレー・サンデイ〉の素晴らしさは、そのイントロを聞けばたちどころにわかる。第5弦の解放音、つまりAの音を巧みに用いた実にはっとするようなアルペジオでそのイントロはできあがっている。このイントロを考えたのは、おそらくキャロル・キングではなくて、録音現場のスタジオ・ミュージシャンだと思うが、イントロと歌が絶妙に調和した、完璧なポップソングになっているのである。

ぼくが驚き感激したのは、この目の前の男が、有名なロックの名曲と並べる形で、ロック・ファンからは甘く見られがちのモンキーズのこの名曲を選んで、それを弾いてみせたからである。こういうのを弾くと、ロック・ギタリストとして軽く見られちゃうんじゃなかろうか、などという懸念を彼は露ほども抱かなかった。そういう懸念は、まさに俗物根性であり、どうやらこのギターマンは、俗物とははるかに隔たったところにいるようだった。ぼくはすっかり嬉しくなった。

「なんと、〈プレザント・バレー・サンデイ〉じゃないか」ぼくはそういう気持ちを隠そうともせずに言った。

「うまいこと、考えるよね、このイントロ」と、その男は言った。「こういうのは、どうも日本人には思いつかないんだよな」

「カントリーとロックの真髄を理解しているギタリストしか思いつかないだろう」ぼくは言った。

「あんたもモンキーズが好きだったんだ?」男は嬉しそうに言った。「おれの昔の友だちなんて、軽く見てたもんなあ」

「イデオロギー的に音楽を捉えようとする人間は多い」ぼくは言った。

男はちょっと考えた。「あんたの思ってることとおれの思ってることが同じかどうか知らないけど、そうかもしれない」

それから、その男はモンキーズの〈恋の終列車 Last Train To Clarksville〉のイントロも弾いた。簡単なフレーズだが、やはり解放弦を巧みに使ったしゃれたイントロだ。

ぼくらはそんな調子で、「イントロ・クイズ」をえんえんと続けた。我ながら信じられない。音楽的には、まるで打てば響くような相手を見つけて、少年のように夢中になったということなのだろうか。そして、それはどうやらこのギターマンも同じだったようである。それをマスターがカウンターの中のストゥールに座ってじっと聞いているのだから、奇妙な光景だ。口数が少ないのと同じように表情に乏しいマスターの、その無表情な顔が無表情ながら、どことはなしに嬉しそうに見えたのが印象に残ったのだけれど、それがぼくの錯覚でなかったことは、もっと後になってわかった。

それにしても、こんなことばかりしていればほかの客の迷惑になりそうだが、ようやくイントロ・クイズが終わり、ぼくがギターを交代して、弾き語りでビートルズの〈夢の人 I've Just Seen A Face〉や、ニール・ダイアモンドの〈スウィート・キャロライン Sweet Caroline〉を歌い終わってからも、客はこなかった。いつもはそうじゃないということは、後にわかったが、その晩はたまたままるっきりの貸し切り状態だったのである。だが、マスターはそれでも、彼なりの乏しい表情で、うれしそうにしていた(ように見えた)のだった。

そして12時を回ったころ、ギターマンに向かって、ぼくは言った。

「バンドを作ろう」

ぼくには運命の指し示す矢印が空中に見えたのだ。

「うん」ギターマンは言った。

「マスターのドラムも一緒に」ぼくは言った。

「え?」マスターは言った。マスターをよく知らない人には難しいが、それはOKという意味の「え?・」だったのだ。

6. 越後のギターマン

ぼくが運命的出会いをしたギターマンは、唐松忠夫《からまつただお》という名前である。彼のそれまでの人生に大いに興味を惹かれたぼくは、彼の話に耳を傾けた。幾夜となく、ビールのグラスを傾けながら、後にはメモまで取りながら、聞き入ったのである。彼が面倒がらずに話をし続けてくれたのは、聴き手のぼく自身が思春期以降ロックとともに生きてきた人間だったからだろうと思う。とにかく、以下は彼のこれまでの人生の物語である。ぼく自身深い感銘を受けたので、それをじっくり再現したいと思う。

唐松忠夫は、1950年の3月2日に、越後の国のうんと山奥の小さな町に、5人兄弟の4番目として生まれた。家は棚田と段々畑をそこそこ所有する代々の農家で、祖父母、両親、5人の子どもたち、合わせて9人の大家族だった。

いったい昔の大人たちは今よりずっと忙しくて、子どもにかまっているゆとりなどないのが普通だった。かまうとすれば、子どもにも仕事を手伝わせるときで、そんなことならかまわれないのがなんぼかありがたい。それでも忠夫のところは5人兄弟だったし(兄が2人、姉が1人、妹が1人だ)、彼は3男だったから、ほとんどかまわれない位置で、それがありがたかった。「とにかく、1人でいるのが好きだったな、おれは」と、しみじみ言ったものである。現在の若い人たちにとって一番大事なのは友だちだそうで、友だちの数や、メールの回数などがなによりの気がかりみたいだけど、忠夫は友だちがいなくても一向に平気という少年だった。

だから忠夫は学校が終わると、腹いっぱい道草を食って、山野を歩き回った。山の奥の、そのまた奥の学校だから、通学路もやっぱり山の中で、山の中なら、歩くのにいろんなルートがある（いまだかつて地図にも載ったことのないくらいな山奥だよ、と本人は言った）。忠夫はそんなルートをいくつも発見して、わざわざ遠回りしたり、あえて激しく登ったり下りたりして、山岳狩猟の民のように自在に山中を移動し、気に入った場所があると、枯れ木の枝などを集めてそこに住みかを作った。その中にじっと座っているのはとても心の落ち着くもので、忠夫はそのようにして現代の人間には聞こえない森の声を聞く。その声はほとんど歌である。そしてそれをじっと聞いているのは、とても心地よい時間だった。

家に帰るのは、だいたい日が暮れたあとで、夕飯を食べていい加減に風呂に入ったのちは、寝床でぼろぼろになった数冊の少年雑誌をくり返し読みながら眠りについた。夢はまったく見ないタチだそうだ。それはどうしてなんだろうね、とぼくがいぶかると、「おれは快食快便だからね」と答えた。言うことがときどきヘンである。なんで食が進んで通じがいいと夢を見ないのか、さらに説明を求めてもどうせますますわからなくなるに違いないので、そのまま受け入れることにした。これはしばらくして会得した彼との付き合い方のコツの1つだ。

そんな忠夫が生涯で初めて夢中になったのは、カジカとりだった。カジカと呼ばれる種類のカエルもいるが、カエルを捕まえて遊んでいたのではない。魚のカジカで、漢字なら「鰍」と書く。魚屋でもすし屋でもまず見かけない魚で、ぼくも見たことがない。辞書によればハゼに似た小さな魚で、淡水の清流に棲む。そのカジカが、彼の家の裏にある山を越えて、向こう側に下る途中にある渓流に、いっぱい棲んでいたのだった。

初めてその魚をとろうとしたのは、小学校の2年生のときに2番目の兄とその友だちに連れられてその川に行ったときのことだった。小さい忠夫には急流があぶないということで、流れをのぞくように突き出した岩の上で、兄たちがとった獲物の番を命じられた。「こうしてな、ここにオッつわって（すわって）よ、この桶の番してろ。いいな」と、兄はきつく命じたのだが、忠夫は素直に兄の命令を聞く子どもではなかった。親の言うこともろくに聞かないのだから。

そして兄とその友だちが夢中になって小1時間ばかりカジカを突いて、ふと気がついたら、すぐ近くで忠夫がやっぱり渓流の中に立って、ズボンの股の上まで濡れるのもかまわず、木の枝でさかんに水の底を突いていたのだった。

「おめえ、何してんだよ」兄はとがめた。

「魚とってんだ」忠夫は、当たり前のことを聞くな、という調子で答えた。

いつもこうだ、と兄は思った。だからこいつのお守りはいやなんだ、と。兄と友だちは、竿竹の先に、針金でできた三つ叉のヤスを結わえつけた手製の得物でカジカを突いていたのだが、そんなものを持ってない忠夫は、岸辺の木々の根元に落ちていた木の枝を道具にして突いていたのだった。だがその先に金属のヤスの頭はついてないから、うまくカジカを突くことはできない。忠夫はそれでも一心に水を覗き込んで漁に励んでいたのだった。

兄の頭の中に、監督不行き届きの証拠を目にして怒る母親《かっちゃ》の顔が浮かんだ。

「やめれ」と、兄は少年にしては大した威厳をもって命じた。「今すぐ上がれ。岩の上でズボン脱いでよ、日に当てて乾かすんだ。かっちゃに叱られんのは、おれなんだから」

「やんだ」忠夫は答えた。「おれ、魚とる」忠夫はそう言って魚を突き続けた。

これ以上やらしとくと、ズボンどころか上着まですぶぬれになると思った兄は、漁の終了を宣言した。「今日はここまでだ。さ、けえるぞ」

忠夫は無視して漁を続けようとした。兄は忠夫の手をひっぱった。忠夫は振り払った。兄はぽかりと忠夫の頭をなぐった。忠夫が兄に飛び掛って2人とも水の中に転んだ。ようやく弟をひっぱって帰った兄は、予想以上に厳しく母に叱責された。その声を聞きながら、「もう絶対忠夫をどっこも連れてかねえ」と、兄は固く誓った。

だから忠夫は毎日1人でカジカとりに行くようになった。忠夫がついてくるのがいやで兄自身はカジカとりをやめたので、その兄のヤスを持って忠夫は行くのである。

いったい何がそれほどまでに忠夫を引きつけたのだろうか。

「なんでそれほど夢中になったんだろうね？」ぼくは尋ねてみた。

そこに40年前の時間が漂っているかのように、空中1点をじっと見ながら忠夫は言った。「カジカが好きだったんだろうな、やっぱり」

決定的な答えのようでもあり、答えになってないようでもある。ただぼくは忠夫少年が水の中のカジカをじっと見つめている姿を想像する。ヤスで突き刺すのにいい場所、いいタイミングをじっと待っている。少年はときにものすごい集中力を発揮することがあるが、こうしているときの忠夫少年がまさにそうだった。彼の耳には、カジカが水中で動かすヒレの音や、小さなアブクを口から吐き出す音しか聞こえない。渓流はざわざわと流れ続けているけれど、彼にはそれは聞こえない。つまりは忠夫少年自身が自然の一部になっているのであり、その結果ズボンを膝の上まで塗らした少年の気配が、完全に消え去るわけである。――と、鋭く空気を引き裂く音がして、次の瞬間に、空中にきらめくカジカの姿がある。日の光を射返して、盛んに身を震わせるカジカ。その背から腹を、針金で作ったヤスが貫いている……。

忠夫少年は、齢10歳にしてこの山奥の町一番のカジカとりになった。上級生も大人もかなわない。その評判はこの町の人たちの間だけでなく、カジカたちの間にも広く浸透していた。忠夫少年が渓流に近づいてくる足音を聞きつけると、カジカたちは互いに言い交わして警戒態勢をとるのだった。

「おい、タダオがきたぞ！」

「気をつけろ！」

「くわばら、くわばら！」

まさしく忠夫はカジカの天敵となったのである。

だが、いくらカジカの間で警戒警報が発令されようと、忠夫の漁獲高が減少することはなかった。彼は自らの気配を消して自然の一部になりきることができるからで、すると用心していたカジカも、「や、タダオがいなくなったぞ」と思って岩の下から出てくるから、目にも留まらぬ技で、ぷすりとやられるのだった。

忠夫少年のとってくるカジカは、もちろん家族みんなのオカズの足しになるのだが、毎日毎日とってくるから、ありがたさも減ってきて、食べ飽きるようにもなる。ずいぶんと近所の家におすそわけしたものだ。

ただ、祖父だけは、夕食のたびに忠夫の労をねぎらい、惜しみなくほめるのだった。

「おめえのとってくるカジカは、世界一うめな」

誰がとろうとカジカはカジカで、ヤスの刺しかたによって味が変わるわけでもあるまいとも思えるけど、忠夫のじいちゃんだから、余人にはわからぬ微妙な差異がわかるのかもしれない。とにかく、じいちゃんは毎日忠夫のカジカを幾匹も食べた上に、焼いたのを熱燗の2合徳利の中に入れる。カジカ酒だ。カジカをアテに、その酒をさもうまそうに飲む。そのおかげか、じいちゃんは病知らずで、肌もつやつや、亡くなる前日まで達者で働いていて、眠るように逝ったそうだ。

「そういえば最後はなんだかカジカに似てたな」忠夫はその顔を思い出す。

そして、カジカと忠夫の関係を語るさいに、どうしてもはずせない人物がいた。最初に連れて行ってくれた次兄ではない。忠夫の助手というか、弟子みたいなものになった人物がいたのだ。忠夫の同級生で、しかも女の子だった。

秋森《あきもり》よし子は3年生の春に忠夫のクラスに転入してきた。父親が大手の食品メーカーに勤めていて、この会社がよく社員を転勤させる会社だったのである。彼女にとってはこれが2つ目の学校だったが、小学校にあがる前にすでに3度の引っ越しを経験している。

よし子は、小柄で、機敏で、大きな目をくるくるさせる愛くるしい少女だったが、内気で引っ込み思案なところがあった。転居や転勤の影響もあったのかもしれない。とにかく、そんなだから、なかなか友だちの輪に入っていけなかった。周りの少女たちも、この器量の良い、都会的な雰囲気を漂わせたよし子に、ちょっと気おくれしていたのかもしれない。

そんなよし子の注意を、忠夫が引きつけた。自分と同じようにクラスの中でほとんど口をきかないというところが、まず気に入った。そこで、学校からの帰り道、忠夫のあとをついて行った。話しかけようとしたのだ。だが、とくにこれと言って用事がないのに人に話しかけたことなどよし子にはなかったから、なんと言っていいかわからず、自分の家のほうに行く道に曲がることなく、2メートルあとからついて行った。

忠夫は転校生の女の子がついてきているのに気づいていたが、それをどう考えたらいいのか、さっぱりわからなかった。以前、クラスメイトが3人ついてきたことがあった。無視して歩いていたが、人けのないところにくるとそいつらがばらばらと走り寄ってきて忠夫を取り囲んだ。

「おめ、生意気だから、懲《こ》らしてくれっぞ」と、一番大きなのが忠夫の胸倉を摑んで言った。ここでようやく自分にケンカをしかけるためにあとをつけてきたのだと、忠夫は合点した。

忠夫はそれまでクラスメイトとケンカしたことはなかったが、兄たちとはときどきやった。勝ち負けで言えば、勝つのは歳上の兄なのだろうけど、忠夫はただ負けてはいなかった。いくら組み敷かれて上からなぐられていようと、忠夫の闘争心は少しもゆるむことなく、上になった兄の腕をなぐり、ひっかき、かみつくのだった。しまいには兄のほうがいやになって、わかった、わかった、もうこれくれえにしといてやっから、手を離せ、離せってばよ、と、懸命にもぎ離さねばならなかった。だから、忠夫が小学校の2年生になってからは、兄たちも忠夫とのケンカを避けるようになった。

つまり、忠夫は自分より強い相手に、勝つことはできなくとも、決して負けることのない少年だった。また、日ごろ山を狩猟の民のように歩き回っていたし、川魚漁師のようにカジカ漁に励んでいたから、本人の知らぬうちに筋力も体力もめきめき上がっていたと思われる。そんなだから、忠夫を「懲ら」さんとしたクラスメイトたちが、そうしようとしたことを後悔することになったのも、当然のことかもしれない。ものの数秒でけりがついて、少年たちはほうほうのていで敗走したのである。(以後、忠夫にケンカを売るものは工業高校に入るまで、出てこなかった)。

とにかくそんなことがあったから、忠夫はこのときも「おれにケンカ売りにきたのかな」と思ったのだった。くるならいつでもこい、と忠夫は一応の心積もりをして歩き続けたのだったが、相手はいっこうにケンカをしかけてこなかった。当たり前である。とにかく、そんなことが幾度かあったが何も起こらなかった。内気な少女と、一風変わった想像力の持ち主の少年だからそうならざるをえなかったのだろう。

展開があったのは、最初にあとをつけられてから1週間も後の土曜日のことで、忠夫が学校から戻って大急ぎで昼飯をかき込んでカジカとりにでかけようとしたら、納屋の前のところにその女の子が立っていた。女の子はまだランドセルを背負ったままだった。忠夫は尋ねた。なぜそういうことを尋ねたのか、後に自分で不思議に思ったことが幾度かあったが、それしか思いつかなかったから、というのが一番真実に近そうに思えた。

「おめえ、昼飯食ったのか?」

女の子は大きな目をきょろきょろさせながら、首を横に振った。

「ここで待ってろ」そう言って忠夫は家の中に戻ると、ソフトボールより少し小さいくらいの、まん丸なおにぎりを持って出てきて、女の子に差し出すと、「食え」と言った。

女の子、すなわち、秋森よし子は驚いた。丸くて、ノリもゴマもついてないおにぎりは初めて見たが、そのことに驚いたのではない。今まで自分を完全に無視していたこの少年が、突然このような好意(なんだろうと、よし子は思った)を示したからである。ひょっとしたらこの少年は岩のように無感情な人間なのではないかと思いかけていたのだ。

よし子はこくりと首を縦に振って、おにぎりを両手で受け取った。「ありがとう」という言葉は喉につかえて出てこなかった。

忠夫は手についた米粒を器用に口でとると、左手に愛用のヤスを持ち、右手に小さな桶を提げてすたすたと歩いて行った。そのあとを、おにぎりを持ったよし子がついて行った。

渓流に着くと忠夫はいつものようにズボンの裾をまくりあげ(どうせ濡れるのだけど)、手にヤスをもって流れの中に入って行った。するとパニックになったカジカが互いに呼ばわり合うのだった。「やや、忠夫がきたぞ！」「みな、気をつけろ！」「はやく岩の下に潜るんだ！」「くわばら、くわばら！」

そういう声が渓流の中に溢れるのだが、人間の耳には聞こえない。忠夫以外の人間には。流れの中に静かで確かな足取りで歩み入ると、忠夫は立ち止まった。そして、古代から響いてくる遠い物音に耳を傾けるかのように、小首を小さく傾げて、目は仏像のような半眼になる。これで忠夫の気配は完全に自然の中に溶け込んで消滅し、時の流れが止まった。よし子は岩の上でおにぎりをじっと持ったまま、息を止めて見ている。と、ヤスを持った忠夫の手が風のようにひるがえり、次の瞬間にはヤスに突き刺されたカジカが、空中で銀色に輝いた。よし子の背中がざわざわした。こんなものは見たことがなかった。

忠夫はヤスからカジカをはずすと、よし子の座っている岩のところまで戻ってきて、岩の上に置いてあった桶に水をくみ、その中にカジカを放した。忠夫の手の中では麻酔をかけられたかのように身動きしなかったカジカが、水の中に放たれると元気に泳いだ。ヤスで刺されたのなら大怪我をしているはずなのに不思議である。刺し様《よう》がよいのだろうか。よし子は大きな目をさらに大きく見開いてカジカを眺めるのだった。

「おめ、番してろ」と、忠夫が命じた。「それから、握り飯、早く食え」

そう言って忠夫はまたカジカ漁に戻った。よし子は命令されたのがうれしかった。自分の存在を認めてくれたと思ったのだ。そして言われてようやく握り飯を食べる気になった。食べるのがもったいないような気がしていたのだった。握り飯は塩っ辛くてとてもおいしかった。ちびちび食べた。

かくしてよし子はカジカ漁師忠夫の弟子となった。あとにもさきにも、唯一の弟子である。そのことがとても誇らしかった。

そして2人は、学校が終わると、春の末から秋の初めにかけての季節は、ほぼ毎日カジカ漁に行った。ほぼ毎日と言ったのは、大雨で渓流が増水しているときなどは、漁を行わなかったからだ。賢明な漁師は自然に逆らったりしないものである。そして、獲物（1回の漁に30匹ずつと決めていた）は2人で分けたのだが、師匠はいつも弟子の取り分を多くした。弟子が辞退しても、師匠は聞かなかった。少年にしてはやや大人びた顔に威厳をたたえて、「いから、もってけ」と、師匠が言えば、弟子は従うほかなかったのである。もっともそれはよし子の家族にもありがたいことに違いなく、こうした漁の期間、家族は上質の渓流性蛋白質を十二分に摂取できたわけである。

大人たちが大いに呆れ且つ感心した——つまり、ほとほと感心したのは、夏休みの2人だった。それこそ陽が昇って沈むまでのあいだ、2人はその渓流で過ごしたのだった。そんな風にして過ごしたら、そのうち体表に細かなウロコが生え、左右の顎の下にエラが生じても不思議はないと思えるほどだった。忠夫はわりと立派なエラの張った少年だったが、それはもちろん顎の骨のせいで、魚のエラが生えたわけではない。

そういう2人が夏の1日を渓流で過ごしたのである（このときの1日の漁獲量の上限は50匹）。2人ともあまりしゃべるほうではなく、静かに己の職務に専念している。師匠の忠夫はヤスを構えて自然に同化する。その姿は、浅瀬で瞑想する白鷺を連想させなくもない。そして一瞬の動きでカジカをしとめる。すると、幾分小柄な青鷺のように師匠を見守っていた弟子のよし子が、自分で虫網を仕立て直して作ったタモを持って駆け寄り、カジカを入れて岸辺の岩の上の桶に移しに行く。この作業を2人は黙々としてこなした。その姿は一種の宗教的儀式のようにも、また、新趣向の山水画のようにも見えたが、なぜか見る者の胸の奥の古い記憶を、ふと掻き立てるような感じがあった。幸せの余韻と、憧れの切なさのかすかな印象以外は、本人にももはや思い出せないような記憶である。それは2人が、そうとは夢にも思わずに、1日に凝縮された永遠を、生きていたからかもしれない。

カジカの日々も永遠に続くわけではない。中学校に進んだころには、2人はカジカ漁に出ることはなくなった。忠夫は傍から見ればメランコリックな、孤独な少年に見えたが、そうではなかった。本人はそのころは意識はしてなかったけれど、決して孤独でも、メランコリックでもなかった。よし子という存在がいたからである。だが、よし子の存在が自分にとってどれだけ大きな意味を持っているのかを、自覚することはなかった。彼女に対する思いは、木にとっての日の光のように、あるいは、根から吸いあげる大地の養分のように、生と成長の糧であったのだけど、おそらく木がそのことを人間の言葉で自覚することがないように、忠夫も自覚しなかったということだ。いや、自覚はあった。ただその自覚が、なんだか樹木の持つ、ひそやかな樹木的自覚だったと言うのがいいかもしれない。しかし、それは人間世界においては、傍から見れば単なる無自覚と同じであって、そのことを、よし子は恨めしく思ったが、その思い方もまた、樹木的思い方なのだった。そういう、いじらしい、あるいはじれったい魂を2人ともが持っていたのである。だからこそ、互いの魂が引き付けあったのであろう。

そんなわけで、2人は小学校のころほど一緒に時間を過ごすことがなくなった。いや、ほとんど一緒に過ごすことはなくなった。よし子には同性の朋輩《ほうばい》がいっぱいでき、その上器械体操部に入って、そんなことが学校生活の中心になった（父親はこの地に来てからは以前のように転勤することはなかった）。忠夫には朋輩と呼べる者はできなかったが、陸上競技部に入った。あの忠夫がクラブ活動に！　と、周りの者は驚いたが、本人も例によってはっきりとは自覚しなかったけれど、どうやらよし子に刺激

された のだ。どういうわけだか男子の器械体操部はなかったから、なら陸上部に、ということになった。陸上競技の中から彼が選んだのは、長距離走である。これはすべて直感による選択だった。

長距離走者の中には、孤独なマゾヒストみたいなイメージの者がときにいるが、忠夫がそういう人間だったから長距離走を選んだのではなかった。彼は傍から見れば十分に孤独に見えるけれど、よし子という存在があるかぎり、決して孤独なのではないし、自分が孤独だと思ったこともない。いや、そもそも自分が孤独であるか否かという問いが彼の頭に浮かんだことなど、一度もなかった。だから一部の若者のように、孤独な若者を気取りたいという欲求だってついぞ兆したことはない。長距離走の中に彼が直感で見出したのは、この競技が、「熟練」と「忍耐」の積み重ねに支えられているということだった。いや、正確に言えば、彼の直感がそういう言葉で自らの発見を表現したわけではないけれど、彼はこの競技の中に、彼が心の奥で一番重んじている2つの徳が、鉱石のように眠っているように感じたのだ。その気持ちを彼はごくシンプルに表現した。

「これだな」

つまり自分のやるべきはこの競技だな、ということである。だが、この4つのひらがなの中に、深い彼の思いがこめられていたのは、今述べたとおりである。

さて、「熟練」とは、なんらかの技術を前提とするものである。そしてすべての競技には、熟練すべき技術の階段がある。陸上競技だってそうである。だが、忠夫が、己の熟練への熱意の対象として、長距離走を選んだのはやや奇妙に思う向きもあるかもしれない。熟練すべき技術を云々するなら、走り高跳びとか、走り幅跳びなどのほうがふさわしいのではないか。100メートル走ならまだしも、長距離走なんて、ただ長々と走ってるだけで、技術もクソもないいんじゃないか、と。

一見もっともなように見える意見だが、スポーツというものを全然理解してない人の言うことである。技術もクソもない？　馬鹿を言ってはいけない。

高跳びに高度な技が必要なのは誰にもわかる。いかにも派手な競技だから。だが、その高度な技術の中には、すべての人に見えるわけではないものもある。ほんとにその道に通じた者にしか、つまり熟練した者にしか見えない技術があるのだ。精妙極まりない技術が。そして、長距離走にだって、高度な技術はいっぱいある。歩幅、足の着地法、前方への踏み込み、後方への蹴り、腕の振り、角度、呼吸法、背骨の形、腰の位置、などなど、あらゆることが走運動の成果を左右するのだ。それらをしかるべき形で行い、すべてを同調させる、――これはたいへんな技術である。すべての競技は、等しく高度な技術を求めるのであり、その総量は同じである。だって、そういう技術はどの競技でも無限にあるわけだから。長距離走に技術もクソもないと素人が思うのは、その競技に必要とされる技術の大半が、地味な、およそ目立たないものばかりだからであり、走り高跳びが、いかにも高度な技術を必要とするように見えるのは、その技術の相当な部分が、派手な技術だからで、要は比率の問題に過ぎぬ。どちらが高度な技術を必要とするかの議論はまったく無意味なのである。

そして忠夫が、自分の「熟練」への熱意を長距離走に向けたのは、いかにも忠夫らしかった。忠夫はほかならぬその地味さに魅了されたのであり、それは彼の目の正しさを表すものでもある。傍の者には単なる変わり者に見えたとしても。

とにかく入部の日の、監督教師との面接はいっぷう変わったものではあった。

「おめは、なにやりてんだ？」

「走りて」

「走る？　１００メーターか、４００か」

「もっともっと走りて」

「1500か?」

「もっと長《なげ》のがいい」

「3000か?」

「マラソンがいいな」

「中学生にマラソンはねえ」

「なくてもやりて」

「それでは大会に出られねえだろがよ」

「出なくていい。1人で走る」

「それじゃあ、陸上部に入った甲斐がねえだろ? 変わってんな、おめは。設置されてる種目で走れよ。練習でなら、いくらでも走れるんだからよ」

「じゃあ、そうする」

こうして入部のその日から、忠夫はせっせと走り出した。トラックでは走らない。1人で校門から出て、ロードワークである。最初のうちは心配になった監督が自転車で追っかけてきた。

「大丈夫か、おい。急に無理すんじゃねえぞ」

忠夫はもくもくと走り続けた。長距離にこだわるわりには、全然速くねえじゃないかと、監督は拍子抜けする思いだったが、まあ、こういうのも部にいたっていいだろうと思い、以後は自由に走らせて、自転車で伴走することもなくなった。

それにしても傍から見るとちっとも楽しそうに見えない練習である。だが忠夫は、この競技にこそ、彼の求める達成感が埋まっていると直感したのだ。忠夫は、入部以降文字通り1日も練習を欠かしたことはなかった。監督の考えたメニューは、無言で受け取って、無視した。ひたすらロードワークをやった。なにより、自分1人で、地面が足に伝えてくる響きを体で受け止めながら、走った。それは大地《ガイア》と、忠夫の肉体のひそやかで親密な対話だった。そして、監督教師が感じた通り、最初のうちはこだわるわりに速くなかったけれど、着実にタイムを上げていった。その手ごたえというか足ごたえが、何よりの報酬だった。タイムが上がること自体もうれしいことには違いないが、それよりタイムの向上をもたらした筋力の向上の自覚がうれしかった。いや、それ以上に、傍のものにはわからない技術の向上の自覚が、何よりもうれしかった。忠夫の競う相手は、他の中学生でもなく、市の記録でも県の記録でもない。相手はひたすら己《おの》が心であり、己が体である。自分は昨日よりどれだけ前に進んだろうか。その感覚のみが、この競技の中に忠夫が求めるものだったのである。

それでもというか、だからというか、記録は伸びて、3年生のとき非公式ながら地区大会では優勝して県大会に出場した。種目はもちろん中学校の大会ではもっとも長い3000メートル走である。それ以外の競技に出たことはない。

「結果はどうだった？」と、ぼくは聞いた。ちょっと意地悪な興味も混じっていたろう。

「よく走れたと、自分では思った」と、忠夫は答えた。「それまで走った中で、一番よく走れた」

「優勝したのかい？」

「いや、4着だった」

「ほう！」

「4着でも標準記録を突破できてたら、通信に出られたんだけどな。あのころの標準記録は、9分48秒だった。今はもっともっと上がってるだろうな」（ぼくは興味を持って調べてみたのだが、現在の標準記録は、9分2秒だ。1000メートルを、ほぼ3分ちょっきりの速度で3000走るのだ！）

「通信」とは、「全日本中学校通信陸上競技大会」の略称で、「通信陸上」と呼ぶこともある。これは

1955年に始まった中学校の陸上競技大会で、当時——というのは忠夫選手の現役時代ということだが——これ以外に中学校の全国大会はなかった。「全国中学校陸上競技選手権大会（全中陸上）」が始まったのは1974年のことである。

「通信」は陸上競技としてはかなり変則的な形で実施される。全国大会ではあっても、競技者が全国から1つの競技場に集まって行われるわけではない。地方の競技場（普通、1県、1競技場）で、一斉に競技が行われ、その結果を集計して全国順位がつけられる。競技の様子はNHKラジオの第2放送によって全国に中継される、というものだ。ゴール前のデッドヒートとか、最後の跳躍あるいは投擲によって大逆転、などというドラマチックな光景を目にする醍醐味はないが、とにかく当時はこれが中学陸上競技の唯一の全国大会だった。だからすべての中学生競技者にとっての憧れの大会だった。

この大会に出場するためには、あらかじめ設定された標準記録を突破することが必須の条件となるが、それを突破できなかったと忠夫は言ったわけである。

「負け惜しみみたいに聞こえるかもしれないけど、自分ではよく走ったと思う。途中で右のふくらはぎがつりそうになったのは、やっぱり緊張してたからかな。脇腹も痛くなった。そんなこと、なったことないのにな。それが練習と大会の違いだな。でも、走りながら、ふくらはぎを伸ばすようにイメージして着地したり、腹の中でこわばった腸が、ゆっくりほぐれるように意識したり、念力みたいだけどな、でも、できることは全部やって、とにかく完走した。持ちタイムでいけば、2位に入って、標準記録も超えられた可能性はあったけど、そんなこと言ってもしかたがない。ああいう状態で全力をつくして走れたんだから、俺としては、それでよかったんだ」

まことに勝負は時の運である。そして勝敗は忠夫にとってももちろん大きな意味を持つのだけれど、勝つことがすべてではなかった。勝ち負けよりも、自分として、よく走れたかどうかが、忠夫にとってもっとも重要なことだったのである。これがこの唐松忠夫という男の精神の中核をなすものだった。この種の考え方は、彼の喧嘩のしかたにも現れていた。勝てないとわかっている兄たちに対しても、忠夫は戦い続けたのだった。勝者も敗者も、言ってしまえば、忠夫には関係ないのである。あるいは、そういう地平とは別の場所に彼は立っている。彼にとってもっとも大切なのは、あとにも先にもたった1つの体、決して大きくもなく、強靭でもない自分の体であり、その体の働きを自分がどこまで高められたか、という、その感覚こそが、すべてなのだった。勝ち負けや記録は、言ってみれば外的な結果に過ぎない。忠夫にとって何より大切なのは、あの大会において、与えられた条件の中で行った自分の体のパフォーマンスに、自分で合格点をつけることができたということだ。なら、優勝できず、通信の出場権を獲得できなくても、そんなことはもはやどうでもよかったのである。

試合のあとも、忠夫は孤独な練習を続けた。小さな大会や、記録会では、かなりの成績を収めた。

そして、3年生の冬休みが明けたころ、監督が言った。

「お前、駒脚《こまあし》高校に行く気はないか？」

駒脚高校とは、文武両道を目指す普通課の私立高校であるが、現実は文が抜け落ちてもっぱら武ばかりになっている。つまり、勉強は通信簿風に言えば、「がんばろう」だけど、スポーツがなかなか盛んな高校である。いや、正式の運動部の活動のみならず、学校が認めていない課外体育活動――つまり、近隣の高校との暴力沙汰だけど、そういうのもずいぶんと盛んな高校なのだった。その高校に進学して陸上競技をやらないか、もし承知なら、特待生として迎える用意があると、校長名で言ってきたので、行く気はあるかと、監督は忠夫にきいたのである。

「いやね、多少ガラは悪いという噂だけども、なに、陸上部に入ってりゃ、別に大丈夫だ。あぶなくなりゃ、逃げりゃあいいんだよ。そのために走る稽古してるみたようなもんだかんな。いやあ、おめはよくがんばったとも。最初はこんなんでやれんのかいと思ったけんど、ほんとにうんと伸びてよ、こうして高校の方から、どうぞきてくんねか、と言ってもらえるようになったんだもな。いやあ、立派だ、立派だ。どうする？」

「わかりました」

「承知ってことだな？」

「走れるんなら、どこでもいいす」

こうして進学先が決まったのだが、思いがけないことが起こった。1月の末の大寒のころ、いつものように山にロードワークに出た忠夫だったが、凍った山道で滑って沢に転落し、右の足首と肋骨を2本、骨折してしまった。全治3ヶ月の大怪我である。そんでも、3ヶ月したら、今までみたいに走れるんですかと忠夫が聞いたら、医者はいかにも気の毒だが、と言わんばかりの顔で首を横に振った。

「日常生活には支障はあんめえが、選手はまず無理だな。足首をこんな風にやっちまったら、元には戻んねえよ。気の毒だけんどな。でもな、人生は陸上だけじゃねえから、気落ちすんじゃねえよ」

生まれて初めて入院した忠夫はベッドの上に仰臥したまま、煮炊きするわけでもないのになぜかひどく煤けた天井を見つめ続けた。こうなると、おめおめと駒脚高校に行くわけにはいかない、と、忠夫は思った。一度下りた入学許可が怪我したからといって取り消されることはないかもしれないけど（あるかな？　あるかもしれねえな）、仮に入学できたとしても、選手としてしかるべき成績を残せないとすれば、学校はいたたまれない場所になるだろう。そのうち、意地悪をいっぱいされて、自分のほうからやめます、と言うように仕向けられるかもしれねえ。なら、そんな学校はいかねえ。いや、高校に行くこと自体をやめっかな。勉強好きじゃないし。なら、就職すっかな。この足で勤まる仕事があるだろうか。やっぱ、走ることを除けば、おれはカジカとるしか能がねえのかな……。

そんなことを、くり返し、じっと考えていた。人生に絶望した、とまではいかなくても、生まれて初めて味わう悲哀の中に、忠夫はどっぷりつかっていた。男が老境に入って味わうような、静かな悲しみである。おれの人生って、これだけのことだったのかなあ、と。

普段あまり口をきかない忠夫が、もっと口をきかなくなったのを案じた母親が、トランジスタ・ラジオを買って病室に届けた。同室の入院患者たちの迷惑にならないように、イヤホンもつけた。最初、忠夫はあまり興味を示さなかったが、そのうち聞くようになった。どんな番組が好き、ということはない。ただ鳴っていればいいので、いい加減にダイアルを回して、ニュースを聞き、ラジオドラマを聞き、株式市況を聞いた。だがその内容は、ちっとも頭に入らなかった。あるいは、頭を素通りしていった。鳴ってりゃ、いいんだから……。ただ、どういうわけか、あのＮＨＫの昼の番組のテーマをきくと、妙に気が滅入るのだった。作ったほうは、どうです、のどかで和むでしょう、くらいに思っているのだろうが、思いがけない効果を音楽は及ぼすのである。だが、気が滅入るからといって忠夫はダイヤルを変えることはない。なんだか自分に対する罰のような気持ちで、そのテーマ曲と、少年向きとはとうてい思えないその番組に耳をすませるのだった。

そんなある日、たまたま民放の別の番組を聞いていた。視聴者からの葉書をアナウンサーが読み上げては、目の前に相手がいるみたいに、その葉書に対して答えたりするのを聞いているうちに、耳にイヤホンを差し込んだまま、忠夫は眠り込んだ。そして――

デンデケデケデケ〜〜〜〜!!

突如忠夫の耳の中に、轟音が鳴り響いた。忠夫はびっくり仰天してベッドから転がり落ち、とっさに右足を床に着いて悶絶しそうになった。折れているほうの足を着くのはまったく無分別だけど、それまで寝ていたし、その音にびっくり仰天したからで無理からぬことでもあった。

悶絶しそうになったけれど、忠夫はベッドのわきにうずくまるかっこうで、両手でトランジスタ・ラジオをしっかり持ち、その轟音の続きに耳をすました。本書の読者には断るまでもあるまいが、それはあのベンチャーズの〈パイプライン〉だった。忠夫は、そのとき初めて聞いて度肝を抜かれたのだが、思えば、はるか四国の讃岐の国の海辺の町でも、藤原竹良——すなわち、ちっくんが、やはりこの曲を聞いて度肝を抜かれたのだった。ただ、ちっくんの場合は、３月の末のことだった。忠夫はその２ヶ月近く前の２月の頭に、「デンデケ」の洗礼を受けたのだった。いや、２人に限るまい。あのころは日本の津々浦々で青少年が同じようにこの「電気的啓示《エレクトリック・リベレーション》」を受けた。まさにこの年の１月に、ベンチャーズは厚生年金会館で、あの歴史的演奏をしたのであり、げに１９６５年は日本のエレキ元年なのである。

退院した忠夫は松葉杖をついて登校し、まず陸上競技部の監督のところに行った。社会科の先生でもある。

「おお、出てきたか。元気そうだな。さすがに鍛えてると回復が早い」監督は不幸に見舞われた少年をねぎらう調子で言った。「そのぶんなら走れるんじゃねえか？」監督も医者の言ったことを聞いていて、もう選手としてはだめだろうと思っていたのだが、忠夫の決然とした顔を見て、ひょっとして、と思ったのである。

「こんな杖ついてっから、走れねえっす」

「杖がいらなくなってからのことだいね」

「自分は、もう走るのはいいっす。やるだけやったし」

「うーん、まあ、そうなんだが。入学も決まってるしなあ」

「自分はそっち断って、県立受けます」

「そうするか。そうだなあ」こうして断ると、来年から特待生の話がこなくなると、まずいしなあ、と監督は思う。まあ、事故にあってこうなっちまったんだから、向こうにも言い訳はできるか……。

「そうだなあ、残念だけんど、そうするか」

「迷惑かけました」忠夫はぺこりと礼をして、回れ右し、担任の教師のところへ行った。

「先生」

「うわあ、びっくりした。おれ弁当食ってんだから、いきなりでびっくりすっぞ」と、担任は言った。英語の先生である。彼に英語を教わる新潟の子どもたちの半分は、あれ、ほんとに英語なんだべか、と思い、残りの半分は、英語ってなんだか新潟弁に似てるな、と思っている。

「おれ、公立受けるから手続きおねげします」

「え、公立？　おめ、陸上で特待入学すんだねの？」

「そじゃねえす。これだから」忠夫は顎でギプスのはまった足を指さした。

「なんだ、陸上はギプスはいて走ると違反になんのか。そりゃつまんねえな」

「公立、おねげします」

「そりゃおねげされりゃまんざらでもねえけんど、３者面談、おめ、やってねえし」

「３者面談抜きで公立おねげします」

「だけんど、親の了解はとってんのか？」

「いっぱいとってっす」

「そんないっぱいとんなくってもいいけどよ、公立のどこよ？」

「入れるとこならどこでもいいっす」

「どこでもってなあ、いろいろあんだぞ。普通科だろ、商業科だろ、工業科だろ。難易度もいろいろだ。たしか、おめえ、受験勉強してねんだろ？　はやばやと進学決まったかんな」

「勉強なんかしたことねっす」

「したことねっす、って、堂々と言うぞ、この子は」

「そんなんで入れるとこがいっす」

「ふん。そだな、一番可能性が高《たけ》のは、このあたりなら工業高校かな」

「それでいっす」

「そうすっか。じゃあ、願書作ってやっから。もう全部終わってやれやれだったけんどなあ」

「恩に着ます」

「そりゃ、生徒が先生にいう言葉じゃねえよ。どうかよろしくおねげしますって、言うんだよ」

「します」

「はしょりやがったな。まあ、いいや。じゃ願書は作ってやっから、あとちょっとのあいだ、勉強してみれ」

「やったほうがいいっすか？」

「そりゃおめ、受験だもの。ま、かっこうだけでもな、やったほうが、おめ、気持ちいっから」

「わかりました」

忠夫は言われたとおり勉強しようと、まだ新品みたいな教科書を開いたが、勉強とはどうやってするものか、わからなかった。それでも、漢字、ひらがな、アルファベット、数式を毎日根気よく眺めた。やると言ったことだからやったのである。

そのうち入試の日がやってきて、受験して、発表の日がきた。勉強の甲斐があったからかどうかよくわからないがとにかく見事合格したのであった。

「勉強なんかしたことねっす」の忠夫だったが、工業高校は性に合った。数学や英語の勉強は相変わらず面白くもなんともなかった。そういうのは好きな人間がやればいいだろう、というのが、忠夫が中学校1年のときに固めた学問観で、高校に行ったってそれを変更する必要を毫《ごう》も覚えなかった。だが、工業高校には、机に座って鉛筆の先を舐めながら脳ミソを絞る以外の勉強もあった。実技科目で、こちらは大いに忠夫の気性に合ったのである。

一般機械、旋盤、自動車整備、大型特殊車両整備、電気工事、水道工事、プラスティック加工、溶接、塗装、重機(パワーショベル、フォークリフト、ミニ・クレーン車)整備及び操作等などの科目が設置されていた。その一部は必修だったが、忠夫は必修のみならず、選択科目も必要以上に取った。いや、仕方なく不承不承じゃなく進んで取ったのなら、それは彼の内奥の必要に迫られての選択であったのだろう。いやいや、必要という語は適当でない。内なる欲求に突き動かされてのことだったのだ。

そして忠夫はもくもくと作業して、クラスの誰よりも速く技術を習得していった。教師たちは、「おめーら、唐松見習ってもっと気合入れてやんだぞ」と、叱咤したものだった。忠夫はそんなふうに褒められても、別にうれしくもなんともなかった。そういう作業をすること自体が喜びだったのだ。それも、喜びと自覚しない喜びで、自覚しないのなら喜びじゃあるまいと言われるかしれんが、喜びを喜びと自覚しないほど集中していたのであり、そういう種類の喜びだった、と。

学校の授業のことにそれくらい夢中になることは、忠夫自身にも、いささか意外なことだった。これまで夢中になったのは「カジカとり」と長距離走だったが、これはまったく勉強と関係がなかった。教室の授業はひたすら退屈なものだった。だが、この工業高校の実技の授業は机にじっと座ってでもいいことを帳面に書き取る作業とはまるで違って、ときにはカジカとりや長距離走以上に面白いものとなったのである。

これらの営みは要するに肉体を使うことで、なら、忠夫は頭より体を使うのに向いていたというだけの話かと言えば、そうではない。言ってみれば、これら忠夫を魅了した行為は、肉体の感覚と肉体を統御する大脳および神経系統の、みごとな協調によって初めて可能となるものである。脳が命令を下し、神経がそれを筋肉に伝達する。筋肉はその命令に従って収縮することによって外界に作用するのだが、その作用が適切であるべく、絶えず微調整が行われなければならない。その微調整は、指先や手足を始めとする筋肉が、作用することによって得た感覚を再び脳に伝え、脳が微妙に修正した命令を再び肉体に伝達する、というサイクルのくり返しによって、生じる。これは生物のみに可能な心身協調のフィードバック現象であるが、このフィードバックの手ごたえ足ごたえの感覚——それも、意識下、無意識下の領域にまたがる感覚こそ、忠夫を夢中にさせたものなのだった。これは1個の生物としての人間に生の充足感をもたらすものであり、なんら特殊なものではないが、多くの人の場合その感受力は微弱なものである。忠夫とは、そういう充足感を味わう能力がずば抜けて秀でた少年なのだった。これはもはや天賦の才、すなわち天才と呼んでしかるべきものであり、頭脳派か肉体派か、といった分類とはまったく別の事柄である。

そしてそのような忠夫の感受力を育んできたのは、幼いころより熱中したカジカとりや、やがて出会った長距離走の体験なのであるが、さらに強烈な刺激となったのが、先に述べた「電気的啓示」すなわちベンチャーズ体験なのだった。実際、あの「デンデケデケ」は、もはや単なる音楽的感動を超えて、生物としての人間の魂の奥底に訴えかけてきたのだった。だからそれは感動とも混乱とも言える心的体験であり、忠夫の肉体をもぶるぶると震わせるものだった。実際声に出して言ったわけではないが、「ありゃあ」と忠夫は思い、「こりゃいったいどうしたもんかな」と、心の中でつぶやいたのだった。そして、やはり口に出して言ったわけではないが、「こうなりゃ、どうでもやってみるしかねえな」と、心の中で決めたのだった。

そして忠夫が学校の実技勉強に熱心に打ち込んだのには、この「デンデケ体験」も、実は与って大いに力を発揮したのだった。

こういうことだ。ベンチャーズの音楽を自分で探究するためには、まずそのエレキギターというものを手に入れなければならないわけだが、後生だから買ってくれろと懇願しても、あの親がすんなり買ってくれるわけはない。すんなりじゃなくてしぶしぶでも買ってくれるわけはない。どんな風でも買ってくれないなら自分で買うしかないので、ならばアルバイトをせねばなるまいが、その許可を得るためにも、学業については親からも教師からも一切文句がでないようにきちんとやっておくことが必要だと、そういう判断もあったのだった。

実際忠夫は入学してひと月くらいしてからアルバイトを始めた。まずは、近くの(ったって、ゆうに3キロはあったが)牛乳販売店に頼んで牛乳配達の仕事を始めた。毎朝5時に起きて自転車で店にいき、40軒に牛乳を届けたあと、また家に帰って朝飯をかきこんで学校に行く。放課後は放課後で、知り合いの工務店などの手伝いの仕事をしたりもした。つまり壁土をこねたり、瓦や煉瓦を運んだりの下働きだが、あのベンチャーズのドン・ウィルソンもバンドを始める前はそういう仕事をしていたので、そのことを知っていたら過酷な仕事もいくらか楽になったかもしれなかったが、残念ながら忠夫はそれを知らなかった。それでも、エレキのために不平1つ言わないで働いた。

農繁期は、もちろん家業の農業の手伝いもしたりした。これまではいやいや無料《ただ》で手伝っていたのだが、これまでの倍やるから、その分の報酬をくれと頼んで小遣いをもらった。これまでは文房具を買ったりするときにその分をもらうくらいで、決まった小遣いはもらってなかったのだ。いったい忠夫は何を考えているのかと親はいぶかったが、まあ、もっともな申し出だったので、その要求を聞き入れた。そして遠慮なく働かせたが、それは農家としてのしつけでもあり、もし忠夫がそういう申し出をしなかったとしても、その歳になれば同じように働かせたことだろう。とにかく忠夫は不平1つ言わずに、もくもくと働いた。

さて、この地方でベンチャーズの衝撃波を受けたのはもちろん忠夫だけではなかった。日本のあらゆる地域と同様、このブームは燎原《りょうげん》の火のように広がり、忠夫の高校にも火の手が上がったのであった。1年の2学期の終わりごろに、たまたま北側の旧校舎の前を通っていた忠夫は、流れてきたエレキギターの音に驚いて歩みを止めた。

「なんでだ、なんでこんな音がすんだ？」

忠夫はいつものように胸の中でひとりごとを叫んで、校舎に駆け込んだ。ここは老朽化が進んでいて、もう教室として授業には使っておらず、倉庫というか物置になっていた。

その校舎の一番端っこの部屋で、4人の少年たちが演奏をしていたのだが、いきなり駆け込んできた忠夫を見て、少年たちはびっくりして弾くのをやめた。そしてその中の1人、ギターを抱えた少年がおどおどしながら言った。のちにわかったことだけど、この少年は2年生で、他の少年たちもそうだった。つまり、忠夫の上級生たちだった。

「おめえ、喧嘩売りにきたのか。おれたちは、喧嘩なんかしねんだから。おめえが売るったって、おれらは買うこっちゃねえぞ」

「そうじゃねえっす」忠夫はあわてて手を振った。「聞かしてもらいにきたんだから、やめるこたぁねっす」

上級生たちは顔を見合わせて安堵の息をついた。本人は知らなかったけれど、忠夫はめっぽう喧嘩が強いという噂が流れていた。先に述べたように、この高校に入ったころ、忠夫はよく喧嘩をしかけられたが、一度も負けたことはなかった。たとえ勝つことはできなくても、決して降参しなかった。しかも、自分からしかけることはなかった。このことは多くの他の生徒たちに深い感銘を与えることだったようで、いつしか「滅法喧嘩が強い」という噂が定着したものらしい。だから、血相を変えて飛び込んできた忠夫を見て上級生たちが震え上がって身構えたのも、むしろ自然なことだった。だが、忠夫には喧嘩をする気などまったくないとわかって、ほっと胸を撫で下ろしたのだった。

「聞きにきたてんなら、いっぱい好きなだけ聞くがいいや」と、ベースギターを抱えた大柄な少年が言った。「料金はとらねえから」

先輩たちは笑った。これは冗談のつもりらしかったが、忠夫は生真面目に礼を言った。

「ありがとございます。じゃあ、遠慮なく聞かしてもらいます」

そう言って忠夫は教室の後ろの羽目板にもたれて座り、膝を抱えた。できるだけ上級生たちの視界に入らないように配慮したのだが、とくにそうと考えてしなくてもそういう行動をとれるのが、忠夫という少年だった。

上級生は思いがけない観客ができたので、いつもより気合を入れて演奏を始めた。アストロノーツの、〈太陽の彼方に Movin'〉だった。タイトルは知らなかったが、忠夫はラジオで聞いたことがあったからはっとした。とても強い印象を与える曲だった。ただちに好きになったというのではない。なんだか妙に不安な気持ちにさせる曲だった。そしてその不安な感じをもう一度味わいたいと感じさせる曲だった。だからそれ以後、忠夫はベンチャーズだけでなく、「アスト……」なんとかいうバンドのこの曲が小さなトランジスタ・ラジオでかかるのを楽しみにしていたのだが、ついぞ今日まで聞くことはなかった。その曲を目の前の先輩たちのバンドが演奏しはじめたのだった。

忠夫は目を閉じて演奏に耳を傾けた。「まるでほんものそっくりみてだぞ!」と、そのときの忠夫は思った。実は全然そっくりではなかったのだが、国産の安物とはいえ、ホンモノのエレキギターの音を生で聞いた忠夫の耳にはそう聞こえたのだった。「ほんとにまるでほんものそっくりだぞ!」忠夫はまた胸の中で呟くのだった。

うんと後に、東京に出てきた忠夫がたまたま楽器店で見つけて買ったあるムック(BIZZARRE GUITARS リットーミュジック刊)で調べたところでは、その先輩のバンドが使っていたギターは次のようなものだった。リードギターの少年が持っていたのが、GUYATONE LG-70 という型番のもの。全体の姿、すなわちボディとネックは、名器、フェンダー・ジャズマスターを模したものだろう。塗装は、茶のサンバースト。サイズ的にはハムバッカーに見える大きめのピックアップが2つあり、その切り替えは壁にとりつける電灯のスイッチみたいな、カチカチと押すやつ。ツマミは、2ヴォリュームで、トーンはなし。そして、トレモロアームもない。いかにも60年代初頭に作られた、という感じのギターだが、意外なほどよいデザインである。古いけれど、古臭くはない。これなら今の若い人の中にも気に入る人がいるかもしれない。いいセンスのデザイナーがいたのだ。これよりのちにグヤトーン社はさまざまな形のギターを作るが、当時はなんと言ってもまだギター国内生産の黎明期であり、いわば試行錯誤の時代だったから、今見ればどれもなんだかヘンテコな形で、中には信じられないくらい奇怪な形のものもあった。そういうのと比べれば、これなんかずいぶんといい方だろう（もっとも、忠夫や当時のぼくみたいなエレキ少年の目にはどんな形のものも可愛いく映るのだけれど）。

もう1つのギター、サイドギターの少年が弾いていたのは、メーカーも型番も不明のもので、そのムックには載っていなかった。こうなるとどうでも知りたくなるもので、忠夫は休みの日に御茶ノ水の楽器店を回って、エレキギターについてのその手のムックや雑誌を片っ端からめくって調べてみた。結局、先輩の少年の持っていたギターはなかった。だが、似たようなのはあった。アメリカのナショナルという会社が製造した、ごく初期のエレキギターである。

小型のソリッドギターで、胴体の形はギブソン社のレスポールに似ている。ピックアップはリアー（ブリッジ近くの位置）に1個、取り付けられている。雑誌の写真のギターの塗装は茶のサンバーストだった。先輩の持っていたのはくすんだ赤だったから、色は違うわけだが、実によく似ていたと忠夫は思った。そして、ああ、この写真のナショナルのギターは、往年の名歌手、田端義夫がステージでいつも抱えていたやつじゃないのかなと、思いついた。昔はエレキギターなぞに興味はなかったから、どうとも思わなかったけれど、田端義夫という人は、してみると思っていたよりかずっとすごい人だったんだと、忠夫は思った。写真で見る限り、爬虫類になりそこねた両生類みたいな印象を与えるぱっとしない姿のギターだが、それがむしろとても好ましく思えた。1本、こんなのもほしいものだなあ、と忠夫は思った。とにかく、あの先輩のギターは、9分9厘、ナショナルのこのギターをコピーしようとしたもので、本物ではなかったろう。いくらさえない外見でも）本物はとても高価だったに違いなく、当時の新潟の山奥の高校の生徒が手に入れるのは不可能と言わないまでも、相当に困難に違いない。

話を練習見学の時に戻す。

忠夫は、自分と1つしか歳の違わない少年たちの練習する〈太陽の彼方に〉に、目を閉じてうっとり聞き入るのだった。まるで本物みたいじゃないか……。

以後、放課後になると忠夫はこの教室にやってきた。先輩たちの練習を見学——あるいは、拝聴するためである。先輩たちは忠夫がいるといくら後輩でも気づまりで、いやだったが、忠夫のことが怖いのでできるだけ知らぬ顔をして、そこに忠夫がいないふりをしていた。しばらくそんなことが続いた後のある放課後、忠夫の存在《プレゼンス》にだいぶ慣れてきた先輩のリードギタリストは、〈ブルドッグ Bulldog〉の練習の休憩中に、ちょっと得意げな笑顔を浮かべて忠夫に話しかけた。

「どうだい？」

かすかに眉間にシワを寄せて聞いていた忠夫は、はっとして顔を上げた。「どうって、なんのことっすか？」

「決まってんじゃないか。俺たちの演奏だよ。どうだい？」

「すごいっす」忠夫は素直に賞賛した。

「それほどでもねえけどな」先輩は素直にうれしがって照れた。「まあ、こんなして毎日やってりゃあ、うまくもなるさ」

忠夫はうなずいた。

「そんでようお」と、サイドギターの先輩も、忠夫の存在にだいぶ慣れたと見えて話に加わってきた。「なんか、気づいたことはねか？　どんなことでもいいけどよ」

「すごくいいっす」

「それはわかってんだけどさ」リードギターがすっかり気分をよくして言った。「おめえが感じたことをよ、正直に言っていいから。なんか参考になることがあればよ、おれらのバンドのためになるかもしんねえからよ」

「はあ……」

「遠慮しなくていいからよ。何でも言ってみれ」ドラムまで聞いた。忠夫が言うことはみなほめ言葉だと思っている。

「おれの思うことだから気にしねえでほしいんすけど」と、忠夫。

「気にしねえっすよ」ベースが言った。みんな笑った。「いいから言ってみれ」

「リードギターなんすけど」

「なんだよ」リードはまだ笑顔を浮かべてはいるが、やや眉をひそめて言った。

「出だしのとこなんすけど」

「おー、おー、出だしか？　おれは出だしは自信あっぞ。特に自信あっぞ」リードギターはちょっとムキになっていった。

「まずサイドの人が、ブンパッパッパ、ブンパッパッパと弾いた後、リードの人がこう、低いとっから上がってきて——」忠夫は虚空を見つめながら、両手の指で何かを書いているみたいな動作をつけて言う。「それから、本題に入る。ズンチャチャ、チャンチャャ、ズンチャチャッ、て」

「そうだよ。そう弾いてんだろ」リードは振り返って仲間の顔を見て笑った。しろうとはこれだかんな、とでも言ってるような顔である。

「そう弾いてんすけど、その、１ヶ所、音が違ってるような……」

「なにいっ！」リードギターは時代劇の酔った不良侍みたいな調子で反応した。「その音が違ってるって、俺のリードのとこか？　音が違うなんてことがあるかよ。ちゃんと弾いてんだよ。だから、みんな揃っててんじゃないかよ」

「どうもすんません」忠夫は謝った。「おれの勘違いかもしんねえっす」

「しんねえっす、て。おめえ、それでおれにいちゃもんつけてんの」忠夫が下手に出るからリードギターはますます態度を大きくして言った。「どこが違ってんのか、おめえが弾いてみれ」

「いや、おれ、弾いたことねっすから」

「違いがわかるんなら、弾いて弾けねえこたねえべ。ほれ、弾け」

リードギターは、ちょっと前まではなんだか怖かった下級生がすっかり恐縮しているので、うれしくなってイジメを続けた。「ほれ、遠慮すんな」

忠夫は先輩のしつこさに辟易したが、そのうちこれは有難い申し出だと思い始めた。先輩たちが怖くないから、イジメがイジメとして伝わってなかったようである。そんなに言ってくれんなら、ありがたくエレキにさわるべ、と忠夫は考え直した。

「ありがとっす。じゃあ、お言葉に甘えて遠慮なくさわらしてもらいます」

「お言葉に甘えてだと」リードが笑ってまた仲間の顔を見回した。仲間も笑顔を返す。

忠夫はまず生まれて初めて手に持ったエレキの重さにジンときていた。弾く前からエレキにしびれていたのである。それからストラップを肩にかけ、今度は肩で重さを楽しんだ。なんだか涙がこぼれそうな気がした。

「ほれ、早く弾けてばや」と、リードが催促する。弾けるわけがないと思っているのだ。

忠夫はネックや弦の手ざわりを確かめながら、右手の親指で軽く6弦（一番低いE弦だ）を弾いてみた。柔らかな、深い、腹の奥にしみ込んでくるようないい音だと忠夫は思った。そして、糸巻きに手をかけて回そうとしたが、はっと気づいて言った。

「あの、ちょこっとネジッていいすか？」

「せっかくおれが音合わしてんのによ。いいよ、好きにしれ。音狂ったら責任とってもらうかんな」

忠夫はギターに顔を寄せて音を少し上げた。音はアンプから出るからそんなふうにギターに顔を寄せることはないのだが、ごく自然にそうしたのだった。そして、顔を上げて言った。

「その、ギターのバチ、お借りしてんですけど」

「バチだって！」サイドギターが笑った。「これぁなぁ、ばかやろ、ピックってんだぞ」

「そのピック、お借りできねっすか」忠夫はいざというときは腹が座る性分だ。

「弾けもしねのがいっちょ前に！　しかたね、ほら。こんでデタラメだったらひどいかんな」

忠夫はもはや少しも気後れするところがなくなっていた。初めて抱えたギターのことで頭の中がいっぱいで、相手が先輩だということはすっかり頭の中からなくなっていたのである。そして初めて持った三角のピックでおそるおそる弦をはじき始めた。パツン、パツンという音が、すぐにまともな楽音になってきた。可能なかぎりこの部屋に通ってきて、先輩たちのプレーに、ときには目を閉じて聞き入り、ときには刮目して食い入るように先輩たちの指の動きを見ていた甲斐があった。実際、忠夫は１人きりのときなど、木の板をギターのネックに見立てて、頭の中に流れるエレキの音を、そのネックの上に再現しようと、懸命に集中して指をその上に走らせたりしていたのであった。まさしく、テニスのラケットでギターの練習をし、のちにエアギターの達人になったジョー・コッカー方式の練習法である。

「こうだと思うんすけど」忠夫は言った。

「どう思うんだよ」リードギターは言ったが、つい今しがた忠夫の弾いた〈ブルドッグ〉のリードの出だしを聞いて、あれれ、と思い、はっとしたところである。

「先輩は、こう、弾きますが」忠夫が実際弾いてみせる。だいぶ手の動きが滑らかになっている。

「おう。悪いかよ」

忠夫は無視して続ける。「おれの聞いたとこじゃあ、ベンチャーズはこう弾いてんでないかなと」

忠夫はまた弾いてみせた。みんな揃って、「あっ！」という顔をした。

先輩の弾いた〈ブルドッグ〉の出だしを音名で書けば、「E・F♯・G♯・A……」となるが、忠夫は、「E・G・G♯・A……」と弾くのがいいのではないかと指摘したわけである。つまり、第2音が、半音違っているということだ。わずか半音の違いなら、なんてことないじゃないかと思うかもしれないが、そうではない。その差はロックにとっては決定的に大きい。ロックの「粋」は、この半音の違いにかかっていると言っていいくらいだ。（これはぼく自身にも覚えのある間違い方だった。ぼくの場合はビートルズの〈デイ・トリッパー〉の、あの名高いリフで、やはり同じようにある音を半音間違えて弾いていたのを、白井清一に指摘されて気づいたのだった。ぼくの場合は、第3音を、G♯で弾くべきところを、Aで弾いていたのだった。こういう思い込みによる間違いは、ままあることではある。）

先輩たちは、ギターを弾いたこともない後輩に間違いを指摘されて、それは面白くないし、しゃくにさわることだったけれど、忠夫の指摘が正しいと認めざるを得なかった。そして、半音の違いでフレーズがぐっとかっこよくなることに、感動すら覚えたのだった。

「まあ、そう弾いてもいいんだけどよ」と、リードギターは言った。「おれも前はそう弾いてたんだけどよ、ちょっと工夫してよ、別の弾きかたをしてみたんだけどよ、やっぱ、もとの方がいいかもしんねえな」

周りの先輩たちもうなずいた。「もとのほうがいいかもしんねえな」

そういう言葉を忠夫はもう聞いていなかった。いつしか必死にギターを弾いていたのだった。エレキの音の森に、ほんとに、実際に、迷い込んだわけである。その集中のしかたがすごかったから、リードギターは、もういいだろ、そのギターを返せ、と、ついに言えず、忠夫がはっと気づいて、ああ、すんません、と言ってギターを返すまで、じっと眺めていたのだった。

それからも忠夫は練習を見学し続けたのだが、2年生なって待望のエレキギターを手に入れることができた。これまで貯めた金と、1年の冬休みと春休みに、これまで以上にアルバイトに励んで稼いだ金を合わせて、ようやく買うことができたのだった。ギターだけならもっと早く買えたろうが、忠夫はアンプもいっしょに買うことに決めていた。そしてどうせ買うのなら、できるだけいいやつを、とも思っていたから、これだけ時間がかかったのである。このあたり、ぼく、すなわち藤原ちっくんと、少し考え方が違っている。ちっくんは、とにかくエレキがほしい、エレキならどんなのでもいい、みたいな感じで、アンプのことはロクに考えもしなかった。簡単に言えば、ちっくんは多くの場合衝動の奴隷であるが、忠夫は何事をなすにもそれ相当の覚悟をもって当たるのである。

で、忠夫はグヤトーンの新しいモデルのギターと、テスコの、20センチくらいのスピーカーが2個装着されたアンプを、新潟の大きな楽器店で買った。坊主頭の少年がズボンのポケットから布の財布を取り出し、そこから1万円札を5枚取り出してカウンターに揃えて置いたとき、禿頭の親爺は目を丸くした。まさかこんな子供が現金一括払いで買うとは思ってもみなかったからである。当時東京でも大卒初任給は、せいぜい2、3万くらいなものだったのである。

ハードケースに収めたギターとアンプは、例のリードギターの先輩が運搬の手配をしてくれた。楽器店でも運んでくれるのだが、それだと明後日になるし、忠夫のじいちゃんはトラクターで運んでやるよと言ってもくれたのだけど、それは気持ちだけありがたくということにして、それならおれんちでなんとかしてやっからよ、と先輩が言ってくれたので、その言葉に甘えたのである。先輩の家は自動車修理工場で、車ならいっぱいあった。ところで物がいっぱいあることを、わがふるさと讃岐では「売るほどある」と言ったりするが、修理工場の車は修理のために客が預けたものなので、いくらいっぱいあっても売ってはいけない。それはともかく、先輩の父親が経営している修理工場で働いている先輩の長兄が、ギターとアンプを運んでくれたのだった。忠夫はその申し出に泣き出しそうになるくらい深く感謝したのだが、ほら、口の重い子だから、ただ「どうもすんません」と、いつもながら気の利かない礼の文句をつぶやいただけである。

くだんの先輩は下級生に対して威張りたがる、どちらかと言えばいやな上級生だったのだが、忠夫にあれこれアドバイスしてもらったりして、その並々ならぬ音感に多大の感銘を受けていたものだから、ちかごろ忠夫に対しては、言葉こそ先輩言葉ではあったものの、慇懃とさえ言えるような接し方をするようになっていたので、車の手配もそうした流れでのことであった。こういう現象は漫画などではよく起こる。悪いやつだったのに、主人公に負けてからすっかり迫力がなくなって、いいやつになっちゃった、みたいな人物がときどき登場する。《赤胴鈴之助》の竜巻雷之進とか、《明日のジョー》の西やん、とか。

さて、エレキを手に入れた当時の日本中の少年たちと同じように、忠夫がエレキにのめり込むことになったのは言うまでもないが、そののめり込みの程度は、しいて級に分ければまちがいなく特級で、全国上位3パーセントに軽く入るほどだったろう。おそらく筆者、すなわちちっくん以上だったと思われる。

忠夫はわりと大きな納屋の一角を親の許可を得てすでに自分の部屋としていたが、これが練習スタジオになった。土壁には内側にムシロをはりつけ、窓には古い畳を取り付けた。当時のアンプだからそれほどの音量が出るわけではないけれど、それでも目盛りを5にすれば近所から苦情がきっときたろう。そうならないように、こうして防音工事をほどこしたわけである。目盛りを1か2にすれば何もしなくても問題はなかったろうけれど、アンプは音が割れる手前までヴォリュームを上げたときが、音がぐんと伸びて、一番いい音がするのである。それが忠夫のアンプだと5の目盛りで、是非その音量で弾きたかったからそうして納屋の一角の勉強部屋に改装工事を施したわけである。

こうして学校に行ってるときと家業の農業を手伝うとき以外は(アルバイトはギターとアンプを買った時点でやめた)、このスタジオにこもってギターを弾いた。

まずは先輩の演奏を見て覚えたことを自分で再現することから始めたのだが、こんなことばかりじゃダメだと思い、また新潟の楽器店からギターの教則本を買ってきて、一からやり直した。当時(少なくともその楽器店には)エレキの教則本などなかったから、クラシックギターの教則本である。『カルカッシ・ギター教則本』というのがタイトルである。先輩たちの観察によってすでにいくらかの知識はあったが、もちろんそれだけではだめで、もっともっと知識を増やすとともに、それらを体系的に整理する必要があると、そういう言葉ではなしに忠夫は思ったのだった。じゃあ、どういう言葉だときかれても困るが、例のカジカ漁の知識を文明言語的でなしに身につけたときと同じように、一種本能的にその必要性を痛感したと言おうか、まあ、直感と言ってもいいかもしれない。いったい学校の勉強にはまるで冷淡なくせに、カジカ漁とかギターのことになると無類の集中力を発揮して熱中するのが、唐松忠夫という人なのである。

『カルカッシ』は、ごく最初の方だけ研究して卒業することにした。第1に、譜面が読めないし、やってるのが忠夫の求めている音楽とは違うからである。譜面が読めないのにどうやって研究したかといえば、音符の並び方の形態、すなわち模様でそこに記録されているメロディを推測するのである。

さて、音符の長さの理屈――つまり、全音符（白丸餅）＝2分音符（白丸餅尻尾つき）×2＝4分音符（黒丸餅尻尾つき）×4＝8分音符（黒丸餅尻尾・ヒゲつき）×8＝16分音符（黒丸餅尻尾・2重ヒゲつき）×16の方程式は模式図を見ればすぐ理解できたし（そうか、16分音符ってのは、白丸餅を16人で分けたってこったな、なんだ、名前が言ってるまんまじゃねえか！）、ギターの譜面では、下の方に書かれている音符は右の親指ではじき、上の方に書かれている3段積みの音符は、人差し指、中指、薬指で弾くのがクラシックギターの基本的な弾き方だということは、説明文とイラストで理解したから、あとは「模様」を見つめて曲の流れを推測するわけだ。そんなことではどうせろくに音程はとれないだろうと、普通の人は思うのだろうが、忠夫には並外れた耳があった。だから、一度も聞いたことのない曲の譜面の模様を見ながら、左の指を指板の上にあちこち動かして、これがいいだろうと思う位置を決めていく。音符が2つ以上合わされば、それは協和音、あるいは不協和音となるわけだが、どのような和音がその場で適切であるか、あるいは和音のどのような連なり方が好ましいかを、忠夫は自分の耳で判断するわけである。そのようにして、その模様に合う曲を弾くのだ。

そんなふうにして弾いても、それはどうせろくでもない珍妙なメロディの曲にしかならないだろうと、読者諸君は思うだろうか？　ところが、それがそうでもないのだ。忠夫と親しくなって一緒に音楽をやるようになったのちのある日、そんな話を聞いていたぼくは、そんな曲をいっぺん弾いてみてくれないかい、と頼んだことがある。それとも、もう覚えてないかな、と。

「どうだかな」そう言って忠夫はちょっと目をつぶって考えた後、椅子に座り、エレキをクラシックギターのように抱えると、流れるような速さで、ぽろぽろろん、と弾きだしたのだ。ぼくはびっくりした。すると、今度はゆったりとしたテンポで、マイナーの幻想的なメロディを弾きだした。ぼくは思わず拍手した。忠夫はクラシックの演奏家のように深々と礼をした。

「驚いたなぁ」とぼくは言った。「それが、譜面見ただけで、聞いたこともない曲？」

「そうだよ」忠夫は言った。「もとの曲は全然違ってるのかもしんねえけどな。おれは音符の模様から、こうだと勝手に思って弾いてたんだよ。ばかみてえだけどな」

「とんでもない。ぜんぜんばかみてえじゃないよ」ぼくは言った。「いや、なかなかいい曲だと思うよ」

そんなふうに弾いたんなら、すでに存在する曲をギターで再現したと言うより、譜面の流れを参考にして忠夫が自分で作曲した曲を弾いた、と言ってもいいのかもしれない。そういう一種の才能は、のちの忠夫の見事なアドリブ・プレイの萌芽であると見ることもできるかもしれんが、それは少々先走りすぎである。


このようにして、いかにして忠夫がエレクトリック・ギターを習得していったかは、ぼくにとってとても興味深いことだけど（音楽をやる人にはわかるだろう）、この調子で書いていったのではそれこそきりがないので、あとは簡単に触れておこう。

さて、忠夫はそのようにしてギターの基礎の基礎をすこぶる個性的なやりかたで習得したのちは、ますます己の直感に従う方向をとった。「模様」としてのみ利用した楽譜とはますます疎遠になった。ベンチャーズの譜面も、ウソだらけのもの（先輩たちが使っていたやつ）が次第に改良されて、どんどんよくなってきたのだが（ちなみに現在ではほとんど完璧と言っていいようなコピー譜が簡単に入手できる）、そういうものに頼ることは一切しなかった。忠夫が唯一手元において研究したのは、ギターのコード・ブックである。

クラシック音楽を学ぶ場合、コード（和音）の観念はさほど重要ではない。少なくとも、初心者はそういうものに心を煩わせる必要はない。作曲する側はもちろん和音の構成や展開を考えて作るのだが、演奏する側は、楽譜のままに音を出せばいいから、ここが何の和音で、どう展開してどう帰結するなんてことは、まったく考える必要がない。だから、クラシックを学んだ人は（かなりの演奏家でも）和音への意識は希薄である。別の言い方をするなら、クラシック音楽においては、演奏者の知るべきことはすべて楽譜に書いてあるということである。

一方、ロック、ジャズ、あるいはフォークソングなどの音楽、つまり、ポピュラー音楽の場合、譜面への依存はクラシックとくらべて比較にならないくらい軽い。譜面自体も大抵の場合ごく簡単なもので、あとは演奏者が補うのである。譜面を使わないことも多い。

そのポピュラー音楽の譜面だが、5線紙にメロディが書かれており、その下に歌詞がついている。クラシックの歌曲の譜面とこの点では同じだが、違うのはメロディを書いた五線の上に、和音すなわちコード（ネーム）が記されていることだ。このコードがすこぶる大切で、演奏者はそのコードの展開に従って自分の演奏内容を決定するのである。だからコードの知識がないと、こういう演奏には参加できないことになる。ポップスの演奏家は積み重ねによって、幾つかのコードの展開（あるいは進行のパターンを身につけてゆき、熟練すれば一目で自分のやるべきことがわかるようになる。そして、和音楽器であるギター、あるいはキーボード楽器のために、コード・ブックというものがあるわけだ。これを使えば、たとえば、G♯dim7 などというコードはどのように弦を押さえればよいかが模式図で示してあり、ひと目でわかるようになっている。キーボードの場合も同様だ。

ところでコードは無数と言っていいくらいたくさんあるわけだけれど、そのすべてを1つ1つ覚えなければならないわけではない。ギターの場合、幾通りかの押さえ方のパターン、あるいは指の形のパターンを覚えれば、あとはそれを平行移動すればいいわけだ。ギターで言えば、F のコードをフレット2つ分、上に移動すれば G になる理屈である（キーボード楽器は白鍵、黒鍵が入り混じっているので、ギターの場合のようにはすんなりいかない。1つ、1つ、ポジションと指の形の組み合わせを覚えるしかないだろう）。

さて、忠夫はこのコード・ブックを手に入れたわけであるが、これが彼を魅了した。コード・ブックなんて、それ自体は無味乾燥なものだけど、とても便利だから必要に迫られてときどき参照してみる、というのが普通の付き合い方だろうが、忠夫は夢中になった。コードの理論の初歩の初歩が、本の最初のあたりに書かれているが、それはろくすっぽ読まず、模式図に従って最初から1つずつ、実際に弦を押さえながら弾くのである。うまく押さえられないときは、できるまで根気よくやる。そして、右手に持ったピックでじょろりんと弾いて、その響きを耳で確認していくのだ。

GとかAmとかいった基本的なコードは押さえるのも簡単で、幾つかのパターンはすぐマスターできたが、しだいに面倒なのが出てくる。シックスス、セブンス、ナインス、メイジャー・セブンスなどは、それほど大変でもない。ディミニッシュやオーグメントの響きは、ものすごく気に入った。サスペンディッド4や、アド・ナインスも、面白いなと思った。だが、シャープ・ナインス・シャープ・イレブンス（これで1つのコードネーム！）などは、名前が長ったらしいだけじゃなく押さえるのも大変だし、その響きも全然きれいとは思わなかった。どうしてこんなコードが必要なのか、理解できなかった。そして理解できないのが悔しかった。だが、そういうコードは、彼の熱愛するベンチャーズの曲ではまったく出てこないので、こういうのは、俺には必要ないんだと思うことにした。それでも、一種の悔しさは残った。

（要するに、そういうのはもっぱらジャズでしか使われないコードである。また、ジャズを演奏するときでさえも、あまり考えなくてもいいコードではないかと思われる。つまり、セブンスのコードを使うときに、こんな音を付け加えて濁らせるのもカッコいいかな、などと思って即興的に改造したコードに、あとから無理やり名前をつけたら、シャープ・ナインス・イレブンスになった、みたいなことだろうとぼくは思う。あるいは、それくらいに考えておけばいいようなコードだろう。実際、ジャズ・ギタリストも、あんたの今弾いたコードは何なの、と聞かれて答えられないことはいっぱいあると思う。面倒なコードを記憶することはギタリストにとっていいことではあろうが、それにがんじがらめにされるのはよくない。コードネームなんぞ知らなくても、経験によって独自のコード体系を作り上げている名ギタリストはいっぱいいるんじゃないかと思う。)

とにかく、忠夫はコード・ブックに取り組むことによって(それは彼にとって何よりも楽しい遊びであったのだが)、ロックを演奏するのに必要なコードのほぼすべてを、習得したのだった。

そしてコードの研究(遊び)と平行してレコードのコピーをやった。正確に言うと、ベンチャーズやアストロノーツの曲をテープレコーダーに録音して、それをコピーしたのだった。テープレコーダーは、彼の学校の倉庫に放置されていた古いテープレコーダーを、電気科の先生の許可を得て持ち出し、電気科の友人の助けを借りて(忠夫自身は機械科に進んだ)修理して、音が出るようにしたのである。その友人は、忠夫よりもっと無口な少年だったが、電気がなにより好きな少年で、学科はまったく駄目だったが、実践では電気科の誰よりも有能だった。電気というものの性格や挙動が理屈でなしに読めるみたいで、ある意味で忠夫と似ていた。その少年が所有していた様々な部品が大いに役立ったのである。この少年は捨てられたり放置されたりしている電気器具を持ち帰って、それを分解し、きれいに掃除して保管しておくという習慣があった。習慣というより、習性といったほうがぴったりするかもしれない。だから、それらは大変な分量になっているのだが、彼は自宅の納屋を自分の研究室にして、そこにきちん整理して保管していたのである。その部屋に入った忠夫は、目を丸くした。その少年にとってテープレコーダーの修理は、まさにお茶の子さいさいであった。

そのテープレコーダーで、忠夫は先輩のレコードやラジオの番組を録音し、それをくり返し聞いてコピーするのである。これは日本中のエレキ少年のやったことであるが、忠夫はその中でももっとも熱心に取り組んだ1人だったろう。CDじゃないから、家庭用プレーヤーで再生したレコードの曲を録音すると、音叉で合わせたギターとはどうしても音程がずれてしまう。だからそれをコピーするには、ギターのチューニングをそのずれた音程に合わせる必要がある。ところがラジオの音だとほぼ正確だから、レコードの次にそれをコピーするとなるとまたそれに合わせてチューニングし直さなければならない。曲ごとにこの作業が必要になる。これはまあわずらわしい作業だけど、忠夫はそれをいとうことはなかった。そしてそのようにして、1曲、また1曲と、ほぼ完全にリードギターの音が重なるまでに、忠夫はコピーしていった。リードギターのパートを完成すると、リズムギターのほうも、コピーした。こちらは旋律でなく、和音を聴き取らねばならないので、リードとはまた別の大変さがあったが、同時にリードをコピーするのとはまた違った楽しさもあった。

このようにして、忠夫は演奏技術のみならず、耳のほうもさらに鍛えていったのである。

先輩たちの練習の見学も続けていた。ギター・テクニックはすぐ追い抜いたのだが、それでも他人の演奏を見るのは役に立った。その役に立ち方は、ああいうふうに弾くと、レコードみてえにならねんだなとわかる、というもので、いわば反面教師的な役立ち方ではあったけれど、それでも退屈はしなかった。バンドのアンサンブルを生で聞けるのは、なにより楽しいことだったのである。

だから忠夫はただ見学させてもらうだけでよかったのだが、事態は思わぬ方向に流れ出した。

「あのよ」と、リードギターの先輩が言った。「おめえ、〈キャラバン Caravan〉弾けんだって?」

「あ、いや」いきなり聞かれて忠夫は驚いた。「弾けねっすよ」

「おめえがちゃんと弾いてるのを聞いたっていうのがいんだよ」

「あ、それは」

忠夫は難曲、〈10番街の殺人 Slaughter On 10th Avenue〉をようやく一応完成させて、3週間前からD難度の〈キャラバン〉に取り組んでいたのだ。ベンチャーズにはボブ・ボーグルがリードのヴァージョンと、ノーキー・エドワーズがリードのものと、2通りあるが、忠夫が必死でコピーしようとしていたのはノーキーのヴァージョンである。ボブのリードプレイも味があってそれなりにいいのだけど(ギターの音がすばらしい! たぶんジャズマスター)、当時の少年たちにとって〈キャラバン〉と言えば、ノーキー・ヴァージョンである。これはベンチャーズの曲の中でも、もっとも難しいものの1つということになっている(実は難しい、というのは結局主観的な感じであって、〈ラップシティ Rap City〉の、トレモロ奏法のリードギターのパートをきちんと音を粒立てて弾き通す方が難しい、という人もいるだろうが、まあ、一般的には〈キャラバン〉は一番の難曲なのだった)。

そして忠夫はそれをほぼ完成させていた。だが、「ほぼ」はあくまでも「ほぼ」で、完璧ではなかった。この曲はメインのメロディ(今は「Aメロ」という呼び方をよく耳にする)と、ブリッジ(あるいはサビ)の部分からなっている。そのブリッジは、3通りに変化をつけて弾くのだが、この3番目の変奏が、忠夫はまだ自信を持てないでいた。これは実にファンタスティックな感じのする見事な変奏なのだ。

現在は完コピ譜があって、それを見れば弾き方は、一応はわかる。ギターのテクニックの中に、ハンマリング・オンと、それと対をなす、プリング・オフと呼ばれる技巧がある。前者は、弦をはじいたのちに、その音よりも高い位置のフレットを押さえて音を連続させるというもので、プリング・オフは、反対に弦を弾いたのちに押さえている指を離してその音より下の音を連続して出す、というものだ。こう書くと面倒そうだが、さほどのことはない。だれでも出来る。だが、この〈キャラバン〉

のサビの第3変奏では、このハンマリング・オンとプリング・オフを、2本の弦を同時に使って3連符の形でつなげて行う部分が何ヶ所もある。その結果、初めて聞いたときは、ただ口をぽかんとあけてただうっとり感心するしかない、という効果が生み出されるのだ。これも、コピー譜を見れば、難しいけど素人にも弾けなくはない。だが、譜面を見ないでこの技巧を見抜くのは、至難の業である。その至難に忠夫は挑戦して、いまだそれを我が物にしたという実感を得られないでいたと、そういう段階だった。「あの弾き方はまるで思いつかなかったなあ、あのころは」と、30余年後の忠夫はぼくにしみじみ語ったのだったが、それさえ思いついていれば限りなく完璧に近い形で弾くことができたのだろう。忠夫は高校生のころからすごいギターマンだったのである。しかし、あくまでも謙虚な忠夫は、リードギターの先輩に慌てて答えた。

「あ、全然だめですよ」と。「ちゃんと弾くなんて、おれにはできっこねえですよ」

「だって、おめえがちゃんと弾いたのを聞いた、ってやつがいんだからよ。いいから、弾いてみれ」

先輩はそう言って自分のギターを忠夫に押し付けるように渡した。実は「ちゃんと弾いたのを聞いた」のは、その先輩本人だった。先輩は忠夫のギターの腕がめきめき上がってると友だちから聞いて、それを確かめるために忠夫の家の納屋(つまり、忠夫の勉強部屋にしてスタジオ)の窓の下に潜んでいたのである。自分の地位が危うくなりそうなのを不安に思って、事実を確かめるためにきたのだった。

忠夫はちょっとのあいだ逡巡していたが、心を決めて弾き始めた。まあ、根っからのギターマンだから、一度手にとったギターを弾かないで返すことは出来なかったのである。

やや小さめのギターの音のみで動き始めた1人ぼっちの〈隊商《キャラバン》〉は、2コーラス目からドラムとベース、そしてリズムギターと次々に加わり、堂々たる行進になった。弾いてるうちに忠夫は陶然としてきた。納屋でレコードに合わせて弾いているのとはまるで違う感覚だった。あたかも両の手を伸ばすように音が流れ出す。その手を握るように、あるいは押し返すように、ときには輪になっていっしょに踊るように、他の楽器の音が絡みつく。それは調和と緊張をともに宿した音の輪舞だった。忠夫は交じり合う音の作り出す化学変化を生々しく味わいながら、日ごろからこの曲を弾くときに心がけていることを、自分にささやき続けた。「速くなんなよ、じっくりだぞ、速すぎちゃだめだぞ」と。実に、未熟な演奏家の陥りやすい陥穽《かんせい》は、適正速度から外れることである。曲にはふさわしい速度というのがあって、それを間違えると本来発揮すべき魅力の半分も発揮できないということがある。遅すぎてももちろんだめだが、ロックにおいてありがちなミスは、実は速くなりすぎるということだ。リズムが激しい曲だと、速くなければいけないと、どうも思い込みがちである。いや、一時期のベンチャーズ自身も、馬鹿みたいに速く演奏することがしばしばあった。６５年夏のライブや、翌年のライブなどがそれで、今聞くと、どうしてこんなに速く演奏したのか実に不可解である。ところが、多くのベンチャーズのコピーバンドは、その速さが正しいと思い込んでいるみたいで、猛犬に追っかけられているみたいに大慌てで演奏したがるのである。そのことに忠夫は気づいていた。だから、速すぎんなよと、自分を戒めながら演奏したのだった。そのテンポへの意志はおのずから伝わるから、他のメンバーも、意識的にじっくりと走らないように演奏した。そして、その意識が、いいタメの感覚を作りだして、えもいわれぬ色気をかもし出すのだ。これはロックにおいてもっとも大切なことの1つである。そんなことまで細かく意識していたわけではないが、この突然の〈キャラバン〉のセッションは、全員の胸に深い満足感と歓喜を沸き返らせたのであった。

リードギターの先輩は言った。

「今日からおめえがリードだかんな」

「あ、とんでもねえっすよ。そんな」忠夫は団扇であおぐように激しく両手を振りながら言った。

「つべこべ言ってんじゃねえよ」先輩は胸のつまる思いを押し殺しながら、静かに諭すような声で言うのだった。「おれが決めたんだからよ。おれが、一番いいと思うことを決めたんだからよ、黙ってはい、って言うこと聞いてりゃいいんだよ」

先輩はまことに男らしく後輩の技量の優越を認めたわけである。それは辛いことではあるが、自分の男らしさに対する誇らしい思いもあった。悲痛で、誇らしくて、切なくて、甘い感情が、先輩の胸に渦巻いていたわけである。あくまでも辞退しようとする忠夫を制して、先輩はメンバーの顔を見回して言った。

「な、それがいいだろ？　俺の提案がいいだろうよ？」

じっと息を殺して見守っていた仲間たちは、躊躇することなくうなずいた。躊躇がまるでないのがちょっと気に入らなかったが、先輩は笑顔を忠夫に向けた。

「な、みんなもああ言ってんだからよ、観念しろや」

忠夫はかっこうつけて遠慮したわけでは決してなかった。自分1人でエレキの研究をしていれば満足だった。だが、先輩がここまで言ってくれるのを拒否することはできなかった。忠夫は頭を下げた。

「わかりました。よろしくお願《ねが》えします」

拍手が起こった。一番強く手を叩いたのはリードギターを勇退した先輩だった。ほんとにこれでよかったのか、すごく悔いが残ることを自分はしているんじゃあるまいかと、ふとまたそんな気もしたが、それを撥ね飛ばすような気持ちで、必死に拍手したのだった。英雄的な行為の裏にはしばしば麗しからざる感情があるが、それでこそ人間で、それを含めてこその英雄的行為なのだ。その英雄的先輩は、サイドギターを買って出た。これはリズムギターとは別に、低音の2弦を使ってのバッキング（今はパワーコードと呼ぶらしい）や、小節の頭にジョロリーンとアルペジオ的にコードを入れたりする役割だ。つまり、バンドは、ギター３本、ベース、ドラムの、５人組になったわけである。

こうして思いがけなく忠夫はバンドのリードギターになって、いろんなところで演奏するようになった。演奏曲はアストロノーツの〈太陽の彼方に〉と〈ホット・ドッギン Hot-Doggin'〉以外はすべてベンチャーズのコピーである。学園祭のステージはもとより、生徒総会のあとの余興、スポーツ大会のあとの打ち上げ、卒業生を送る会、さらには学校を離れて、盆踊り、いろんな地域の子供会、あるいは農業振興会などにも駆り出され、いつも盛大な拍手を浴びたのだった。

だが、バンドのほかのメンバーたち、ベース、ドラム、リズムギター、サイドギターがすべて1年上の先輩たちだったから、彼らが卒業すると忠夫は1人残されることになる。ならば、同級生や下級生の中から一緒にやる仲間を探し出して新しいバンドを作ればいいようなものだが、忠夫はそうはしなかった。自分という人間を拾ってくれた先輩たちのバンドへの、気兼ねというか、義理立ての気持ちがあったのである。まったく古臭くて、バンド活動にはまるで無用の感情のようだが、自分を拾い上げてくれた先輩たちに、忠夫はそれだけ深く感謝していたのだった。一生別のバンドには加わるまいと決めたわけではないが、少なくともこの高校にいるあいだは、もう新しいバンドには加わるまいと思っていたのだった。忠夫たちの刺激のおかげで、けっこういいプレーヤーが次々に育ってきていたのだけれど。

忠夫は再び孤独なエレキ道をたどった。孤独ではあるが、忠夫は決して寂しいとも悲しいとも思わなかった。バンドだと他のメンバーと足並みを揃えなければならないために、なかなか先に進めないということがある。自分のパートは完成させていたとしても、同じ曲を何度も何度も練習せねばならないということにもなる。だが1人だと、どんどん先に進めるわけだ。そして忠夫はやがて完全コピーということだけでなく、友人などに借りたレコードやラジオから録音した洋楽の曲に合わせて、自由に即興的にリードギターのフレーズを繰り出すテクニックの研究を始めた。

ビートルズ、ローリング・ストーンズの曲はもちろん、そのほかに、エルヴィス、クリフ・リチャード、ジョニー・ソマーズ、アルマ・コーガン等々、当時はやったアーティストたちの曲も片っ端から取り上げた。こういうアーティストたちの歌やリードギターのフレーズのバックで、別のフレーズを弾いたり、歌の切れ目に、すかさず気の利いた短いフレーズを挿入する技を磨いたのである。これが楽しかった。自分が最高のバンドで、すごいソリストや歌手のバックで一緒に演奏しているような気持ちになれたからである。完全コピーの場合とはまた違った感覚だ。タイミングよくいいフレーズが入ったときは、ふと歌手がこちらを振り返って、にっこり笑って右の親指を立てて見せる姿が浮かんだ。だったら、無理にバンドを作るこたねえなと、それなりに人間関係上の気苦労を味わってきた忠夫は思った。無論、ときにバンドでの演奏の手ごたえが恋しく思えることもあったが、自分がずば抜けてうまい奏者であるバンドで演奏するよりも、自分が一番下手であるバンドで演奏するほうが、ずっと楽しいということもある。おれはこれでいいやと、忠夫は思い定めたのであった。

そんなふうにして高校の最終学年を終えようとしていた忠夫のところに、ある日あのカジカ漁の一番弟子（弟子は1人しかいなかったけど）、秋森よし子が訪ねてきた。忠夫がクリフ・リチャードの〈コンスタントリー Constantly〉に合わせてギターを弾いていたときである。山の中の小さな町だから、冬の日はすでに暮れかかっていた。納屋の戸を叩くそのリズムに覚えがあったから、忠夫はすぐそれが誰かわかったので、「はいれや」と、応じた。「おれ、カジカはもうとらねえど」

「何言ってんだろ」入ってきたよし子は言った。「ワラシじゃあるまいし、だれがこの歳でカジカとるもんかね」

「スズメはとったことねえぞ、おれ」

「だれもなんもとってくれとは言ってねえ」

「じゃあ、何をとりにきたんだよ」

「大事な話だわ」よし子は忠夫の目を正面から見て言った。

ここでようやくよし子がいつになく真面目腐った顔をしているのに忠夫は気づいた。いや、それまでもよし子がこういう顔をすることはあったのだが、忠夫のほうでそれを見ていなかった、あるいは見ても気づいていなかったのだ。

「大事な話ってなんだよ」

「大事な話は大事な話だよ。忠夫くんにとっても大事な話だよ。きっとそうだと思うんだよ……」

よし子の言葉は、怒りに似た熱意と、不安と、逡巡をこね合わせたみたいな、一種不思議な迫力のあるものだった。忠夫はわけもわからずその迫力にたじたじとなった。

「大事な話ってのはアンプのことか？」

「何言ってんだろ。忠夫くんの大事なことはエレキしかねえの？」

「急に言われてもな」

「もうすぐ卒業だろ？」

「うん」

「卒業したら就職すんだって？」

「ああ」

「東京の会社だって？」

「ああ、そうだ」

「何する会社かね？」

「機械造るんだよ」

「大きな機械かね？」

「いや、精密機械だ。いろんな大きな機械の部品だな」

「東京じゃなくても造れるだろ？」

「そうかもしんねえが、会社が東京だから、東京で造るんだ」

なんでこんなことを聞くんだと忠夫はいぶかしく思う。よし子も機械が造りてえのかな？

「どうして新潟じゃだめなんだよ？　機械ぐらい、新潟でだって造れるんじゃないよ」

「造れっかもしんねえけど、おれは東京に就職したんだよ。だから東京で造るんだよ」

「どうして東京なんかに就職したんだよ？」

「先生がめっけてくれたんだ。断れねえよ。それに悪い話じゃねえし」

「悪い話だよ」

「え、なんだ？」

「わたしは地元で就職するんだよ」

「信用金庫だっけか」

「わたしが新潟で、忠夫くんが東京なら、離れ離れだよ」

ここでよし子が言っている新潟とは新潟県のことで、新潟市という意味ではない。よし子が勤める信用金庫の支店は、自宅からさほど遠くない長岡市の隣の小さな町にある。

「そらそうだ」

「そんでいいわけかね?」

「いいも、わるいも……」忠夫は質問のポイントが飲み込めないまま、よし子の静かな声にこもる迫力に押されている。

「精密機械が造りたいんなら、東京じゃなくったって造れんでないかね。新潟でもいいじゃないね。精密機械はどこで造ったって精密機械じゃないね。ちがうかな」

「ちがやしねえけど」

「それに、忠夫くんが東京へ行ったきり帰ってこなかったら、じいちゃんだって淋しいよ」

じいちゃんとは、忠夫のとってくるカジカをこよなく愛した、あのじいちゃんである。じいちゃんは、忠夫のところに毎日やってくるようになったよし子と親しくなった。よし子はとてもやさしい子で、じいちゃんのことをよくいたわったのだ。忠夫は中学校に進んだのちカジカをとらなくなったわけだが、じいちゃんとよし子の交流は続いていた。いや、じいちゃんのことをかまってくれるのは、よし子ぐらいなものだったのだ。それでじいちゃんのほうでもよし子の家に行くようになった。行くと縁側に腰を下ろして、庭を見ながらよし子が学校から戻ってくるのを待つ。いつのころからか、よし子の家の人が湯飲みいっぱい酒をついで出すようになった。じいちゃんが酒好きなのがわかったからだ。じいちゃんはそれをちびりちびりと、一度に1ccか2ccずつ舐めながらよし子を待つ。よし子は先述のように体操部に入っているから、帰りは6時過ぎになる。夏ならまだ明るいから、よし子も縁側に座って、ほんのちょっとのあいだじいちゃんと話をする。じいちゃんはそれで満足して帰って行く。冬ならもう真っ暗だから、じいちゃんはよし子が帰ったのだけ見届けて「やあっ」とでも言うように手を敬礼の形に挙げて、帰って行く。よし子にとって、じいちゃんは家族みたいな人になっていたのだ。

このあたりのことを、ぼくは30年以上ものちに忠夫から聞いたわけだが、このじいちゃんとよし子の交流のくだりには、深い感銘を受けた。

「いいお話だねえ」と、ぼくは忠夫に言ったものだ。

「いいお話じゃねえよ」と、忠夫は言った。「毎日人の家に行って酒飲ましてもらってるんだからね。あんときはそのこと知らなかったんだけど、かっこ悪い話だよ」

「そういう見方もできるかもしれないが、やっぱりいいお話だとぼくは思うよ」と、ぼくは言ったのだったが、それはともかく、じいちゃんだって淋しがるぞと、よし子は言ったわけである。

「行ったきり帰ってこねえわけじゃねえが」と、忠夫は言った。「じいちゃんがそんなに淋しがるかなあ」

「なに言ってんのかね、この人は!」よし子は少し声を荒らげた。「そんなこともわかんないかねえ」

「だけどよ、今そんなこと言われてもな。先生が決めてくれたことだしな」

「忠夫くんは先生が決めてくれたことならなんでもするのかね。だったら、死ねって言われたら、死ぬのかね?」

「むちゃ言うなよ。おめえ、今日はおかしいぞ」

「そのおかしいわたしがどうなってもいいの?」

「どうなるって、どうなるよ?」

「わたしのクラスにね、この4月からいっしょの信用金庫勤めるようになる人がいるんだよ。同じクラスの男の子だよ」

よし子は忠夫とは別の商業高校に通っている。

「そうかい」

「『そうかい』！　ほかに言い方はないのかね！」

忠夫はほかに言い方を思いつかなかったから黙っていた。

「それでね」よし子はいったん口を閉ざし、しばしうつむいたのち、こう続けた。「その子がいっしょに帰ってもいいか、って聞くんだよ」

「うちが近くなんだな」

「近くないよ。役場をはさんで真反対だから」

「ふーん」

「わたしは部活はもう引退してるけど、まだ部活に出てる。2年生や1年生と一緒に練習してるんだよ。だから帰るのは、今も変わんない。いつも6時過ぎる」

「うん」

「うん、とか言ってっけど、ねえ、ちゃんと聞いてる？」

「聞いてるよ。そうか、そいつもまだなんか部活やってんだな？」

「やってないよ。図書室で勉強してる」

就職も決まって、あとは卒業を待つだけの残りわずかな高校生活。放課後、図書室で勉強して過ごそうかという人間の気持ちが、忠夫にはまるでわからなかった。なんて馬鹿なんだろうと思ったが、そうは言わずこう言った。

「すげえな。誰にでもできるこっちゃねえ」

「勉強してるかどうかはわかんない。本人はそう言ってる。だけど、そんなことはどうでもいいんだよ。肝心なのは、その人が一緒に帰っていいかって、聞くんだよ」

「そうか」

「そうかって、忠夫くんはどう思うの、わたし、一緒に帰っていい？」

「いいも悪いも、帰るのはよし子だから」

「だから？」

「だから、それはよし子の自由だから」

「自由？　自由なら、なにしてもいいわけかね？」

「言ってることがよくわかんねえよ。何をムキになってんだよ」

「わたしが、その子と、いっつも一緒に学校から帰っても、忠夫くんは平気かね。おめえの自由だから、なんて言うわけかね？」

「それは……そうだよ。おれがいちいち指図する筋合いじゃないだろ」

「指図がどうこうなんて言ってないじゃないよ。筋合いなんかどうだっていいじゃないよ」

「じゃあ、どう答えればいいんだよ」

「ただ、いいのかって。忠夫くんは、それでいいのかって」

「だから、それはおめえの自由だし」

「そうかね。わたしは自由かね」

よし子が涙ぐんでるのに忠夫は初めて気づいた。おれ、何か悪いこと言ったのかな？　とふと思うが、いったいなにが悪いのかは、わからない。

「忠夫くんも自由だもんね」

「……」

「自由にどっこもいけるもんね。どっこでも就職もできるしね。東京でも大阪でも」

「大阪では就職しねえけど」

「わかってるわよ」

よし子が忠夫の目を真正面から見すえたから、忠夫はどぎまぎした。今や忠夫の頭の中もさまざまな思いが溢れたが、それを整理して気持ちを落ち着かせることは、忠夫にはできなかった。ただ、どぎまぎ、おろおろ。

「そういうことなんだ?」よし子は消え入りそうな声で、独り言のような声できいた。

「うん」と、忠夫は言った。幾千回も口にした返事だけど、このときの「うん」ばかりは、のちに幾度も思い返しては、あの返事でよかったんだろうかと自問することになる「うん」だった。

「じゃあ、たっしゃでね」

よし子はそう言って小走りで帰って行った。送っていこうかなと、忠夫は思ったが、それが気楽にできるような少年ではなかった。家は近えんだし、送るこたねえなと、無用な言いわけを自分に対してした。

家が近くだから、以後も2人はちょくちょく顔を合わせた。顔を合わせれば、気楽によし子は挨拶するし、忠夫はこれまでのように、それに対してただうなずくという横着な挨拶を返すのも同じだったが、確実に何かが変わってしまったのは、忠夫にだってよくわかった。そして、その何かとはなんであるのかを、忠夫はくり返し考えるようになった。そして、その「何」を見極めることができるようになったのは、なんと、5年ものちのことで、見極めることができると同時に、それはとっくの昔に心の奥底ではわかっていたことだったんだと思い知った。その「5年後」とは、よし子が結婚した年である。その相手はあの「一緒に帰った男の子」ではなかった。親戚が持ってきた「逃す手はない、願ってもない良縁」を受け入れたのである。その返事をする前に、よし子はさんざん迷って悩んだ末に東京の忠夫に電話してきたのだった。

「わたし、結婚するかもしれない」と、しばしぎこちない世間話ののちによし子は言った。「ね、忠夫くん、それがいいのかな？」

「いいも悪いも、それはおめえが決めることだからな」

「そうだけど、なんとなくちょっと忠夫くんにどうしても聞いてみたくて。ね、ほんとにこれでいいのかな？」

「……やっぱ、自分で決めることだから」

「わかった。忠夫くん、たっしゃでね」

とまあ、そういう会話が行われて、それで忠夫のギターマン人生が思いがけなく急展開するのだけど、これは先走ってしまった。このことについては時間の流れに沿って、改めて書くことにする。


さて、高校を卒業した忠夫は東京の昭島にある精密機械製造会社に就職した。自動車、航空機、船舶、工作機械などに用いられる精密部品を作る会社だ。会社自体の名前を普通の人はまるで知らないだろうが、その製造した精密部品はあまたの超有名企業が競って採用している。いわば知る人ぞ知るの静かな優良企業で、その分、厚生施設もよく整備されている。生まれて初めて東京に出てきた忠夫は会社の近くにある寮に入ったのだが、その居心地は申し分なかった。あまり居心地がいいものだから、元来若い社員向けの独身寮みたいな感じの寮だったのだが、一応管理職についた後までもい続けたほどである。管理職といっても現場での仕事は変わらず続けたし、結婚しなかったから別にへんではなかった。そして、とくに何を言って何をするわけでもないが、なんだか裏の寮監みたいなイメージさえ定着した。結婚しなかったと書いたが、それについては後に触れる。

さて、そういう新たな環境に飛び込んだ忠夫だったが、エレキへの情熱は維持されていた。バンドで演奏するということについては、もうさほど意欲はわかなかったが（人間関係のわずらわしさは、忠夫のもっとも苦手とするところだ）、1人でエレキの道をたどることは、依然として何より楽しいことだった。

寮にいるから大きな音でアンプを鳴らすことなどできはしないが、忠夫はうまい解決法を発見した。電気に強い先輩の同僚から教わった方法だ。カセットデッキの組み込まれたステレオセットなら、録音モードでギターの音が入力できる。それをヘッドフォンでモニターするというものだ。これなら夜中に弾いても大丈夫である。忠夫はその先輩に同伴してもらって、御茶ノ水の中古オーディオ店にいき、手ごろなセットを買った。さらに、その先輩に回路のいじり方を教わって、レコードを聞きながらギターを弾いて、その両方の音をヘッドフォンで聞けるように改造した。ぼくには具体的な方法はわからないが、秋葉原で簡単に手に入る部品を使えば、それほど大変な改造作業でもないそうだ。とにかく、忠夫はそのようにしてアンプの問題を解決したのである。そして、帰寮して夕食、入浴をすませると自室でひたすらギターを弾いた。例の、有名なアーティストと共演するやり方である。ベンチャーズからこの世界に入った忠夫だったが、今はベンチャーズ以外の、歌物のアーティストと共演することの方が多かった。だが、これはベンチャーズの影響と、実は考えられなくもないことだった。

ベンチャーズは、もちろんオリジナルの名曲も数々あるが、他のアーティストの曲をカバーする達人だった。〈キャラバン〉、〈10番街の殺人〉、そして〈パイプライン〉などを始めとして、代表的レパートリーの大半がカバー曲なのだ。そして、新しい曲についても、ヒットチャートを油断なく見張っていて、これはいいぞ、と思ったら、すぐカバーしてレコードを出す。たとえば、ビートルズの〈アイ・フィール・ファイン〉、サーチャーズの〈ラヴ・ポーション No.9 Love Potion Number Nine〉、並びに〈ウォーク・イン・ザ・ルーム When You Walk In The Room〉、そして、ゾンビーズの〈シーズ・ノット・ゼア She's Not There〉などを収録したアルバム、《ザ・ベンチャーズ・ノック・ミー・アウト The Ventures Knock Me Out》は、大傑作アルバムとなった。そして、このようなベンチャーズの方向性は、ぼくら日本の少年にとってとても大きな意味があった。つまり、ベンチャーズを通して、ぼくらの多くは今まで知らなかった数々の歌もの洋学のロックの名曲に出会うことができたのだ。ビートルズは、どうしたって出会うことになったのだろうが、ベンチャーズはサーチャーズやゾンビーズの魅力を逸早くぼくらに伝えてくれたのである。すなわちベンチャーズは、エレキだけじゃない、広大な洋楽の世界に対してぼくらの目を開かせてくれたのだと言ってもいいだろう。という次第で、忠夫はベンチャーズによってエレキに目覚め、ベンチャーズにいざなわれて洋楽世界に歩み入り、エレキものであれ歌ものであれ、どんな曲でもエレキで合わせられることを知った、と、まあ、こういうことである。

ビートルズ、ストーンズは言うに及ばず、視野はどんどん広がって、アメリカン・ロック、ブリティッシュ・ポップス、カントリー、カンツォーネ、シャンソン、映画音楽に至るまで、借りられたレコードで気に入った曲は、すべてエレキで演奏に参加したのであった。そして、この修練が——彼にとっては純粋に楽しみでやったことだが——彼のギター・ワークに独特の風合を付与したと思われる。その独特の風合、すなわち個性に、一緒に演奏するようになってぼくはすぐ気づいたものである。

こういう個性を生み出すものを、「音楽家の教養」と呼びたいとぼくは思う。教養という言葉をいわゆる「教養主義」に対する反発から感情的なまでに忌み嫌う人もいるようだが、ぼくの定義では教養とは様々な文化的現象を共感的に捉えるための想像力であり、学歴とは別のものである。いくら学歴を積んでも無教養な人もいるし（いっぱいいるし）、逆に学歴とはとんと無縁の人でも豊かな教養を持っている人はいる。で、ギタリストの教養とはなんぞやと言えば、それは様々な音楽に接し、その音楽の心に触れることによって培われる音楽上の共感的感受力のことである。つまり、様々な音楽に対する豊かな共感力である。そういう教養は、演奏にも大きな影響を及ぼすものだ。そして、そういうギターの教養を、唐松忠夫は無数のレコードに合わせてひたすら演奏することによって、無意識のうちに身につけていたというわけだ。

この調子で彼流の修練（本人にとっては純粋な道楽に他ならなかったが）を続けていたら、忠夫はいったいどんなギタリストになっていたのだろうと、ぼくはふと考えることがある。というのも、彼はこの修練から遠ざかることになったのだ。それも、２０年近くも。

彼の愛用のギターとアンプは押入れの中で眠ることになった。ホコリをかぶって。カビさえ生やして。そして６、７年後にはただ同然で売り飛ばされる。

しかし、忠夫のようなギターマンが、１８年もの長きにわたってギターに触れないでいることなど、ありうることだろうか？　いや、ありうるも、ありえないも、それが実際起こったことなのだ。

そのきっかけは、前にちょっと触れたことのある、１本の電話だった。

「わたし、結婚するかもしれない」と、あのカジカ漁の弟子、秋森よし子が電話してきたと、先に書いたが、大事なことだからまた書くぞ。このようによし子が切り出したのは、しばしのぎこちない世間話のあとだった。「ね、忠夫くん、それがいいのかな？」

「いいも悪いも、それはおめえが決めることだから」と、忠夫は突然の話題の転換にとまどいながら言った。

「そうだけど、なんとなくちょっと忠夫くんにどうしても聞いてみたくて。ね、ほんとにこれでいいのかな?」
「……やっぱ、自分で決めることだから……」
「わかった。忠夫くん、たっしゃでね」

その晩、忠夫は突然夜中に目を覚ました。そしてそのとき、ようやく自分の胸を圧し潰そうとしているものの正体にはっきり気づいたのである。要するに、忠夫は、「東日本朴念仁チャンピオン」だったのだ。

東日本チャンピオンは気づいた。すなわち、あの夏の日のカジカとり以来、自分がよし子を愛し続けてきたことを。そしてそのことに今まで気づかなかったことを。よし子はずっと気づかせようとしていたことを。そして、実は忠夫は心の奥底で、そういうことをすべて察していたことを。そして、今となっては、すべてもう遅いということを。

いや、もしその気になりさえすれば、なんとかなったかもしれない。あの『卒業』の映画で、主人公の青年が結婚式場の教会から花嫁を奪って逃走したように、忠夫もよし子と駆け落ちすることは不可能ではなかったかもしれない。よし子も喜んで忠夫について行ったのではあるまいか。

しかし忠夫はそうはしなかった。忠夫はあの映画を見ていなかったが(偉そうに英語ばっかりしゃべっている映画は嫌いなんだ、と忠夫は言ったことがある。英語の歌は好きなくせに。だけど、偉そうにって言われても出てくるのはみんなアメリカ人なんだしなあ)、たとえ見ていたとしても、忠夫にはできなかったろう。彼の頭は、まったくそういうことを思いつかないような構造だったとしか言えない。なにしろ忠夫はアメリカ人ではなく生粋の越後人なのだ。その精神の構造を作ったのが、唐松家の歴史か、家風か、あるいはDNAなのか、あるいは育った土地の風土なのか、突き止めようがないけれど、忠夫と親しくなってこうしていろんな話を聞いてみると、いかにも忠夫らしいなと、ぼくはただそう思うばかりである。そう、まさに東日本朴念仁チャンピオンなのである。

とにかくそういう次第で、よし子は親戚の持ってきた「これ以上はねえ良縁」を受け入れて結婚し、東日本チャンピオンは唯一無二のカジカ漁の弟子を失ったのであった。

そのことを自覚した忠夫がどれだけの涙を流したか、ぼくは知らないけれど（だって、可哀想で気の毒でそんなこと聞けやしない）彼の人生はたしかに大きく変化したのである。

「電話の後、なんか、どう考えたらいいのか、自分でわからなかった」と、忠夫は言った。

「ふむふむ」そりゃそうだろう。メモを取りながらぼくはうなずく。

「それでさ、やる気というのが、まるで潮が引くみたいに、急激になくなって行くみたいだった。世界自体が違って見えてきたような気さえした」

「世界が違って？」

「どう言えばいいのかな——なんかさ、色彩が、ものの色が、うんと薄くなってしまったような、色というものがどんどん消滅して行くような、と言うと大げさに聞こえるかもしれないけど。あるいは、体の力が足の裏から地面に吸い込まれて行くような感じというか」

「そうなんだ？」

「一番妙だったのは、ギターを弾きたいという気がウソみたいになくなったことだった」

「ほんと？」

「うん。ギターを手に入れて以来、さわんなかったことなんて1日もなかったんだけど。それまでは、さ」

「うん」

「ところが、あの電話の日の翌日、まるでさわりもしなかったし、そのことに気づきもしなかった。次の日もね」

「ほう」

「次の日か、その次の日あたりにギターを手に取って弾いてみた。ものすごくつまんなかった。楽器って1日弾かないと技術が3日後退するっていうけど、それ以上にヘタクソになってたみたいな気がした。でも、別にそれでもいいかなって。それがどうした、って気分でね」

「すごくもったいないように思うけど」

「別にもったいなかないよ。おれのギターがうまいかヘタかなんてことは、どうでもいいことだろう。他人にとっても、おれ自身にとっても」

「ぼくはそうは思わないが、そのとき君は自分でそんなふうに感じた、と？」

「うん。だからそれ以後はまるでギターにさわらなくなった。ギターは埃を被ったままだ。それも目障りだったから、ケースに入れて押入れに放り込んだ」

「むごいことをする。エレキは苦楽をともにした戦友みたいなもんじゃないか」

「そうだね。今はそう思う。あのときはそうじゃなかった。なんでこんなエレキなんかに夢中になったか、自分で不思議だった」

「それにだよ」ぼくは言った。「エレキをケースに入れっぱなしにしといたら駄目になるだろう？」

「あれを再び取り出したのは、7、8年くらい後になるのかな。ケースを開けてみたら、ネックが曲がってる。曲がってるだけじゃなくて、ねじれてた。湿気のせいかな。サビだらけの弦は、しまうときに緩めておいたんだが、それをまた締めて、やっぱり押入れに放り込んどいたアンプを引っ張り出して鳴らしたら――」

「鳴った？」

「鳴るのは鳴ったが、ガリがひどくて、ときどき音が出なくなる。ギターもアンプも、もう使いモンにならない」

　ガリとは、操作ツマミなどの接触不良によって生じる「ガリガリ」というノイズなり。

「で、どうした？」

「ゴミにするのは、どうも気が進まなかったから、近所の質屋に売った。両方で２００円になった」

「なんか、ほんとにむごたらしい話だね。聞いててつらいわ」

「ほんとだな。どうしてあんなことができたんだろう」

「それくらい傷心《ブロークン・ハーティッド》だったんだな。自分の朴念仁のせいでフラれたから」

「そうなんだろうな、きっと。当時はフラれたこととギターへの興味を失くしたことを結び付けて考えたことはなかったけど。いや、それに限らず、いろんなものごとを結びつけて考えることができなくなった。なんてんだろ、すべての事が、全部ばらばらになっちゃったって言うか、自分１人が世界から切り離されて、漂っているっていうか、しょっちゅうそんな気分になった」

「たいへんじゃないか。そんなじゃまともに生活して行くのもむずかしいだろう？」

「自分がそんなふうな状態になってる、ってことは理解できた。これはまずいよな、と。だから意識して必死にのめり込もうとした」

「またギターに？」

「いいや」

「じゃあ、ギャンブルとか？」

「そんな気はまるで起きなかった」

「どう見てもそういうタイプじゃないものなあ。じゃあ、何に？」

「仕事」

「仕事に打ち込んだ？」

「うん」

「何が悲しくて？」

「ほかに何もすることがなかった。だから仕事をした。ほかのことを考えたくなかった。だから仕事のことばかり考えた」

「何の仕事だったっけ？　聞いたはずだけど忘れちゃった」

「精密機械部品の開発、設計、製作」

「そりゃたいへんそうだ」

「たいへんはたいへんだけど、まあ、会社に入ってやってれば、ね、誰だってできるようになるさ」

「工業高校卒だったっけ？」

「その点はたしかに有利には違いないが、実際に仕事をしながら身につけたことのほうが圧倒的に多い」

「なるほど」

「最初のうちは、図面渡されて、その寸法通りの部品を削り出す仕事をやらされた」

「旋盤を使って？」工作機械は旋盤しか知らないぼくは、そう聞いた。

「旋盤も使うし、グラインダーも使う。レーザーカッターも、リキッド・ポリッシャーも、ドッターも、プレスコネクターも、ハンマーバンガーも、その他、あんたが聞いたことのないような機械もね。だけど、ほとんどの場合仕上げは何種類ものヤスリを使って削るんだ。ノギスをしょっちゅう当てながらね」

「ずいぶん細かい仕事なんだな」

「ミリの100分の1まで詰めるんだ」

「なにもそこまでしなくたっていいじゃないか。10分の1くらいにまけてくれ」

「そうはいかない。あんたに頼んでるわけじゃないけどな。そこまでやるから、たとえば日本の自動車はすばらしい性能を持つわけなんだ」

「自動車産業を支えてるんだな」

「支えちゃいないが、自動車以外の部品も無数に作ったよ。そしてね、この仕事が、ものすごく楽しいんだ。いや、楽しいのとはちょっと違うな。でもほかに言いようがないな。とにかく夢中になって削ったな。残業も苦になんなかった。寮に戻ったって、テレビ見るくらいしかないからな。そんで、言われた以上に、自分から進んで仕事任してもらって、ひたすら切った、削った、磨いた。今はコンピューターでずいぶんいろんなことがやれるようになったが、あのころはえらそうな英語の工作機械でも、実際はほんとに手仕事だったんだよ。まあ、コンピューター使うほうが能率は上がるが、でもね結局最後の仕上げは、今でもやっぱり人間が手でやるんだよ。だけど、どうしたってコンピューター時代だからな。そんなもんで、会社に命じられてコンピューターの学校にも通ったよ。丸々1年」

「胸が悪くなるような話だねえ」

「コンピューターが嫌いなんだ？」

「向こうも嫌ってるみたいだな。まあ、文章はパソコンで書くんだけど。使うのはそれと、インターネットとメールくらい」

「普通の人はそれくらいのもんだろう」

「わざわざ学校で習うのはどんなんだい？」

「いろんな工作機械を統御するプログラム作りのノウハウかな、簡単に言えば」

「工作機械ったっていっぱいあるだろうに。さっきいくつか聞いたけど」

「基本になるプログラム作りを習う。習うのは結局ほんの基本だけで、あとは全部応用だな。現場で特定の機械に当たってプログラムを作るんだ」

「なんか、ものすごく難しそう」

「なに、慣れると誰でもやれるようになるよ。いちいち考えて進んで行くんじゃなくてね、なんと言うかな、カンだね。こうすればいいんじゃないか、ってね。駄目なら、じゃあ、こうしてみっか、てな調子で」

忠夫はこのようにして仕事に打ち込んだ。そして、本人はそうは言わないけど、そのうち会社の技術最高顧問みたいな立場になった。多くのプロジェクトにおいて、彼の作ったプログラムをもとにして製作が進められるようになった。もちろんプログラムに従って機械が削り出したままでは製品にならない。それを、さらに１００分の1ミリ単位の細かさで仕上げることが必要で、それには熟練した手作業が必要になるが、この面でも彼がとびきり腕利きの技術者だったろうことは、すでに書いた。

ところでこういったことを彼がすべて自分で語ったわけではない。自慢めいたことはおよそ口にしない男だ。だからこうした「スーパー職工」としての彼の姿は、ぼくが彼の言葉のはしばしを丹念に拾い集め、こね回し、練り上げた塑像なのだが、決して過大評価しているわけではないと思っている。その逆はあっても（ちなみに、この「職工」という言葉は今日、工場労働者の蔑称とは言わないまでも、しかるべき敬意を欠いた呼称と受け取られることが一般であるが、忠夫自身、この言葉が好きで、自らを職工と呼ぶのである。なんでも、映画、『男はつらいよ』のシリーズのどれかの中で、寅さんが隣の印刷工場の従業員にそう呼びかけたのが、えらく気に入ったんだとか。むしろ忠夫は、この職工という言葉に、かつての無口でひたむきな職人の静かな誇りを重ね合わせているかのごとくである）。

こうしたことが可能になったのは、彼の非凡な身体感覚——とりわけ、あの指先の感覚である。外界の物体に触れることによってその物体の振動をその指先が高性能センサーのように感知し、しかるべき反応を指先を通して対象物体に返す。するとその物体がまた振動を送り返す——それを鋭く感知してまたまた指先が働きかける——つまり物体と彼の手との相互フィードバック作用を最も微細なレベルで成立させる能力である。そこにはもちろん神経から送られる信号をコントロールする脳みその働きが介在しているのだが、その脳みその作用が意識にのぼらないくらい速やかに淀みなく行われるので、傍からはまるで反射的に反応しているようにしか見えないだろう。それは彼がギターを弾くときにも見られる現象であり、その能力が彼を類い稀なギターマンにした。その同じ能力が彼をスーパー職工にしたのである。

こうして仕事に打ち込む日々が幾年も続いたのだった。

「ところで」とぼくは言った。「結婚はしなかったのかい？」

「しなかった」

「1人前の職工になったんだから、そろそろ所帯を持ってもいいんじゃないか」ぼくは近所の隠居のようなことを言った。

「持ってもいいんだが、そういうふうにはならなかった」

「そりゃまたどうしてそのようなことになったのかね？　あるいはどうしてそのようなことにならなかったのか？」

「どうしてと言われてもね。とにかく、そういうことだったんだ」

ははん、あのカジカ漁の弟子のことが忘れられなかったのかい、それでこれまで娶《めと》らずにきたのかい、と尋ねようかと思って一旦言葉を飲み込んだ。そんな不躾《ぶしつけ》な言葉を口にできる男ではないのだ、ぼくは——と思いながらやっぱり言ってしまった。「あの子のことが忘れられなかったのか?」

「そうじゃない。もちろん、忘れたわけじゃないが、そのためにずっと独身でいよう、なんて思ったわけじゃない。でも、結果としてそうなった」

「ふむ」

「いや、そうなのかどうなのか……実はわかんないな、おれには」

「きっとそうだよ」ひとごとだから気楽に言った。「人間は自分のことが一番わかんないんだ」

「かもしれない」忠夫はしみじみ言った。「ほんとにそうかもしれないな」

こうして唐松忠夫は結婚もせずにワーカホリックとしての人生を歩み続けたのだった。ワーカホリックと言っても悲壮感が漂っているわけではない。東日本朴念仁チャンピオンにとっては、それがむしろ一番楽な生き方だったのだ。

「それはそれとして」ぼくは言った。「さて、ギター方面はいかに相成ったか? 再開したるはいつのことであるか? また、それはいかなるきっかけであったか、包み隠さず有体に申してみよ」ぼくはだいぶ酔ってるようである。

「お白砂に引き出されたみたいだな」

「しかと聞いてつかわすぞ」

「今にして思えば不思議な気がするんだけど、結局、同じきっかけなんだと思う」

「同じ? 何と同じかね?」

「ギターから離れることになったのと同じことがきっかけになった、ということなんだろうな、やっぱり」

「まてまて。何がきっかけでギターから離れたんだっけ、そもそものところが」

「もう忘れてやがる。ちゃんと聞いてんのか？　電話だよ」

「電話？　なんのお電話かしらん？」

「大丈夫かね。秋森の電話だ」

「アキモリ？　はて、どちらのアキモリさんだろう？」

「いやになるなあ。ほら、カジカ漁の——」

「ああ、はいはい、その秋森さんね。最初からそう言ってくれたらわかるんだよ。そうか、その秋森さんが、結婚するけど、いいのかと電話してきたけど、君はグズで、朴念仁で、意気地なしだったから、それ君の自由だから、なんて言うだけで何もできなかった、と」

「まあ、その通りだけど、ひどい言われ方だな」

「そのショックでギターが弾けなくなった、んだっけ？」

「どうもよくはわからないんだけど、まあ、結果から言えばそうだ。以後、ツキモノが落ちたみたいにギターから解放された——あるいは、そうだな、暖かくて居心地のいい部屋から追い出されて、背後でドアをばたんと閉められた、みたいな感じだと、これはあとから次第にそんなふうに感じるようになってきたことだけど」

「わかるなあ」

「あんたも？」

「ぼくは君みたいなグズでも朴念仁でもないんだけど、気がついたらギターの魔法が解けていた、みたいな経験がある」

「そうなんだ?」

「不思議だけどね。だけど、不思議だからこそ、そういうことは厳然としてある、とも言える」

「何を言ってるのかわからない」

「結局、魔法なんだよ。ギターの虜になるのも、その世界から放りだされるのも。きっかけはいろいろだけどね。まるで道に迷って、帰れなくなるみたいに。だけど、またまた何かのきっかけで、ふと気がつくと家の前に立っている、みたいなことが起こる。今までどうしてこんなに長い間、離れていられたのか、自分ではしきりに不思議に思うけど」

「あんたの言うとおりだ。ぼくもそんなふうに思った」

「カムバックのきっかけは?」

「今から、そうだな、7、8年前の夏に、夏と言っても、まだ梅雨だったな、たしか。だから、7月の末だか、8月の頭だか、そんな時期に――」

「なんだか不吉な感じだな、『牡丹灯籠』みたいで。胸騒ぎがする」

「全然そんなんじゃない。通知の葉書が届いたんだ」

「赤紙?」

「いつの時代だよ。同窓会の案内だ。中学校のときのね。お盆休みに同窓会やるから、ぜひ参加しろ、と」

「どこで?」

「郷里」

「郷里というと、ああ、草深くて、山深くて、牛深い、人跡未踏の新潟の田舎だったね」

「牛深い、なんて言葉があるか」

「ひょっとして――」

「なんだい？」

「『ぶり返しラブ』ってやつかな？」

忠夫は口を閉ざしてしばらく考えたあと、しゃがんで焚き火を見つめる老人が、脇に座った老犬に静かに語りかけるような調子で話し始めた――のだけれど、この章もずいぶん長くなったし、元来口の軽くない人の内省的な語りをそのまま書くのもなんだし、読者のほうだってそれをまんま読ませられるのもなんだろうし、とにかくなんだから、適宜要約して書くことにしよう。

さて、その年の盆の帰省は、思えば3年ぶりのことであった。別に郷里を捨てたとかいうことではないけれど、正月だから盆だからと言って帰省する習慣は、忠夫にはない。このあたりも、ちっくんとは違っている。このときの盆の帰省にしても、同窓会の案内があったから、じゃあ、帰ってみっかな、ということになったので、そうでなければ帰省してなかったろうと、忠夫は言う。

「用がなければ帰ってもしょうがない、という男なんだな、君は」とぼくは言った。

「そうなんだ」と忠夫は答えた。

とは言っても、別に同窓会だからと言って、何か期待するような気持ちもなく、ワクワクしたりどきどきしたりもしていたわけでもない。みんなどうなってんだろうな、くらいの軽い気持ちで出かけて行ったのだった。

だが、そういうときに限って、思いがけないことは起こるのである。（いや、何の期待もしていないと本人は思っているが、実のところ、心の底で静かな、それでいてなかなかにしぶとい、ある種の情念がたゆたっていたのである――というのがぼくの透徹した心理洞察である。）

まず、会場――郷里の町（町と呼んでもいいとして）の北側にある、旅館兼料亭、「かじか荘」への途次、忠夫はにわかに胸騒ぎを覚えたのだった。(付言するに、このかじか荘のかじかは例の渓流にすむ魚のカジカではなく、カエルのカジカにちなむ屋号である。つまり、鰍じゃなくて河鹿なのだった。というのも、この旅館の裏は棚田になっていて、そこに水を供給するのが山から流れ下る清流で、そこに可愛い河鹿ガエルがいっぱいいて、夏などに可愛い声でころころと鳴きたてるところから、この名がついたのである。)

その胸騒ぎは、最初メタンガスのように無定形の胸の底から立ち上ってきたのだが、やがてある1つの名前へと凝固していった。それは、同窓会の案内状に記された3人の幹事名のうち、3番目に記された名、「栗田《あわた》よし子」であった。その名前が、突然鮮明に頭の中に現れてきたのだ。

「へんだぞ、とおれは思った。いや、ただ思っただけじゃなく実際に口に出してそう言った」

「誰もいないのに?」

「誰もいないのに。で、しゃがみこんだ」

「落とした小銭を拾おうと?」

「落としてない。突然気持ちが悪くなったんだ。内臓がこう、雑巾みたいに、きゅーっと絞り上げられるような心地だったんだ」

「心筋梗塞だな、それは」

「一瞬そうかとも思ったけど、そうじゃなかった。わけはわからないが、会場に行く途中、あの名前が突然頭の中に浮かび上がった瞬間にそうなった。その苗字が、かつておれの知ってるものじゃなくて、別の苗字になっているのを、どういうわけか、そのとき初めて強く意識した。そのことが、その原因だった」

「栗田、だっけ?」

「そう」

「栗田ってことは、栗の田んぼか。あまりゴージャスな感じはしないな」

「ほっといてもらおう」

「で、もとは、えっと、なんだっけ？」

「秋森」

「そうだ、そうだ！　だけど、彼女は嫁にいったんだろ？　だったら、苗字が変わるのは当たり前じゃないか。養子を取ったんじゃなくって嫁にいったんなら」

「もちろん嫁にいったことも忘れたわけじゃないし、苗字が秋森から栗田になったこともずっと前から承知していた。今さらびっくりすることも、うろたえることもない。まして心臓がきゅーと絞り上げられるような思いをするはずがないんだ」

「だけど、そのときそうなった、と」

「だけど、そのときそうなった。なんでかね？」と、忠夫は疑問符つきで独り言のように言ったけれど、そのなんでかを知らないわけではなさそうだった。知らないどころじゃない。それは胸の奥に無理やり埋《うず》めた燃えるような想いが、再び意識の表に立ち現れてきたということなのだろう。

「で、どうした？　そこから引き返したかな？」

「そうしようかとも思ったが、できなかった。いや、引き返したいのか、そうじゃないのか、行きたいのか、行きたくないのか、自分でもわからなかった。いや、そんなことを考えもしなかったな。足が自動的に動いてぼくを運んで行くようだった」

「それで会場に着いたと。彼女がいたんだな？」

「受付にいた。幹事が受付をやっていたから」

「いきなり佳境に入った。それで何と言ったんだい、君は。彼女は？」

「受付をすましただけだよ。ぼくは別に何も言わなかった。ちょっと頭を下げただけだ」

「彼女は？」

「向こうも、同じように頭を下げた」

「それだけですかぁ？」

「つまらなそうに言うな。金を払って会場に入ったよ」

「慰謝料か？」

「なんでぼくが慰謝料を払うんだ。会費だよ、もちろん」

「それからどうした？」

「みんなと挨拶した」

「なんて？」

「おお、とか。久しぶりだなとか。どうしてる、とか」

「もっと内容のある挨拶はしないのか？」

「みんなそんなもんだ。とくに男子はね」

「君らはみんなそういうふうかい？」

「あんたら関西出身の人間とくらべたら――」

「関西じゃない。四国だ、ぼくは。いっしょにしないでほしい」

「ぼくから見れば同じだけどな。とにかくあんたらみたいに軽薄にべらべらしゃべらないんだよ」

「軽薄とはなんだ。まあ、そういう誤解を受けやすいところはある。なら、君らはなんだ。鈍重――

もとへ。重厚と言えばいいのか？」

「なんとでも言ってくれ」

「それでどうなった？」

「どう、とは？」

「もう鈍重——じゃなかった、重厚な挨拶はいいから。どう展開したのか。君と彼女の再会物語は。そもそも君らは話をしたのか？　ああ、じれったい」

「したよ」

「ほう。君にしちゃ上出来だ」

「もう宴会も終わり近かった」

「じっとチャンスを待っていた？」

「いろんな友だちといろんな話をしてたんだ」

「ほんとは彼女と話がしたかったのに？」

「友だちとだって話したいさ。でも、そうだったのかもしれないな。心の奥では」

「それでようやくその時がきたと。君の方がそのチャンスを捉えて彼女のところへ行ったんだろうね？」

「いや、向こうからきた」

「こうだもの。朴念仁も大概にするがいい」

「そうなったんだからしかたないじゃないか」

「まあ、いい。それで話をしたと。どんな？」

「今どうしてるとか、これまでどうだったとか」

「それぞれどうして、どうなったんだ？」

「おれのことはもう言った」

「君の事はもういい」

ここで忠夫はちょっと考えた。眉の間に細かなシワが寄った。

「大きな農家に嫁いだこと。子どもを2人持ったこと。夫が脳出血で10年くらい前に亡くなったこと、とかね」

「後家さんになってたんだ。まだ若かったよね、そのご主人？」

「彼女より6つ上だけど、亡くなったときはまだ30代だったみたい」

「ふーん。で？」

「引き続き、嫁としてがんばってきたようだよ。舅、姑も健在だけど、もうすっかり隠居してるような気持ちだから、彼女が中心で家を盛り立ててきたんだ」

「なんかたいへんそうだね」

「だろうと思う。子どもが2人。夫が亡くなったときは、まだ小さかった。ほんの子どもだよ。夫は建設会社に勤めていたんだが、その収入が途絶えたわけだ。田、畑、山林はけっこうあったから、生活に困るわけではない。これまでは舅、姑と、彼女が農作業をしていた」

「知ってる」ここぞとばかりにぼくは言った。「それ、知ってる」

「知ってるって、何を？」

「そういうのを、3ちゃん農業と言うんだ。じーちゃん、ばーちゃん、かーちゃんの、3人でやるから3ちゃん農業」

「そういや、そんな言葉があったな。よく知ってるね」

「社会科で習った」

「と言っても、全部自分たちで耕作するわけじゃない。半分以上は人に貸してる。とにかく、普通に生活して行くには問題もなかった。だけど、月々の現金収入がこうして途絶えると、何かと不便でもあるし、不安もあったから、彼女はまた勤めに出ることにした。パートだけどね」

「後家の踏ん張りだね」

「なんだ？」

「そういう言葉がある」

「ああ、そうかね。で、もと勤めていた信用金庫にね。以前の上司が勧めてくれたそうだ」

「ふーん。よほど有能な人なんだな」

とても有能な人なのだ。いや、有能というだけではない。彼に聞いたのを要約して書くが、とにかく彼女の日々の仕事の分量が生半可なものではなかった。

まず朝5時に起きて、農作業の段取りをつけて、朝食のしたくをして、みんなに食べさせて、子どもを送り出して、洗濯して、それから信用金庫に行く。お昼には飛んで戻ってきて、親たちのお昼を作って、また信用金庫へ。午後は4時に信用金庫を出て、買い物して戻ってきて、農作業。それから夕食の支度をして、後片付けして、云々。書くだけでもしんどいわ。

「すごいねえ！」ぼくは心から感嘆した。こういう人の話を聞くと、自分が何かに鞭打たれているような気がする。「それにしても大した体力だね」

「やっぱりスポーツやってたからかな。インターハイにも出たくらいだからね」

「器械体操だったよね」

「大学に進学して体操を続けたらと、顧問の先生は勧めてくれたし、来いと言ってくれる大学もあったみたいだけど、彼女はそうはしなかった。自分の母親が病弱だったんで、新潟から離れたくなかったそうだ」

「もったいないような気もするぞ」

「まあ、そういう選択をするところが、あの人なんだ。でもね、ごくたまに体操をやりたくなることが、若いころにはあったらしい。嫁いだのちのことだけど、稲を刈り取ったあとの広々とした田んぼにいたとき、ふと体操の虫が騒いだ。あたりに人はいない。そこで思わずやっちゃった」

「何を？」

「助走、側転、バック転、そしてバック宙、1回ひねり」

「うはあ！　野良着に姉さん被りでか？」

「そうなんじゃないかな。姉さん被りではないと思うけど。だけど、考えてみりゃ、あぶないよな。稲の刈り株が残ってるし、平らじゃないだろうし」

「さすがはインターハイだな」

「それからときどきそんなことをやったりしてたらしい。でも、近所の誰かが見てたんだろうな、噂がたって」

「どんな？」

「本家の――あ、彼女の嫁いだ家はそのあたりでは本家と呼ばれてるんだが――本家のアネサはキツネが憑いてんぞ、って」

「まあ、そう思われてもしかたないかも」

「別にそんな噂なら大したことじゃないんだけど、あまり目立ちたがらない性分だから、もうトンボ返りはやめたんだって、笑ってた」

「ものすごくカッコいい人だね」

「そうかね」

「とにかく、久しぶりに会って、そういう話がはずんだと」

「おれのこともいろいろ聞きたがった。いや、聞いてくれたって言うべきだな」

「で、なんて言ったんだ、君は？」

「ありのまま。仕事ばっかしてる、ほかにやることないし、って」

「ふむふむ」

「すると、忠夫くん、ギター好きだったよね、ギターは弾いてるんでしょ、って言うから、もう何年も弾いてねえってったら、急に泣き出した。泣き声は出さずに、涙、ぽたぽた落として」

「ほう？」

「どうして、どうしてそんなことになるの、って」

「うん」

「どうしておかみさんももらわねえで、ギターもやめんだよ、って。忠夫くんはギターやめちゃあ、だめだよって」

「そのとき、自分でもよくわからないんだけど、ほんとにまた心臓がきゅーっと絞られるみたいに痛かった」

「今度こそ心筋梗塞かな」

「そうじゃないって。だけどほんとに痛かった。それで、自分がどんだけ大切なものをいっぱいなくしてきたか、痛烈に思い知った——ような気がした」

「とにかく、それから交際を復活させる方向に話が進んだと？　以前のあれを交際と呼んでいいものなら」

「いや、そうではない。そのあとすぐほかの友だちがわいわい加わってきたから、彼女との話はそれでおしまい。あと、タクシー呼んでみんなで2次会行ったしね」

「ああ、じれったい！」

「でも、2次会が終わってから、彼女を送って行った。タクシーで」

「上出来じゃん！」

「彼女のほうから、帰る方向が同じだから、忠夫くん、タクシーで行こうって言ったんだけど」

「これだもの。でも、まあ、よかった。で、次にまた会う約束をとりつけたと？」

「そんなことは言えなかった。苦手なんだ」

「それはよくわかっているんだが、なんとかならんのんかいね、まったく、この男は？」

「タクシー降り際に、彼女が手紙書くからって」

「ほう。君は？」

「うん、て言った」

「それだけか？」

「うん」

「ああ、ああ！」

「そういう男なんだな、おれは」忠夫はここでごく穏やかな声で言ったのだが、その口調とは異なって、それは実にさまざまな思いを秘めた切ない呟きだったのだ。

その翌日、忠夫は何事もなかったかのように東京に戻ってきたのだが、表面上はそう見えても、実は何事かあったのである。その何事かはもっぱら胸のうちで起こったから表面は何事もなかったように見えたわけだ。それは鈍い痛みとして忠夫には意識されていたが、その痛みが彼のよし子への思いが作り出しているのだということは、いかに東日本朴念仁チャンピオンの忠夫にも自覚された。そしてその痛みが実はもう20年も続いていることも、思い知った。それは胸の奥底に埋もれてはいたが、ずっとそこに熾火のように静かに静かに燃え続けていたのである。

だが、それをどうすることも忠夫にはできなかった。なにしろ忠夫だもの。だがほどなくその苦しみを癒す(と言っていいのだろうか)かのように、手紙がきた。ぼくはその手紙の内容を根気よく聞きだした。それをここに再現する。可能な限り正確に再現するつもりだが、そこは人のやることだから。まあ、文責、忠夫くん、ということで。

お盆も過ぎて、ときどき寒い夜がありますが、忠夫くん、風邪なんかひいてないよね。昔から忠夫くん、風邪ひいたことなかったね。

久しぶりに、ほんとに久しぶりにお顔が見られて、そしてお話ができてとてもうれしかったです。忠夫くん、ちっとも変わってなかった。そりゃシワができて、髪に白いものがちょこっと混じってきて、おじさんにはなったけど、それでもやっぱり昔のままの忠夫くんだったよ。

わたしは、いろいろあったから、ずいぶん変わったでしょう? なんか、忠夫くんよりずっと年上になったような気がしました。かと思うと、やっぱり昔のままみたいな気もしたし。

わたしは何を書いているんだろう? 伝えたいことがいっぱいあって、あふれるほどあって、それでも何を書いていいかわからない、そんな気持ちです。だから、今こうして目をつぶって、頭に浮かんだことを書きます。一番書きたいことを書きます。それはね、忠夫くん、忠夫くんがもうギターを弾かなくなったということです。

忠夫くん、ちっとも変わってないとさっき書いたばかりだけど、そしてそれは嘘でなくて、わたしの目にはそう見えたのだけど、わたしの知らなかったところで忠夫くんが変わっていたと知りました。だってもうギター弾くことはないんだって、笑って言ったよね。わたしはびっくりしました。この世で一番ありえないことだと思ったのです。だけど、あんまりびっくりしたから、そのときは何も言えませんでした。そして、あのあと家に帰って泣きました。こんなこと言って、忠夫くん、不愉快になるでしょうけど、わたし泣きました。何時間も、何時間も。それで、泣き寝入りに寝ました。

こんなこと言わなくてもいいのはわかってるけど、どうしても言わずにいられません。ごめんなさい。考えてみれば、わたしが忠夫くんに手紙書くの、初めてだよね。その初めての手紙でこんなこと書いてる。

高校時代。わたしたちは別々の高校に行ったけど、わたしは同じ高校だったような気がしています。それは、忠夫くんのギターをわたしがずっと聞いていたからです。

忠夫くんは知らなかったでしょう？　わたし、ほとんど一日おきくらいに忠夫くんが「スタジオ」と呼んでた納屋に行ってたんだよ。ほんとは毎晩行きたかったけど、さすがに親になんか言われそうだから辛抱したの。行くときは、忠夫くんのギターの練習、見せてもらいに行ってくるって言って出てきたの。それなら、親は心配しないから。忠夫くん、うちの親に評判よかったんだよ。子どものころからね。でも、毎晩だと、さすがになんか変に思われるかもしれないからね。いちんちおきでも、呆れられてたくらいだし。とにかく、そんなふうにして聞きに行ってたのよ。

どうして言わなかった、どうせ見学にくるんなら、スタジオの中で見てりゃあいいじゃねえか、って、忠夫くんはそう思うでしょう。そうしようかとも思ったんだけど、わたし、大事な練習の邪魔したくなかったの。気にしねえよ、って忠夫くんは言いそうだけど、でもね、人がいるのといないのとでは、違うんだよ、やっぱり。

わたしは外で聞いてるので十分だった。なんて言うんだろ、日ごろはカジカみたいに無口な忠夫くんがギターを弾くと、すごく雄弁になるの。もちろん、口で喋るんじゃないよ。ギターがね、まるで忠夫くんの代弁してるみたいに、もう自由自在に、ものすごく楽しそうに歌うんだよ。そうか、忠夫くんの心の中にはこんな思いがあったのか、って、わたしびっくりした。それを邪魔する権利は、わたしにも誰にもないんだよ。わたしはそういう忠夫くんのお喋りを、聞いてるだけで満足だったの。

晩御飯がすんでしばらくしての、8時ごろ。忠夫くんはいつもその時間になると母屋からスタジオの納屋にきたよね。そんで、10時ごろまでギターの練習してた。それ以降も弾いてたけど、アンプっていう機械はもう使わない。一度お父さんに、近所迷惑もたいがいにしろって、叱られたからって。でも、アンプっていうの使わないで弾いてたの、わたし、知ってるよ。だって、聞いてたんだもの。アンプ使わないと、ギターって、コロコロ、コロコロって、コオロギの声みたいな音なんだね。でも、ちゃんとメロディがある。コロコロ、コロコロって、しきりに歌うの。アンプ使った音のほうがもちろんいいんだろうけど、わたし、コロコロも好きだったよ。すごく可愛らしい歌なんだもの。

そうやって練習して、最後に、「よしっ」て言うんだよね、忠夫くん。それから、いつもあの〈急がば廻れ〉っていうのを弾いてそれがお仕舞いの合図。

わたしは納屋の窓――雨戸みたいな木の戸が閉められてたけど、そして内側からは古い畳を取り付けてたけど――そこが一番音がよく聞こえるから、わたしはその窓の下に腰を下ろして、泥壁にもたれて聞いてるんだけど、最後の曲が終わらないうちに、「おやすみ、忠夫くん」って言って家に帰るの。そんなことを、ほんとに、風邪引いたりしてるとき以外は、ほとんどいちんちおきくらいにやってたの。今の言葉で、ストーカーだね、まるで。でも、ああやって忠夫くんのギターの練習を聞いてたのが、高校時代の一番の楽しみだったよ、今振り返ってみると。

でも高校を出ると、忠夫くんは東京に行った。わたしは残って地元で就職した。ばらばらになったわけだけど、ときどきあのギターの音が耳の奥によみがえってくるの。あのコロコロって、音もね。

やがてわたしは結婚した。子どももできた。もうすっかり別の道を歩いてんだなと、思ったよ。忠夫くんは忠夫くんで、結婚して、やっぱり子どももできて、きっと幸せに暮らしてるんだろうと思ってた。幸せな思い出は、そのまま、幸せな思い出として、ずっと胸の中にしまっておこうと思っていた。それ以外のことは全部忘れてしまおうと思ってたの。

わたしも忙しかったから、ほんの時たまギターの音を思い出すくらいだった。忠夫くんのおじいちゃんが亡くなってからは、里帰りしても忠夫くんの実家に顔出すこともなくなったし。だから知らなかった。

知らなかった。同窓会でほんとに久しぶりに会って、話を聞くまでは。

忠夫くんがまだ結婚してないこと。忠夫くんがギターをもう弾かなくなったこと、を。

わたし、ほんとに悲しかった。なぜかわからないけど、ほんとに辛くて辛くて、ひと晩中泣きました。どうしてこんなことになっちゃったんだろう、って。

忠夫くん、あなたは幸せにならなければいけません。こんなこと言ったら、おれは幸せだよって、忠夫くんはきっと答えるでしょう。

でも、それはうそです。少なくとも、わたしが忠夫くんにそうなってほしい、幸せではありません。へんなこと言ってる？　へんな日本語？

うまく言えないけど、わたしが思うような幸せではないと思います。

もう一度言いますが、忠夫くん、あなたは幸せにならなければいけません。それはね、忠夫くん、あなたの義務です。

そのために、いい人を見つけて結婚してください。なんならわたしが探します。絶対にいい人がいるはずです。

そしてそれよりも先に、またギターを弾いてください。忠夫くんはどんどん、どんどん心を内側に向けて行く性分です。それはね、忠夫くん、心の健康によくないです。高校生のころ、忠夫くんがギターを弾くのを聞いて、わたしはとても楽しかったと言ったけど、それ以上、とてもほっとするような、安心するような気持ちだったのです。ああ、忠夫くんの心は幸せとエネルギーに満ちているって、そのときはそういう言葉で考えたわけじゃないけど、きっとそんなふうに感じていたんだと思うの。

だから、結婚もそうだけど、何より、ギターを再開してください。忠夫くん、あなたには、それが絶対必要なのよ。わたしはあのとき、忠夫くんの笑顔の底にある疲れ果てたような悲しみに、確かに触れたの。いったい、これはどうしたことだろう、って。少年時代の忠夫くんはあまり笑わない子だったけど、あんな悲しみとは無縁だった。大人になって、再会した忠夫くんは、ずいぶんと世間並みに笑顔をよく見せるようになったけど、それが大人になったということかもしれないけど、その底に、わたしが見たことのない悲しみが、ずーんと淀んでいたのです。

とにかく、なにはともあれ、どうかまたギターを弾いて。そしてまたわたしに聞かせてください。

そうなれば、どんなに素敵なことだろうと、わたしは思います。

お願い、忠夫くん、そうしてください。

よし子

およそこのような手紙だったそうだ。

「ものすごく長い手紙だな」と、ぼくは言った。

「そうだね」唐松忠夫は言った。

「相当ヘビーな手紙とも言える」

「そうかな」

「そして、なんか、こうすごく胸を打つ要素がある」ぼくは言った。「なんか、ちょっと泣けそうな気がしてきた」

「うん」

「で、どうした？　返事は書いたのか？」

「書いた」

「なんて？」

「またギターを弾く、って」

「ほう。それからほかには？」

「それだけ」

「あちゃー、これだもの！　忠夫くんは手紙も朴念仁なんじゃなぁ！」

そして忠夫くんは、次の休みの日に御茶ノ水に行って、エレキギターと小さなアンプを買った。ギターは中古のUSフェンダーのジャズマスターで、アンプは国産のものだったそうだ。

こうして唐松忠夫は再びギターマンとなったのであった。

以後、2人は文通を始めた。

その手紙の分量は、相当にバランスを欠いていると思われる。なにしろ、忠夫君のことだから、すごく寡黙な手紙に違いない。相手の栗田よし子さんのほうは、毎回心のこもった長いもんだろうな、きっと。

そして年に2度、盆と暮れに忠夫は帰省する。今は兄が実家を継いでいるそうだ。そして、よし子さんと会ったりもする。

「カジカを突くんだな」と、ぼくは言った。

「突かないよ。子どもじゃないんだから」

「じゃあ、納屋でギター弾いて聞かせるのかい？」

「ギターは持って帰ってないから、弾けないよ。ただ、会って話をするんだ」

「君がかい？」

「話ぐらいする」

「すぐ話題がなくなるだろう？」

「それが、そうでもないんだね」

「何の話をするんだよ」

「じれったそうに言うなよ。これまであったこと、見たこと、聞いたこと。聞かれるから、仕事の話とか」

「そんなの聞いて面白いか？」

「知らないよ。でも、面白そうに聞いてくれる。でも、話するのは向こうが主だな」

「そうだろうとも」

「そんな話を、飯食ったり、お茶を飲んだりしながら、するんだ」

「楽しいかい？」

「うん」

「率直に言うね。それならさ、いっそのこと、結婚しちゃえばいいんじゃないか？」

「簡単に言うけどね」

「好きなんだろ、子どものころからずっと？」

「あ、うん」

「向こうも？」

「たぶんそうだと思う」

「だったら結婚しちゃえばいいじゃないか、じれったいな。向こうは後家さんで、君はもらわずヤモメだし」

「もらわずヤモメ？」

「未婚独身男。な、いいじゃないか？　そうしな。結婚しちゃいな」

「そう簡単にはいかないよ」

「なんで？」

「向こうの立場もある。なにしろ、本家のアネサだよ。今では粟田のうちを、彼女が支えているんだよ」

「なるほど。じゃあ、君が粟田のうちに婿として入るというのはどうだ？　それがいい。そうしな」

「そんなわけにはいかないよ。それに――」

「それに、なんだい？」

「今のままでおれは十分楽しい。年に2回くらいは会えるんだし、手紙もくれるし」

「毎日会えなくてもいいのか？」

「そりゃあ、そうなれば最高なんだろうけど、無理をしてよし子にしんどい思いをさせたくないんだ。もし、一緒になれるものなら、きっと将来なれるんだろう。なれるものなら、それは、自然にそうなるんだろう」

忠夫は何年も先を見るかのように目を細めて呟くように言った。

そうなのかもしれない。忠夫の方針が賢明なのかもしれない。ということなら、ぼくとしては、その日がきっと、1日も早くくることを祈るだけである。

7．八王子一の孤独なドラマー

さて、あるいはもうお忘れかもしれないが、東日本一の朴念仁ギターマンとぼくとが出会ったのは、八王子にあるパブで、その店の名を「マージー」といった。

ぼくがこの店に入ったのは偶然には違いないのだが、もしその店の名がこれでなかったら、その偶然は起こらなかっただろう。つまり、ふと偶然にビルを見上げて、偶然目にしたその名が、偶然「マージー」で、偶然ぼくという男が偶然その名に一方ならぬ関心を抱いていたわけで、ここまで偶然が重なればそれはもう必然というか、運命と言っていいことだったのかもしれない。

マージー（Mersey）とは、英国はリヴァプールの町を滔々と流れてアイリッシュ海に注ぐ大河の名である。リヴァプールと言えば、ビートルズの生地であり、他にも多くのロックバンドが生まれた。そういう若者たちの音楽を、日本では「リバプール・サウンド」などと呼んだが、本国などでは、「マージー・ビート」と呼んだ。その「マージー」だ。そういったバンドの1つに、ジェリーとペースメーカーズというのがいたが、（日本での）彼らの最大のヒット曲が〈マージー河のフェリーボート〉である。そしてこれはリヴァプールの国歌みたいな存在で、大変な名曲なのだった。

（リバプールの）街角に立つ人たちはみな、微笑みながらこう言っているように見える
おい、そこのあんちゃん、わしらはあんたの名前も知らんけど、
あんたを追っ払ったりなんかしないぞ
だからぼくはくり返し言う
ぼくはずっとここに留まると
マージー河を渡るフェリー
だって、ここはぼくの愛する場所
だからずっといつまでもここにいるんだと

この河は歌に歌われるだけあって、大した河だ。ぼくは2回ほどビートルズの聖地、リヴァプールを巡礼したことがあるが、河口のアルバート・ドック（このアルバートとはヴィクトリア女王の夫君の名だ。彼女は深く夫を愛しており、イギリスのいろんな建造物にアルバートの名がつけられている。たとえば、ロイヤル・アルバート・ホールとかね）に立ってこの河を実際に見てびっくりした。なにしろ、広い。まるっきり海だ。昔中学校の修学旅行で長崎の岸壁から対岸の造船所を眺めたときのことを思い出した。あんまり広いからフェリーで両岸を行き来するわけだ。日本なら矢切の渡しだが、この河には堂々たるフェリーが就航しとるわけ。その名を店名にしてるので、ぼくは大いに興味をそそられたというわけであった。

で、そのマージーだが、わりとゆったり広めで、内装が主に木材であるためか、イギリスのパブ風と言えなくもない。店主はそれを期待したんだろう。そしてぼくの好みにも合った。なら、以後はパブ、マージーと呼ぶことにしようか。

だがその店主は、英国のパブのオヤジのようでは全然なくて、なんだか、気の弱そうな、人の良さそうな、人見知りのような、頼りないような、あんた、大丈夫かと、つい言いたくなるような男だった。

大いに気に入ったその店のオヤジの名を聞きだすのさえ、なかなか手間がかかった。

「いい店ですね。すっかり気に入りました。ぼくは藤原竹良といいますが、マスターは？」

「………」

「はい？」

「………」

「なんとおっしゃいました？」

「何言ってるのか、わかんないだろ」と、横に座っている唐松忠夫が言った。第5章で書いたようにぼくらは出会ったその晩からもうすっかり親しくなっている。そんなぼくらを嬉しそうに眺めているマスターとも仲良くなりたかったから、まずはその名前を、と思ってぼくは尋ねたのだった。「なんだろね、この人もう国宝級にシャイなんだわ。マスター、自己紹介しなよ」

「………」マスターは、焦って懸命に何か言おうとするのだが、その声はハエの羽音よりも小さかった。

「しかたねえな。じゃあ、おれが通訳すっか」忠夫は言った。「マスターはね、殿塚《とのづか》護《まもる》とおっしゃる。なんか、えらそうな名前だろ？」

「いや、すごくぴったりの名前だと思うよ」

どうしてかはわからないが、そのときほんとそう思ったからそう言った。殿様の塚——すなわち、墓所を護る人ということになるか。要するに、あっぱれ忠義の士、ということだ。やっぱり、ぴったりだと今改めて思う。

ともかく、ぼくの言葉に殿塚護氏は、恥ずかしそうだけど、とても嬉しそうな顔でうなずいた。「昭和25年生まれ、だったよな?」忠夫は続けた。「だから、おれと同じであんたよりか1つ下だね」

マスターはまた嬉しそうにうなずいた。いつもこんな風で、なら名前は「殿塚さん」ではなく「まもるクン」と表記するのがピッタリのような、可愛い親父なのだった。

「それでもって」忠夫も愉快そうに続ける。「それでもって、独身。ずっと独身。結婚したことがない。これもまたおれと同じ」

まもるクンはまた嬉しそうにうなずいた。何が嬉しいのかとも思うが、その顔を見てるとこちらまでなんだか嬉しそうな気がしてくるのが彼の人柄か。

そんな風に、忠夫の通訳で、マスターの身の上についてあれこれ聞いたのだが、そのまま忠実に再現するのは、書くほうのみならず読むほうも骨だろうから、まとめて書くことにする。としても、なかなかボリュームのある内容で、もちろん1晩ですべてを聞いたわけではない。以後、ぼくら3人はうんと親しくなるのだが、そうした付き合いの中で、折に触れてあれこれ質問などをして、ときにはメモも取りながら、ぼくが知るにいたった殿塚護氏の来し方である。


まもるクンこと殿塚護は、1950年の6月の梅雨の晴れ間の美しい日に、ここ八王子で生まれた。父を早く亡くして母子家庭で育った。独りっ子である。

家業は居酒屋だった。板前だった父が元芸者の母と一緒に始めた店だった。父が若くして亡くなったあとは、母親が1人で店の切り盛りをした。人を雇うこともあったが、基本的に母1人で営業した。

店は「登仙御殿《とうせんごてん》」という名で、かつては八王子の花街、三崎町にあった。登仙とは、「羽化登仙」なる成句に由来し、御殿なる語は殿塚の姓にちなむのだろう。なかなか床しい屋号である。だが、そこに雑居ビルが建つことになって、その店と土地を売って現在のこのビルに移った。こちらも雑居ビルである。同じ雑居ビルならもとの場所に新たに建った方に入ればいいじゃないかと思う向きもあろうが、その経緯はつまびらかにせず。

さて、母に溺愛されて育った独りっ子のまもるクンは、中、高と、無視されるかイジられるかして卒業した後、都心の大学に通って、商学部を6年かけて卒業した。なにしろグズだもの。だけど大学ではイジられなかったそうだ。無視されてたんだろう。で、就職しようと今でいう就活をやったが、全部不成功。まあ、そりゃそうだろう。ぼくが人事部長だったとしても落とすかもしれない。愛すべきキャラなのはひと目でわかるが、会社に多大の利益をもたらして貢献するタイプにはとんと見えないもの。

さてこれからどうするか、ということになった。母は決断が早かった。

「あんた、うちの店の従業員になりな」

「……」と、まもるクンは答えた。「はい、わかりました」と、本人は言ったつもりだったそうだ。こうなることは母もあらかじめ覚悟していたようだ。あんな性格だからまともに会社勤めができるわけのないこと、親ならわかる。ふん、夫が作ったこの店をやがて息子が継ぐなら言うことないじゃないの。

おっかさんはサバサバした気性で、もとはこの八王子の花街の売れっ子芸者で、滅法きっぷがよかったようである。

いったい八王子は甲州街道の一大宿場町で、絹の名産地で大いに栄えた（八王子は桑都《そうと》なる異名を持っ)。かつては芸者さんもいっぱいいたそうだ。その花街文化も戦後はしだいにすたれてしまったが、現在はまた盛んになっている。黒塀通りというのもあって、芸者になろうという若い娘さんも出てきて、将来有望な観光要素の1つとなっているらしい。残念ながら、ぼく自身芸者遊びをしたことが一度もないから詳しいことは知らないが、まあ、八王子市民として喜ばしいことのように思う。

それはともかく、それから10年余りまもるクンはみっちり仕込まれた。そしてある日おっかさんは突然こう言った。(そういえば、昔ジャン・ポール・ベルモンド主演の『ある晴れた朝突然に』というステキなタイトルの映画があって、その主題歌がヒットしたっけ。残念ながらその映画は見てないけど。)とにかく、こう言った、と。

「今日からこの店をあんたに譲る。好きなようにやっていきな」

「……?」と、まもるクン。(じゃあ、おっかさんはどうするの?　と言ったつもり)

「今日まで後家の細腕でがんばってきたけど、今日から好きなように生きるんだ。あんたも一人前になったことだし。少なくとも歳はね。じゃあ、任せたよ」

そう言っておっかさんはまもるクンに、帳簿、金庫の鍵、店の貯金通帳など全部渡して、しごくあっさりと引退したのだった。

「……(ぼくにできるかな)?」と、不安げなまもるクン。

「できないわけがあるかい」とおっかさん。

「……」と、うなるまもるクン。うなり声も、なんだか不明瞭で、うなったんだか、ただ息を吐いただけだかわかりづらいが、この場合はうなったのであった。

「なにもこの店を今の状態のままで維持しろたぁ言ってないのよ。あんたの好きな店にすりゃあいいんだよ。居酒屋じゃなくてさ、若い人向きのハイカラな店にすりゃあ、いいんじゃないの。ほら、パブでも、ラウンジでも」おっかさんはハイカラな言葉も知っている。

「……（なるほど、そうか）！」と、不明瞭な小声ながら、まもるクンは（彼なりに）力強く叫んだのだった。

まもるクンは思いついたのだ。そうだ、イギリスのパブ・スタイルの店にしようと。それも、あのビートルズがよく訪れたという「グレープス」というパブとか、あるいはビートルズがまだリヴァプールでうろうろしていたときに出演させてもらったカスバ・クラブというコーヒー・ハウスみたいな雰囲気の店にしよう、と。まもるクンはビートルズの大ファンで、その関連本なども読んでいたからそんなことを考えたのだった。

そこで、両親と懇意にしていた大工さん（今は工務店と称しているが）にきてもらって相談した。

これが大変だった。まず、まもるクンは自らの意志を伝えるのが大の苦手である。しかも、異国の酒場の内装の説明である。

そして相手が生粋の八王子っ子で、かなりトラディショナルな志向の大工さんである。

「だけどよ」と、棟梁は辛抱強くまもるクンの説明——それは説明と言うより昔のテレビ番組「ジェスチャー」の出演者の身振りに似ていたが——を聞いた、あるいは見た後、言った。「ま、だいたいのところはわかったけんどね」嘘である、わかるわけがない。「要するに、こう、ハイカラにするんだな？」

まもるクンは、ただハイカラなだけじゃない、イギリス調なのだと、なおも説明しようとしたが、棟梁は、わかった、わかった、いいから任しとけと言った。

まもるクンは、この棟梁がこの登仙御殿の内装も担当したということを知っているから、ほいほい任せる気にはなれなかった。そこで、本屋さんや、西八王子にある図書館で、イギリスのパブの内装を写した写真がないかと探した。ビートルズ関連の本に、イギリスのパブの写真はあったのだが、それはヴィクトリア朝時代風のけばけばしいパブの、しかも小さな白黒写真だったのである。だもんで、もっとシックな大きなカラーの写真はないかと探したのだが、結局見つからなかった。だから、棟梁にそのヴィクトリアン・パブの写真を見せた。

　棟梁はしばらく頭をひねっていたが、やがて重々しくうなずいた。

「要するに、板張りの壁にしろってこったな。こう、こげ茶色のよ？」

　まもるクンはうなずいた。

「わかったよ。燻したみてえな板だな。だけんど、こういう渋いってえか、地味な板でいいのかね。年寄り臭くねえか？　最近は、化粧合板使って、こう派手な色にするのがはやりなんだけんどよ？」

　それには及ばない、渋くて年寄りくさいのがいいんだということを、まもるクンはなんとか伝えた。

「わかったよ。そういう注文ならそうすら。そうだ、前に別の店の改装したとき、そこで使ってた小さい提灯がいっぱいあんだ。電球入れてよ、こう、カウンターの上にずらっと並べて灯《ひ》ぃ点けりゃ、おめえ、ぐっと賑やかしくなるぜ。よかったら、ただでくれてやるから、取り付けるかい？」

　ありがたいが、それには及ばない、と、まもるクンは苦労して伝えた。

　工事のあいだも、まもるクンはつきっきりだった。棟梁の腕は信頼できたが、センスがとうてい自分とは相容れないことを知っていたからだった。

　床も壁板もオイルをしみ込ませた、チャコールに近いこげ茶の板が、まあ、とてもシックだった。

そしてそのオイルと板の匂いが、実に心地よかった。

　改築のお祝いとして、棟梁がカウンターをプレゼントしてくれた。以前、古い家を取り壊してマンションにする工事を請け負ったとき、不要になったケヤキの一枚板の、1・4メートル×4メートルくらいの巨大な座卓を棟梁は貰い受けていたのだが、この日まで倉庫に眠ったままだったのだ。それを棟梁はうまく切ってつなぎ合わせて、0・8メートル×6メートルくらいのカウンターに仕立てたのだった。分厚いケヤキの板だと、なんだか和のテイストみたいだけど、実にしっくりとこのマージー（という名前はすでに決まっていた）の内装と調和した。全ての部分が滑らかな曲線で、それがもともとの木目とあいまって、いや、とても美しいとぼくも認める。

「この上で酒飲みゃあ、おめえ、2級酒も特級酒になるってもんだよな」と、棟梁自身も自分の作品に大満足だった。まもるクンは隅から隅まで、端から端まで、幾度も撫でた。涙まで出てきたものだった。

窓は、上部がアーチ型になった、上下にスライドして上げ下げする式のにした。もっとも営業中は開閉したりしない。飾りの窓である。その窓枠は、やはり棟梁の倉庫に眠っていた廃材を活用した。それで、これまたとてもいい味が出たのである。

照明は、古めかしい感じのシャンデリアが選ばれたが、棟梁の懇意にしている電気屋が安く取り付けてくれた。カウンターの上にも、外からは見えない格好に、スポットライト型のランプが3つ、取り付けられた。形はスポットライト風でも、とても穏やかな灯りである。

テーブルと椅子、そしてカウンター用のバー・スツールは、八王子郊外の大きな中古家具店でアンティーク風なのを揃えた。揃えたと言っても、どれも大きさ、高さが違うのだけれど、慣れると不思議と気にならない。

そしてまもるクンはこの新たな自分の店で一番大切と思う設備に取り掛かった。ほかでもない、オーディオ装置である。先に書いたことをもっと詳しく書くなら、まもるクンはビートルズが大好きで、その流れでビートルズと同じリヴァプール出身のバンドが大好きであった。そして、自分が飲み屋をやるのなら、是非リヴァプールのパブ風の店にしたいと思った。それで、店の名をマージーとしたわけだった。そして、もしそうなら、その店はマージー・サウンドが流れていなければならない。なら、音響装置だ。そして、もしそうなら、その店はマージー・サウンドが流れていなければならない。なら、音響装置だ。上を見ればキリがないが、高域も、中域も、低域もしっかり豊かに出る装置。自分がこれまでうちで使っていたのよりも上の、しっかりした装置を取り付けよう！

そこで、改装をやってくれた大工さんに、音響に強い電気屋さんを紹介してもらった。この大工さんはこれまでレストランやパブ、そしてカラオケ店のリフォームの仕事もしてきたので、そういう知り合いはいっぱいいる。

そこで、その音響電気屋さんと相談して、レコード・プレーヤー、CDプレーヤー、アンプ、スピーカーを選んだ。それぞれあまりにいっぱい種類があって、選ぶのに困るほどだった。スピーカーは、さほど大きくはないがしっかり豊かな低音を出す英国製のものにした。高域はちゃんとクリアだが、全然とんがってないのが見事。クラシック音楽が好きだというこの電気屋さんが勧めたものである。この左右のスピーカーをカウンターの後ろの壁の上部、一間幅の酒瓶やグラスのラックを挟むかっこうに取り付けた。成人男子の胸くらいな高さである。そして、カウンターの反対側の奥の壁の両端に、やはり英国製の一まわり小さなスピーカーのペアを、こちらは頭の高さに取り付けた。スピーカー4個がフロアを取り囲む格好である。ほんとはもっと低い位置に取り付けたかったが、テーブルや椅子を置く都合で、そうもいかないわけである。さらに、オーディオの本で知った、重低音増幅のためのスーパー・ウーファーというのも取り付けるのはどうだろうと、その本の該当箇所を指さしながらまもるクンが懸命に説明したところ、電気屋さんはあっさり却下した。

「それは余計なことだね、こんないいスピーカー使ってるんだもん。無駄という以上に邪魔になる。音がこもるだけじゃなく、中・高域とのバランスも崩れて、音がこんぐらがって抜けなくなる。最近、やたら低音、低音て言うけど、どうかと思うね、ぼくは。何事もバランスだよ。せっかくいい音で鳴るものを、もったいない」

まもるクンは何度もうなずいた。

そしていよいよ試聴となった。まもるクンはうちから持ってきたCD、LPレコードの中から、ジェリーとペースメーカーズのLPを取り出した。《The Best Of Gerry And The Pacemakers》というアルバムである。ジャケットは、リーダーのジェリー・マースデン（正しくはマーズデンと発音するようだが、日本ではマースデンで定着している）のグレッチのギターを、ジェリーとメンバーが綱引きみたいに引っ張り合ってる写真だ。まもるクンは慎重にジャケットからレコードを取り出すと、ターンテーブルに載せた。B面である。そしてその一曲目に針を置いた。流れ出したのは、先にぼくが紹介した名曲、〈マージー河のフェリー・ボート〉である。そりゃ、これしかないだろう。

…………

マージー河を渡るフェリー

だって、ここはぼくの愛する場所

だからずっといつまでもここにいるんだと

…………

まもるクンはそのLPを聞きながら、静かに、しみじみと涙を流したのだった。

そしてレコードとCDのラックも、カウンターの右端近くの壁に作ってもらった。つまり、カウンターの出入り口近くということである。

音響電気屋さんは、カラオケは入れるのか、と聞いた。入れるなら、業者を紹介するよ、と。まもるクンはおびえたような顔で小さく、だけど決然と、首を左右に振った。まもるクンはどうしてもカラオケが好きになれないのだった。電気屋さんはちょっと驚いた。こういう店でカラオケがないのはむしろ珍しいからだが、すぐ納得した。まもるクンがどういう音楽ファンであるか、これまでの会話とも言えないような会話で把握していたからだろう。

「音響の具合はどうですか？　満足した？」電気屋さんは念のために聞いた。

まもるクンは小さく、だけど決然と、今度は首を上下に振った。その目には、満足感と感謝の気持ちが溢れていた。

電気屋さんも嬉しかった。こんな風に喜んでくれる客はこれまでいなかったのだ。こっそり少し値引きしようかな、とさえ考えた。結局はしなかったけど。まもるクンは10代のころはいわゆるいじられキャラだったが、不思議と内向的な人には好かれるタチで、この電気屋さんも、密かなる自分の趣味の王国を持っている内向的な人だったのだ。この電気屋さんも無口な人だったが、まもるクン相手だとどしどししゃべれた。それが自分でも不思議だった。とにかく以後電気系の問題は、音響以外でもあらかたこの電気屋さんが見てくれることとなったのである。

ところで、まもるクンみたいな音楽ファンだと、自分でもやってみたいと思うものである。もちろん聴くだけでも十二分に楽しいのだけど、このような素晴らしい音楽の世界に自分も加わってみたいと思うもので、そういう事例は枚挙にいとまがない。かく言うぼく、すなわちちっくんこと藤原竹良も同じだった。それについては前作の『青春デンデケデケデケ』を参照されたい。

そして、ちっくんの場合は、ギター、それもエレキギターだった。高校1年生のまもるクンが最初に手にしたのは、フォークギターともクラシックギターとも決めかねるような、昔よく見かけたギターだった（ぼくも学生時代に同じようなギターを持っていたことは、先に書いた。昔はそんなタイプのギターがけっこうあったのである）。まもるクンのおっかさんの弟、つまり叔父さんが若いころ小林旭になりたくて手にいれたギターだった。叔父さんの演奏技術はまるで向上しなかったが、叔父さんはカウボーイハットを被ってギターを背に担ぐだけで満足だったのである。そのギターをまもるクンは譲り受けたのだった。まもるクンが高校1年の時のことだった、というから、（アコギとエレキの違いはあれ）ちっくんや唐松忠夫の場合と同じである。とにかくあのころ、日本中の少年の間でギター熱が爆発的に高まった。そして、それはギター少年がいっぱい出てきた、というだけではなく、若者たちが、それもごく普通の若者たちが、自分たちの手で音楽を作り出すことに目覚めるきっかけとなったのであった。

そこでまもるクンはギターの練習を始めた。だがその練習が困難を極めたのだった。なにしろまもるクンは教則本なしで始めたのである！

弦の合わせ方は小林旭ファンの叔父さんに教わった。

「この笛でよ」とおじさんはポケットから調子笛（ピッチパイプとも言うなり）を取り出した。「こうやってぴーっと吹いてよ、そんで合わすんだ」

笛は長さ五センチ、直径1センチくらいのパイプ（叔父さんのものはステンレス製だったようだ）を4本、横に並べて互い違いに少しずらしてくっつけてある。吹き込み口は2本が同方向だ。1つ吹いたらこんどは隣のパイプの反対側の吹き込み口から吹いて、さらに反対側から、という風に吹いて音を合わせる——のだが、問題があった。実はこれはバイオリンのための調子笛で、出る音は下から、ハ長調の、ソ・レ・ラ・ミ、つまり、G・D・A・Eで、バイオリンの4本の弦に対応するわけだ。だが、ギターの弦は6本、下から、ミ・ラ・レ・ソ・シ・ミ（E・A・D・G・B・E）である。

叔父さんはまもるクンにこう教えた。

「こうやってよ、この端《はじ》ッこの笛をピーと吹いてよ、合わせんだ。この端ッこの音はソだからよ、この3番目に細っこい弦とな、合わすんだ。ミの音の笛で一番細い弦と合わすやり方でもいいんだけんどよ、おれの経験からするとな、ソで3弦合わすのがいっと（一番）やりやすいな。いいから、そうしな」

まもるクンは言われた通りをやろうとして、笛を吹いた。

「ちょっと待てってばよ。おめえが吹いたのはミだてばよ。それで3弦合わしたらよ、〈春の小川〉弾いても〈われは海の子〉になるってんだよ。反対側の端ッこの、ソの音の笛吹くんだい」

まもるクンは目を白黒させながら懸命に調弦に取り組んだのだった。

見かねたおっかさんが、あたしの三味線で合わしたげようか、と申し出たが、まもるクンは首を振って断った。「……（大丈夫、おれ、やれっから）」

やったことがある人はおわかりだろうと思うが、笛とか、音叉とかで調弦するのは、たとえば絶対音感持ってる人なら、あるいはそこまでいかなくてもいい耳を持ってる人なら、さほどたいへんなことではないかもしれないけど、普通の人はなかなかたいへんである。つまり、音色が違う2つの音を合わせるのは、慣れないとどうもうまくいかないものである。音叉を使う場合も、やはり慣れるまでがたいへんだ。まもるクンが苦戦するのも当然である。なら、おっかさんの三味線に合わして調弦したらどうだったか。それだと、〈春の小川〉が〈祇園小唄〉になるかもしれない。

いや、そもそもバイオリン用の調子笛を使うのがまずいので、初めからギター用の調子笛にすればよかったのである。実際、ギター用の調子笛というのも販売されている。叔父さんは知り合いの、バイオリンをかつてやっていたお姉さん（あるいは元お姉さん）から調子笛をもらった。もらったまま、なんも考えなかった。これさえあればギターの調弦はＯＫだと、固く思い込んだのだった。いや、ギター弦の調子を合わせるには、これしかないと思ったのだった。

まもるクンはそれでも懸命にがんばって、なんとか弦を合わせてギターの練習をしようとしたが、どうも上達しなかった。まもるクンは、教則本を買おうということをしなかった。思いつかなかったのである。このあたりの判断というか行動パターンは叔父さんに似ているかもしれない。とにかくレコードを聞きながら、同じように弾こうと練習を続けたが、とうとううまくいかなかった。それはそうだろうと思う。

まもるクンは心底がっかりした。自分は音楽に向いてないのだろうかと思った。きっとそうなんだ、そういう生まれつきなんだ、と。

今にもこぼれそうな涙をこらえながら、またレコードの針をシングル盤の最初に戻した。大好きなビートルズの〈涙の乗車券 Ticket To Ride〉である。すでに２００回は聞いたろう。このギターはなんて美しくてカッコいいんだろうと、まもるクンはまた思う。どうしてぼくにはこれが弾けないんだろう？

そのときふとまもるクンの頭の中に、歌とギターの音しかなかったまもるクンの頭の中に、今までとは違った音が入り込んできた。ドラムの音である。おや？　あれ？　へー！　とまもるクンは思った。ドラムだ！

と、そう考えたのだが、ドラムだ、と言われても、わからないだろう。それをわかりやすく書くと、まあ、こういう意識だろうと。

なんだ、このドラムは！　なぜか今まで意識したこともなかったけど、すごく楽しいじゃないか！

のったりしてるのにちっともモタついてなくて、とても気持ちがいい！　こんなドラム今まで聴いたことないや！

たしかにこの曲のドラム・ワークは素晴らしい。そう難しいことをしているわけでもなさそうなのだが、タイトで、重くて、だけど重くなり過ぎることなく、ギターや歌の踏ん張るようなリズムと、絶妙に絡み合っている。要所要所にドコドコドコの速叩きが入るくらいで、ドラマーはゆうゆうと、ゆったりと叩いている。スネア、タムタム、バスドラの音が、絶妙のタイミングで入ってくるのだ。

リンゴ・スターという人は、これまでのロック史上最高のドラマーだと言い切るつもりはないが、最もユニークなドラマーではないかとぼくも思っている。この時点でのまもるクンはまだ聴いたことがないが、ビートルズが後に出した《アビー・ロード》のA面の1曲目、〈カム・トゥゲザー Come Together〉のドラムは、腰が抜けそうだ。ほんとにびっくりする。リンゴ以外の誰も、こんなドラムをつけようとは思わないだろう。そして、やはり同じアルバムの〈サムシング Something〉は、リンゴのドラムから始るのだが、この曲の、6連譜を巧みに使ったドラム・ワークも、いかにもリンゴ・スターという感じの、素晴らしいものである（ついでに言えば、この曲のベースもすごい。ポール以外の誰もこんなベースのフレーズを考え付かないだろう。また、ジョージのうねるようなギターが奇跡的に美しい！　ビートルズはみんなとてもユニークな——おっと、これはここでは余談である）。

話をもとに戻す。まもるクンが〈涙の乗車券〉のドラムに感動したというところだ。

これだ、とまもるクンは思った。ぼくがやるのはギターじゃなくてドラムだったんだ！

飲み込まれるくらい音楽好きだった少年が、念願のギターを手に入れた。だが、自分はギターに世界一向いてない少年だと思い知った。胸が張り裂けそうな想いだったろう。ところがそこに、ドラムの響きが入り込んできた。まもるクンの心は再び燃え上がったのである。

ロックの神様はいるのかもしれない。そしてあのとき、神様は孤独な少年の耳にこうささやきかけたのだ。「おまえな、ロックを作っているのはギターだけじゃないぞ。ドラムもあるぞ。そしてな、おまえはドラムのほうに向いているのだよ」と。その魔法のような救いの言葉を、まもるクンはドラムの音の中にしかと聞いたのである。これはまことに感動的な光景である。

まもるクンはすぐさま楽器店に走った。ドラムは買えないからスティックを買った。

そして自分の部屋で、レコードを聞きながら、机の上に置いた椅子座布団を懸命に叩いたのだった。大人なら首を傾げるこの行動は、当時日本中で見られたものではないかと思う。ぼくが高校時代に所属していたバンド、ロッキング・ホースメンのドラマー、岡下巧君も、同じように最初はドラムなしで練習に励んだのである。今の高校生なら、すべてとは言わないけど、まずドラムを手に入れるのだろう。どちらがいいという問題ではない。時代が変わったというだけのことだ。ただ、言いたいのは、ドラムなしでドラムの練習をする少年のドラムへの愛は、ドラムを所有している少年の愛とくらべて、決して弱くも小さくもないということだ。いや、むしろその愛はより切なく募ったことだろう。

まもるクンはこうしてドラムなしのドラム練習を始めたのだが、小遣いを全部貯金しては、1つ、また1つとドラムのアイテムを買い揃えていった。最初は、タムタム。これがよくわからない。普通はスネアではないかと思うが、まもるクンの場合はそうではなかった。スネアというのは、両足で挟み込む位置に置く小太鼓で、一番叩くことが多い太鼓である。まあ、いずれは全部揃えるのだから、順番は別にいいわけだけど。そして叩くときは、タオルをかぶせる。近所迷惑にならないようにとの、いかにもまもるクンらしい配慮である。

次に、スネア。そしてハイハット。これは2枚のシンバルを、掌を合わせたような形に垂直の支柱で貫いてセットする。下部のペダルを踏んで上のシンバルを上下して音を出したり、スティックで叩いたりもする。これらもやはりタオルなどでミュート（消音）するのだった。

次に、大きなシンバル。そして一番大きな、バスドラム（これは座布団消音《ミュート》）。最後に、バスタム（フロアタムとも呼ばれる）。これだけ揃えるのに、およそ1年半の期間が必要だった。その間、もと芸者だったおっかさんは、たしか検番（芸者置屋の事務所）の物置に使われてない太鼓があったから、もらってきてやろうかと言ったりもしたが、まもるクンは首を振って断った。遠慮しないでいいのに、ヘンな子だね、とおっかさんは言ったものだ。

とにかく、これでドラムセットが揃ったわけだ。今はシンバルを何枚も並べたり、様々な大きさのタムタムをいくつも並べたりするのが当たり前みたいになってきたが、まもるクンのセットは必要十分と言っていいものだった。昔はベンチャーズもこんなのでやっていたと思う。

そしてまもるクンはビートルズの曲を次々に練習した。先の〈涙の乗車券〉の次に取り組んだのは〈抱きしめたい〉。ビートルズの初期の大ヒット曲で、日本での（そしておそらく他の多くの国でも）彼らの人気を決定的なものとした曲である。

前にもどこかで書いたことがあるかもしれないけど、気にしないで書く。

この曲は最初聞いたときはびっくりするが、すぐにその魅力のとりこになる。今まで聞いたことのないタイプの歌で、夢中になる。それはいったいなぜなんだろう、と。

メロディも思い切りユニークである。それまでアメリカのポップソングになじんだ耳にはとびきり新鮮である。もちろんそれが魅力の大きな要因だが、それだけではない。そのリズムがくせものなのだ。

この歌のメロディはヘンテコだけど、音がアクロバットみたいに上下するわけではなく、すぐに歌えそうな気がする。だから多くのファンはレコードに合わせて一緒に歌ったりする。音はちょっと高いけど、オレ、うまく歌えたぞ、と思う。そんな難しい歌じゃないんだな、と。

ところが、この曲をバンドで演奏するとなると、とたんに困惑することになる。なぜか合わない。微妙にズレる。どうも半拍ズレてるような気がする。気持ちが悪い。おかしいな、なんでだろう、と。この不思議が、この曲の魅力の大きな要因になっているのだ。

こういうことである。この曲は、ババババーン、ババババーン、という伴奏で始まる。このとき、強勢（ストレス、あるいはアクセント）は、3つ目のバに置かれる。つまり、ババババーン、となるわけ。だが、人間の心理として、こういう強勢は、小節の頭だという感覚がどうしてもある。つまり、ワン・ツー・スリー・ババ・バーン、と考える。4拍目が、ババで、次のバーンが次の小節の頭と、どうしても感じてしまう。ところが、実際のところ、このバーンのバは、その小節の最後の半拍、つまり裏なのである。なのに、それを小節の頭で、表だと勘違いしてるから、のちにリズムがきちんと収まらなくなるというわけだ。

ロックやポップスの曲は、裏の拍からはいることが多いけど、この〈抱きしめたい〉みたいに、その音を強く延ばしたりすることはそれほど多いわけではない。ほんとに、あのバーンは、小節の頭に聞こえてしまうのだ。

だが、このことが、この歌のリズムを独特なものにしている。そこには、一種の気持ち悪ささえ含まれているのだが、その含まれ方のバランスがよいために、むしろ気持ちよさに転換するのだ！　実際、あの歌は、決して滑らかに、いわゆる気持ちよく流れて行くわけでないことは、好きな人なら知っているだろう。それを、なんとも言えない独特のリズムの流れと感じているだろう。このイントロのリズムの魔法は、サビの終わり、I can't hide, I can't hide, I can't hide～の部分にも出てくる。イントロはここからとられているわけだ。ここも、バンドでやると、やはり、とても合わせにくい。

おかしいなあ～、なんでやろな～、という箇所だ。

ぼく自身もこの歌には苦労した。最終的には、頭の中で数えながら、ギターのコードをそれに合わせて弾くのだ。ぼくの場合、イントロは、こう数える。

ワン・ツー・ン（このンは8分休符）・ババーン・バババーン・ババ・バンバ・ババ・ババババ・ババババ・オー・イエー・アーィル・テル・ユー・サムシン……

そして、まもるクンはこの歌の不思議な魔力の虜になったというわけだ。ドラムは、このバババーンの強勢に合わせながらも、その他の部分ではしっかりと2拍目、4拍目に強勢を置くバック・ビートをキープしている。この微妙な歌とリズムの緊張関係を保つのがドラムの役割である。

まもるクンも歌の強勢に引っ張られてついリズムが狂いそうになったりもしたが、頭の中で数えたりもしながら、なんとかきちんと叩けるようになった。ものすごく嬉しかった。この微妙な魔法のリズムを摑めたと思ったからだ。ビートルズって、なんて不思議なんだろうと思った。（この時点ではまもるクンはまだ知らなかったが、ビートルズには、ほかに強烈な半拍ズレの曲がある。ジョージ・ハリソンの〈恋をするならIf I Needed Someone〉だ。これはメロディ全体が完全に半拍ズレているという趣の曲だが、ドラムはそういう気ままなズレは無視して、ドン、タン、ドド、タンという、バックビートの基本をストイックに叩き続ける。ここまで完璧にズレていれば、ドラムのほうはむしろ引っ張られて自らもズレるということがないのかもしれない。歌うほうはたいへんだけど。だが、そのたいへんさのおかげで〈きもわるいい＝気持ち悪くて気持ちいい〉曲の代表となった）。

だが、不思議だったり奇妙だったりするばかりではない。リンゴのドラム・プレーの中には驚くほどストレートで、素直で、何の企みもなさそうなものもある。その1つが、3枚目のアルバムに入っている、〈恋に落ちたらIf I Fell〉である。

これは映画でも使われた。テレビ局のフロア・ディレクター（だと思うのだけど）に不愉快な思いをさせられてちょっとムクれたリンゴを、ジョンが例のヘン顔をしたりしながら機嫌を直させようとして歌い出す。この歌い出し（序唱）のメロディとコードは、ヘンテコでとても美しいのだが、本メロディは素直で、ストレートで、やはりとても美しい。ドラムは本メロディから入るのだが、これがしごく大人しく、素直でタイトなのだ。ストイックなまでにシンプルである。淡々と2、4拍にアクセントを置くドラムだ。だが、序唱の終わりのドラムが加わる所と、2回繰り返されるサビの終わりの部分、was in vain の小節の最後の箇所で、スネアが、トコトントン、と入る（曲全体で計3回）。まあ、よく使われるドラムのフレーズだけど、これが、こんな簡単なことが、ときにものすごく効果的なのだ。この箇所以外は、全部、シンプルなバックビートの同じリズムなのである。若いドラマーなら、いろいろやりたがるだろう。いろんなオカズを入れたがるだろう。だが、リンゴはあえてそうしない。序唱とサビの終わりにトコトントンをやるだけだ。それで、十分以上の効果を上げるのである。このリンゴのセンス！

まもるクンはこのドラムにも、深く魅了された。そして、何度も何度もレコードと一緒に叩いた。トコトントンのところでは思わず笑みがこぼれた。こんな簡単なことでこんなに気持ちいい！　リンゴ・スターって、ほんとにすごい、不思議なドラマーだなあ、と、この曲に合わせて叩くたびに思うのだった。

そしてまもるクンは、死ぬほど逡巡したのち、学校の軽音楽サークルの見学に行った。それはクラスの女子に勧められたからである。

この女子もまもるクンに負けないくらいに内気な子だったが、隣の席になった男子が（まもるクンだ）自分といい勝負の内気な子だと知って、話しかける気になったのだった。

「……（ねえ）」と女子は話しかけた。

「……（なあに？）」と、男子は答えた。

2人とも声が小さすぎて、互い以外にはよく聞こえないので……の記号で表記したのだが、わずらわしいので普通に書くことにする。でも、決して2人の会話がすらすら運んだのでないことは、承知しておかれたい。

「キミ、なんか趣味ってあるの？」と女子が小さな声できいた。

「趣味って、別にないけど、うちでドラムを叩いてる」と男子が聞き取りにくい声で答えた。

「それを趣味って言うんだよ」

「なんだ、そうか」

「1人でドラム叩いてるわけ？」

「うん」

「それって面白い？」

「面白いかどうか、よくわかんないけど、楽しい」

「なら、面白いんだよ」

「なんだ、そうか」

「でも、ドラムって、普通バンドでやるもんでしょう？」

「そうなんだ？」

「そうだよ。どうしてバンドでやらないの？」

「バンドに入ってないから」

「入ればいいじゃない」

「どこにバンドがあるか知らないし」

「自分らでバンド作ってる子らもいるみたいだけど、この学校には軽音楽サークルってのがあるんだよ」

「なんだ、そうか」

「覗いてみたら」

「ついて行ってくれる？」

「いやだよ。一度わたしも見学に行ったんだ」

「そうなの？」

「コーラスのサークル。ピアノの伴奏でいろんな歌、歌うの。音楽の教科書に載ってるのじゃないやつ。わたし流行歌が好きなの。でも、人がいると歌えないんだよ」

「なんで？」

「内気だから」

「そうなんだ」

「こうして話してればわかるでしょ」

「そう言われれば、そうかもしれないね」

「で、3年生から、あんた、歌わないんなら、このコーラス・グループにいてもしかたないよって、言われて」

「うん」

「それももっともだって思ったから、やめたの」

「そうなんだ」

「だから、もう軽音サークルに顔出すのはいやなの」

「うん」

「だから、キミ、独りで行ってきなさい」

「え、ぼくが?」

「わたしは誰と話してる? キミに決まってるでしょ」

「それもそうだね」

という流れで軽音楽サークルに見学に行った。バンドはコーラス・サークルと交替の格好で火曜日と木曜日に練習してることを女子からきいて出かけて行ったのだ。

3階建ての校舎の最上階に女子に教わった音楽サークル室はあった。入り口の前で36回くらい行きつ戻りつしたのち、まもるクンは戸をあけて入った。ごめんくださいと、ちゃんとあいさつはしたけど、まもるクンの声だから聞こえはしない。部屋の中の生徒たちは、チラとまもるクンを見ただけで、いらっしゃいとも、何の用かとも言わなかった。まもるクンみたいにひょっこり訪ねてくる生徒は他にもけっこういたんだろう。分厚いカーテンで窓を覆った部屋は、もともと普通の教室だったから十分な広さがあった。

黒板のまん前の位置に、ギターを持ったのが3人、ベースを持ったのが2人、誇らしげな顔で(今ならドヤ顔で)立っていた。ギターのうちの2人は、ホンモノのエレキギターを持っていたから、まもるクンは感動した。うわ、と小さく叫んだのだが、内気な叫び声なので誰にも聞こえない。ベースは2人ともエレキベースだった。それにも、うわと、誰にも聞こえない声で言った。

その連中の右サイドには、やはりホンモノのドラムセットが組んであり、その真ん中に見かけたことのある先輩が座っていた。まもるクンの近所に住む1年先輩の生徒だ。

そして、そのバンドを取り囲むように、幾人もの生徒がいた。多くは立っていたが、えらそうに椅子に座っているのも2人いた。そのうちの1人は背もたれを抱え込むようなかっこうで座っている。他の生徒はまだ楽器を持ってないサークルメンバーか、あるいは見学の生徒かと思われるが、背もたれ抱え座りの先輩は指導者のような、あるいは監督者のような。その先輩がまもるクンのほうを見たので、まもるクンは心臓がきゅーっと収縮して卒倒しそうになった。

そんなまもるクンなど歯牙にもかけず、ドラムの先輩が声をかけた。

「オッケー。もっぺんいくよ。あ、ワン、ツー、あ、ワン、ツー・スリー・フォー！」

ギターがドコドコ・ドコドコとイントロを弾きだした。これはまもるクンが知っている曲だった。ベンチャーズの〈ダイアモンド・ヘッド〉だった。楽器を持ってる者はみな力いっぱい音を出したから、たいへん元気な演奏だった。さらにタンブリンを持っている者もいて、シャンシャン・パンパンと打ち鳴らした。手拍子する者もいた。演奏者が多すぎるようにも思われたが、バンドを2つ作るほどはいないので、みなで合同練習をしているのだろう。見学者がいるから、発表会のような感じもあった。

初めて聞く生演奏に、まもるクンはとても感動した。うわ、ぼくと同じ高校生が、こんな演奏が出来るんだ、と。

サークル・バンドは得意満面で次の曲を演奏した。アストロノーツの〈太陽の彼方に〉だ。この曲も当時のエレキ少年の間でとても人気があった。

まもるクンはますますうっとりしてきた。気がつくと、1人の少年が教室の後ろのほうで、机をドラムのスティックで叩いていた。なんと、同じクラスの子だった！ まだドラムを持ってなくて、今は以前のまもるクンみたいにドラム以外の物を叩いて修行しているのだろう。そのうち、彼がドラマーをやるバンドができるのだろうか。

さて、メインのバンドは、次にやはりベンチャーズの〈ドライビング・ギター〉を演奏した。そのイントロのドラムに、まもるクンははっとした。心臓を大きな手できゅっと摑まれるような気がした。このイントロのドラムは、たしかに素晴らしいもので、かく言うちっくんも当時しびれたものだった。叩き方としては、１６分音符の連打なのだが、ただ連打するだけではなく、その１６分音符の、１６発連打の一小節の中に、トーン・トーン・トンというリズムが浮かび上がるように、アクセントをつけるのである。これはとてもカッコいい！

この曲を聞くのは初めてではなかったが、このドラムのイントロの理屈をまもるクンは知らなかった。まるで瘧《おこり》の発作のように背中が震えて止まらなかった。このドラムはまるで生きてうねる蛇みたいだと、まもるクンは奇妙な例えを思いついたものだった。

まもるクンがそう感じたのなら、その先輩生徒のドラマーはそのように叩いていたのだろう。当時、ろくに譜面もなかったころに、そういうドラムを叩いていたとすれば、大した音感の持ち主で、しかも聞き取ったそのリズムを形にするだけの運動神経の持ち主だったわけだ。その先輩が将来どのような人になったか、プロのドラマーになったかどうか、それはわからないけれど、そういう才能が実はけっこうそこいらに転がっていたりする。そういう生《なま》の才能が生かされて見事な成熟に至ることは稀としても。

それはともかく、たまたま見学に行って、まもるクンはそういう才能を目の当たりにし、たいへんな衝撃を受けた。そして、ここには自分などの居場所はないと、観念したのだった。さらに〈急がば廻れ Walk Don't Run〉、〈パイプライン〉、〈ワイプ・アウト Wipe Out〉を聞いて、もう完全ＫＯ状態となった。特に最後の〈ワイプ・アウト〉のドラムソロは圧巻だった。ギターも、よくやっていたと思ったが、ドラムは格別だった。ここに、目の前にすごいドラマーがいる、まもるクンはそう思った。そして、まもるクンは人知れずバンドに深々と礼をして、その部屋から出て行った。すごいな、すごいな、とつぶやきながら。以後、そのサークルを訪ねたことはなかったそうだ。

その話を聞いて（苦労して聞きだして）、ぼくは言ったものだ。

「そんなすごい先輩のドラマーがいるのなら、そのサークルに入ればよかったんじゃないの？」

「だって、あんなうまいドラマーがいるんだもの、ぼくがいたって意味ないし」

「一緒に活動しながら、いろいろ教われるじゃないか。いちいちレッスンしてもらわなくても、その先輩のやることをじっくり観察するだけで勉強になるだろうし。芸事の技は先達から盗めって言うじゃない？」

「あ、そう言えばそうだね！　そうすればよかったんだ。惜しいことをした。藤原さん（わしのことだ）があのときそこにいてそう言ってくれてたらなあ」

まもるクンはほんとに残念そうな顔で言った。しかし、そう言ってくれてたらなあ、と言われても困る。

結局まもるクンは今までどおり、レコードを聴きながらの独学でドラム修行を続けることにしたわけだ。当然ベンチャーズのドラムは一生懸命研究した。あの先輩みたいに叩けるようになると、どんなに楽しいだろうと思いながら。〈ドライビング・ギター〉、〈パイプライン〉、〈キャラバン〉、〈ワイプ・アウト〉等々、めぼしい曲はひと通り。

そこまで聞いてぼくがちょっと気になったのは、あの同じクラスの内気な女子のことで、彼女との恋は芽生えたのかということだ。そこで、ぼくは厚かましくそのことをそれとなく聞いてみたが、まもるクンはきょとんとしていた。

卒業するまでときどき話はしたけど、付き合うとかどうとかいうことは、今言われるまでまるで頭に浮かばなかったそうである。聞いて損した。八王子一の朴念仁なのかもしれない。

まもるクンは以後もタオルや座布団でミュートしたドラムで練習した。大学に進んだのちも、同じようだった。サークルやクラブの活動には根っから向いてないと観念して、やはり1人で練習したのである。特に演奏する予定もなく、何の目的もなしにこういう練習を続けるのはほんとにすごいと思う。ストイック、というのとはちょっと違うかもしれないけど、素直にすごいとぼくは感心する。

やがてベンチャーズや大好きなビートルズ以外のアーティストの曲にも興味が向くようになった。その第1号は、あのローリング・ストーンズである。ストーンズをそれまで聞いたことがない、というわけではない。聞いてはいたのだが、その曲に合わせて叩こうとは、ついぞ思わなかったらしい。だが、あるとき、吉祥寺のレコード屋の前で、この曲が流れてきて、彼のリズム・アンテナが激しく震えたのだった。ストーンズの、〈ホンキー・トンク・ウィメン〉である。

これはローリング・ストーンズが1969年に発表した曲だ。ぼくの個人的な考えだと、ストーンズの全盛期は、68年の〈ジャンピン・ジャック・フラシュ Jumpin' Jack Flash〉から、〈ブラウン・シュガー〉を収録したアルバム、《スティッキー・フィンガーズ Sticky Fingers》を発売した71年ごろまでかと思うが、この〈ホンキー・トンク・ウィメン〉はその全盛期の真っ盛りのころの曲だ。

異色のイントロだ。まず、カウベル（牛の首に吊るす鈴だよ）の、／チチンコ・チンチン／チチンコ・チン／という音から始まり（なんか卑猥そうだけど）、続いて重いドラムが入ってくる。このドラムが素晴らしいのだ。ドラマーのチャーリー・ワッツはとても落ち着いた人で、余計なことはしない。手数はむしろ少ないほうかもしれない。だが、必要なところには、実にタイムリーな感じで音を入れてくる。この曲で効いているのは、とくにバスドラムの使い方だ。3拍目、4拍目のバスドラを、半拍遅らせて入れる。／タンタ／ドン・タン・ンドタド／ドン・タン・ンドタド／という具合（ンは、8分休符のこころ）。それに、キース・リチャーズ（昔はリチャードといったけど）のギターが半拍先食いのタイミングで、ンジャ／ーン・ンジャ・ンジャ・ンジャ／ーン・ンジャ・ンジャ・ンジャ／ーンと入ってきたら、聞いてるほうはもう堪らない。思わず腰から持っていかれる感じで体がかってに動き出すのだ。ためらうことなく1969年度のイントロ大賞に選びたい。

ひと言で言ってしまえば、ギターは半拍先食い、バスドラは半拍の後打ちによる2重シンコペーションの妙味である。〈ジャンピン・ジャック・フラッシュ〉にも、同じようなシンコペーションの技がある。このギターとドラムの半拍ズラシのテクニックこそ、ストーンズが最高度に洗練させたものなのだ。これはもともとロックが持っていた要素だが、その魔力をストーンズは意識的に発展させたのである。

ときにホンキー・トンクとは、アメリカの安酒場のことのようで、そのような場所で演奏されるカントリー系の音楽を指すこともあるとか。なら、ホンキー・トンク・ウィメンは、安酒場の女給さんたち、ということになる。実際、まもるクンがそのレコード屋に飛び込んで買ったシングル盤のジャケットには、様々ななりをしたストーンズのメンバーと一緒に、2人のホンキー・トンク・ウィメンがこちらを見て微笑んでいる。これが、まあ、実にいい感じで、特に前面で写った太目のお姉さんがいい感じで、こういうお店で飲むと楽しいだろうなと、今のぼくは思うが、このシングルを買ったまもるクンは、ちょっと赤面して一瞬ドギマギしたのだった。朴念仁でもそういうことはあるらしい。

そして家に帰ってくり返し聞いた。特にイントロを。こんなに胸の内がなまめかしく揉みしだかれるような気持ちがするのはどうしてなんだろうと、まもるクンはうっとりしながら思った。そして、そのドラミングを真似て、幾度も幾度もミュートしたドラムを叩くのだった。深く重い音。慌てず騒がず、必要なところにドン、と。

そして以前はもっぱらビートルズを聴いていれば満足だったまもるクンの興味は、盛大にではないが、たしかにすこしずつ広がって行った。そのうちの一部をあげてみる。

グランド・ファンク・レイルロードの〈アメリカン・バンド We're An American Band〉。これも、カウベルとバス・ドラムが巧みに組み合わさって、それに絶妙のギターが絡み合って、みごとなイントロを作り上げている。

レッド・ツェッペリンの〈ロックン・ロール Rock And Roll〉。これも一気に聴く者を引き込んでしまう素晴らしいイントロだ。ぼくはツェッペリンのコンサートは2回とも行ったのだが、この〈ロックン・ロール〉は、2度目の来日の折の、オープニングの曲だった。そのときのことは鮮明に覚えている。いきなりドラムが鳴り響いたかと思うと、5小節目だったたか、昇り龍のズボンを穿いたジミー・ペイジが、あの独特の踊るような動作で前方に歩み出て、あの強烈なリフを弾く。それでぼくは完全にノックアウト。ああ、ツェッペリンは世界一だ、と、あのときは思ったっけ。そう、あのドラム・イントロも、絶品なのだ（まもるクンはツェッペリンの公演は見た事がないそうだ。ツェッペリンだけでなく、そもそも外国の有名アーティストの公演に出かけたことはないという。なにしろ、内気だから、ということなんだろうか。だが、そういう熱心なファンもいるのだ。いや、そういうファンの数のほうが多いかもしれない）。

もちろん、ビートルズの曲も叩き続ける。まもるクンは〈ゲット・バック Get Back〉の、ドンドコ・ドンドコ・ドンドコ・ドンドコというドラムが大好きで、この単調の魔法にも、うっとりするのだった。

そして、今まで上げたような目覚しいドラム・ワークのない曲の中にも、まもるクンの好きな曲はいっぱいあった。まもるクンは八王子のネクタイ会社や（なにしろ八王子は絹の都なので、そういう会社があるのだ）、お菓子メーカーなどでアルバイトしてお金を稼いでは、次々にＬＰレコードを買っていった。ラビン・スプーンフルや、先述のグランド・ファンク・レイルロード、ビーチボーイズ、ヴァニラ・ファッジなどアメリカのバンドのレコードもあったが、多くはイギリスのバンドだった。

特に好きだったのはもちろんビートルズだが、それ以外にも好きなバンドがいくつもあった。まず、先にも出てきたジェリーとペースメイカーズ。このバンドは、特にドラムがどうというわけではないのだが、その歌が楽しいのである（ぼくの感じ方だと、イギリス歌謡曲と言いたいような歌が多い。もちろん、けなしているのではない。日本人の歌心に直接響いてくるということだ）。一番好きだったのは、もちろんあの〈マージー河のフェリーボート〉で、あのドンタタッタ・スタタッタッタというドラムのリズムとジェリー・マースデンの独特のハスキーボイスのマッチングがとても気に入っていた。それから、彼らの数少ない（日本での）ヒット曲の、〈太陽は涙がきらい Don't Let The Sun Catch You Crying〉（まさにイギリス歌謡曲！）も気に入っていた。このバンドのレコード・プロデューサーはビートルズと同じあのジョージ・マーチンだから、ビートルズの弟弟子みたいなもんである。とにかく、このバンドの曲に合わせてドラムを叩くのが、まもるクンはけっこう好きだった。全然緊張することなく楽しく演奏に参加できる、という感じなのだそうだ。

そしてスィンギング・ブルージーンズ。これまた、リヴァプール出身のバンドだ。まもるクンは、彼らの〈ヒッピー・ヒッピー・シェイク Hippy Hippy Shake〉と〈悪いあなた You're No Good〉が大好きだったそうだ。それはぼくも同じ。同じ時代に、同じ空気を吸ってぼくらは生きてきたのだ。ところで、前者は、まもるクンのお母さんがあまり気に入らなかったみたいで「なんだい、馬鹿に騒々しい歌だねえ、大概にしなよ」、みたいなことを言われたみたいで、プレーヤーの音量をぐっと絞ったが、しだいにまた上げていったそうだ。おっかさんが慣れるのを待ったのだろう。

それから、やはりリヴァプール出身のサーチャーズ。いやいや、こうしてみると、リヴァプールって、ほんとにすごいところだったのだ。

このバンド名は、ジョン・ウェイン主演の映画『捜索者 The Searchers』から取った、というのをどこかで読んだことがある。このバンドも、特にドラムがどうこういうものではないが、やはり歌が親しみやすくて楽しいのだ。コーラスもきれいだし。彼らの〈ラヴ・ポーション No.9〉や、アメリカの美しく偉大なシンガー・ソングライターのジャッキー・デシャノンが書いた〈ピンと針 Needles And Pins（邦題と順番が反対だ！）〉とかも一緒に演奏するのがとても楽しいが、特に楽しいのが、やはりデシャノン作曲の〈ウォーク・イン・ザ・ルーム〉だ。先にもちょっと触れたが、これら3曲はすべてベンチャーズがカバーしている。ベンチャーズも、サーチャーズが好きだったと見える。メル・テイラーも、サーチャーズのレコードを聞きながらドラムの稽古をしたのだろうか。それはないか。

そして、ごく自然のなりゆきで、イギリスのベンチャーズとも当時呼ばれることのあったシャドウズも聴くようになった。そして大ファンになった。そのきっかけは、彼らのトレードマークみたいな名曲、〈アパッチ Apache〉だ。これはベンチャーズがカバーしているので、まもるクンは以前にも聞いたことがあった。そしてその違いにびっくりした。この曲のシャドウズのドラムは、みっしりと詰まった感じで、シンバルの中心をチンチンチンと叩く音が随所に入って、実に小気味よくまたスリリングである。一方ベンチャーズのドラムは意外とおとなしくて、しごく当り前な感じがする。この曲に関する限りは、シャドウズの方がいいなと、まもるクンは思った。

とにかく、まもるクンはいっときシャドウズに夢中だった。ドラムが派手に大活躍するバンドではない。だが、タイトで、ちゃんと埋めるべき音空間を埋めていて、軽快で、スリリングで、小気味良い。それがシャドウズのドラムなのだ——という趣旨の述懐をまもるクンから聞きながら、ぼくは思った。おそらくシャドウズのドラムがそんなふうなのは、リードギターがハンク・マーヴィンだからなのではないか。

こういうことだ。ハンク・マーヴィンはベンチャーズのノーキー・エドワーズと並ぶエレキの神様みたいな人だが、演奏スタイルは全然違う。

ノーキーのほうはあの歪んだモズライトのサウンドでまず日本の少年たちを虜にしたのち、ベンチャーズを離れて72年ごろはテレキャスターを弾いていた。この人、いろいろなギターを弾いたけど、結局テレキャスターが一番好きなんじゃないかと思う。10代であのエレクトリック・カントリーの完成者、バック・オウエンズのバンドに加わったりしたそうだから、根っからのカントリー好きで、カントリーなら、昔も今もリードギターはテレキャスターなのだ。

そして、またモズライトを弾くようになり、さらにはヒッチハイカーというギターを弾くようになる。これはモズライトに似た形だが、ヘッドが親指を立てるヒッチハイカーのサインの形をしているから、そう呼ばれるようになったみたいである。と、お気に入りのギターはいろいろ変わるけど、初期のモズライト時代以外は基本的にサムピックをつけたフィンガー・ピッキング・スタイルで、その音も、落ち着いた、あまりトレブルを効かしてない、しごく聞きやすい音で、自由自在、融通無碍《ゆうずうむげ》にプレイする。ぼくみたいに弾きながらしょっちゅう左指の弦の押さえ方を見たりしない。笑顔で観客席を眺めながらゆうゆうとプレーする。そのギターからは、楽しいフレーズが次から次へと、鮮やかに、ころころ転がり出してくるのだ。もはや、ギターの仙人である。

いっぽう、イギリスのエレキの神様、ハンク・マーヴィンの最大の特徴は、その音色の美しさにある。

クラシック・ギターの場合、音色を作るのは奏者の左右の指の動きだ。すなわち弦を押さえる左手の指と弦をはじく右手の指の動きである、つまり弾き方である。だが、エレキギターの場合、音色を作るのはそれだけではない。ピックアップ（ギターマイクと昔は言ってたっけ）の選択、ボリューム、トーンの調節、そして、アンプのセッティング、さらにはエコー（やまびこ効果）やリヴァーヴ（残響）などを発生させるエフェクター（効果音発生装置）の選択、調節の作業である。これらのことを組み合わせることによってエレキギターは実に様々な音を出すことができるわけだ。そして、そういった音作りの作業も、ギタリストの腕の見せ所なのである。そして、ハンク・マーヴィンは、その華麗なフィンガリンやピッキングの技術だけでなく、この音作りという点で、おそらく史上最高のエレキギター奏者なのだ。

彼のメイン・ギターは、お祭り赤《フィエスタ・レッド》（ややオレンジがかった赤）のフェンダー・ストラトキャスターだ（一時期バーンズというイギリスのメーカーのギターを使ったこともあるみたいだが）。彼のこのギター、あるいは他の色のストラトキャスターでも、この世のものとも思えないいくらい美しい音を出す。その音色はこの上なくクリアでクリーンで、うっとりするくらい甘い（例外の場合もあるが）。ぼくもその音に近づこうと試みたことはあるが、とてもあんなふうにはいかない。

ストラトキャスターで美しい音を出そうとするギタリストはほかにもいる。そういう方向にギタリストを誘う要素がこのギターにはあるのかもしれない。たとえば、スプートニクスのボー・ウィンバーグ。あるいは、ダイアー・ストレイツのマーク・ノップラーなどもそうである。彼らも大したものだと思う。だが、ぼくにとっての音作りの王様は、ハンク・マーヴィンである。

またそれそうになった。要するに、ハンク・マーヴィンは超絶的なテクニックを持ちながら他の追随を許さない音作りの達人であって、ドラムを含むサイドメンは、その美しい音が一番美しく鳴り渡るように、伴奏するのである。ハンクにそう言われたからではない(とぼくは思う)。ごく自然に、そういうふうになるのだ。そして、そのレコードに合せて叩くまもるクンも、自然と一種うやうやしい態度で叩くことになる。そして、それはとても心安らぐ、楽しい行為なのだった。シャドウズとはそういうバンドなのである。「わかるなあ」と、まもるクンの話を聞きながら、ぼくは何度も相槌を打ったものだった。

さらに、ごく自然なことではあるが、ハードロックにも興味を持った。アルバイトでこつこつと貯めた金で、中古のレコードを買ったのだ。

レッド・ツェッペリンは先に触れた。そして当時ツェッペリンに迫る人気の(あるいは超えてたかも)ディープ・パープル。このグループはとてもストレートで、ドラムを合せるのが快感だった。

さらに、ユーライア・ヒープ。彼らの〈対自核 Look At Yourself〉という曲は、日本語タイトルの意味がいまだにわからないでいるそうだ。それはぼくも同じ。そして、〈安息の日々 Easy Livin'〉(この日本語タイトル、英語と比べてなんだか大げさだとぼくは思った)は、ドラムがとても楽しかったと、まもるクンは言った。そうだろうなと思う。チャッチャ・チャッチャ・チャッチャ・チャッチャという、アップテンポのシャッフル・ビートが文句なしに楽しい曲だ。〈対自核〉も同じようなリズムだ。彼らの好きなリズムなんだろう。ところで、ユーライア・ヒープというバンド名は、チャールズ・ディケンズの小説、『デヴィッド・カッパーフィールド』の登場人物の名だと聞いて、ぼくは本を読んでみた。バンド名にするようなスカッとした人物では全然なかった。不思議な選択である。バンド名はヘンでも、ユーライア・ヒープは、マイナーの覚えやすいメロディの歌が多いようで、ハードロックバンドの中では抜群に親しみやすいグループである。

そして、まもるクンはバック・オウエンズとバッカルーズも好きになった。これはビートルズが彼らの〈アクト・ナチュラリー Act Naturally〉をカバーしていたことがきっかけだろう。そのオリジナルや、〈アンダー・ユア・スペル・アゲイン Under Your Spell Again〉を、楽しく彼らと一緒に演奏したのだった。バック・オウエンズとバッカルーズ。エレクトリック・カントリーの最高峰である。

カントリーとブルースの間に生まれたのがロックだ、というのがぼくの持論で、ならロック・ドラマーのまもるクンがカントリーの曲にも楽しく参加したというのは、驚くにあたらない。いや、21世紀になってからは、ロックのスピリットを保存しているのはもはやロックではなく、カントリーではないかと、ぼくは思っている。女ならグレッチェン・ウィルソン、男なら、ドワイト・ヨウカム。この2人のカントリー・シンガーのロック・スピリットは、素晴らしいものである……などと、またそれそうになってしまった。まもるクンがカントリーのドラムも楽しんでいたというところだ。いや、まもるクンはさらにフランシス・レイや、パーシー・フェイス、あるいは、ポール・モーリアのオーケストラのレコードも手に入れて、演奏に加わったのである。

そんな中で特に気に入っていたのは、フランシス・レイ楽団の、〈愛のレッスン Theme De La Leçon Particulière〉だ。これは映画『個人教授』の主題歌で、ラジオで一度聴いてまもるクンは大好きになった。そして日比谷までその映画を見に行って、この主題歌がますます好きになった。ルノ・ベルレー、ナタリー・ドロン（当時アラン・ドロンの奥さんだった人。もとはナタリー・ヴァルテルミーといったぞ、たしか）主演の映画で、年上の美しい女が初心《うぶ》な青年に愛と性の手ほどきをする、というストーリーで、そういう映画を、多くの青年たちは、ええなあ、ああ、ええなあ！　などとつぶやきながら、目いっぱい目じりを下げ、鼻の下を伸ばして、ものほしそうに、羨ましそうに見るのである。かくいうぼくもそうだったりして。まもるクンもたぶんそうだったのだろうが、そこは、ほれ、ドのつくウブ青年で、奥手で、内気だったから、自分の心が妖しく揺さぶられていることにはまるで自覚がなくて、もっぱら主題歌の美しさのほうに気をとられて見ていたのだった。ロードショウ料金を払って3回も。まもるクンはフランシス・レイのLPを持っていたが、その中にはこの曲は収められていなかったので、レコード屋でさがしてシングル盤を買った。A面は楽団の演奏で、B面は女性歌手による歌である。同じ曲。歌は別の英語タイトルがつけられた。〈Where Did Our Summer Go〈ぼくたちの夏はどこへいちゃったんだろ〉〉というのだ。この歌のシーンは映画の中にもある。そして、まもるクンは自分の部屋でこのシングル盤を鯛焼きみたいにひっくり返しながら、幾度も幾度も一緒に演奏したのだった。ぼくもこの曲は好きだった。大した曲とも思えないが、そのゆったりした12ビートのメロディは、不思議な呪縛力があった。

ぼくもかなり音楽的雑食性で、近年ますますその傾向は進んでいるからさほど驚きはしなかったが、ロック・ドラマーボーイの君が、なんでイージー・リスニングまで気に入ったのだろう、とまもるクンに聞いてみたら、ドラムがすごく奥ゆかしいところがいい、と言う。なんか、ほんとに控えめに、静かに、後ろのほうで、学童交通見守り隊のおじいさんみたいに、その曲をじっと見守るような感じでそっと叩いているのがいいんだ、と。

それを聞いてそうなんだよなあ、とぼくは思ったものだ。そういうドラムもありだとぼくも思う。クラシックのオーケストラはティンパニーとか、大太鼓、小太鼓はあるけど、いわゆるドラムセットはない。伝統的なしきたりというか習慣というか、そういう流れの支流であるためか、ポップスでもオーケストラならそのドラムはどうしても控えめになるのだろう。実際、ドラムが入っているのかいないのか、よくわからないのもある。フィニッシュの部分になって、ああ、入ってたんだ、とわかるようなのもある。

だが、それまで考えたこともなかったけど、まもるクンが言うように、そういうドラムも、なかなかいいなと、ぼくも思うようになったのだった。

大学時代、そして、卒業したのち、就職先がとうとう見つけられなかったので、家業の居酒屋、登仙御殿のアルバイト従業員として働きながら、まもるクンはわずかな自分の余暇をドラム演奏に当てた。そのうち、テープ式のウォークマンを手に入れると、仕事の休み時間にも、イヤホーンを耳に差し込んで、菜箸で膝を叩いて練習した。

やがて練習スタジオなるものがあることを客から聞いたまもるクンは、1人でスタジオに行くようになった。奮発して買ったラジカセを持ち込み、テープに録音した大好きな曲を聞きながら、備え付けのドラムを叩くのである。このドラムはミュートなしだから大きな音が出るが、ラジカセを聞きながらだから目いっぱい叩くわけにはいかない（また、そもそもまもるクンは目いっぱい叩くタイプでもないのだけど）。だが、それでもミュートなしで叩くドラムの音は格別で、さらに手や足に伝わる振動の、なんと心地よいこと！　叩いたスティックが、太鼓の皮やシンバルに跳ね返される感覚は、これまで味わったことのないもので、まもるクンはゾクゾクした。そして、ああ、ここはまるで天国だとまもるクンは思った。できるものなら、毎日でもスタジオに入りたかったが、まもるクンの場合、スタジオの使用料を1人で支払わなければならないので、せいぜい月に3回くらいしかこられない。その3回がなにより楽しみで、まもるクンは居酒屋の店員の仕事にこれまで以上に励んだのだった。

まあ、およそこのようにしてまもるクンはドラムの修行をした。いや、修行という観念は彼にはなかった。ただドラムを叩きながら音楽の中に溶け込んでいたのだ。そこには自我も、自己主張も、自己執着もなかった。まもるクン自体が音楽の成分になっているのだった。

知り合ったのち、ぼくは彼のドラミングを知ったわけだが、その技量は驚くほどのものだった。まもるクンは豊かに音を提供する。だが、それが多すぎるということも、邪魔になるということもない。

また、時には逆に、しごくあっさりと、音を取り去る。だが、足りないということも、淋しいということもない。つまり、――いい加減な言い方かもしれないが、いい塩梅、なのだ。心地よくて、快適で、かゆいところに手の届く、ああ、極楽、極楽、みたいなプレイ。静かなたたずまいの腕利きの三助みたいなドラマーなのである。腕利き三助のまもるクンは、ドラムのプレイのテクニックだけでなく、音楽におけるドラムの位置、角度、たたずまい、色彩、とでも言いたいようなドラムの存在の意味への洞察力を磨いてきたのではあるまいか。それをドラムの教養と、ふと呼びたい気がする。

ただ、まもるクンはジャズにははまらなかった。ジャズのプレイヤーは、たいていすごいテクニックの持ち主だ。そうじゃないと、ジャズにならないのだろう。超絶的テクニックの持ち主もいっぱいいるだろう。だが、まもるクンははまらなかった。ジャズというのは、特にモダンジャズのコンボ(小編成のバンド)などは、乱暴な言い方をすると、自己主張の音楽ではなかろうか。クラシック音楽なら、まずちゃんと譜面があって、演奏者はその譜面に書かれた音楽を自らの音で再現する。そこに、プレイヤー個人の演奏法に違いとか、解釈の違いという要素はあるにせよ、譜面の課す制約は実に大きく強力なものである。そしてビッグバンドなどの、クラシックのオーケストラを雛型とするバンドにとっても譜面の存在は大きいだろう。だが、モダンジャズのコンボとなると、譜面を使わないことのほうが多いのではあるまいか。使ったとして、記号をチョチョッと記入しただけのメモみたいな譜面だったりして。そして、各人が主人公となる場面が順繰りにめぐってくる。すると、そのプレイヤーは自分の思うようにプレイする。アドリブだ。思い切り独自のアドリブで自己を主張するのである。

要するにモダンジャズのコンボのドラムの、あの強烈な自己主張が、まもるクンには合わなかった。すごい。ものすごいけど、それはよくわかるんだけど、どうもぼくに向いてるドラムではないような気がして、と。そんなことをまもるクンは言った。そうだろうなと、ぼくは思った。

「ドラムソロというものには興味がないね。あれは退屈だよ」と、リンゴ・スターが言った、というのを、ぼくはどこかで聞くか、読むかした記憶がある。いかにもリンゴ・スターが言いそうなことだと思った。たしかにリンゴはいわゆるこれ見よがしのドラムソロをやらない。《(通称) ホワイト・アルバム The Beatles》の中の〈バースデイ Birthday〉や、《アビー・ロード》の終わりの部分に入ってる〈ジ・エンド The End〉などに、ドラムだけが演奏している部分もあるけれど、それらはドラムソロというより、聴き手の期待を高めるためのカウントのように聞こえる。まもるクンが一番憧れるドラマーがリンゴ・スターだというのは、実にうなずける話ではないか。

そのようなドラマーに、まもるクンは成長したのだった。だが、まもるクンは孤独なドラマーであった。イマジネーションの中で様々な素敵なバンドと共演してきたと言っても、実に、実に、孤独な、おそらく八王子一の孤独なドラマーだった。居酒屋店員から、パブ・マージーのマスターになったのちも、やはり孤独なドラマーのままだった。この分だと、一生孤独なドラマーで終わるのかもしれなかった。そんなある日、あの唐松忠夫がまもるクンの前に現れたのであった。

8. これがほんとのマージー・ビート

東日本一の朴念仁にして、うんと控えめに言っても東京西部屈指のギターマン、唐松忠夫がブリティッシュ・スタイルのパブ、マージーを訪《おとな》ったのがいつであったか、忠夫もマージーのおやじ（まもるクン）も覚えてないので、はっきりしたことは言えないが、どうも２０世紀の終わりの年、すなわち２０００年ごろだったと思われる。季節はいつごろかと訊いても、２人とも、はて？　と首をかしげるばかり。まあ、夏か、秋か。それとも春だったかな、冬じゃあなかったな、と。もういい。

忠夫は八王子の街で行われた会社の飲み会の帰りだった。金曜日のことだった。帰りだったのにまっすぐ帰らないで、１人街をさまよった。そのとき、雑居ビルの横っかわに縦一列で取り付けた電光看板のうちの、下から5番目の看板が忠夫の目を引きつけた。「マージー」

はてな、と忠夫は思った。なんか、聞いたことあるぞ、と。よし、ここに入るか。

小さなエレベーターで5階まで昇ってドアを開けたら、聞いたことのある曲が流れていた。なかなかいいぞ、と忠夫は思う。うん、なかなかいい。その曲名は、そのときは思い出せなかったそうだが、のちにぼくが検証したところでは、ウェイン・フォンタナとマインド・ベンダーズ（いい名前だ!)の、〈ゲーム・オブ・ラブ Game Of Love〉だったみたい。

店は意外と広い。客は6組あるテーブル席のうちの2つに、5、6人、カウンターにアベック(今はカップルと言うんだそうだけど)が1組。忠夫はカウンターに座った。

すると、マスターと思《おぼ》しき男が、おずおずとおしぼりを出した。口が少し動いたのは、いらっしゃい、と言ったのか。

焼酎かビールかでちょっと迷ったあと、忠夫はビールを注文した。

するとマスターがなにやらごにょごにょ言った。

「なんだって?」と、忠夫。

「……」と、マスター。と、こんなふうにリアリズムで書いて行くとやっぱりたいへんなので、また適当に端折って書く。

要するにマスターは、ビールはビールでも、瓶ビールか、生ビールか、を尋ねたのだった。ようやくそれを理解した忠夫は、生を注文した。マスターは、カウンターの左端のほうに取り付けた本格的ビールサーバーからビールを注いだ。これがジョッキでなく、優美なS字型曲線の輪郭の、いかにもビール専用のグラスなのが、またなんだか気に入った。いわゆるパイント・グラスだったのである。まさに英国式のグラスで、およそ560ccくらいの液体が入る。

どこのビールだかわからないが、すごくうまいなと、1口飲んで忠夫は思った。いい店じゃないか。マスターがものすごくシャイなところも気に入った。と、これは忠夫自身も、シャイなところがあるからかもしれない。

また忠夫の知ってる曲がかかった。たしか、〈アイ・ゴー・トゥ・ピーシズ I Go To Pieces(ピーターとゴードン)〉だったっけな。次にかかったのは、〈セット・ミー・フリー Set Me Free(キンクス)〉だ。

歌と伴奏のリズムがズレてんじゃないかと思うような曲だが、忠夫は好きだった。そもそも彼らの歌は全部どことなくヘンテコで、特に鮮やかなギターソロがあるわけでもないけど、忠夫は好きだった。そして、圧倒的なアニマルズの〈孤独の叫び Inside Looking Out〉！　これはもともとアメリカの監獄《プリズン》ソングだそうだが、あのアメリカのグランド・ファンク・レイルロードがカバーして、雨の後楽園球場だったかで、延々と演奏したっけ、と、思い出す。そして、忠夫が、自分でも不思議なくらい好きな曲がかかった。ナッシュビル・ティーンズの〈タバコ・ロード Tobacco Road〉だ！　ああ、今聞いても昔と変わることなくカッコいい曲だと、しみじみ思う。

忠夫はすっかり楽しくなってきた。

「そうなんだ」と、忠夫は言った。

「……？」何がそうなんですか、と問いたげなマスターの顔。

「イギリスのポップスが好きなんだね、マスターは？」

マスターはうれしそうにうなずいて、頼みもしないのにお替りのビールをついだ。ひょっとしたらマスターのおごりかもしれない。

「ＢＧＭは、有線じゃないんだね。ＣＤでもなくて、レコードなんだ！」カウンターの奥のレコード・プレーヤーに気づいた忠夫は驚いて言った。

マスターこっくり。得意げ。

「昔のジャズ喫茶みたいだ。それにしてもレコードがこんなにいい音だとはなあ」

マスターの鼻が得意げにぴくぴく動いた、ような気がした。

「今かかってたのは？」

マスターはプレーヤーの隣のラックに立てかけたレコードジャケットを忠夫に渡した。

《ゴールデン・ブリティッシュ・ロック・ベスト・アンド・ベスト》というタイトルの、2枚組のLPだった。タイトルはあか抜けないが、選曲がいいな、と忠夫は思った。

「イギリスじゃないのもある?」と忠夫。

マスター、2度こっくりした。あるある、という気持ちだろう。

「アメリカのも?」

大きくこっくり。

「じゃあ、マスターの一番好きなバンドのレコードをリクエスト。アメリカのバンドで」

ここでマスターは泣きそうな顔になった。悲しがっているのではなく、どのレコードが一番好きかを決められないでうろたえているのである。めずらしく、「ああ〜〜」と、はっきりうなり声を上げた。

忠夫は、無茶な要求をしたと悟った。心底音楽を愛している人間にとって、「一番好きなのはなんだ」と問われるのは実に困るのである。自分だってそうだろうと、忠夫は思う。

「ごめん。面倒な質問だったね。夕べ一番最後にかけたレコードをリクエストします」

一日に何枚もレコードをかける人が、夕べ最後にかけたのは何か、まあ覚えていないものだろうが、このマスターなら覚えているだろうと、忠夫を思ったのだ。

マスターは嬉しそうににっこり笑って、カウンターから出ると、レコードラックから、全然迷うことなく1枚を引き出し、そのLPをターンテーブルに載せた。

ものすごく印象的なギターのイントロに続いて、ものすごく個性的なヴォーカルが入ってきた。

「おお!」忠夫は思わず驚きの声を発した。「〈グリーン・リバー Green River〉じゃないか!」

これは忠夫が大好きなアメリカのバンド、クリーデンス・クリアウォーター・リバイバル(通称CCR)の3枚目のアルバムで、忠夫も持っていたが、ここ数年聞いたことがなかった。そのアルバムが、このマージーの素晴らしいサウンドシステムではっとするくらい鮮やかに再生されたのである。うっとりする忠夫にマスターが問いかけるような顔を向けた。忠夫はうなずいた。マスターは嬉しそうな顔でお辞儀した。なんか妙なやりとりだが、こういうことだったのだろう。まず、マスターの問いかけるような顔だけど、これは、どうですか、気に入りましたか、という心で、それを察した忠夫が、ああ、とても気に入ったよ、と、うなずく。それを聞いてマスターが、すごく嬉しそうな顔をした、と。無口で内気な2人の会話を正確に再現しようとするとえらく手間がかかる。これからはぼくの理解した形で書くことにする。

CCRのドラムは、むしろシンプルで手数もそれほど多い方ではなく、決して派手なドラムではないのだけど、まもるクンはとても気に入っていた。派手ではないけれど、しっかりとした、むしろ重さを感じるドラムで、必要なところにはちゃんと音が入っている。つまり「静かなドラマー」のまもるクン好みのドラムというわけだ。

いっぽう久しぶりにCCRを聞いた忠夫はすっかり感激して、さらにCCRのレコードをリクエストした。ビールもどんどん進む。

「次は、〈ボーン・オン・ザ・バイヨー Born On The Bayou〉の入ってるやつ。いいかな?」

内気なまもるクンが力強くうなずく。《バイヨー・カントリー Bayou Country》という、CCRの2枚目のアルバムだ。

ちなみにバイヨーとは、ジーニアス英和辞典によれば、「(米南部の)湿原中の川の流れのゆるやかな支流[流域]、沼のような入り江」だそうだ。アメリカ南部を舞台にした映画でよくお目にかかる景色である。ハンク・ウィリアムズの〈ジャンバラヤ Jambalaya〉にも出てくる。ハンクは「バイヨウ」と発音している。辞書には、「バイヨウ」、「バイユー」2通りの発音表記がある。CCRのジョン・

フォガティの歌は、両者の中間みたいに聞こえる。まあ、それはともかく、この〈ボーン・オン・ザ・バイヨー〉はロック史上屈指の名曲の1つと言いたいような作品で、そのギターのイントロは、まさにロックギターを弾く者なら誰もが弾いてみたいと思うようなものだ。難しいフレーズではなく、むしろゆったりスローである。ローポジションのE7のフォームのまま、ルースなタッチのアルペジオで奏でられ、シンコペーションがとてもいい味を出している。また中ほどでくり返されるシンプルなリフは、解放6弦のEの音がドンと腹にこたえるのが心地よく、聞いてて思わず笑みが漏れそうになる。まぎれもない天才のひらめきを感じる。

そしてやはり裏面も聞きたくなったので、ひっくり返してかけてもらった。こちらには、あの〈プラウド・メアリー Proud Mary〉が入っている。これはロックの百名山にぜひ入れたい名曲だ。重いリズム、完璧なジョン・フォガティの歌とギター。こういう歌を作ってくれたバンドに、心からの感謝を捧げたくなる。

そして次にかけてもらったのは、同じくCCRのファースト・アルバム、《スージー・Q Suzie Q》のA面だ。その最初の曲、〈アイ・プット・ア・スペル・オン・ユー I Put A Spell On You〉こそ、忠夫の熱愛する曲だった。ジェイ・ホーキンスの古いマイナーのブルースのカバーだが、この曲の間奏のギターソロがすごい。ただもうすごいとしか言いようがない。とてもユニークで、独創的で、個性的で、そして、とても美しいのだ。

忠夫は以前このソロを完全コピー（今は完コピなどという）しようとしたことがあったと後に聞いた。特に速弾きでもないから、不可能ではないが、あのフィーリングを出すのはなかなか難しいそうだ。

こうして忠夫は次々とCCRのレコードを聞かせてもらった。自分で持っているものばかりだったが、じっくりと聞くのはほんとに久しぶりだった。どうしてこんなに長い間聞かないでいられたんだろうと、自分でも不思議だった。そう言えば、忠夫のレコード・プレーヤーは壊れたままだった。よし、新しいのを買おう、と忠夫は思った。

忠夫はさらに調子に乗って、リクエストした。

「マスター、ベンチャーズのレコードもある？」

まもるクンは力いっぱいうなずいた。

「65年の、厚生年金ライブのやつ。そのB面を！」

まもるクンは大声で叫びだしたかった。それくらい嬉しかったのだ。だが内気なもんだから叫ぶことはせず、大きく激しく首を上下させて何度もうなずいた。

そして、店内いっぱいに、《ベンチャーズ・イン・ジャパン Ventures In Japan》が鳴り響いたのだった。他の客の間からも、「懐かしい！」「おお、やっぱり、エレキはいいな」、などの声が上がった。

忠夫はさらにビールをもういっぱい、頼んだ。これが飲まずにいられようか。〈ワイプ・アウト〉がかかったときは、卒倒しそうになった。まるで体がふわふわと空中に浮かんでいるようだった。こんなに飲んだら明日ヤバいぞと、普段なら思うところだが、そうは思わなかった。ただ気分が最高によかった。こんな気分になったのは、ほんとに久しぶりだった。なんと、30年ぶりかもと、忠夫はふと思う。

（ところで、数あるベンチャーズのレコードの中からこれが選ばれたのは偶然ではない。実にこれは多くのベンチャーズファンが一番好きなアルバムなのである。ちなみに、もう1枚、ほとんどのファンの大好きなのが、《ベンチャーズ・ノック・ミー・アウト！ The Ventures Knock Me Out》だ。〈ラヴ・ポーション No.9〉、〈10番街の殺人〉などが収められている。ベンチャーズのアレンジのセンスと能力が最高度に高まった時期だと思う）。

ふと気がつけばすでに午前1時近くになっていた。カウンターにはもう忠夫しかおらず、テーブル席にも客が1組しか残っていなかった。

マスターが、グラスを拭きながら忠夫の前にやってきた。その時店にはニール・ダイアモンドの歌が流れていた。忠夫はこの歌のタイトルを知らなかったが、これもまたとてもいい歌だと思った。(後に忠夫からこのときの模様を聴取したとき、「とてもいい歌」がなんだったのか、そのメロディをなんとかハミングしてもらった。で、そのタイトルは、〈ケンタッキー・ウーマン Kentucky Woman〉だと、ぼくは確信したのだった)。

マスターがおずおずと言った。実際は、以下の会話はけっこう時間がかかったと思われるが、さっさと書いて行くことにする。

「音楽が好きなんですね」

「うん」忠夫は言った。

「ギターをやるんですか?」

「うん。でも、どうしてわかった?」

「指がギターを弾くときみたいに動いてたから。ずっと」

「それなら、マスターも同じだよね。両方の人差し指で、カウンターを叩いてたもん。ドラムやってたんだ?」

マスターは永遠のドラム少年に戻って、恥ずかしそうに満面の笑みを浮かべた。すごく印象的な、ほんとに少年みたいな笑顔だった。いい年なんだろうに。

「聞かしてほしいです」マスターは真剣な顔で言った。

「ギター? おれの?」

まもるクンはまた大きくうなずいた。

「わかった」と、忠夫は相手の真剣な顔に打たれた。「今度ギター、持ってくるから」

「きっとですよ」

「うん」

「明日？」

忠夫はちょっと考えて答えた。

「うん、明日くる」


明日になった。土曜日の夜。

忠夫は開店したばかりのマージーにやってきた。エレキギターのケースをおんぶし、アンプを折り畳み式のキャスター付きキャリアーに積んで、２０分かけて自宅から歩いてきたのである。

アンプは5、6年前に買ったローランド社の中型のもので、ギターはUSフェンダーの中古のジャズマスターだ。これがまさにあのベンチャーズのドン・ウィルソンが愛用していたのと同じ茶のサンバーストである。サンバーストとは、ギターの胴体の色合いを表現する言葉で、英語なら、sunburstで、旺文社の辞書には「[雲の切れ目などから急にさす]強い日光」とある。胴体の真ん中あたりは明るいクリーム色に近い薄茶で、外に行くにしたがって、茶—濃い茶—焦げ茶—ほとんど黒みたいな茶、と変化する様は、まさに雲間から日が差したよう。神々しくて思わず手を合わせて拝みたくなるような姿のギターなのだった。

忠夫はこのギターを数年前に御茶ノ水の楽器店で買った。いくらだったの、とぼくは訊いたが、笑って教えてくれなかった。教えるのがふと憚られるような値段だったのだろう。２５万前後だろうとぼくは推定している。なら、高くはない。そういうギターなのだ。少年時代から続いていたギター人生がしばらく中断していたことは先に述べたが、それがめでたく再開したのち、ふと街で目にして衝動的に買ったそうだ。

時間が早かったからまだほかに客はいなかった。

マスターは店の奥のテーブル席を動かしてスペースを作り、延長コードを引いてきてアンプをつなぎ、その隣に椅子を据えた。

「ほんとにいいのかな」忠夫は言った。ギターを持ってきたものの、こういう店で自分がギターを弾いていいものだろうかと、不安になっていたのだ。

マスターは両手のひらを上に向けて突き出し、お辞儀をするようなかっこうで頭を下げた。どうぞここに座って弾いてください、という意味なのだろう。

忠夫は観念してギターをケースから取り出し、コード（シールドだよ）をつなぎ、手早くチューニングした。チューナーは忘れてきたのだが、忠夫は耳がいいのでほぼ正確に合わすことができる。

「何弾こうかな」忠夫はつぶやくように言った。なんだか胸がどきどきするのが自分で不思議だった。もう1世紀も前にこんな気持ちになったことがあったような。

マスターがギターを弾く身振りで曲を注文した。

「ベンチャーズだな？」そんなことで通じるのがすごい。内気ボーイズのコミュニケーション力は侮れない。

忠夫はちょっと目をつぶったのち、弾きだした。

デンデケデケデケデケ〜!!

〈パイプライン〉だ！　マージーの店内で、ベンチャーズの名曲が鳴り響いたのである。マージーはブリティッシュ風のパブだが、まあ、店主がベンチャーズも好きだからいいのである。

ところで、普通インスト・バンドにせよヴォーカル・バンドにせよ、エレキ1本というのは、キツい。聞いてるほうも、弾いてるほうもそうである。普通はである。だが、忠夫は普通のギター弾きではなかった。孤独な青春の情熱をすべてギターに放り込んでいた少年だった。1人きりでレコードに合わせて弾いた。あるいは頭の中を流れるほかの楽器の音を聞きながら弾いた。すべてのパートをギター1本でカバーしようとして弾いたこともある。だから、1人きりでも、この名曲を忠夫の形として再現することができたのだろう。

つまり、リードのパートを弾くだけでなく、適宜リズムギターのパートを入れたり、手のひらの手首側で低音弦をミュートしながらドラムやベースの雰囲気をプラスしたりしながら弾いたのである。

まもるクンは、目を大きく見開いて、そのプレイの仕方を見ていたが、やがて、テーブルを両手の人差し指で軽く叩き出した。それを見て忠夫がほほ笑んだ。「いいねえ」

次に忠夫は左の手でミュートした6本の弦をピックで空打ちして、スネアドラムのような音を出した。

「パン・パン・パパパン・パパパパン・レッツ・ゴー！」（もちろんレッツ・ゴーの部分は口で言ったのよ）。

まもるクンは卒倒しそうなくらい感動した。大好きな〈レッツ・ゴー　Let's Go〉だ。ルーターズのオリジナルをベンチャーズがカバーした名曲である。

そしてそのリズムに合わせてテーブルを叩きだしたが、「ちょっと待ってと」叫ぶと、さっとカウンターの右側のクローゼットに駆けていき、掃除用の青いポリバケツを持ってきて、それをボンゴのように股に挟んで椅子に腰掛け、両手で叩き出した。

「パン・パン・パパパン・パパパパン・ド・ドン」

忠夫は笑いながらリードのフレーズを弾きだした。ポリバケツのボンゴがきれいに重なってくる。この曲を弾いてこんなに楽しさを感じたのは初めてだった。

やがて客が次々と入ってきた。最初はみんな何事かという顔をしたが、この2人組のバンドの演奏の意外な巧みさに驚いたり、感心したりしながら耳を傾けるのだった。

その間、注文はカウンターの中のバイトのサユちゃんが1人で処理している。忙しめの金、土、に来てくれる。サユちゃんはすごい。ピラフを作りながら、白菜の漬物を容器から出したかと思うと、ほぼ同時に水割りを作ると見るや、チーズの盛り合わせの用意をしながらビールをグラスに注ぐ。まもるクンなら、1つ1つじっくり時間をかけて用意する。じっくりやったからといってそれだけ味がよくなるわけではないけれど。サユちゃんは八王子の奥にある美大の学生だ。もちろんサユちゃんは愛称で、正式には「紗雪《さゆき》」というそうだ。珍しい名前だと思うが、今どきは普通なのかもしれない。かっこいいお兄ちゃん、みたいな子である。

とにかく、忠夫とまもるクンは次々にベンチャーズの曲を演奏した。〈ダイアモンド・ヘッド〉、〈黒い瞳 Dark Eyes Twist〉、〈サーフ・ライダー Surf Rider〉、〈10番街の殺人〉、〈急がば廻れ〉、そして、〈ワイプ・アウト〉。この曲では、まもるクンが見事なポリバケツ・ボンゴ・ソロを披露した。とっさのアドリブソロだけど、まもるクン自身も驚くくらいうまくいった。客のあいだから大きな拍手が起こった。

2人は深々と礼をして店の隅っこのステージを離れた。まもるクンはカウンターの中に。忠夫はカウンター席に。

そしてまだ注文しないうちにビールのグラスが忠夫の前に置かれた。

「On the house《オンザハウス》」と、まもるクンは恥ずかしそうに小声で言った。店のおごりという意味で、何かの雑誌で見た言葉がまもるクンの頭の中に残っていて、それが無意識のうちに出たもののようである。

忠夫はその意味を知らなかったが、たぶんそういうことだろうと察して、グラスをかかげて謝意を表した。おー、おー、まるでイギリスのパブみたいだねえ、と冷やかしたくなるが、2人ともこういう気障なことも平気なくらい気分がよかった、ということで。

およそ1時間後、2人はまた演奏した。今度はシャドウズの曲だ。話していて2人ともシャドウズのファンだとわかったからだ。こんなふうに好みが一致するのが自分らでも不思議だった。

だが、思うに、それは大いにありうることで、実は不思議ではない。60年代の中盤から70年代にかけて青年期を送った世代には、他の世代よりも多くの共通点があるような気がする。あのころ、多くの若者が、同じ映画を見て、同じ音楽を聴いた。多くの若者がエレキに憧れ、ドラムを欲しがり、バンドを作りたいと思った。そして、その情熱は、中年の親父になった今も、胸の奥で熾火のように燃えているのだ。

というわけで、今度はシャドウズの曲を演奏した。〈若い恋人達のテーマ Theme For Young Lovers〉、〈春がいっぱい Spring Is Nearly Here〉、〈フット・タッパー Foot Tapper〉、〈神秘の男 Man Of Mystery〉、〈嘆きのジェロニモ Geronimo〉、そして、〈アパッチ〉などである。〈アパッチ〉は、ベンチャーズ・バージョンでなく、シャドウズのオリジナル・ヴァージョンだ。

1曲演奏するたびに、大きな拍手が起こった。忠夫はすっかり気分がよくなって、ぐいぐい飲んだ。ウィスキーも、オンザロックで何杯か飲んだから、すっかり酔っぱらってしまった。ここまで酔わなかったら、さらにワンステージ演奏したかもしれない。

翌週の土曜日、またまた開店してまもなくの時間に、忠夫はマージーにやってきた。来週もぜひ来てほしいとまもるクンに言われ、わかった、きっと来ると約束したのだったが、まもるクンに言われなくてもきただろう。

アンプはまもるクン、というか、店に預かってもらったから、今回はエレキギターだけ、おんぶしてやってきた。いや、もう1品、携えてきたものがあった。カセット・テープである。このテープには、この日演奏する曲のリズムギターが録音されている。忠夫が自分の部屋でギターを弾いて録音したものだ。

まもるクンのポリバケツ・ボンゴも、なかなかのものだったが、やはりリズムギターはぜひほしいと思ったのである。そして昨夜マージーに電話してまもるクンにラジカセを持ってくるように頼んでおいたのだった。

一方、まもるクンはまもるクンで、スネア（もちろんスタンドも）、ハイハット、シンバル1枚を自宅から運び込んでいた。最低限のドラム・セットではあるが、これでも十二分の力が発揮されるだろう。アメリカのモダン・ロカビリー・バンドのストレイ・キャッツも同じようなドラム・セットだし。

そしてまもるクンは、先週2人で演奏したコーナーがもっと広くなるようにテーブルを片付け、奥にスツールとドラム・セットを置いた。その脇に忠夫のアンプを置いた。家から持ってきたラジカセはすでにレコード・プレーヤーのアンプにつないである。これで忠夫が録音したテープの音が店のスピーカーからも流れるわけである。

忠夫は、この準備に驚き、感動した。

「すごいな！」

まもるクンは恥ずかしそうに微笑んでうなずいた。

忠夫はクリップ式のチューナーをつけてギターのチューニングをした。

ところでこのチューナーというのがすごい。ギターを弾く人はもちろん知っているだろうし、以前にもちょっと触れたが、知らない人にちょっと説明しておきたい。

形状としては、洗濯バサミに小さな四角い（ときには楕円の）薄い箱を取り付けたような格好である。いずれもプラスティック製だ。その箱の前面がモニター画面になっている。コイン型の電池によって画面に光の図形が現れて、それが音程をはかるメーターになるのだ。使い方としては、まずその洗濯バサミでギターのヘッド（というのはネックの先の、糸巻がついている部分）に取り付けたのち、弦を弾《はじ》く。するとこの装置が音を読み取って、モニター画面の光のメーターが、弦の音程が正しく合っているかどうかを示す。

こう書くと、なんだかややこしいけど、これはものすごく便利な器械なのだ。これが発明されて広まるまでは、チューニングはもっぱら笛や音叉を使って行われた。それらが出す音を聞いて、調弦するのだが、これがなかなか大変。バンドだと、さらに大変。みんな耳がいいわけではないのだ。ようやく合ったところで、せーの、で音を出してみると、見事に外れていたりする。なんだよ、合ってないじゃん、などと言いながら再度各人がチューニング。で、せーの、で一斉に弾いてみると、またまた見事に合ってなかったりして。こんなことをくり返して、ときには３～４０分も費やしたりして。

一方チューナーは目でメーターを見ながら調弦するので、誰にでも簡単にできる。音痴の人でもＯＫである。まさに、ギターマンにとっての福音なのであった。最近（２０１９年）では糸巻のツマミにカポッとかぶせる式のチューナーまである。各弦のツマミにかぶせて弦を弾くと、ツマミが勝手に回転して調弦する。それを順々に６本の弦で行えば、チューニング完了である。人間はなんもせんでＯＫ。この分だと人間が弾かなくても自動的にギターが鳴るオートマチック・ギター・プレーヤーみたいな装置が発明されるかも。なら、楽だわなあ。だけど、楽ならいいのか。

で、忠夫がエレキの調弦をした、と。

まもるクンは忠夫から受け取ったカセット・テープをカセット・デッキに入れて再生ボタンを押した。

低音弦のミュートしたトレモロ音が鳴り渡った。すごい音量だ。まもるクンは急いでボリュームを落とす。〈ウォーク・ドント・ラン '64 Walk Don't Run '64〉だ！

やがて忠夫のリードギターがそのイントロに絡まる。まもるクンはあわててドラムのポジションについて叩き始める。

入ってきた3人連れの客が、「おおっ！」と声を上げた。「いいじゃん、いいじゃん！」

リズムギターの加わった忠夫のリードギターはすごかった。すっと抜けるようなクリーン・トーンだ。ブリッジ・ピックアップのみ使っているようだが、決して鋭すぎず、甘い粘りもある。このときはエフェクターは全然使っていない。アンプ内蔵のリヴァーブだけである。アンプとギターのトーンとヴォリュームのつまみの操作と、ピッキングの仕方だけでこういう音を出せるところが、東日本一の朴念仁ギタリストの忠夫なのである。

まもるクンはというと、まさに天に昇る心地だった。前回忠夫とセッションしたのだけれど、リズムギターが加わってアンサンブルの質は格段に向上した。もはやバンドでございと、見得を切れるほどのサウンドだ。ならば八王子一の孤独なドラマーまもるクンにとって、これはまさに初めてのバンド体験なわけである。バンドって、なんて素晴らしいんだろう！　まもるクンは泣きそうだった。いや、涙の2、3粒はこぼれたに違いない。

一方、忠夫は、やはりうれしいのは同じだが、演奏しながら驚いていた。なんでこんなにうきうきするんだ？　なんでこんなに美しいサウンドなんだ？

忠夫はこれまでバンドで演奏したことは幾度もあった。だが、今回ほど心が浮き立つことはなかったように思う。なぜなんだ？

ギターを弾きながら考えた。自分の弾くギターの音が、それが流れるのに一番いい場所に入り込んだような。それが本来目指すべき場所にうねりながらやってきたような。

そして、それが思いもかけないカセットのリズムギターの音の良さと、そして、なによりドラムの音のせいだと思い至ったのは、2曲目の〈イエロー・ジャケット Yellow Jacket〉を弾き始めたときだった。そもそも弾いてるうちにだんだん気分が乗ってきてつい走ってしまいそうになる曲で、まもるクンのドラムもまるで背中を押すように響いてくる。つい走りたくなるところを、ぐっとこらえて踏ん張ってリズムをキープする。と言っても、ドラムは決して走ろうとしているのではない。ここが微妙なところだが、ドラムはちゃんとリズムをキープしながら、ギターを挑発するのである。言ってみれば、ギターとドラムのリズムバトルである。踏み外しそうなところを、ぐっと踏み留まる。走る予感を周りに振りまきながら、じっとこらえるのだ。そして、それはまさしくロックを演奏するスリルであり、問答無用の快感なのだった。こういう形で、ギターとドラムは対話するのである。

続いてヨーロッパ・エレキの大御所、スプートニクスの〈空の終列車 Le Dernier Train De L'Espace〉。エレキとドラムが宇宙を駆け巡る。客たちは無意識のうちに体でリズムをとっている。

そして、ベンチャーズの〈サーフ・ライダー Surf Rider〉。難しい曲ではない。速弾きでもない。だが、重いリズムがゆったりとたゆたう波を思わせて、ノーキー・エドワーズ作曲の陶然とする名曲だ。続いてザ・ジョーカーズ（ベルギーのグループ）の、〈ダニューブの漣 Olas Del Danubio（何語じゃ、これ？　ベルギー語ってないよな。元はイヴァノヴィッチ作曲のワルツ）〉。昔エレキ少年だった人は知っている曲。ドラム少年だったまもるクンも知っていた。しかし、こんな曲が演奏されたことをどうしてその場にいなかったぼくが知っているのか？　まもるクンから聴取したのだ。取調室の警察官みたいに熱心に。なぜか。それくらいこの2人の出会いに興味があったのだ。ぼくにとっては、ジョンとポール、あるいは、ミックとキースの出会いに匹敵するほどの興味深い出会いなのだ。ロックを熱愛する2つの孤独な魂が、互いを見出し合った奇跡的事件なのである。まもるクンは例のぼそぼそ口調ながらきちんと答えてくれた。聞いてるぼくがびっくりするくらいきちんと。実にまもるクンはこのようにして演奏した曲目は、店が終わったあと、すべてノートに記しているのだそうだ（そのノートを見なくても答えられるのだけど）。

続いて、やはり北欧エレキの名曲、〈さすらいのギター〉。これもエレキ少年ならみんな大好きの名曲なのだが、オリジナルタイトルがすごい。〈Mandschurian Beat〉というのだ。これは何語なんだろうと思う。ドイツ語かと思って調べてみた。Mandschu（発音はマンチュー）は満州人、満州語であり、満州国はMandschurei（マンチューライ）だ。ははん、この語の形容詞形かなと思えばさにあらず、形容詞は、Mandschurisch（マンチューリッシュ）で、Mandschurian（マンチューリアン）ではないのである！　なら、何語なんだろう？　演奏しているザ・サウンズはフィンランドのグループだから、フィンランド語なのか？　ぼくにはこれ以上調べようがない。ベンチャーズもカバーしていて（日本のレコード会社の注文だろうが）、その英語タイトルは〈Manchurian Beat〉だ。この語はちゃんと英和辞典に載って、満州のビート、という意味である。まあ、元のタイトルもその意味に違いなかろうが、しかし、いったいなんちゅうタイトルだろうと思う。満州のビート？　なんでまた？　どんなビート？

日本語のタイトルは〈さすらいのギター〉で、これも考え出すと、よくわからなくなる。さすらいのギター？　ギターがさすらう？

とにかくタイトルはどうあれ、ぼくもこの曲が大好きだ。大学時代にフジテレビだかの、「ビート・ポップス」とかいう番組でひと目見てからぼくは小山ルミさんの大ファンで、彼女もこの曲をカバーしている。歌付きで。とにかく　ぼくはまもるクンの話を聞きながら、ああ、この曲をその時彼らと一緒に演奏できてたらどれだけ嬉しかったろうかと、ふと考えたりしたのだった。

そして再びベンチャーズに戻って、〈エスケイプ Escape〉。あの〈ダイアモンド・ヘッド〉と同じ作曲者だ。ベースラインが同じなので、なるほどと思う。これまたもとエレキ少年、今はエレキ親父に人気のある曲だ。

そして、〈ナポレオン・ソロのテーマ The Man From U.N.C.L.E.〉。ナポレオン・ソロとイリヤ・クリアキンが活躍する連続テレビドラマの主題曲だ。面白かったなあ。主題歌はとてもシンプルなものだったが、忠夫は大好きなんだそうだ。ぼくもそうだけど。

これでファースト・ステージが終わった。いつの間にか客がずいぶん増えている。びっくりするくらい盛大な拍手。2人は深々と礼をし、楽器はそこに残してそれぞれの場所に帰る。まもるクンはカウンターの中、忠夫はカウンター席へ。

結局その晩はさらに2ステージやった。〈パイプライン〉、〈急がば廻れ〉、〈ダイアモンド・ヘッド〉、〈１０番街の殺人〉などの定番曲を中心に。

そのあと2人は話し合った。そして、金曜日の夜をライブ・ナイトとすることに決まった。

そのひと月くらい後の水曜日に、忠夫はアコースティックギターを持ってやってきた。その前の週に、まもるクンと相談して、金曜日以外の日も何か生演奏をしたらどうか、ということになった。なら、アコギもやってみようか、と忠夫は提案したのだった。

「おれ、オールディーズやポップスの楽譜集も何冊か持ってる。フォークソングのもある。お客の中で歌いたい人がいればそれ見て歌ってもらえばいい。ギターが弾けないんなら、おれがギターで伴奏すればいい。ギターだけで歌の伴奏するならエレキよりかアコギのほうがいいし」

「それ、すごくいいと思う」と、まもるクンは小声で言ったが、声が小さいだけでまもるクンも大乗り気だったのだ。

かくして、水曜の夜は、アコギの伴奏による歌の夜となった。

忠夫は譜面は相変わらず読めなかったが、コードと歌詞のついた楽譜があれば大抵の曲の伴奏ができた。一度聞いたら大体の曲は覚えているみたいである。世の中にはときどきものすごい才能を持つ者がいる。

譜面はまもるクンが3冊全部コピーした。歌う人とアコギを弾く人がそれぞれ見られるように2部必要だからだ。

さらにまもるクンは例の電気屋さんと相談してそこそこのPAシステムを導入した。マイク（定番のシュアー、SM58だ。箱には英語で伝説的ボーカルマイク、との文句が記されていた）と、ヴォーカル用のアンプ内蔵のミキサー（マイクジャックの差込口が4つある）、そしてボーカル用のスピーカーが2個である。そこそこの出費だけど、まもるクンはびくともしなかった。自分の店で生の音楽が聞けるのがうれしくてたまらなかったのである。

日本のフォークソングなどを客が歌うときはドラムは入らなかったが、ポップスなどのときは、まもるクンもそっとドラムを叩くこともあった。

そのうち忠夫はアコギにピック・アップを取り付けて、アンプで鳴らすようになった。マイクが入ると、そうすることが必要になったのだった。

そしてこの水曜セッション目当ての客が次々にやってくるようになった。客の中には、古いポップスをよく知っている人もいた。５０代とおぼしきあるサラリーマンの男はオールディーズ・ソングブックのページを繰っていたが、やがてジョニー・ディアフィールドの〈悲しき少年兵 Lonely Soldier Boy〉が歌いたいと申し出た。忠夫はこの曲は聞いたことがあるような、ないような、という感じだったが、客の示したテンポとコードがわかればどんな歌かわかったから、伴奏はお易い御用だった。まもるクンも控え目にスネアを叩いた。

ちなみにこの曲はかく言うちっくんの大好きな歌だった。ちっくんはまだ幼いころにこのジョニー・ディアフィールドをテレビで見たことがあって、そのときから大好きだったのである。「ロンリー、ロンリー、ロンリー、ソルジャーボーイ、ロンリー……」というリフレインを持つとてもキャッチーなポップソングだ。ちっくんはのちにオールディーズのレコードを買ってその歌詞の内容を知った。こんな歌だ。

１７歳になったばかりの少年が海兵隊に入って、船に乗り込む。岸壁には見送りの人の波。その中には彼の恋人もいて、彼女のかすかなささやき声が聞こえてくる。「さよなら、わたしの愛しい人、さよなら」と。やがて船は大海原へ。彼のふと思うよう、「あの子はぼくを裏切ったりしないだろうか？」。などと思いながら彼女の写真を見つめると、涙が目にあふれるのだ。そして彼は任務を終えてまた船で戻ってくる。岸壁には出迎えの群衆。彼はその中に彼女の顔を探すが、どこにも見えない。彼はいかにも淋しい少年兵らしく荷物をまとめると、街へと歩んで行くのであった、という内容だ。

冷静に見れば、他愛ない失恋ソングだが、こういうのも歌になるとぐっと胸にしみることがある。さらに、こうして歌詞をあらためて検討してみると、おいおい、と言いたい要素もあることに気づく。

そもそも、彼女の「さよなら、わたしの愛しい人……」という言葉自体が問題だ。これは決別の言葉に聞こえる。彼女は、「早く帰ってね、待ってるわ」みたいなことを言うべきだった。当然のごとく彼の胸に不安がきざす。「あの子はぼくを裏切ったりしないだろうか」、と。で、不安は的中、彼女は出迎えにはこなかった、と。してみると、これは単なる他愛ない失恋ソング、ということで片付けられない。すでに最初から不穏な要素を孕んだ悲劇的な人間関係の歌なのだった。いや、彼の猜疑心、不安、などの苦しみはいかばかりだったろうか。「怖れていた通りにフラレてもうたやないか・ソング」というカテゴリーに属する歌であった。

ともかく、そこまでのことを考えてのことかどうか定かでないが、この歌を歌いながら50代とおぼしきサラリーマンは、なんだか涙ぐんでいたようだったと、忠夫は言った。そして、歌い終えると忠夫の手を強く握り、何度も上下に振ったと言う。なにか少年兵と似たような経験をしたことがあったのかもしれない。

40代とおぼしきサラリーマンの3人グループは、みんなフォーク・ファンだった。

1人は、かぐや姫の〈神田川〉もう1人は、風の〈22才の別れ〉、そしてもう1人は吉田拓郎の〈旅の宿〉を歌った。みなうまくはなかったが、とても楽しそうだった、とのこと。忠夫はこういうフォークも好きで、レコードに合わせてよく弾いていたらしい。その折に、自己流のスリーフィンガーピッキングも研究したという。

コニー・フランシスの〈ボーイ・ハント Where The Boys Are〉や、〈渚のデート Follow The Boys〉を英語で歌うフィリピン人の女性もいた。忠夫やまもるクンよりやや年上といった感じで、かつてはフィリピン・パブでホステス兼シンガーをやっていたそうだが、現在は結婚して八王子にある冷凍食品会社で働いている。名前はエミリア。後にぼくも彼女の歌を聞いたが、ものすごくうまいので驚いた。英語はフィリピン・アクセントというのだろうか、独特の響きがあるが、それがまたむしろチャーミングなのだ。このマージーではどんな歌の伴奏でもやってくれるよと同僚から聞いてきたそうだ。彼女はとても嬉しそうだったらしい。以後、マージーのよき常連となった。

また、歌じゃなくてアルト・サックスの伴奏をしてくれという人もいた。この人は会社を退職してから以前からやりたかったサキソフォンを始めた。最初は独学でやっていたが、どうもうまくいかないので、八王子の楽器店がやっている音楽教室のサックスのコースに入ったとか。譜面は自分で持ってきた。コードもついている、なら問題ない、と思って忠夫は伴奏をつけようとしたが、それがうまくいかない。おかしいな、首をしきりにひねっていたら、その人、岩水さんという名前だが、恐縮した様子で言った。

「あのですね」

「はあ」

「先生が言ってました」

「先生が、ですか?」

「サックス教室の先生です」

「はあ。なんと?」

「アルト(サックス)はね、岩水さん、普通にCの調で吹いたらE♭になんのよって」

これはぼくも後に知ったことだが、つまり普通に書かれた譜面をアルト・サックスで吹くと、短3度上の調になるということだ。テナー・サックスなら、B♭になる。ちなみにソプラノ・サックスならB♭、バリトン・サックスは、アルトと同じE♭になる。こうしてみるとアルトの1オクターブ下がバリトンで、ソプラノの1オクターブ下がテナーということになるのだろうか。これらサックスみたいに普通に演奏すると調の変わる楽器を移調楽器というのだそうだ。トランペットにもいろんな種類があるそうだが、一番多く使われているのがビーフラ管と呼ばれるもので、普通にCの音を吹いたらB♭の音が出る。やってれば慣れるんだろうが、ぼくはギターをやっててよかったなあと思ったりして。ところでこのサックス教室の先生というのが、女の先生で、そしてとてもかっこいいのである。器量がどうとかいうことではない。後にぼくが岩水さんから聞いたけど、呼吸法から姿勢から、厳しく指導する。生徒がうんと年上のおじさんだなんてことはまるで気にかけない。「もっと背筋伸ばして。胸を開いて。こら、おなかを出せと言ってんじゃないわよ」などと言いながら、遠慮なく腹をポンと叩いたりするそうだ。

で、岩水さんが、サックス教室の先生に言われたこと、つまり、アルトは短3度上の音が出るのだということを忠夫に伝えた、と。

「なるほど」なんでそんな不便な楽器なんだ、と思いながらも忠夫は了解した。

そしてまず岩水さんの吹いたのが〈ユード・ビー・ソー・ナイス・トゥ・カム・ホーム・トゥ You'd Be So Nice To Come Home To〉だった。これは大作曲家、コール・ポーターが書いたものすごく美しい曲だ。いろんなアーティストが取り上げているが、ヘレン・メリルという女性歌手がトランペットのクリフォード・ブラウンと共演したものが一番ポピュラーだろうか。ぼくも何度も愛聴したっけ。

そして、〈フライ・ミー・トゥ・ザ・ムーン Fly Me To The Moon〉、〈いそしぎ The Shadow Of Your Smile〉、そして、〈キエンセラ Quién Será（英語タイトルなら、Sway）〉。

つまり、スタンダードの名曲を次々に披露したわけだ。なかには難しそうなのもあるが、定年後に女の先生にせっかんされながら修行したサックスで吹いたのである。ぼくも後に聞かせてもらったが、素直に大したものだと思った。

で、忠夫の方だが、CがE♭になるのなら、ギターの3フレットにカポタストをつけて譜面のコードどおりに弾けばいいわけだ。なら造作ないと思って弾き始めるが、曲がジャズ・スタンダード系なので、ロックやフォークではまず見ないけっこう面倒なジャズコードが出てくるから、緊張する。だが、忠夫は一時期集中的にギター・コードブックを見ながら研究したことがあるので、まあ、初見でもなんとかこなせた。まことに重宝なギターマンなのだった。

また、グループ・サウンズ、つまりタイガースやブルー・コメッツ、テンプターズやワイルド・ワンズの歌を歌う人もけっこういるとわかった。忠夫やまもるクンくらいの歳の人が多かったが、けっこう若い人でそういうのが好きな人もいた。忠夫はこの手の歌もちゃんとこなせる。一度、ランチャーズの〈真冬の帰り道〉の伴奏をしたとき、鮮やかに間奏のソロを弾いて、拍手喝采を浴びたそうだ。忠夫はこのソロが好きで、昔けっこう弾いていたのである。

そして当然ながら、ビートルズを歌いたがる人もいた。ローリング・ストーンズの歌では、〈テル・ミー Tell Me〉を歌う人がいた。

こういうセッションはだいたい1回40分くらいで、40分休憩して、2回目のセッション、というやりかたになった。きちんと時間どおりというのではなく、ごく気楽にフレクシブルに、というやりかたである。伴奏を希望する人がいないときは、やらない。あたりまえだけど。また、ギターを持参して弾き語りをする人もけっこういる。そういう人にも、どうぞどうぞ、でやってもらう。

そして、金曜日には、先にも述べたように、自作のカラオケ・テープに合わせてギターを弾く忠夫と、ドラムを叩くまもるクンの、エレキ・インスト・ショウ（これがけっこう人気なのだった）をやっていたから、2人にとってはなかなか充実した音楽生活なのである。

さて、以上のようなやり方が定まってきたころ、ある人物がこのマージーを訪れた。その人物とは、ちっくん、こと、藤原竹良、すなわち、本稿を書いているぼくである。で、話は、第5章の終わりにつながって行くのだった。

9．ちっくん、マージー・シーンに登場する

さて、第5章はこんな終わり方だった。

そして12時を回ったころ、ギターマンに向かって、ぼくは言った。

「バンドを作ろう」

ぼくには運命の指し示す矢印が空中に見えたのだ。

「うん」ギターマンは言った。

「マスターのドラムも一緒に」ぼくは言った。

「え？」マスターは言った。マスターをよく知らない人には難しいが、それはOKという意味の「え？」だったのだ。

こうしてぼくはロッキング・ホースメンでの活動から、なんと、30余年のブランクをへて再びバンド活動をすることとなったのである。

入ったバンドにはまだ名前がないが、それはおいおい考えることにしよう。先の章で書いたが、忠夫とまもるクンは金曜日と水曜日に活動している。で、ぼくはエレキ・ナイトのほう、つまり金曜日のほうに参加することとしたのだった。

第1回目のセッションの前夜、ぼくは興奮して、緊張して、さらにわくわくしていた。この歳でこんなにわくわくしている自分に驚いている。

どんな曲を演奏するかは決めてあった。まず、何よりもベンチャーズだ。定番の曲をざっと10曲。そしてビートルズの曲も、比較的演奏しやすいものを7曲。さらにクリーデンス・クリアウォーター・リバイバル（CCR）の2曲、そしてチャック・ベリーも2曲で、計21曲ということになる。これで、30分1ステージとして、ゆったりと3ステージがやれるだろう。

寝床についても眠気がまったくやってこないので、ぼくは起き出して自分のパートのおさらいをした。ベンチャーズの曲はリズムギターをやるつもりなので、アンプは使わないでギターのコード・ストロークをチェックした。ビートルズのジョン・レノンもそうだが、ベンチャーズのドン・ウィルソンのリズムギターはとてもダイナミックで、弾いていてすごく楽しい。

ビートルズやCCRやチャック・ベリーの曲については、ヴォーカルのチェックだ。カシャ、カシャとギターでコードを弾きながら、小声で歌ってみる。長年の愛唱歌ばかりだから、譜面を見なくてもコードも歌詞も自然に出てくる。歳をとると直近の記憶は失われがちだが、幼いころや若いころの記憶は残っている、というのをよく耳にするが、ほんとにそうだと思う。もちろん、そういう歌のコードや歌詞がぼくにとってとても大切なものだった、ということはあるだろうが。

いつまでおさらいしてもきりがないので、ギターを置いてウィスキーを飲み始めた。小さな音でベンチャーズのＣＤをかける。

なんだか嬉しくなって、ふと泣けてきそうになる。こんなシンプルな曲が、今でもぼくの心を揺さぶるのだ。

ちょっと飲みすぎたかなと思ったところでグラスを置き、ギターをベッドの脇に置いて眠りにつく。まるで遠足前日の学童みたいだ、と思う。妻は調査・研究のため、ニュージーランドに滞在中。


アンプもマージーに持って行くので、まずバスで八王子駅前まで。そこからギターをおんぶし、譜面と小物の入ったショルダーバッグを斜めにかけ、アンプを左右の手で代わる代わる提げてマージーに行った。時計を見ると、6時半を少し回ったところ。ドアを開けると、まもるクンがテーブルを拭いて回っているところだった。びっくりしたような顔でぼくを見ると大急ぎで駆け寄ってきて、ぼくの手からアンプをとると店の奥のステージの方に運んで行った。それには及ばない、自分で運ぶからという間もない素早さだった。ぼくは小声ですみませんと言った。

この店で自分のギターを弾くのは初めてなので、客が入る前に準備をしておこうと思って早めにきたのだ。忠夫はまだ来ていない。

ぼくはバッグから折り畳みのギタースタンドを出してセットし、そこにバッグから出したギターを置いた。阿佐ヶ谷の質流れ品店で買った中古のグレコ・レスポール。そして延長コードを出してアンプを電源につなぎ、ギターをアンプにつないだ。そしてポケットからクリップ式チューナーを出して、ギターのヘッドに取り付けてチューニングを始めた。ふと正面を見ると、まもるクンがじっと見守っている。なんだか期待にあふれた少年みたいだ。

ぼくは思わず愛想笑いをする。

「レスポールですね」と、まもるクンは言った。「すごい！」

「いや、本物じゃなくて、国産。グレコのコピーモデル」

「でも、かっこいい」

「そう？　確かに、そっくりだし、よくできてるよね」

「すごくかっこいい」

「ありがとう」ぼくは素直に嬉しかった。エレキは親父を素直にする力があるのかもしれない。

チューニングを終えてアンプをいじり始める。そこに、サユちゃんが出勤してくる。

「おはよッス」とサユちゃん。

「おはようございます」と返すマスター、つまりまもるクン。夕方でもおはよう。この店の挨拶は芸能界みたいである。

さて、ギターのトーンをぼくの好みに合わせる。トレブル（高域）のツマミを、6、ベースのツマミを、7にし（このアンプにはミドルのツマミはない）、リバーブ（残響効果）を10にする。前にも書いたが、このアンプは日本の誇るエルク（ELK）社製のもので、あのフェンダー・ツイン・リヴァーブを目標にして製作されたものと思われる。そのツイン・リヴァーブも、銀パネ（銀色のパネル）と呼ばれるもはや伝説的名器のほうだ。だからぼくのエルクも銀パネ。ただジャックやツマミの数はツイン・リヴァーブよりだいぶ少ない。だが音はなかなかに素晴らしいものなのだ。家ではボリュームのツマミを3の位置まで回すのだが、ここではもっと出せるだろうと思い、4まで回した。で、ポン、ポン、と弾いてみる。おお、いいなあ、と思う。

まもるクンはじっと息を詰めるみたいにしてぼくのやることを見ている。

「音、大きすぎるかな？」と聞いてみた。

まもるクンは首を激しく左右に振る。ブルブル、という感じで。

もっと出していいってことだなと解釈したぼくは5まで回して、またブンブンと弾いてみる。

「いいかな？」

まもるクンは大きく首を縦に振る。うんうん、という感じで。

そこでぼくは曲を弾いてみる。何の曲を？　それはもちろん、

デンデケデケデケ〜！

我ながら痺れた。日ごろは小さな音量で弾いていて、その音に慣れていたのだが、エレキというのはアンプのボリュームをしっかり上げて弾くほうが音がいいのである。単に音量が上がるというだけではない。音質自体も良くなるし、音の伸びも良くなる。そうなると、リヴァーブの具合も、もう、あんた、腰が抜けそうになるくらいよいのだ！

ぼくは改めてもう1回デンデケデケデケをやったのち、低音の2本の弦で〈パイプライン〉のサイドギターのリフを弾いた。E・B・G・B／E・B・G・Bのくり返し。階名で読むと、ラ・ミ・ド・ミ／ラ・ミ・ド・ミとなる。これはEmの曲だが、Amでやると〈ダイアモンド・ヘッド〉のリフになる。

まもるクンが嬉しそうな顔で聞きほれている。そこにギターケースを背負った忠夫がやってきた。忠夫はぼくに向かってうなずいた。これが彼の挨拶なのだ。ぼくもうなずき返す。なんだか昔からのバンド仲間みたいな気がした。

忠夫もアンプとギターの準備をした。軽いリハーサルでもするのかなと思ったら、忠夫は壁に取り付けた刺股《さすまた》型のギターホールダーにギターをぶら下げて、カウンターの方に歩いて行く。

「ちょっと音合わせ、しとく？」と、ぼくは言った。

「3人ともよく知ってる曲だから、大丈夫だよ」と、忠夫は答えた。「お客さんも来てるし、リハの音を聞かせるのは、好きじゃない」

なるほど。ぼくはうなずいた。隣のまもるクンも、ぼくの顔を見て、嬉しそうにうなずいた。音楽はすごい。演奏される前からその予感によって人を嬉しがらせることができるのだ。

「とにかく、まずビールだ」と、と忠夫は言った。

ぼくとまもるクンは大きくうなずいた。うんうん。

第1ステージは、8時にスタートした。

MCも何もなしでいきなり演奏開始。

デンデケデケデケ〜!

今回の「デンデケデケデケ〜」は、リードギターの忠夫が弾いた。そのキレのよさにぼくは素直に驚いた。そんなもの、誰がやっても同じだろう、などと思う人がいるかもしれないが、全くそうではない。いや、ギタリストの数だけデンデケはある。そもそもベンチャーズの2人のギタリスト、ドン・ウィルソンとノーキー・エドワーズのあいだでも、その違いは明らかである。普通デンデケはドン・ウィルソンが担当し、その音は軽快で小気味がいい。だから、その音は普通、「テケテケテケテケ」、と表記される。だが、この〈パイプライン〉ではリードギターのノーキーが弾いている。その音はよりヘビーで迫力がある。だからぼくはそれを「デンデケデケデケ」と表記したのだ。このことは前著の『青春デンデケデケデケ』にも書いたと思う。こういった違いは、機材のセッティングにも関係するが、主に奏法による。ピック角度、その強さ、そして手のひらの手首側の部分によるミュートの具合によって、まったく別の音になるのである。そして、このときの忠夫の「デンデケ」は、まさにノーキーの音だったのだ。ぼくは感心した。

忠夫のピッキングはしっかりとして粒がそろっている。フレージングは素直で、コネる要素はない。だから、シンプルで淡々とプレーしているように聞こえるが、それがこの曲には合っているのだ。エレキ弾きの中には、誤ったテクニック至上主義にとりつかれて、素直に弾くことができなくなった人も、けっこういる。単音をポーンと伸ばして弾くことができなくなって、やたらコネたり、不要なチョーキング（左の指で弦をグイと押し上げ音を上げるテクニック）をせずにはいられなくなるのだ。

ぼくの場合は例のサイドギターのリフがプレーの中心になる。このリフは右の手のひらの手首近くの部分（空手で言うところの掌底《しょうてい》）を、ブリッジ近くの弦に押し当ててミュートして弾くのだが、ピテッ、ピテッ、というリヴァーブの効果が最大限に出るように、右手の位置と、弦を抑える強さを適宜調整しながら弾いた。細かいことを言うと、右手のミュートの位置をブリッジの真上ではなく、ほんの少しネックよりにするのがコツ。

ドラムは決してギターの邪魔をすることなく、タイトに、そしてかゆいところに手が届く感じで音がメロディの中に入ってくる。ぼくはすごいプレーヤーたちと一緒に演奏しているのである。そして、デンデケデケ〜で、フィニッシュ。１０人近くの客のあいだから、拍手が起こる。およそ３４年ぶりに浴びた拍手だ。

続いてドラムから曲が始まる。バスタムの１６ビートで（こういう叩き方をロールというんだっけか）、ターン、ターン、タン、のアクセントがつけられている。〈ドライビング・ギター〉だ。そして鮮やかなリードギターが歌い出す。スタジオテイクではなく、１９６５年の厚生年金ライブ・バージョンだ。実に、鮮やかにくねりまくるリードギター！　負けじとリズムギターはときに１６ビートを刻みながら、力強く、ガシガシ、とカッティングする。ドンさん流のリズムギターだ。ガシガシガシガシ。ほんの気持ち遅れ気味で、ちょっぴりモタる感じがある彼の味も、なんとか取り入れようとするぼく。

続いて〈ウォーク・ドント・ラン・'64 Walk Don't Run '64〉。〈急がば廻れ〉のデケデケ版だ。このデケデケはリズムギターのちっくんがやる。ミュートしたトレモロのピッキング。リヴァーブの心地よいこと！　思えばこのリヴァーブで６４年ごろの無数の高校生がエレキの虜になったのだ。

そして、〈ダイアモンド・ヘッド〉。これまたぼくのミュート・トレモロで始まる。お客さん、大喜び！

続いてビートルズ。

まず、これでしょう。〈抱きしめたい〉。簡単な打ち合わせ通りにぼくのカウントで始める。「ワン、ツー」と2分音符でカウントし、続いて4分音符「ワン、ツー、」と、カウントし、「ン、チャ、チャ、チャーン」と、ギター、ドラムが入る（ンは8分休符よ）。うまくいってる！　ぼくはコード・ストロークしながら頭の中で必死に拍数数えて、歌に入る。「オー、イェー、アーイル、テリュ、サムシン（O yeah I'll tell you something）」

この歌い出しにくい歌が、一発で決まった！　ぼく自身が驚いた。が、懸命に歌う。ジョン・レノンになった気で、足を気持ちがに股気味に開き、声は軽く鼻にかけながらも懸命に張り上げて。

「アイ・キャント・ハイド I can't hide」のくり返しもイントロと同じリズムで、注意を要する。ここはぜひコーラスが欲しいところだが、ないので、3回目はポールの歌う上のパートを歌った。ビートルズには必須の高音《ハイノート》シャウトの感じを入れときたかったからである。

なぜコーラスがないか。他のメンバーがやりたがらないのだ。「やらない」と、忠夫は言った。なぜとも、どうしてとも言わず、あっさり「やらない」

まもるクンは、恥ずかしそうに首を左右に振った。

なら、1人でなんとかせなしゃーないか、と思ったのだった。だが、結果はそれでもOKだった。お客、喜ぶ。みんなこの曲が好きなのだ。忠夫はうなずき、まもるクンはスティックを軽くコンコンコンと打ち合わせた。2人ともぼくの歌をよしとしてくれたのだ。

「ありがとうございます」ここでぼくは初めてMCをやった。「続いて、もう1曲ビートルズです。「ワン、ツー、スリーフォー、ワン、キャント・バイ・ミー・ラーブ、オーウ、ラーブ、オーウ」〈キャント・バイ・ミー・ラブ Can't Buy Me Love〉だ。

続いて、もう1曲ビートルズ。昔はうまく歌えなかった歌だ。一番高い音がどうもうまく出せなかったのである。その音とは、上のA♯、つまり上のラの♯、あるいは、譜面の五線の上に引いた短い棒で突き刺した団子を半音上げた音である。もっとわかりにくいか。とにかくその音が晴れ晴れと出せないとこの歌、〈ミスター・ムーンライト Mr. Moonlight〉は歌えない。

大体において、この高さは普通の成人男子が出せる高さではない。普通、上のG（ソ）が出れば、高い声が出せるね、と言われるだろう。その音より短3度上の音なのだ。だが、ジョン・レノンは出しちゃうのである。ポールの声はべらぼうに高いけど、ジョンも相当高い声が出せる。だからこの歌をこのキーで歌う。このギリギリのキーでシャウトするところが、ミソなのだ。キーはF♯という、ヘンテコなキーで（譜面に書くと調号は♯が6個付く）、それを半音落としてFか、あるいはさらに半音落としてEまで下げればぐっと歌いやすくなるだろう。だが、それだと迫力が出なくて、ビートルズ・ファンの共感は得られまい。だから、もとのF♯で歌えるようになるまで、この歌は歌えないと、ぼくは思っていたのだ。だが、歳を重ねるに連れてだんだん高い声が出るようになった。

高校生のころは、Gでも楽ではなかった。だが50を過ぎた今はAも、さらにA♯も出せるようになったのだ。半ば裏声になっているのかもしれないが、でも、とにかくこの歌に使える程度の声質で出せるようになった。これはなぜなんだろう。

お爺さんの中にはすごく短気になった人がいて、何かのはずみで癇癪を起して、「貴様、何を言うか、失敬じゃないかあ!」などと、キーキー声でわめいたりすることがあるようだ。つまり、老人になると声が高くなってキーキー声になるわけで、こういうのをぼくはジジ・ソプラノと呼んでいるのだが、ぼくにもそのジジ・ソプラノの兆候が現れて、それでA♯が出せるようになったのかもしれない。

そのハイノートはイントロのシャウトの始めに出てくる。しょっぱななので、気楽にはやれない。歌い出す前に、軽く、ごく小さな声で、(階名で)ド、レ、ミと口ずさんでみる。このミの音が最初の音だ。そして思い切りシャウトする。

「ミスター、アーアーアーア、ムーンラーイ!」

(ところでこれはビートルズのオリジナルではなく、R&Bの、ドクター・フィールグッド&ジ・インターンズの曲をビートルズがカバーしたものだそうだ。もとの曲はどんなだったんだろうと思ってユーチューブで聞いてみた。驚いた! ビートルズよりさらに半音高いGのキーでやってる! しかも、最初のシャウトもちゃんとやってる! 最高音はBだよ! とてもいい演奏で、さすが本家だ、ビートルズに負けてない! だが、ぼくはビートルズのバージョンが好きなので、こちらでいくことにしたのだった。ひょっとしたらジョンはGのキーだと高すぎるので、F♯に下げたのだろうか?)。

最初のシャウトがうまくいけば後はそれほど大変ではない。A♯の音はもう出てこない。高くてもG♯までであるから、とても気持ちよく歌えた。50を過ぎて人前でこの歌が歌えるとは、昔は思ってもみなかった。

盛大な拍手、さらには口笛まで。ぼくは深々と頭を下げた。

「ありがとうございます。ありがとうございます。では、ぼくらの大好きなアメリカのバンドの曲をやります。〈プラウド・メアリ〉、どうぞ、お聞きください！」

ゆったりした、ミシシッピ川の流れを思わせるリズム、意表をつくイントロのコード進行、シンプルで、とても印象的な歌詞、文句なしのロックの古典だ。アイクとティナ・ターナーのカバーもあるが、断然オリジナルのCCRがいい。ぼくは武道館で彼らのライブを見たことがある。その時は残念ながらフォガティ兄弟の、お兄ちゃん、トム・フォガティが抜けて3人組になっていたが、素晴らしい演奏だった。まあ、中心人物の弟、ジョン・フォガティさえいればOKなんだろう。

後ろから背中を押してくれるような、心地よいまもるクンのドラムを体で感じながら、ぼくは歌った。忠夫の間奏も申し分なかった。ギター・ソロの後半は、重いゆったりしたリズムを一層強調するように、半拍遅らせのシンコペーションが効果的に使われる。忠夫はそれもキチンとコピーしていた。再び、ぼくはすごいメンバーと演奏しているのだと思って、ぐっと来た。そして、ますます大きな拍手。

ここでまもるクンのために、ジェリーとペースメイカーズの〈マージー河のフェリー・ボート〉を演奏した。「トンットトット、ストトントット」という軽やかで小気味のいいドラムに続いて、巧みなコード弾きによる忠夫のイントロ・リフが入る。そしてぼくは心をこめてこのリヴァプール国歌を歌い出した。

マージー河のフェリー・ボートよ。まさにここはぼくの愛する場所
だからぼくはここに留まる

そしてファースト・ステージ最後の曲、〈ジョニー・B・グッド〉だ。

忠夫が言った。

「キーは？」

「B♭《ビーフラ》で」ぼくは答えた。この曲をカバーしているアーティストは多いが、たいていAでやっている。ギターバンドにとってはB♭よりもAの方が解放弦が使えるぶん、やり易いからだろう。だがぼくは「B♭」でやるのが好きだ。だいたいぼくの声の高さはチャック・ベリーと同じくらいかと思う。それが密かな自慢だったりして。

「この曲は、藤原さんが――」と忠夫がぼくに向かって言いかけた。

藤原さんとは誰だ、と一瞬思う。ああ、わしのことだった。

「ちっくんでいいよ。特にバンドやるときは」と、ぼくは言った。

「じゃあ、ちっくん。この曲はちっくんがリードギター弾くのがいいんじゃないか？」

「え、なんで？」

「さっき、チューニングの仕上げの時、ちょこちょこっとこの曲のイントロ、弾いてたよね」

「そうだっけ？」

「それ聞いて、ああ、いい感じだな、って思った」

「そう？」他愛なく嬉しがるちっくん。

「だから、リード弾いてよ。おれもたまにサイドギターやってみたいし」

「じゃあ、やってみっかなあ」そう言われちゃ、しかたないかな、みたいな感じで、外人調で肩をすぼめた。内心、ほくほく大喜びなのだ。なにしろ、再びエレキに目覚めてからは、数えきれないくらいこの曲のイントロと間奏を弾いてきた。テレビの前に座ってもギターを手に取る。そしてアンプにつなぐことなく半ば無意識的にギターを弾いている。そんな折に必ずと言っていいくらい弾くのが、〈オー・プリティ・ウーマン Oh, Pretty Woman〉、〈アイ・フィール・ファイン〉、〈デイ・トリッパー〉のリフ、そして〈ブラック・マジック・ウーマン Black Magic Woman〉の前奏と間奏、そして、この曲のイントロと間奏のギター・ソロなのである。それくらいぼくがこの曲のギター・ワークにほれ込んでいることを、東日本一の朴念仁のギターマンは見抜いて、あんたが弾けば、との提案をしたのだ。なんて思いやりがあるんだろうと、後で思い返してしみじみ感謝したことだった。

そしてぼくは曲紹介をしようとした。そのとき、高校時代の文化祭のライブでベースの合田富士男が言った言葉を、思い出した。

「もしロックの中から一曲だけあげてみぃ、と言われたら、わたくしはためらうことなくこの曲をあげるでありましょう。それでは、みなさん、〈ジョニー・B・グッド〉でーす!」

あのときのライブでは、控え目に言っても観音寺一のギターマン白井清一が弾いたイントロを、今回はぼくが弾いた。チャチャチャチャ、と弾きだしたとたん、スポットライトが当たったと、そんな錯覚が起こった。ぼくは懸命に拍数を体の動きで感じながら、弾いた。

世界一のロックのイントロ。もともとはチャック・ベリーのバンドのピアノ・マンの持ちフレーズだったのを、ベリーが気に入ってギター・イントロにした、という話を、ベリーの伝記映画、『ヘイル、ヘイル、ロックンロール』の中で聞いたような記憶がある。ベリーはほんとに気に入ったのだ。だから、このバリエーションが様々な彼の曲でイントロとして使われている。〈ロール・オーバー・ベートーベン Roll Over Beethoven〉、〈レット・イット・ロック Let It Rock〉(歌のメロディもJBGにそっくり!)、〈プロミスト・ランド Promised Land〉、〈キャロル Carol〉、〈スウィート・リトル・ロックン・ローラー Sweet Little Rock & Roller〉、〈バック・イン・ザ・U.S.A. Back In The U.S.A.〉などなど。

まさにベリー・イントロと呼びたいものである。で、そのイントロを、ライブではなく、レコードのオリジナル・スタジオ・テイクのバージョンを（なにしろ、これが一番いいから）、できるだけ忠実にコピーしたのを弾いたのである。

このイントロのフレージングにはほんとにロックの神髄があふれている。基本的にはいわゆる8ビートなのだが、そこに8分音符を適宜スラーで結ぶことによるシンコペーションによる、ウネリ、というか、ユラシ、がある。このウネリないしはユラシが耳と体表から体内に入ってきて、腰骨の中心に達すると、人はもうじっとしてはいられない。体がリズムにむずと摑まれて、勝手に動き出すのだ。

実際、このイントロと間奏は、東海林太郎さんみたいに直立不動ではまず弾けない。チャック・ベリー自身、ギターを弾きながら、ダックウォークを始めとしてさまざまな、ある意味で「奇怪な」ギターアクションで観客を楽しませるのだが、それはもちろん意図的ではあろうけれども、同時にプレーしているフレーズのリズムの技のしからしめるところでもある。弾いてる当人自身、自然とそうなっちゃうのである。そして、それこそが、ロックの神髄の顕現だとぼくは言いたい。最近、東西彼我のロックシーンにおいて、こちらの体を自然にうねり出させるようなスリルを持つ曲を耳にすることが絶えてない。みなロックの最大の武器であるところの、いわゆる「聞く者の体揺さぶりシンコペーション」の技を持っていないからである。

そしてぼくはこれまでに何百回も歌った歌を、心を込めて歌った。歌詞も素晴らしい。内容も楽しいが、韻律も文句なし。チャック・ベリーのことをロック界最高の詩人と言ったのはジョン・レノンだったか。ベリーの書く歌詞はどれもストーリー性が豊かで、映画のような場面が浮かんでくる。しかもユーモアがある。でも、何より素晴らしいのが、彼の作り出す弾みながらうねるリズムと、絶妙に溶け合う言葉のリズムである。歌ってる口が嬉しい。歌い飽きない。なるほど、最高の詩人だ。

いつしか、1人、2人と席を立って踊り出した。若い女性のグループも、中年のサラリーマンたちも。

そして、間奏。これはイントロの変奏だ。ブレークが、ちょっとジラすような効果を出す。やはり文句なしの躍動感にあふれている。それを2コーラス弾いて、歌に戻る。

〔おっかさんがジョニーに言った。お前はそのうちきっと立派な男になる。そして大きなバンドのリーダーになるよ。遠くから人がいっぱいやってきて、お天道様が沈むころ、お前のギターに耳を傾ける。いつかお前の名前は電光板に現れる。今夜、ジョニー・B・グッドが出演します、ってね〕。そうおっかさんは言うのだ。これを歌うぼくも、いつしかジョニー・B・グッドになっている！

こうして最初のステージは無事に終わった。ほんとに心のこもった拍手が起こった。ぼくは深々と頭を下げてギターをスタンドに置き、カウンターの端っこの自分の席にもどった。しばらく胸のどきどきが収まらなかった。

それから30分後にセカンド・ステージ、さらに30分の休憩のあとサード・ステージをやった。またベンチャーズ、CCR、ビートルズ、チャック・ベリーの曲を演奏したが、3ステージとも別の曲だった。お客は入れ替わりがあったが、最初から最後まで見て行ってくれた客も幾人かいた。そのうちの1人は、どうやらぼくらと同年齢くらいと思われるが、しきりに溜息をつきながら「いいなあ！」を連発していた。ぼくにとっても最高の反応だったから、彼が握手を求めてきたときは、喜んでしっかり手を握り返したのだった。

ぼくは期待した以上のライブの大成功に、もちろん大喜びだったのだが、それ以上に強く感じたのは、ぼくらの世代の、成長過程における体験の同時性、というか、類似性というか、同質性なのであった。

この晩のぼくらの演奏は、全くのノー・リハーサル、いきなり、「ワン、ツー、スリー」などとカウントして演奏を始めるというものであった。考えてみれば、これはすごいことである。なぜそんなことができたのか。

自慢するようだが、ぼくらは揃ってなかなかのミュージシャンだった。そうじゃなければ、あんなことはできない。だが、それだけじゃない。ぼくら3人が演奏する曲をよく知っていた、いや、それらの曲を、いつでも頭の中でいきいきと再現することができるほど深く愛していたからなのだ。

3人が揃ってそこそこのミュージシャンで、古今東西、音楽は海ほども山ほどもあるのに、選りに選って大好きな曲が同じだった(この夜の曲を選んだのは、だいたいぼくで、他の2人は、それでいいよ、みたいなことだったが)。これは大変な偶然に違いないのだが、それでも、ぼくは大いにありうることだと思う。そう、ぼくらの世代――堺屋太一氏の命名によって「団塊の世代」と呼ばれる世代の、かなりの割合のものが、1960年代の後半に同質の体験をしたのだった。すなわち、ベンチャーズの「デンデケデケデケ」によって「電気的啓示《エレクトリック・リベレーション》」を受け、ロック・ミュージックの世界に導かれた。そのうちの、何パーセントかは知らないがかなりの数のものが、自らも楽器を演奏するようになった。そして同じころに、世界の若者を魅了するビートルズが登場した。自ら楽器を演奏するようになった若者は、ビートルズの曲も、自分で再現しようと試み始めた。さらに、ビートルズの影響を受けたバンドが、ヨーロッパからも、アメリカからも登場してきた。若者たちは、そういうバンドにも、強く興味を惹かれた。

そして、エレクトリック・リベレーションを受けて、自分でも楽器を弾くようになった若者のうちには、以後もそういった音楽や楽器いじりから離れられない者も少なからずいた。そういう者たちは、プロのミュージシャンになれなかったとしても、その音楽と楽器に忠実だった。実生活では、社会人となり、恋愛もしたり、結婚もしたり、しなかったり、ときには離婚も経験したりしながら、依然としてそういう音楽からついに離れられない、そういう者たちがいるのである。だから、その夜に起こったこと、ノーリハで、「せーの」で演奏して、そこそこうまくいったということは、すごいことではあったけれど、十分にありうることなのだった。ぼくらは、そういう同じ体験をして生きてきた男たちだった。ついでに言えば、例の客、「いいなあ！」とため息を連発していた客も、彼自身ミュージシャンなのかそうじゃないのか、知らないけれど、やはりぼくらの仲間だったのである。

第3ステージが終わって、後片付けしたりすると、もう12時近かった。

ぼくらは来週の金曜日の曲目を相談した。と言っても、提案するのはもっぱらぼくで、ぼくが思いついて曲名をあげると、他の2人は、いいよ、と言う。ぼくが提案した曲で2人が知らない曲はほとんどなかった。こんな幸せでいいんだろうかと、ふと思った。

そして来週の曲がだいたい決まったとき、ぼくの頭にある考えが浮かんだ。

こんないいバンドを、このままの形でやっていくのはもったいない、ぜひともベースマンを入れるべきだ、ということである。

ぼくはすぐさま提案した。いいね、と2人は言った。そうなると、絶対いいね、と。

「そういうベースマンに、心当たりはある？」と、忠夫は言った。

「もちろんあるよ」と、ぼくは答えた。

まもるクンは嬉しそうにうなずいた。

10. ヘイル・ヘイル・ロックンロール(ロックンロール、万歳)!

1990年に、ぼくは『青春デンデケデケデケ』という本を書いた。

出版後、いろいろな方から様々な言葉をいただいた。多くは作者にとってとても嬉しい言葉だった。まことに幸せな作品だったたと思う。

そして、ぼくが忠夫やまもるクンとベースマンの話をしたときに思い出したのが、あの当時に嬉しいお手紙をくれた人のことだった。

手紙は出版社気付の形で送られてきた。出版社は決まりに従って内容をチェックしたのち、ぼくに転送してくれた。なんでチェックするのかというと、世の中にはいろんな人がいて、作者にとってためにならない手紙を送ってくることもあるらしく、そういうのはそもそも作者の目に触れないように出版社のほうで処分するのだそうだ。

で、この便りが転送されてきたということは、作者のためにならない手紙ではなかったということだ。いや、ためにならないどころか、とても嬉しい手紙だったのである。

こんなような内容だった。

自分は昭和24年生まれで、『青春デンデケデケデケ』の作者であるあなたと同い年である。同じなのは年だけではない。あの本に書かれていたことのほとんどすべてが、自分の経験したことだった。

幼いころから洋楽が好きだったが、ベンチャーズの衝撃を受けてから、好きを通り越してのめり込んでしまった。そしてその心の傾きは、ビートルズとの出会いによってもはや決定的になった。

高校生になると、すぐ友だちとバンドを作った。最初は集まってアコースティック・ギターを弾いていたが、とにかくやってみよう、で始めたバンドが、もともと目指していたエレキバンドへと成長していくのにともなって、ベースを担当するようになった。この点、ずっとギター担当だったちっくんとは違うけど、小遣いを貯め、アルバイトもして念願の楽器をついに手に入れたときの感激は、まさにちっくんと同じだった。

この小説を読んで、あのときの感激を生々しく思い出した。まるでぼくじゃないか。まさにぼくのための小説じゃないか、そう思った。この年になってこういう小説に出会えたことが、とても嬉しい。あのころの熱い血が、今また体の中を激しい勢いで流れている、そんな気が、ほんとにする。

高校時代のバンドが学園祭で演奏したのも同じだし、卒業とともに解散したのも同じ。だが、自分のほうは大学でまた軽音楽のサークルに入って、バンドをやった。作者のあなたと同じ大学だから、あるいは学内のどこかしらですれ違ったことがあるかもしれない。あるいは、ひょっとしたらぼくらの演奏を聞いてもらったことがあるかもしれない。

大学でのバンド活動のメインはビートルズの曲を演奏するロックバンドだったが、ベースマンは相対的に数が不足していたのか、そのサークル内の他のバンド——カントリーとか、アメリカのトラディショナル・フォークのバンドを手伝うこともあった。どれも楽しかったけれど、一番楽しかったのはやはりビートルズの曲を演奏するときだった。

大学を卒業して出版社に勤めるようになった。主に服飾に関わる雑誌や、辞典や、書籍を出版する会社だが、この会社にも音楽好きがいて、またまたバンドをやるようになった。メンバーはいろいろ入れ替わったけど、今も続いている。これは、よろず屋バンドで、ビートルズだけでなく、スペンサー・デイビス・グループや、ホリーズなどのブリティッシュ・ビート、それから、ドアズやタートルズなどのアメリカのバンド、さらにはいわゆるオールディーズといわれる曲など、いろいろ演奏する。

あなたは今もバンドをやっていますか? もしやっているなら、ぜひ聞いてみたい。

そして、もしよければぼくらの演奏も聞きにきてほしい。ぼくらのライブの予定も書いておきます。よかったら、ぜひ。

そして、同封したのは、去年リバプールに行ったときに土産物売り場で買ったビートルズ・キャラクターのマグネットです。使っていただけると幸いです。

なるほど、4つのビートルズ・マグネットが入っていた。アニメ映画、『イエロー・サブマリン』の絵を使ったマグネットだ。

ぼくはこの心にしみる嬉しい手紙に、感激した。そして、すぐ返事を書き、今度は出版社を通さずに直接相手の住所に送った。

まず、お手紙に対するお礼、それに対するぼくの嬉しい気持ち、自分が今はバンドをやってないこと、お誘いいただいたライブは、あいにくタイミングが合わず、聞きにいけないこと、素晴らしいライブであるよう祈っていること、などを書いた。

すると、すぐ返事がきた。忙しいのに、よく返事をくれたと、彼は感謝の言葉を述べていた。そして、ぼくらは以後も折に触れて手紙のやり取りをするようになった。

手紙のやりとりは意外と長続きして、現在も続いている。何か用事があっての文通ではない。言ってみればぼくらは同志みたいなものである。ロック・ミュージックを心から愛する同志のコミュニケーションなのだ。

手紙のやり取りの中で、特に印象深かったのは、ぼく自身のリバプール旅行について書き送ったことに対する彼の返事だった。

ぼくは『青春デンデケデケデケ』を書いたことによって、音楽に関わるエッセイ執筆の依頼を受けるようになった。そしてこれまでに2回、ロンドンとリバプールを取材旅行したのだが、その第1回目の旅行のあと彼に出した手紙で、リバプールの街でふと立ち寄ったライブ・ハウス——と言うより、ライブ・パブ——について書いたのだった。

そのライブ・パブは、とあるビルの半地下（こういうのをベースメント・ルームというんだそうだ）にあった。ほんの少ししかテーブル席がなかったが、そのテーブル席についている者はだれもいなかった。互いの体が触れ合うくらいいっぱい入った客は、みな立ったまま瓶ビールをラッパ飲みしている。もちろんパイント・グラスで飲む場合も多いのだが、イギリス人は立ったまま瓶ビールを飲むのが大好きなようである。店内に入りきれないのか、客が店の外で瓶ビールを立ち飲みしているところを何度も見た。そしてこのパブでは郷に従ってぼくも同行のカメラマンと一緒に立って瓶ビールを飲んだ。

やがて演奏が始まる。これがとても楽しかった。

メンバーの姿、スタイルはバラバラ。後頭部を刈り上げた髪型の若いベースマンはプログレ・バンドみたいな雰囲気で、素肌にベストだけ着て太い腕を出した中年のドラムはポニーテール、波打つ前髪で顔の上半分が見えない若者がサイド・ギターでヴォーカルだ。異色なのが、中年初期の、ヘアも服装もしごく堅気な感じのリードギターの男（ぼくと同じくらいの歳だろうか）。この人がすごくうまかった。ぼくは本気で力いっぱい拍手した。

ビル・ヘイリーとコメッツの〈シェイク・ラトル・アンド・ロール Shake, Rattle And Roll〉（ぼくの大好きな曲だ！）、フリーの、〈オール・ライト・ナウ All Right Now〉（ドラムとギターの掛け合いのようなイントロ・リフが滅法カッコいい！）、そしてあの、〈紫の煙 Purple Haze〉！

これはぼくが東京に出てきたころ、ディスコ（第一次ブームのころのディスコ）にいけば必ず生で聞けた曲だ。その懐かしの名曲を、リバプールのこのライブ・パブで聞いたわけだ。ぼくは昔ディスコでそうしたように、次第にステージに近づいて行った。そしてじっくりギターマンの演奏ぶりを観察していた。髪も、ヘンドリックスみたいなアフロでもなんでもなく、リバプール市役所に勤めてるんじゃないかというような堅気刈りで、シャツもごく普通の綿の淡いグレーのチェック、ズボンはウールのチャコール・グレー。勤めの帰りに上着とネクタイをとって演奏してる、といった感じ。顔は真面目そうな男前。そしてとても素晴らしいプレーヤーだった。この名曲を聞きながら、思わず泣きそうになった。

演奏が終わったとき、ぼくは「ありがとう、とても素晴らしい演奏だった」と言って右手を出した。ギターマンは、すごく嬉しそうに、微笑んで、「サンキュー」言ってぼくの手を握った。

これはぼくにとって、リバプールで経験した最も楽しいことの1つとなった。ぼくの本の愛読者にしてぼくのペンパルに、ぼくはこんなことがあったと、書き送ったのだった。店の名前は忘れたけど、とても楽しいライブ・パブで、こんなバンドが出てた、と。
そして、すぐに来たその返事が、これがいささか驚くようなものだった。
彼はこう書いてきた。

自分はおそらくそのライブ・パブを知っている。その店名は、たしか「フラナガンズ Flanagan's」といったと思う。お便りにあった店の位置関係、建物の構造からしておそらくまちがいない。

自分は気ままにリバプールを見て回ったのだが、興味を惹かれたものがいっぱい共通しているのに驚いている。ジョンの家のメンロブ・アヴィニュー、ストロベリー・フィールド（ちっくんの註：歌だとストロベリー・フィールズ）、ペニー・レイン、セント・ピーターズ・チャーチの墓地（エリナ・リグビーの墓がある!）などなど。初めて訪れた外国の街なのに、なんだか懐かしくて、ふと故郷に戻ったような気がしたのが我ながら不思議。彼らの歌を通じて、リバプールは自分の心と体の一部になっていたのだろうか。

そして、ビートルズとは直接は関係ないところで自分の興味を一番引き付けたのが、お手紙にあった、あのライブ・パブ、「フラナガンズ」だった。自分はリバプールに3泊したのだが、あのパブには2回行った。自分は酒が飲めないから、コーラを何杯も飲んだ。

そのふた晩の出演バンドは違っていたが、合計5つ出たバンドのどれも、とても好ましかった（あなたの見たバンドは出なかったようだけど）。バンドの技量に差はあったけど、どれも一生懸命で、楽しそうで、見ているこちらが幸せな気持ちになってくる。

そのとき自分が感じたのは、仲間意識だったのだと思う。齢を重ねながらも、何の得にもならなくても、こうして大好きな歌を演奏し続けている男たち。

もちろん、自分の勝手な、密やかな、一方的な思いではあるけれど、彼らの存在自体が自分にはとても心強い支えのように感じたのだった。

どのバンドも、いわゆるプロではないだろう。おそらく地元の音楽好きの仲間が、わずかなギャラなど度外視して、あるいは、逆に自分たちの方からなにがしかの出演料を払って出演していたのではなかったか。あの素晴らしい音楽空間は、そのようにして生じていたのではなかったのか。

ビートルズのゆかりの事物に触れるという目的とは直接かかわりがないけれど、自分の心に深く心地よいインパクトを残したのが、あのフラナガンズだった。もう一度訪ねてみたいと思っていたが、あなたがあの店を訪ねた旨の手紙を読んで、まるで自分がそこにいるような気がして、ほんとに嬉しかった。心から御礼を申し上げる。

思いがけなく長い手紙だった。またまた真摯な、心のこもった手紙だった。そして、一生音楽を愛し続けるように生まれついているらしい男の心というものに対する、思いやりと共感と洞察力にあふれた手紙だった。そして、ここにぼくの仲間がいると、ぼくに感じさせた手紙だった。

ぼく自身は、そのころは再び演奏活動に精を出そうとは思っていなかった。でも、音楽愛好家としての仲間だと感じたのである。

それで、ぼくらは前よりも熱心に文通をするようになったのだった。

話題は実に様々で、まずは音楽に関わりのある話題から入って互いに好きなことを書くのだが、あるとき映画が話題になった。

ぼくはかつてある映画を見て、それにインスピレーションを得て歌を書いた。第3章の「ちっくん、歌を書く」で、1968年3月の、その映画との出会いのことや、主演女優のことを細々書いたのだが、映画のタイトルは『プレイガール白書　甘い戯れ』、主演女優はエヴァ・レンツィ。そして、ぼくが書いた歌のタイトルが、〈エヴァ〉である。そんなことも、ついついペンパルに書いて送ったところ、またまた驚きの返事がきた。

お手紙読んでびっくり。自分もあの映画を見た。時期は、あなたと同じ68年の3月、大学受験のころ。エヴァ・レンツィ、ほんとに素敵で、ファンになったのを思い出した。実に共通体験の多いのに、驚く。

ほんとに驚いた。エヴァ・レンツィのファンになったのは、日本でぼくだけかと思っていたのである。こうなると、もはや純愛（?）の友、魂の同志である。

それだけではなかった。

あれは1973年の春だったと思う。ぼくは大学院の学生で、春休みを郷里で過ごして、東京に帰る途中、高校時代の友人を訪ねた。かれは京都の大学の学生だった。

京都に立ち寄ったのは、その友人とあのころごく親しかったからというだけではなく、行ってみたいところがあって、その友人に案内してもらおうと思ったからである。

どこに行きたかったかというと、「銀閣寺まえみち」というところだ。なんでそこかというと……我ながらしまりのない語り方をしているなあ。

こういうことだ。その春休みに郷里の市民会館でロック・コンサートがあった。なんでそのコンサートに行ったかといえば、その日の昼間に街でコンサートのビラをもらったからだ。そのビラを配っていたのが、ひと目でハーフとわかる髪の長い若い女の子で、それがまさにヒッピー風だったのに強い感銘を受けた、と。

ぼくは自分はロックが大好きだから、コンサートにはぜひ行く、と言った。ありがとう、と、ヒッピー娘は言った。とても楽しいわよ、よかったら、楽屋にも遊びにおいでよ、と。

コンサートの出演者たちは京都で活動しているミュージシャンたちで、メインはロックのバンドだが、ジョーン・バエズみたいな女性のギターの弾き語りもあった。たぶんアメリカ人だと思う。彼女が〈ミー・アンド・ボビー・マギー Me And Bobby McGee〉を歌ったのはよく覚えている。これはジャニス・ジョップリンの歌で有名だが、この京都のジョーン・バエズさんは、オリジナルのクリス・クリストファーソンのバージョンに近い形で淡々と歌った。ものすごく素朴だったが、この歌にはこのスタイルが一番だと、改めて思った。そしてぼくの郷里の町で、このシブい歌が聞けたことに感動した。

ロックバンドは、日本人、外国人が半々くらいな、たしか6人組で、バンド名は忘れたが、彼らの演奏したCCRの〈アイ・プット・ア・スペル・オン・ユー〉には魂《たまげ》消た。ギターがものすごくうまかった。ギターはレスポールだった(CCRのジョン・フォガティは、トレモロアーム付きのリッケンバッカーを使っていたみたいである)。とにかく、感動した。生でこんな素晴らしい演奏を聞けた幸運に感謝した。郷里の町が、まるでサンフランシスコになったみたいじゃないか!

そして閉演後、ヒッピー娘のお言葉に甘えて楽屋を訪ねた。

ヒッピー娘は、あら、ほんとにきたのね、みたいな感じでほんの少しだけ驚いたが、心から歓迎してくれて(そういうフレンドリーさがヒッピー文化の一番いいところだ)、国際的人種構成のスタッフやミュージシャンに紹介してくれた。日本語と英語で。ぼくは束の間のフラワー・ムーブメント体験を楽しんだのだった。

そして別れ際に、ヒッピー娘は紙切れに彼女の住所を書いてぼくに手渡した。ここに彼と一緒に住んでいるの、東京の行き帰りに遊びにおいで、と。

彼とは長髪に、顎ひげと口ひげを生やした細身の青年で、まさにヒッピーのたたずまい。とても穏やかな顔でぼくに向かってうなずいた。これは、ぜひ遊びにおいで、という意味だろう、とぼくは勝手に解釈した。

で、その住所が、銀閣寺まえみち、だったと。

ぼくと友人はその住所を訪ねた。近くに銀閣寺とかいうお寺があるそうだが、そこにはまるで行く気はなく、ヒッピー娘とヒッピー青年を訪ねた。それぞれ名前が、ジャネットとコージであることは、教えてもらっていた。

ジャネットは、また、あら、ほんとにきたの、という顔でほんのちょっと驚いたようだったが、さあ、上がれ、上がれ、とぼくらを招じ入れ、日本茶を出してくれた。物静かなコージさんは、胡坐をかいて座ったまま、ぼくらの話を聞いている。なんだか仙人みたいである。

そして、ジャネットとコージさんは、ぼくらをヒッピーたちのシェルターみたいなところに連れて行ってくれた。その建物は歩いて10分くらいなところにあった。

大きな一戸建ての日本家屋だった。その中に、7、8人くらいの外国人がいた。いかにもヒッピーでござい、なんて格好ではなく、どちらかと言うと普通の留学生みたいな感じの身なりだった。普段はそういう格好で、ヒッピー・スタイルは彼らの正装なのかもしれない。そういえば、ジャネットやコージさんも、最初会ったときよりずっと普通の身なりだった。

そして、この家の住人たちは、いきなり訪れたぼくら2人には目もくれなかった。意地悪してるわけでなく、いちいち人の出入りに気を遣っていられない、ということなんだろう。彼ら自身も、この家にどんな人物が何人暮らしているのか、知らなかったのではないかと思う。

ジャネットはぼくらをある女性のところに連れて行った。20代後半の、たぶん、アメリカ人。彼女は大きなケヤキの日本式テーブルの前に胡坐をかいて座って、刺繡をしていた。なにかの植物のようである。麻か、あるいは、ケシか?

ジャネットは早口の英語でぼくらをその女性に紹介した。女性はうなずいて、彼女の向かいに座るよう、ぼくらに手で示した。

女性はぼくに英語で話しかけた。この日本人、少し英語が話せると、ジャネットが言ったんだろう。

「あなたは何をしているのか?」と、女性は刺繡の手を止めることなく、ぼくに英語で聞いた。

「学生です」

「何を学んでいるのか?」

「英文学です」

女性は、ほーお、というふうに口を丸めた。

「なんのために英文学を学んでいるのか?」

大学院入試の口頭試問みたいだと思う。

「たぶん、楽しみのためだと思う」

「では、あなたは何を信じているのか?」

「信じる? さあ、どうだろう。おそらく何も信じていない。あるいは、無を信じている(Probably I don't believe in anything, or, I believe in nothingness)」などと、ふと思いついて、気障なつまらないことを言ってしまった。そのとき自分では気が利いてるだろう、などと思っていたのだ。

「人間は何も信じないで生きることはできないし、無を信じるという言葉は意味をなさない」

女性は切って捨てた。そして、もうぼくには何の興味もないといった様子で刺繍に集中した。女性は、あるいは、とても宗教的な人なのかもしれない、とふと思った。そして、ぼくをまったく無縁な男と思ったか。

窓辺に行っていたジャネットがぼくらを手招きした。

「ごめんね。ヴァネッサは、ちょっとヘビーなの」

女性はヴァネッサという名前であった。そういう名前の名女優がいたな、とふと思う。なんだかKOをくらったようなぼくと友人を連れて、ジャネットとコージさんはまたしばらく歩いた。そして今度ぼくらを連れて行ったのは、ロック喫茶だった。

このロック喫茶が、まあ、不思議な店で、中に入るまで喫茶店とは思えないたたずまい。いや、中に入っても、そうとは思えないような店だった。なにしろ、畳敷きの和室なのである。8畳だか、10畳だか、あるいは、2部屋の襖をとっぱらって広くしたのだったか、どうもよく覚えてはいないのだが、十分な広さがあって、大体壁際にそって幾つも座卓が据えてあり、その周りに座布団が置いてある。客は3組ほどいたか。そして運ばれてくるのが、紅茶とかコーヒーだから、喫茶店に違いないのである。

ジャネットは全員分のピザ・トーストとコーヒーを注文してくれた。そう言えば、もうお昼をとっくに過ぎている。ピザ・トーストはこの店のお勧めだそうだ。

ぼくらはピザ・トーストをかじり、コーヒーをすすりながらレコードに耳を傾けた——いや、傾けなくても音は耳に飛び込んでくる。ロック喫茶だから、すごい音量なのだ。だが、いいプレーヤー・セットを使っているようで、ものすごく大きいながらもいい音なのだ。ぼくらは会話もなしに音楽を聴き続けた。まあ、しようったって会話など無理だったろうけど。

　どうやら最先端を行くロックのレコードらしく、ぼくの聞いたことのないものばかりだったが、ものすごくいい音なので知らなくても楽しかった。そのうち、おや、というレコードがかかった。ぼくが当時好きだったタイプのロックだった。かなりヘビーなサウンドのロックで、思わず手足が動くようなロックである。片面が終わったところで(こういう店では普通片面だけかける。両面だと長すぎる、ということだろう)、レコードプレーヤーのところに行って、そのレコードのジャケットを見せてもらった。

　バンドはテン・イヤーズ・アフターで、LPのタイトルは、《ロック・アンド・ロール・ミュージック・トゥ・ザ・ワールド Rock And Roll Music To The World》である。プレーされたのは、LPタイトルと同じタイトルの曲が最後に入っているB面だった。東京に帰ったら、絶対このLPを買おうと思った。このバンドの名は知っていたが、あまり聞いたことがなくて、こんなにすごいバンドだと知らなかったのである。

　しばらくロック喫茶で過ごしたあと、店の前でぼくらは別れた。

「ほんとにありがとう。とても楽しかった」ぼくは礼を言った。「貴重な、珍しい体験もさせてもらったし」

「またおいで」と、ジャネットは言った。コージさんは穏やかな顔でうなずいた。ジャネットは指を開いたままの手のひらを勢い良く振った。バイバイ、と。ぼくは深々と礼をし、踵を返してその場を去った。ぼくは何の見返りも期待してない好意に触れたのである。

　以後、ジャネットとコージさんを訪ねることはなかった。別に避けたわけではなく、まあ、そうなった、と。今ごろどうしてるんだろうと、ふと考えることが今もある。

彼らを再び訪ねることはなかったが、テン・イヤーズ・アフターの《ロック・アンド・ロール・ミュージック・トゥ・ザ・ワールド》は、東京に帰ってすぐ買った。くり返し聞いた。今でもぼくの宝物である。

そして、このLPをくり返し聞いていた6月に、テン・イヤーズ・アフターが来日して、武道館でコンサートを開いた。もちろんぼくはすぐチケットを買って見に行った。前座として、何の予告も前触れもなく、あの〈カリフォルニアの青い空 It Never Rains In Southern California〉のアルバート・ハモンドが登場して、ぼくを驚かせて喜ばせたコンサートであった。

とにかく、あの京都のロック喫茶に行ったりした体験は、ぼくの中で今なお輝きを失わない大切な思い出である。それで、そのロック喫茶の名前はうかつにもついに知らずじまいになったけど、とても楽しかったと、ペンパルに書き送ったところ、またまた驚きの返事がきたのだった。

曰く、自分もそのロック喫茶に行ったことがある。京都のロックファンの間で人気の店で、その店名は、「噴《ふん》」である。

そうだったのか！　このけったいな、京都の店に、この男も行っていたのだ。エヴァ・レンツィといい、フラナガンズといい、何かこの人とは深い縁《えにし》があるのかもしれないと、ぼくは思った。

そして、誘いを受けて、2回ほど、彼のバンドのライブにも足を運んだ。最初は職場の同僚たちとやっている、ロックバンドで、ヴォーカルが女性だった。テディ・ベアーズの〈会ったとたんに一目ぼれ To Know Him Is To Love Him〉が印象に残った。無数のカバーがあるオールディーズのスタンダードで、無名時代のビートルズも演奏している。

次に見たのは、大学のOBたちでやっているカントリーのバンドで、マール・ハガードの〈しろがねの翼 Silver Wings〉がよかった。ペンパルは、いずれのバンドの場合も、じっと立って、ものすごく真剣な顔でフェンダー・プレシジョン・ベースを弾いていた。コーラスにもときたま参加する。笑うと目がなくなるような優しい顔なのだが、ベースを弾いているときは、とてもストイックな感じがする。そのプレースタイルの特徴は、まず何より、正確であることだ。まったくズレたり、走ったり、もたったりすることがない。バンドの演奏のペースは彼が示しているように思える。と、同時に、ものすごくデリケートである。ピックは使わない。右手の指は、小指以外はすべて使う、フォー・フィンガー・ピッキングだ。それでもって、バンドによって、曲によって、さらに、曲の部分によって、音色を弾き分けている。弦をはじく位置、はじき方、指のどの部分を使うかで、音色を曲のその場所に一番ふさわしいように変化させている。ぼくにはそう見えた。感心した。本物のベースマンだったのだ。

そんなこともあったが、近年は手紙のやり取りも、ライブ見物も、以前と比べてだいぶ少なくなっていた。特に理由はない。ただ、自然とそうなっていたのだ。

そして、今回の話が持ち上がったわけだ。ちっくん、誰かいいベースマンの心当たりはあるのか、と聞かれて、ぼくは答えたのだった。

「もちろんある」と。「ぼくの知り合いで、露木《つゆき》敏之《としゆき》というベースマンだよ」

露木敏之、1949年、東京都渋谷区に生まれる。名前で韻を踏んでる。性別、男。小学校時代に連続テレビドラマ、『ローハイド』を熱心に視聴し、その主題歌に強い興味を抱く。「ローレン、

ローレン、ローレン、ローレン♪」という、アレである。正しくは、「Rollin', rollin', rollin'」と歌っているのだが、当時の日本人には「ローレン」と聞こええた。今もそうか。だが、あながち間違いとは言えない。Rollin'《ロウリン》の、リンだけど、このリの音は日本語のリよりも口を丸め気味にして発音するので、ぐっと「レ」に近くなる。だから、ローレンでもいい。

以後、洋楽全般に興味を持つようになり、小遣いを貯めてレコードも買うようになった。中学生になったころには、ソノシートなども含めて、かなりのコレクションになっていた。（ソノシート、英語なら、flexi disc〔フレクシ・ディスク〕というんだそうだが、ペラペラの薄いビニールでできたレコードで、雑誌の付録などになった。）

そして、中学時代の終わりごろに、ベンチャーズとビートルズを聞き、ついにロックの熱烈なファン、あるいは、虜、となったのは、ほぼ、ちっくんと同じである。時期は、ちっくんよりいくらか早いだろうが。

とにかく、あのころ、1965年ごろの日本には、こういった経緯でロックに夢中になった少年がいっぱいいたのである。まさに1つの社会現象であった。

ビートルズとベンチャーズ。スタイルは相当に違うが、この2つのバンドが、少年たちの憧れの2つ星だった。だが、その2つのうち、どっちがより好きか？　という問いが発せられることもあった。いったい君はどっち派なの？　ビートルズ派？　それとも、ベンチャーズ派？

その問に対して、ぼくはビートルズ、あるいはぼくはベンチャーズと、答えられる子もいたろうが、露木君は答えられなかったろう。どっちも好きとしか言えない。それもちっくんと同じだ。

「どっち派」の問には、いろんなのがある。ビートルズか、ローリング・ストーンズか？　あるいは、ベンチャーズか、それとも、シャドウズか？　とか、アメリカン・ロックか、それとも、ブリティッシュ・ビートか？　ジャズか、ロックか？　天地真理か、小柳ルミ子か？　大鵬か、それとも柏戸か？　などなど。

どうも人はこの「どっちか論争」が好きなようである。まあ、そういう問いによって楽しんでいるだけだから、それでいいのだけど、そう聞かれると困ってしまう人も多い。露木君もぼくもそうで、たいていの場合、どっちとも言えない。その結果、あれも好き、これも好き、ということになり、結果として、雑食性、ということになる。

とにかく露木君は、２つのバンドの登場によって、まず生涯ロック音楽ファンであるように刻印されたのだった。そこから雑食の性向が発達していったのである。

まず、ベンチャーズに留まることなく、エレキ・インストの世界に入って行った。当時はいろんなエレキバンドがいたのだ。〈パイプライン〉のオリジナルのシャンティーズ、〈ワイプ・アウト〉のサファリーズ、〈太陽の彼方に〉のアストロノーツ（歌も歌う大学生バンド、という感じのバンドだった）、〈ミザルー Misirlou〉のディック・デイルとデルトーンズ、〈レッツ・ゴー〉のルーターズ、〈ペネトレーション Penetration〉のピラミッズ、などなど。もちろん小遣いを必死で貯めて新しいＬＰレコードを買うわけだが、それだけでなく当時の日本ではあまり見かけなかったようなシングル盤のレコードも、横浜の中古レコード屋などで掘り出してきて、ベンチャーズと比べたりしていた。

イギリスのシャドウズも、大好きだった。また、おそらく相当にシャドウズに影響されてると思われる、いわゆる北欧エレキも。スプートニックスの〈霧のカレリア〉、フィネーズの〈哀愁のカレリアAjomes（何語でどういう意味じゃろ。曲はほぼ〈霧のカレリア〉と同じで、リードギターも同じボー・ウィンバーグ）〉、サウンズの〈さすらいのギター〉、〈エマの面影 Emma〉、〈ゴールデン・イヤリング Golden Earring〉なども、くり返し聞いた。

露木君は、これまでの記述でもお分かりと思うが、とてもまじめな少年で、やがてとてもまじめな青年となった。そしてまじめにロック鑑賞と、レコード収集を行っていたわけである。

収集といえば、彼にはもう1つ収集していたものがあった。これは小学校の低学年からのもので、それは何かというと、メンコなのである。子供が賭け勝負してやりとりする、あの、そう、およそ4㎝×6㎝くらいの厚紙でできたカードで、表には、『赤胴鈴之助』のような漫画、あるいは『プロレス五郎(素晴らしいタイトル!)』のような絵物語の主人公とか、片岡千恵蔵や、東千代之介、あるいは中村錦之助(後に萬屋錦之介さんになる)、そして大川橋蔵などの、東映の時代劇スターの、カラフルな絵が印刷してある。ちっくんの故郷では、パッチンと呼んでいた。今思い出しても感慨深いのは、そういう学童の遊び道具の札に、人気者のキャラクターやスターだけでなく、世界の政治家の肖像が描かれていたことだ(どこかほかのところでも書いたことがあるが、とても感慨深いのでまた書く)。

その政治家とは、インドのネール首相とか、中華人民共和国の毛沢東などである。後者は、子供だったから読み方がわからず、「けざわとう」と呼んでいたっけ。ネールは男前だったが、毛沢東のほうはそうでもなくて、子供には人気がなかった。勝負で取られてもあまり惜しくない札だった。

メンコ、あるいはパッチン遊びは当時、すなわち昭和30年代の子供たちにとってはもっとも人気のある遊びだった。いろんな遊び方があるが、要するに地面や板の上に置いた相手の札を、自分の札を打ち付けることによってひっくり返すとポイントになる。そして、これは賭け遊びだから、勝った方が相手の札をとるわけだ。ぼくの小学校のころの同級生の友人にこのパッチンの強いのがいて、そいつはワイシャツの箱に札を一杯詰めたのを持参して勝負に臨んだ。年の上下に拘わらず、まるで容赦がなかった。とくとくとして戦利品をワイシャツの箱に詰めるときの顔が憎たらしく、子供ながら因業なそいつを、なんだか山椒太夫みたいだと思ったこともある。しかし、そういうのが子供の一番人気の遊びだから、人間とはつくづくギャンブル好きの生き物なのだ。

さて、そのメンコも露木君は熱心に収集していた。ワイシャツの箱一杯どころか、ミカン箱一杯ため込んだそうだ。今もその収集品を露木君は大事に保管している。

だが、何故それほどの情熱を傾けてメンコを集めたか。好きだったから、と、露木君は言う。なんか、その絵柄というか、図案というか、それが好きだった。どの札もね、いいんだよなあ。うん、見飽きない、と。その気持ち、わかる気がする。今にして思えば、あのケザワトウも懐かしい。

ただ、ほかならぬあの露木君が膨大な枚数のメンコを収集したというのが、意外といえば意外である。露木君は真面目な人で、少年時代は真面目な少年だったはずだ。山椒太夫みたいじゃなかったはずだ。巻き上げるより巻き上げられる側だったような気がする。

ふと想像するのは、穏やかな笑みを常に浮かべた、長身、痩せぎすで長髪の少年(長髪でない彼を想像できない。生まれたときから長髪だったのではないか)が、負けても負けてもメゲることなく、諦めることなく勝負を続け、最終的には勝利を収めるという情景である。人並外れた執着心と集中力があったということだろうか。

とにかく、そういう少年が、大きくなってロックのファンになって、その音源を、小遣いを必死で貯めて買い集めたわけだ。

それだけではない。彼はとても几帳面な性格でもあった。彼は幾つかの音楽番組の熱心なリスナーだったが、それらの番組も、ただ聞き流すだけじゃない。ノートをつけながら聴くのである。だから、たとえば1966年の6月の第1週の、ベスト・テンがどういう具合であったか、ノートを繰ればたちどころにわかる。わかったからって、特に何かの役に立つわけではないけれど、とにかくわかる。

そして、高校時代、大学時代を通して膨大な分量の大学ノートの資料が作られたのだった。

そういう資料作りは大学卒業とともにやまったが、レコード収集は続いた。レコードは着実に増えて、彼の部屋の床は危機的状況に陥った。そして、彼の一家が、渋谷区から多摩の日野市に転居した折に、彼の部屋の床だけは補強工事をしたのである。彼の両親も、穏やかで優しい人たちだったから、息子の、今や一種のライフワークみたいな感じになった趣味に対しても、キツイことは言わずに、協力した格好である。

そして、彼のレコード収集は、後にCD収集という趣味に変わるまで続いたのであるが、それまでの営為、努力は、メンコ収集のそれとともに、素敵な形に結晶したのである。彼は後に、メンコとLPレコードのジャケットの本をそれぞれ出版した。膨大な両者の写真を集めた天晴れなヴィジュアル本である。

そして、前から言ってるように、この長身、痩せぎす、長髪の男は素晴らしいベースマンでもあったのである。

以前の手紙にあったように、高校時代から友だちとバンドをやるようになった。軽音楽部に入ったのである。最初は何人かが古いアコギを弾いて、いい加減な演奏をして楽しんでいたが、やがてそのグループはフォークバンドと、エレキバンドの2つに分かれたのだが、露木君はその両方に加わった。

最初、露木君も軽音楽部に伝わるオンボロ・アコギを弾いていたのだが、そのうちやはり部の備品であるオンボロ・ベースを弾くようになった。コントラバスだ。これでフォークバンドとエレキバンドの両方に参加していたのである。エレキギターやドラムを、友人たちは親にねだってさっさと手に入れたのである。

残されたのはコントラバスの露木君。さすがにエレキバンドにコントラバスじゃなあ、ということでエレキベースを探した。その話を聞いたクラスメートが、神保町の質屋に、電気楽器がけっこう置いてあったよ、と教えてくれた。露木君はさっそく見に行って、中古の国産のエレキベースと小さなアンプを買い取る約束をし、すぐさまとって返して親から借金して買った。両方で、1万5千円ほどだったそうだが、それを露木君は30回の分割払いで親に返した。レコードも買わなければならないから、無駄遣いはますますできなくなったが、露木君は満足だった。

大学でも軽音楽のサークルに入った。やはり前の手紙にもあったように、ここでも露木君は複数のバンドに協力を求められた。高校時代は2つだったが、大学は3つ、ロック、フォーク、カントリーだ。

ベースマンは相対的に少ないから需要が高まる傾向はあるのだが、露木君がこうまで求められたのは、ただベースマンが希少だったからというだけではない。彼のプレーぶりが高く評価されていたからでもある。

世の中には幼いころからピアノとかバイオリンとかを習わせられる児童もいるが、露木君はそうではなかった。だから音楽的素養としては、ほとんどの大多数の児童と同じで、それは要するに、音楽的素養なんぞなかった、ということである。

思えば、ぼくが中学生のころの音楽の授業はひどかった。先生は女性で、ピアノを弾きながら、たとえば教科書に載っている〈森の水車〉の歌を教える。まあ、ほとんどの生徒は素直に「コトコトコットン、コトコトコットン、ファミレドシドレミファ」などと歌う。だが、音楽室の後ろの方に巣くった悪たれどもは、大声で、それも、ほんとに中学生か、というような胴間声で、「コロコロコロコロッケ、コロコロコロコロッケ、いっぱい食いたいなァ」などと歌う。まあ、中学生のワル系の男子に

「コトコトコットン」を真面目に歌え、ということにも、無理があるとも言えるかもしれない。だが、ぼくはその教室にいて、世の中には学校音楽教育を施すことがまるで無意味な人たちもいると知ったのだった。

だが、もちろん露木君は、そのようなウィットも何もない替え歌を歌っておなご先生を困らせたりするような子ではなかったから、きっと素直に「コトコトコットン」を歌っていたろう。まあ、普通の男子中学生だったろう。また、音楽は高校入試の科目ではないから、楽典などの音楽の勉強は定期試験の前にちょこっとやる程度だったろう。だが、バンドを始めるにあたって、彼は買い求めたギターの教則本のみならず、中学校時代の音楽の教科書も押し入れから引っ張り出して、今度は大いに興味を持って、積極的に学び直したのである。音楽の教科書は、馬鹿にならない、バンドをやるのにとても有効な知識が詰まっているのである。

そして露木君は、楽譜も読めるプレーヤーとなったのである。ロックやジャズは譜面なしでも十分にやれると前に書いたが、譜面を読めるというのは、やはり有益なことには違いない。

では、譜面を読むことに何の意味があるのか。

なにより、ある曲をマスターするのに、譜面を使うと圧倒的に時間が短縮される。簡単なスリー・コードのロックならいいのだが、例えば、レッド・ツェッペリンの〈カシミール Kashimir〉とか、クイーンの〈ボヘミアン・ラプソディ Bohemian Rhapsody〉みたいな曲は、譜面なしだと相当にしんどいことになるだろう。とにかく便利である。短時間でレパートリーを増やせる。ただ、ロック系の音楽の譜面はときに信用できないものもあったりするから、譜面があるからと言っていい気にならず、注意深く音源を聞いて、日ごろから、譜面の読めないミュージシャンのように、耳を鍛える意識をもつことも大事である。

と、ほどよい折衷案みたいなことを述べたが、本当のことである。で、この露木君という人が、この折衷案の人なのだった(唐松忠夫氏は、読めない派である)。

露木君は、御茶ノ水の楽器店で買った譜面を見ながら、レコードをくり返し聞いて練習した。譜面の中には、レコードのキーと違うのがあるが(そのケースの方が多いかもしれない)、その際は教科書で学んだ音楽の知識を用いて移調するのである。また、レコードの場合は、プレーヤーの回転数の誤差のために、移調したのちでも微妙にこちらの楽器の音とずれることがあるが、そういう時は、日ごろ鍛えている耳によって、チューニングの調整をするわけだ。

こうして露木君は、真面目な、地道な練習を続けた。その結果、彼のプレーは、ギターのときも、後にベースになったときも、評判がよかった。露木といっしょにやると安心だ、というのが、仲間たちの感じ方だったろうと、ぼくは想像する。

そして、大学2年生のときに、本物のUSA・フェンダーのベースを買った。御茶ノ水の楽器店巡りをしていたとき(唐松忠夫氏とおんなじだ)目に留まったベースだ。

真っ赤のフェンダー・プレシジョン・ベース。本来、かなり高価な楽器だが、その店は中古品を扱う店で、それはかなり使いこんだ様子のベースだった。おまけに、ボディに1ヶ所、ヘッドの部分に1ヶ所、ちょっと目につくキズがあった。だから値段がその分安くなっていた。7万8000円、というのが、店のつけた値段だった。

露木君は店の奥にある陳列台の前から、金縛りにあったように動けなくなった。

あまり長い時間じっと突っ立っているものだから店員が声をかけた。30前後の髪の長いあんちゃんである。露木君も長髪だったから親近感を覚えたのかもしれない。

「試奏、してみますか？」

「は？」

「ですから、試し弾きしてみますか、って」

「そんなこと……」

「これ、掘り出し物ですよ。フェンダーには、ジャズ・ベース（機種名）もあるけど、自分なんかは絶対プレベ（プレシジョン・ベースのこと）ですね。まあ、買わなくてもいいから、一度弾いてみてくださいよ」

これはなかなか巧みな文句だ。最初は買う気がなくても実際に弾いてみると是非とも買いたくなる——そういうことがあるのを、この店員さんはこれまでの経験で知っていた。

「じゃあ……」露木君は、まだためらいながらも言った。「試し弾きさせてください」

「よしきた」

店員は朗らかに答えて、ベースを棚から取り出すと、陳列棚の右手に置いた2台のアンプのところに行き、ベースアンプのほうにシールドを差し込み、スツールに腰を下ろし、電源をONにすると、ポン、ポン、と弦を弾いて手早くチューニングした。チューナーなしの、あっという間の早業である。

「はい、どうぞ」

店員は立ってベースを露木君に渡す。

露木君はそのずしりと重い真っ赤のプレベを抱えるとスツールに腰を下ろした。そしてこわばる指を懸命に動かして弾いた。

最初はこわごわだったが、やがて指はいつものように滑らかに動くようになった。〈ウォーク・ドント・ラン'64〉、〈ダイアモンド・ヘッド〉のベースを弾き、〈レディ・マドンナ〉の、あの一度聞いたら忘れないフレーズを弾いた。

「ピックも、使ってみますか?」と、店員がきく。

「いえ、いつも指で」と、露木君は言う。

露木君はうっとりしていた。こんないい音のベースは今まで弾いたことがない。硬い音も、柔らかい音も、芯がしっかりしていて、それでもって広がりを感じさせて、まるで歌うように鳴ってくれる。素晴らしいベースだと思う(アンプもそこそこいいものだったということもあるが)。

そして、〈パイプライン〉の、ブン、ブン、ブン、ブン、というベースを弾きながら、しきりに考えている。このベースとは、別れたくない、と。

「お客さん、うまいねえ!」店員は褒める。まんざらお世辞でもない。「すげーいい音で鳴ってますよ」

「……」迷いの渦に飲み込まれた露木君。

「お客さんは、ほんとにベース弾くために生まれてきたような人だから、お客さんに買ってもらったら、このベースも本望でしょう。よし、お客さんだから、特別に一割、値引きしましょう。こんない い買い物、ないすよ!」

露木君は陥落した。だが、それでいいんだ、とも思った。一度先輩のジャズ・ベースに触らせてもらったことがあるが、このプレベの方がネックの幅が広くて、指の長い自分には合ってる。そして、この力強い音も。

「買います」

かくして露木君は「プレベ弾き」、となったのである。

その代金は、また親に借りて支払ったが、夏休みと冬休みに、本の取次店の倉庫や、デパートの配送所でアルバイトせねばならなかった。でも、ベースのためなら、ちっともつらくはなかった。

そして、大学を出て服飾関係の出版社に就職したこと、バンドはやはり掛け持ちでベースマンとして参加していること、は、既に述べた。

そして時間は前後するが、大学受験のおりに『甘い戯れ』を見たことも、大学の夏休みに京都のロック喫茶を訪れたことも、会社員になってから休暇を取って長年憧れたビートルズの故郷を訪ねたことも、すでに書いた。

と、こう書いてくると、是非ともマージーのバンドに参加してほしい人材だとぼくが考えたわけが、お分かりいただけると思う。

ぼくはこの魂《ソウル》の文通相手《ペンパル》に手紙を書いた。


拝啓。長らくご無沙汰しておりますが、貴兄には恙無《つつがな》くご健勝にお過ごしのこととお慶び申しあげます。

さて、突然なんですが、お願いがあってお手紙を差し上げました。お願いというのは露木さんに、バンドに加わっていただきたいということです。露木さんが、すでにいくつかのバンドに所属していることはよく承知しておりますが、それでも、ぜひ力を貸してほしいのです。

すでにご存じのことと思いますが、わたしは八王子に住んでおります。そしてこの度当地で営業している「マージー」というパブにて、音楽の同好の士と語らって、バンドをやることになりました。メンバーは、その店の主人がドラム、常連客がギター、そしてわたしがギターとヴォーカルをやります。あと、足りないのが、ベースで、そのパートを、露木さんにぜひお願いしたいということなのです。

このバンド、まだ名前もありませんが、とても楽しいバンドだと、それは自信を持って言えます。

演奏するのはメンバーがそろって好む曲、というスタンスですが、これがまあ、実にうまい具合というか、いい塩梅というか、我々の好みが奇跡的に一致しているのであります。わたしは露木さんと同い年の、１９４９年生まれですが、他の2人は、翌年の５０年生まれです。つまり、同世代であります。

同世代が、成長の過程において共通の体験をする、というのはごく当然のことでしょうが、我らの音楽体験に関しては、多くを共有どころか、ほとんどそっくり同じであることに、わたしは驚くと同時に、なにやら運命のような、宿命のようなものを感じて、深く感動しております。

まるっきり、同じなのですよ。ベンチャーズ、ビートルズによって、ロックに目覚めたこと、自らも、その音楽を演奏することを切望し、実際にやり始めたこと、そして、ベンチャーズ、ビートルズ以外の音楽への探究の旅に出たことも。

アメリカのロック、ブリティッシュ・ビート、イギリスや北欧のエレキ。わたしたちはこれらの音楽に魅惑されて、自ら演奏することによってその魅惑の本質を探究してきました。そして、今なお、そういう音楽に呪縛されています。そして、そのことをとても幸せに感じています。

思えば、６０年代から７０年代の半ばまでに登場したロック・ミュージックは、まさに特別だったのではないかと、つくづく思います。あれほどロックが輝いていたことはなかったのではないか。そして、その輝きは今なお少しも失われていない。そういう時代に、音楽とともに成長してきたわたしたちは、ほんとうに幸せな世代なのではないか、ふと、音楽の神に愛された世代ではないのか、とさえ感じることがあります。

新しい曲は次々に現れます。なんだか消耗材のような、消費財のような感じのすることがある。そういう時代だからこそ、わたしたちが、わたしたちの愛する音楽を演奏することには、確かな意味があるではないか。いや、そんな風に考えることはありませんね。ほんとに、神的なインスピレーションによって生まれた音楽は、時空を超えて、演奏することがひたすら楽しい、そういうことではないでしょうか。

そこで、露木さんにぜひ加わってほしいのです。露木さんが、わたしたちと同じ体験をした人であることは、これまでのやりとりでよく承知しております。きっと楽しんでいただけると確信しております。

自分のことは、なんとも申せませんが、他の2人、ドラムとギターの力量は、控えめに言っても、素晴らしいもので、一緒に演奏して失望なさることは決してないと、保証いたします。

どうか、わたしたちにお力をお貸しくださるよう、心からお願いする次第です。

敬具

ちっくんこと、藤原竹良拝

魂の友、

露木敏之様

かなり長い手紙だった。電話という手もあったのだが、ちゃんと手紙を書いたほうが誠意が伝わると思ったのだ。

ちゃんと伝わったようだった。

すぐに返事がきた。

懇切なお手紙、ありがとうございました。了解いたしました。喜んで参加させていただきます。うれしかった。なおも説得を続けなければならなくなるかも、と一抹の不安はあったが、むしろ拍子抜けするくらいあっさり引き受けてくれたのだ。やっぱり、魂の友である。

そこで、まことにありがとう存じます、感激しております、ついては今週の金曜日に、マージーでライブをやるので、ぜひ来てください、曲目は次のようです。

(曲目リスト)

そして恐縮ですが、ベースもご持参ください、と書き送ったところ、「承知しました、ベース持参のこととありましたが、ベースのオーディションもやっていただけるのですね」と書いてきたから、オーディションなどとはとんでもない、すぐさま演奏に加わっていただきたいということです、あ、それから、ベースはＰＡで鳴らせますので、アンプは持参いただかなくともけっこうです、と書き送ったら、「了解いたしました」と。

嬉しくて飛び上がりそうになった。

その金曜日。

入り口には、「マージー専属バンド結成記念ライブ」と書いた縦長のビラがマージーの入り口のドアに貼られた。新ベースマンが来ると知って、まもるクンが作ったものらしい。字がきれいだから、サユちゃんに頼んで書いてもらったのだろう。

露木君は約束の６時の１５分前にやってきた。ぼくはマージーの入り口で待っていた。露木君はビラを見てちょっと驚いたような顔をした。

かった)。

「ウェルカム!」と、ぼくは声をかけた。

「どうも」と、露木君は答えた。ベースのケースをランドセルのようにおんぶし、片手には小型のベースアンプを下げている。持ってこなくてもいいと言われたけど、これ、軽いから、と言う。

ぼくの知らないメーカーのアンプで、「BLITZ」のロゴがついていた。たしかドイツ語で稲妻のことだっけ。ドイツ製のアンプなのだろうか(後に、これが小さいけどパワーのある高性能アンプだとわかった)。

ぼくはまもるクンとサユちゃんに露木君を紹介した。そして6時半過ぎにやってきた忠夫とも引き合わせた。2人は、「どうも」と言って深く礼をした。ロック・ミュージシャンにしては堅苦しい感じがするけど、2人とも真面目で、寡黙で、シャイだから。

それから楽器と機材のセッティング。

ドラムをセットし、PA装置やアンプの電源を入れ、チューニングし、いつもの音量にセットする。新たに加わったベースは、ちょこっと音を出してもらってギターやマイクの音量とのバランスをとる。

「こんなもんかな」と、ぼくは言った。

「全体にいつもよりほんの少し、ボリュームを上げたほうがいいかな。ベースの音を生かすためにも」と、忠夫は言った。ギターもそうだけど、ベースもある程度音量を上げたほうがいい音がするのだ。音も伸びるし。

「なるほど」ぼくは言われた通り、少しギター・アンプとマイクの音量を上げた。露木君もものすごく真剣な顔でアンプのボリュームを少し上げた。

「リハ、やりますか?」と、露木君が言った。

「送った曲目のリストの順で演奏します」とぼくは言った。「全員よく知った曲だから、リハなくて大丈夫と思う」前に忠夫に言われたことをぼくは言った。

「わかりました」露木君は答えて、真っ赤のプレシジョン・ベースを、持参した折り畳み式のコンパクトなスタンドに置いた。

それからぼくらはカウンター席について、乾杯した。露木君はアルコールは駄目なので、ジンジャエールだ。いやあ、真面目と書いたけど、ほんとに、飲まない、打たない、買わない、の「三ない」主義の人で、道楽はメンコと音楽だけである。

僭越ながらぼくが乾杯の音頭を取らせてもらった。

「伝説的ベースマンを迎えて、ここ八王子にスーパー・バンドが誕生したことを祝して、かんぱーい！」

皆が唱和する。「かんぱーい！」

頭がくらくらした。嬉しさに酔ったのだろうか。

今日はいつもより少し早い時間、7時半に演奏を開始した。ニュー・バンドのお披露目なので、いつもよりたくさんの曲を演奏するからである。

お客さんは、そことあそこに4人。まずは、何も言わずに、演奏開始。

1曲目。ぼくらならこれしかないだろうというオープニング。

デンデケデケデケ〜！

忠夫のギターが轟いた。続いてサイドギター（わし）が「ビテビテ、ビテビテ」、ベースが「ドッ、デッ、ドッ、デッ」と歯切れのいいリフを刻む。ベースの音は、硬くなく深い音だが、音像がとてもはっきりしている。さすが、露木さん、いや、もう仲間になったから露木でいいか、見込んだ通りのプレーヤーだ。弾いてるリードが楽しそう。ドラムの音量も申し分ない。思わずドカドカと叩きたくなるところを、ぐっとタメて、決して他の楽器の邪魔にならないように、欲しいところに音をすっきりと入れてくる。さすがに、まもるクン。

「ありがとうございます」弾き終えてぼくは挨拶した。「今日は新編成のバンドの初お披露目です。まだ名前もありませんが、それはそのうち。力一杯、演奏いたします。どうか、今夜は永遠のロックを楽しんでください！　次は、おいでのすべての女性に捧げます」

2曲目。聞いたとたん、誰でも思わず、おっ、と言って微笑んでしまうギターのイントロ。〈オー・プリティ・ウーマン〉だ。テキサス出身（だったかな）の、もっとも声が男前のロックンロール・シンガー・ソングライター、ロイ・オービソンの、常磐木曲《エバーグリーンチューン》だ。ぼくの愛唱歌である。少し鼻にかかった美声を意識して複式呼吸で歌った（この歌は、ぜひそれが必要）。2番を歌い終えた後の、喉のゴロゴロも、きちんとやる。日ごろから練習してるので。

3曲目。サーチャーズの〈ウォーク・イン・ザ・ルーム〉。この曲のイントロ（リフでもある）は、ほんとによくできていると改めてつくづく思う。ジャッキー・デシャノンという女性シンガー・ソング・ライターの大傑作だ。

4曲目。ぐっと時代をさかのぼって（1957年）、ロックンロール黎明期の傑作、〈トウェンティ・フライト・ロック Twenty Flight Rock〉。これはポール・マッカートニーが、リヴァプールのセント・ピーターズ・チャーチの縁日に、バンド控室でジョン・レノンに歌って聞かせて深い感銘を与えた曲で、このときのことがきっかけでポールはジョンのバンドに加わることになった。ポールは確かその場にいたジョンのバンド（クォリーメン）のメンバーにギターを借りて弾きながら歌ったんだと思うが、たぶん右利き用のギターだったろう。それを左利きのポールが弾いた、と。改めて、すごいやつだったのだなと思う。

これは楽しいリフに乗って、深い声やシャウトを使いわけて、カッコよく歌うことが必要である。ぼくはジョンに聞かせているつもりで歌った。数日前からまもるクンが予告のビラを貼っていたおかげもあってか、いつしかお客さんがずいぶん増えている。初老の男性と女性2人が席から立って踊り出した。

「ありがとう！」歌い終えてぼくは言った。「ありがとうございます。ロックンロールは今なお大人気ですね。では、もう1曲！」

5曲目。〈ブルー・スウェード・シューズ Blue Suede Shoes〉。ロックンロールの古典中の古典。ぼくはエルビスではなく、オリジナルのカール・パーキンスを意識して歌った。自分の青いスエードの靴に異様に執着する青年の歌で、パーキンスには、こういった、偏執的だったり誇大妄想的だったり、ちょっと変わった人を中心に据えた歌がけっこうある。ユニークでユーモラス。

6曲目。ここらでビートルズ。初めて聞いたとき、なんだか妙な歌だな、と思って、後に大ファンになった曲。メンバー全員同じだと思う。

そう、6曲目は、〈抱きしめたい〉。新バンドとしては初めての曲なのに、うまくリズムが合ったから、歌いながら感激した。

7曲目もビートルズで〈オール・マイ・ラヴィング〉だ。ぼくは露木に小声で聞いた。

「3番が2重唱なんだけど、ハモれる？」

露木はうなずいた。「下のパートでいいのかな？」

「うん。頼みます」レコードでは、3番はポールの1人2重唱になっている。下のパートがリードのメロディだ。ライブだとジョージが歌っている。

いつか見たライブ映像を思い出しながら、ポールのやりかたでカウントした。

「ワン、ツー、スリー、フォー、ファイブ、シックス、クローズ、ヨー・アイズ……」

要するに、小節の3拍目から歌い出す、ということだ。速さ、テンポの確認のために、2拍じゃなく、6拍のカウントを入れたわけ。最初の4拍は、いわば、助走だ。

そしてこの曲の聞かせどころは歌だけじゃない。ジョンの演奏するリズムギターがすごい。Aメロ〈メイン・メロディ〉のバックに、ずっと3連12拍のコード・カッティングが入っている。4分音符を、全部3連符にして、1小節12拍でストロークするわけだが、すべてのコードをストロークの粒を揃えてこの12拍で弾くのは、かなり難しい。だが、忠夫は涼しい顔で弾き倒した。さすがである。間奏のギターソロはぼくが弾いた。3番はデュエットで。これが思いのほかうまくいったから、歌い終えて自分で思わず拍手してしまった。露木も嬉しそうに、恥ずかしそうに微笑んだ。

8曲目も、やはりビートルズ。今度はしっとりと、ジョージ・ハリソンの、ものすごく美しい曲、〈サムシング〉だ。

これは歌も美しいが、リードギターの間奏が、たとえようもないくらい美しい。そして、ベースのパートがすごいのだ。まるでリードベースと呼びたいような、動きの大きい、ものすごく印象的なベースで、ポール以外の誰も思いつかないような、つくづく感心するようなベースなのである。ポールはジョージの曲だと、自分の曲以上に大胆に冒険する傾向があるようだ。しかも、それがことごとく成功している。フランク・シナトラも大好きのようで、この曲をカバーしている。

さて9曲目は、この店の名前のもとになった曲だ。〈マージー河のフェリー・ボート〉。まもるクンだけでなく、メンバー全員が愛する曲だ。

軽快なドラム、波がうねるようなギターのイントロに続いて、ぼくは歌い出した。

すると目の前に、あのマージー河が浮かんできた。大きな大きな、まるで海のような河。あのフェリー・ボートにも、ぼくは乗った。突然天候が変わって、穏やかな秋の日が、一瞬にして真冬に変わったっけ。おお、マージー河よ。「あんちゃん、お前さんの名前も知らんけど、あっちいけ、なんてわしらは言わんからな」。リバプールの人たちの笑顔がよみがえる。歌いながらほとんど泣きそうになった。この歌によって、リバプールの町がぼくの故郷みたいにも思えてくるほどだ。

そして10曲目。この最初のステージの最後の曲。

「みなさん」と、ぼくは大きく息を吸い込んで深呼吸したのち、言った。「ぼくらの胸を揺さぶるロックのエッセンスがすべて詰まった曲です。みなさん、〈ジョニー・B・グッド〉です」

ぼくは世界最高のロックのイントロを弾いた。それに続いて歌い出した。ぼくはまたまたスポットライトの真ん中に歩み入ったような気がした。そういう仕掛けはこの店にはないのだけど、この曲のイントロを弾くとほんとにそんな気がするのだ。

そして世界一の間奏。弾きながらあんまり嬉しくて、つい走りそうなのをぐっとこらえる。そしてこらえたエネルギーをシンコペーションのうねりの中に解き放つ。1万回弾いても弾き飽きない間奏。そしてまた、歌。エンディング。「ゴー、ゴー、ジョニー・B・グッド！」

今やお客はほぼ総立ちで、踊り、歓声をあげ、拍手してくれた。その中には、このマージーの改装工事をしてくれた大工さんと、音響の面倒を見てくれた電気屋さんもいたことを、ぼくは後にまもるクンから聞いた。

その後、キーボードの弾き語りをするアニーという女性と（れっきとした日本人だけど）、アコギの弾き語りをする高浜君という若者のステージがあった。そしてその後がぼくらのセカンド・ステージだった。

ここでまた詳しい曲解説を書くと読むほうも大変だろうから、あれこれ書きたいのをぐっとこらえて簡単に書いとくことにする。

1曲目。〈急がば廻れ〉。言わずと知れたベンチャーズの最初の大ヒット曲。ものすごくセンスがいい、と改めて思う。

2曲目。〈愛の聖書 Nothing To Hide〉クリス・モンテスのヒット曲。ロックじゃねえよ、と言う人もいるだろうが、ぼくが大好きなので取り上げた。他のメンバーも好きみたい。思い切り甘ったれた、男か女かわからないような声で歌うのがよい。拍手が来たぞ。

3曲目。〈ストップ・ザ・ミュージック Stop The Music〉。スウェーデンの、レーン＆ザ・リー・キングスという、よくわからない名前のバンドの（おそらく）唯一のヒット曲。明らかに、アメリカともイギリスともフレーバーの違う曲だ。歌詞の内容がおかしい。こういうの。

ぼくはベイビーをダンスに連れて行った。その子がキャンディが欲しいというので、買いに行って、戻ってきたら、その子はほかの男とダンスフロアで踊っているではないか。音楽、やめー！　心臓が張り裂けてまうわ。

気の毒だけど、思わず笑ってしまうような歌。そんな子とは早く別れてしまいなさい。

ぼくはその男になりきって、切々と歌い上げた。盛大な拍手。この歌はファンが多いのである。ほら、また長くなってしまった。

4曲目。ビートルズの〈アイ・ソー・ハー・スタンディング・ゼア I Saw Her Standing There〉。

ロックやポップスの中には、10代後半の女の子を賛美するジャンルがある。〈スイート・リトル・シックスティーン Sweet Little Sixteen〉とか、〈すてきな16歳 Happy Birthday, Sweet Sixteen〉とか。これは、1つ上の17歳を賛美している。音程が高くて昔は歌うのがきつかったが、歳とともに声が高くなって(ジジ・ソプラノになって)、今ではさほど苦労することなく歌えるのである。

5曲目は、チャック・ベリーの名曲を、ビートルズのスタイルで。〈ロール・オーバー・ベートーヴェン〉。イントロが〈ジョニー・B・グッド〉と同じようなパターンであるので、リードギターも弾かせてもらった。ジョージはよく歌っている。ジョージに負けないように頑張って、という気持ちで歌った。

6曲目。〈ミッシェル Mischelle〉。高校時代、初めて聞いたときはびっくりした。なんでこんなに美しい曲が作れるんだろう、と。後に譜面を手に入れて、頑張ってマスターしようとして、また驚いた。なんで、こんな不思議なコードを、こんな風に見事に組み合わせられるんだろう、と。歌いながら、改めてその美しさにうっとりする。

7曲目。〈アイ・フィール・ファイン〉。冒頭のフィード・バック音は再現するのが難しい。忠夫は、ボリューム・ゼロにしたギターの第5弦を、12フレットでハーモニックス・ピッキングしたのち、すーっとボリュームを上げて、なんとかそれらしい音にした。イントロと同じフレーズのバッキングは、ジョンがギターをいじってるうちに何となく思いついた、みたいなフレーズだが、とてもよくできている。これも、露木がサビのコーラス部分で下のパートを歌ってくれた。

8曲目。がらりと雰囲気を変えて、CCRの、あの〈アイ・プット・ア・スペル・オン・ユー〉。オリジナルはスクリーミン・ジェイ・ホーキンズ。どうも怪奇派の歌手みたいだが、ぼくはこの曲のCCRバージョンを熱愛している。歌もすごいが、ギターの間奏が素晴らしい。ジョン・フォガティの気合がビンビン伝わってくる。忠夫も大好きだそうで、ほぼ完コピで弾いてくれたから、まあ、盛り上がったこと。

9曲目。ロックンロールの原点。〈ロック・アラウンド・ザ・クロック Rock Around The Clock〉。ビル・ヘイリーとコメッツの、大ヒット曲で、たしか、映画『暴力教室』の主題歌だったと思う。ギターの間奏にジャズのフレーバーが残っている。この素晴らしい難易度Cのソロを、忠夫が見事に弾いた。また、店内、ダンス大会。

そして最後の10曲目。〈ゲット・バック Get Back〉。ポールが主に作った曲だと思うが、ジョンのリードギターも素晴らしい。目のくらむような速弾きができなくても、いいソロは作れるんだという証明である。忠夫はソロをとるジョンのエピフォンのギターにそっくりな音を、ジャズマスターで作っている。なんと器用なやっちゃなあ！　間奏のキーボードソロの部分は、ぼくがコード・ソロ風のフレーズで埋めた。

こうして、ぼくらはデビューを飾ったのだった。

お客はみんな喜んでくれたみたいである。演奏する場所があって、聞いてくれるお客がいて、そして喜んでもらえた。ぼくはなんて幸せ者なんだろうと、あらためてしみじみ思った。

機材を片付けたあと、みなで雑談しながらビールを飲んだ。いくらでも飲めそうな気分だった。

まもるクンが言った。

「バンドの……」

「なんだって？」と、忠夫。

「いいバンドだから……」

「名前をつけようって、マスターは言ってんのよ。ね?」と、サユちゃんの助け舟。

「いいですね」と、ジンジャエールを飲みながら露木。

「そうだな」と、忠夫。

「よし、つけよう」と、ぼくは言った。

「何か、いい案があるかな」と、忠夫。

「うん、いろいろと考えてはいた」と、ぼく。

「言ってみて」と、サユちゃん。

「いろいろ考えたんだけど」ぼくはまたビールを1口飲んで言った。「あのグリム童話の中に、なぜか好きなお話があって」

「ふむふむ」とサユちゃん。

「『ブレーメンの音楽隊』なんて呼ばれてるお話なんだけど」

「それ、知ってる!」とサユちゃん。「可愛いいんだよね」

「どんな話?」と、忠夫。

「年取って役に立たなくなったというので飼い主に邪険にされていたロバが、こんなことならブレーメンに行って音楽隊に入ろうと思い、家出する。途中で、イヌ、ネコ、ニワトリと出会う。彼らも同じような境遇なんだ。そこで意気投合して、ブレーメン目指して旅してた時、たまたま泥棒たちのアジトを見つけた。泥棒たちは酒盛りしながら盗んだ金を分配してる。動物たちは、トーテムポールみたいに、下から、ロバ、イヌ、ネコ、ニワトリの順番にのっかって、それぞれの声で鳴きたてた。泥棒たちは魂消《たまげ》て逃げ出す。だが落ち着きを取り戻し、奪われた家と金を取り戻すためにそのアジトに戻る。動物たちはそれに攻撃をくわえて追っ払い、あとはそのアジトの家で、音楽を奏でながら楽しく暮らしました、とさ」

「ふむ」と忠夫。「いい話だね」

「で、そこから、バンド名をいただこうかと思ったわけ。もとは、Die Bremer Stadtmusikanten《ディー ブレーマー シュタットムジカンテン》というんだけど」

「何語？」と、サユちゃん。

「ドイツ語。ブレーメンの町の音楽隊、って意味。ロバは、虐待に堪えかねて、こんなんならここをおん出て、ブレーメンの町の音楽隊に入ろうと思ったんだけど、その思いが胸を打った。ほかの動物もその思いに共感する。ぼくらに重なる部分もあるのかな、と思って」

「長すぎるんじゃないか」と、忠夫。「それに、ドイツ語だっけ？　絶対覚えられないし」

　力強くうなずくまもるクン。

「そうかもしれない。やっぱりこれじゃあ、だめかもなあ、日本語に訳しても、なあ、などとぼく自身も思いながら、ある日の昼下がり、レコードを聞いてたときのこと」と、ぼくは続けた。

「何のレコードだった？」と、レコード王の露木が言った。

「ハンク・ウィリアムズ」ぼくは答えた。「大好きなんだ」

「カントリー、だよね」と、忠夫。

「そう。モダン・カントリーの王様。すごい歌手だよ」

「たしかに」と露木。

「ロックの遺伝子の半分は、カントリー由来だし」とぼく。

「後の半分は？」とサユちゃん。

「ブルースかな。で、そのハンクの歌を聞いてたとき、お、というのがかかった」

「何の歌?」と、露木。

「〈コー・ライジャ Kaw-Liga〉なんだ。普通、片仮名では〔カウライジャ〕と表記されるみたいだけど、元の発音にこだわって、ぼくはコー・ライジャと言いたい。Kaw の綴りなら、コーだと思う。法律のことを Law《ロー》 と言うし。実際、ハンク・ウィリアムズも、コー・ライジャと歌ってると思う」

「いい曲です」と、露木。

「こんな歌だよ」ぼくは説明する。「コー・ライジャというのは松の木で彫ったインデアン人形で、ある家の戸口に置かれていた。礼装の羽飾りをつけて斧《トマホーク》を持ってね。そして彼は向かいの骨董店に陳列してあるインデアンの乙女の人形に恋をした。だけど、打ち明けられない。今の言葉で言えば、コクれない。乙女人形のほうは、いつか彼が愛の言葉を語ってくれないかなと、期待して待っている。だが、いつまでたっても、彼は口をきかない。だから、彼女としても、イエスともノーとも言えない。そりゃ、そうだわ、木彫りの人形だもの。そしてある日、お金持ちのお客がその骨董店にやってきて、その乙女人形を買って、遠くへ連れて行ったが、コー・ライジャはその後を追うことができない。こんなことなら、と、コー・ライジャは死ぬほどの寂しさを噛みしめながら思う、人形になんか彫ってもらわないで、もとの松の木のままでいたほうがよかった、と」

「すげーかわいそ」と、サユちゃん。

「リフレインの文句が、哀れなコー・ライジャはキスしたこともなく、自分の失ったものが何であるかも知らない。やつの顔が赤いのも不思議はない。あわれな間抜けだもの、というものなんだね」

「ちょっとひどくない?」と、サユちゃん。

「そうだよね。もっとほかに言いようがないのかと思う。最後の〔間抜け〕の英語は、woodenhead

だ。木の頭。なるほど、木彫りだからね。だけどコー・ライジャを間抜けと呼ぶのは、気の毒だ。いい日本語はないかと、思ったとき、空から降ってくるみたいに『朴念仁』という言葉が浮かんだ。逆に、この朴念仁を英語でなんて言うんだろうと思って辞書で調べたら、ある辞書は、blockhead という語を当てていた。そして、blockhead の同義語として woodenhead を挙げている辞書もあった。よって、コー・ライジャをぼくは『間抜け』じゃなくて『朴念仁』と呼びたいと思う」

「それとバンド名と、どうつながるの？」と、サユちゃん。

「今回ぼくは素晴らしいメンバーに巡り合えた。素晴らしいメンバーだから、ここに至るまで、その人がどんなふうな成長の仕方をしてきたか、ものすごく興味があった。そして、聞けば聞くほど感動した。みんな同じような性格というか、精神の傾向を持っているのが、ものすごく興味深かった。そして、その精神の傾向を言い表す語が――」

「ぼくねんじん！」サユちゃんが手を打ち合わせて笑いながら言った。

「そう。話を聞きながら、ぼくは東日本一の朴念仁と話しているんだ、と思ったり、八王子一の朴念仁と向かい合ってる、と思ったり、ぼくは日野市一の朴念仁と顔を突き合わせてるんだ、と思ったりしたことを、アメリカ一の朴念仁、コー・ライジャの歌を聞きながら、思い出したわけ。そして、これじゃないかと、思った」

「それをバンド名にすると？」と、サユちゃんが、目をキラキラさせながら聞く。

「そう。何もバンド名が英語でなければならないことはない。日本語の名前を付けてるロックバンドはいっぱいいるしね。よし、『朴念仁』だ、と。という次第」

「意外と可愛いかも」と、サユちゃん。

八王子一の朴念仁が大きくうなずいた。

「賛成です」と、日野市一の朴念仁が言った。

「了解」と、東日本一の朴念仁が言った。「あんたも多摩地区一の朴念仁かもね」


こうして求道者ロックバンド、「朴念仁」が誕生したのだった。

結成以降、ぼくら朴念仁の基本的活動場所は、マージーだ。毎週金曜日、ライブはだいたい午後8時前から。ぼくら朴念仁のステージは1回30分余りで、それをオープニングとクロージングの計2回やる。結成記念日とか、メンバーの誰かの誕生日とかのスペシャルなおりには、3ステージやることもある。朴念仁以外にも演奏者はいて、ぼくらの前後で演奏している。

サンタナや、ディープ・パープル、あるいはイーグルスなどのコピーバンドも、時々出演する。そのほか、あのサックス・プレーヤーや、フィリピン人のポップス・シンガーも出る。そういうソロのプレーヤーは、ぼくらが伴奏する。ビートルズ・バンドも、ベンチャーズ・バンドもくる。八王子は、ロックの町だったんだと知った。いや、日本中の町で同じようなことが行われているのかもしれない。あらためてロックとは偉大なものである。

あの、キーボードの弾き語りをする女性シンガーのアニーは、ほぼ皆勤賞。彼女の〈クライ・ミー・ア・リヴァー Cry Me A River〉はとてもいい。

フォークの弾き語りをするお兄さんも、ときどき来る。露木が所属しているカントリー・バンドもやってきて演奏したことがある。

普通の主婦だけどキーボードのうまい「まっちゃん」が、朴念仁のステージを手伝ってくれることもある。そんなときは、プロコル・ハルムの〈青い影 Whiter Shade Of Blue〉や、ビートルズの〈レディ・マドンナ〉、〈イン・マイ・ライフ In My Life〉、〈レット・イット・ビー Let It Be〉などを演奏する。

客の入りは、多い少ないはあるが、まずまず上々と言っていいだろう。マージーのほかの日のことは知らないが、未だ閉店の話がでないところを見ると、まずは健全経営で、なによりである。

そういったマージーでの活動以外にも、朴念仁はけっこう頑張って活動している。イベントや、お祭りのおりに、お座敷がかかるのである。

水木通り商店街の祭りとか、八王子南口の商店会のイベントとか、北野ふれあい祭りとか。ときにははるばる楢原町のイベントとか、ある神社（名前忘れた、すみません）の縁日みたいな催しとか。どういうイベントだったか忘れたけど、西八王子にある市役所の真ん前の、浅川の河川敷の特設ステージで演奏したこともある。

また、ときどき行われる親父バンドの大会に出たこともある。結果は銀賞だった。そのとき金賞をとったのは、バンドマンが5人で、コーラスおよびダンスを担当する女性たちが6人、という大所帯のバンドだった。それでぼくのよくは知らない日本のある大所帯バンドの曲のメドレーを演奏し、歌い、踊った。演奏の技量とかいうことではなく、そのエネルギー、祭礼的雰囲気で勝負するバンドのようだった。審査員が講評で、「お歳など吹き飛ばすようなお元気なパフォーマンス」を激賞したから、ああ、そういうことかと思った。お年寄りは、元気でいると可愛がられるのである。まあ、朴念仁の目指すところではないけれど、そういうのもありだろう。

そんなこんなで時は流れた。うそだろうというくらい速く流れた。１０年が過ぎ、１５年が過ぎ、今年は結成１８周年。うそだろ！

いや、うそではない。この手記を書き出してからでも、18年以上の時が過ぎたのだ。折に触れて、思いついたことを書きとめてきたのだが、そろそろこのあたりでまとめて終わりにしようと思う。

だが、バンドはこれからも続けて行くだろう。愛用機材としては、ぼくはフェンダー・ストラトキャスターを買った。忠夫は、1957年モデルの、サンバースト。そして、黄色のテレキャスターと、中古のモズライト。忠夫は、グレッチ・カントリー・ジェントルマンとポール・リード・スミスのギターを買った。そして、ぼくと忠夫はローランドのJC‐120というアンプを1台ずつ買った。扱いやすくて、故障の少ない優秀なアンプである。

ぼくとまもるクンの身分にはとくに変化はないが、勤め人だった忠夫も露木も、定年退職し、その会社の顧問のような立場になったが、その形の勤めも終わった。今は悠々自適のロック爺さんである。年金ロックだな。

だがぼくらは続けて行くだろう。やめる理由がない。

若いころは、還暦過ぎて、さらに古稀を迎えるようになってもなおロックをやっているとは、つゆ考えもしなかった。偉大な先人が、ロックの定年を取っ払ってくれた。ポール・マッカートニーに、ミック・ジャガーとキース・リチャーズ、彼らは今なお現役バリバリである。年下のぼくらがオタオタしてどうする。

しかし、ロックの魅力というのは、ほんとにすごいものだと思う。あるいは、ぼくらのことを、時代遅れの懐メロ依存爺さん、と揶揄する向きがあるかもしれない。だが、それは間違っている。

クラシック音楽、例えば、バッハやモーツァルトの音楽を、時代遅れの、懐メロの、とは誰も言わないだろう。同じことだ。音楽は、時代によってスタイルの変化はあっても、時代遅れだから駄目だ、なんてことは本質的に、ないのである。ロックが時の流れによってその輝きを失うことはない。すべての素晴らしい音楽は、永遠に存在し続ける。

「ロック・アンド・ロール、万歳！」と、チャック・ベリーは歌った。そしてぼくらも、スーパー愚直求道者バンドの朴念仁も、どうやら死ぬまでロックを演奏し続けるようである。そしてそうできることが、どれだけ幸せなことであるかを、ぼくらはよく知っているし、ぼくらと志を同じくする世界中の人たちも、よく知っているであろう。

あとがき

この作品は、『青春デンデケデケデケ』の最後の言葉、主人公にして語り手のちっくんの祈りを引用することから始まります。

「これから先の人生で、どんなことがあるのか知らないけれど、いとしい歌の数々よ、どうぞぼくを守りたまえ！」

この祈りは、ちっくんに自分を投影した作者自身にとっても、少なくとも現在までの人生において、たしかに聞き届けられたと、しみじみ思っています。音楽――、とくにロックを中心とした歌の数々は、ほんとにぼくを、とりわけ、ぼくの心を、様々な苦悩や危機から守ってきてくれたと思います。

ぼくは一応作家専業ではありますが（書類などの職業欄には、作家、と書きます）、ミュージシャンでもありました。こちらの方はいわゆるプロフェッショナルではありませんが、それでもぼくはずっとロック・ミュージシャンとして、多くの同好の士とともに、音楽活動を続けてきました。現在はいわゆるコロナ禍でバンド活動は休止していますが、このやっかいな騒動が収まれば、また活動を再開するつもりです。できることなら、死ぬまで。なぜこれほどまでロックがぼくを魅了し続けてきたのか、考えてみれば実に不思議です。奇跡みたいとさえ思えます。

同時に、ぼくを魅了したのが、文学、その中の、小説というジャンルです。物語は、幼いころからぼくを魅了し続けてきました。父が買ってくれた、《世界少年少女文学全集》五十巻を、ぼくは夢中で読みました。物語とは魔法なのだ、と思いました。その魔法にかかることの、なんと心地よく、幸せであることか。よし、いずれ、魔法を使う側に回るぞと、小学生のぼくは密かに心に決めていました。ぼくが小説家になることは、そのころから定まっていたのです。

ところが、高校生のときに、ベンチャーズ、ビートルズと出会いました。これで、ぼくの進路がちょっとだけややこしくなりました。作家一本でいくはずが、ミュージシャンの道も歩むことになったわけです。

どちらか一方に絞ったほうが効率的だろうと、まあ、普通考えますが、ぼくの場合、そういうわけにはいかなかった。こうして、高校を出たあと、ぼくの迷走が始まったわけです。

ちっくん同様、結局プロのミュージシャンになることは諦めました。挫折、と自分では受け止めました。同時に、文学への情熱が高まってきて、よし、こちらでいくぞ、と思ったりしました。

だけど、そうした間も、音楽の魅惑がなくなることはありませんでした。プロでなくたって、いいじゃないか。プロの道は捨てても、音楽まで捨てることはないじゃないか。アマチュアでも、ミュージシャンであり続けることはできるじゃないか。どちらか1つに絞らねばならない理由など、どこにもないぞ、と。

さらに、ぼくの中の音楽と文学は、それぞれ互いに影響を与えているような気がします。『デンデケ』のような音楽小説を書く、ということ自体が、その端的な現れでしょうが、それ以外にも影響はあると思います。

ぼくは歌も書きます。これまでけっこうな数の歌を書いてきましたが、その歌詞には小説家の目が働いていると思うし、ぼくが小説の文体において一番大切に思うのは、読みながら耳の中で響く言葉のリズム、ということなのです。また、音楽で実感した、作品の勢いとか、切れ、などの感覚も、小説に生かせるでしょう。

ならば、芦原すなおよ、と、ぼくの心がぼくに言いました。『デンデケ』だけで終わらせていていいのか、と。それ以後の人生はどうなのだ。50年代に誕生し、60年代から70年代にかけて次々とこの世界に生み出され、今なおいささかも色褪せることのない奇跡のようなロックとポップスの名曲の数々を、お前のように、日々愛聴し、自ら演奏するのを無常の喜びとする無数の仲間が日本中にいるではないか。数々の名曲の魅惑を、そしてそれを味わう幸せ、という不思議な現象を小説として描き出すこと、それこそがお前の務めではないのか、と。

こうして「ミュージシャン・ノヴェリスト」のぼくは、この『デンデケ・アンコール』を書いたのでした。

最後になりましたが、この作品を刊行してくださる作品社に、とりわけ、強力にプッシュして下さった顧問の髙木有氏に、この場を借りて、心より御礼申し上げます。

2021年6月23日

芦原すなお

著者略歴

芦原すなお（あしはら・すなお）

一九四九年、香川県生まれ。早稲田大学文学部卒業。同大学院博士課程中退。一九九〇年、『青春デンデケデケデケ』で第二七回文藝賞、九一年、同作品で第一〇五回直木賞受賞。主な著作に、『山桃寺まえみち』『ミミズクとオリーブ』『官能記』『松ヶ枝町サーガ』『ユングフラウ』など多数。

デンデケ・アンコール

二〇二一年一〇月二五日 第一刷印刷
二〇二一年一〇月三〇日 第一刷発行

著者 芦原すなお
装幀 小川惟久
発行者 和田肇
発行所 株式会社作品社
〒一〇二-〇〇七二
東京都千代田区飯田橋二ノ七ノ四
電話 （〇三）三二六二-九七五三
FAX （〇三）三二六二-九七五七
振替 〇〇一六〇-三-二七一八三
https://www.sakuhinsha.com
本文組版 米山雄基
印刷・製本 中央精版印刷㈱

ISBN978-4-86182-869-0 C0093